名家讲名著

西游记

蔡铁鹰 著

民主与建设出版社
·北京·

图书在版编目（CIP）数据

西游记 / 蔡铁鹰著 . -- 北京 : 民主与建设出版社 , 2024. 8. -- (名家讲名著). -- ISBN 978-7-5139-4677-3

Ⅰ. I207.414

中国国家版本馆 CIP 数据核字第 20248424B5 号

名家讲名著：西游记

MINGJIA JIANG MINGZHU　XIYOUJI

著　　者　蔡铁鹰
责任编辑　刘　芳
封面设计　宋双成
出版发行　民主与建设出版社有限责任公司
电　　话　（010）59417749　59419776
社　　址　北京市朝阳区东湖街道宏泰东街远洋万和南区伍号公馆 4 层
邮　　编　100102
印　　刷　三河市冠宏印刷装订有限公司
版　　次　2024 年 8 月第 1 版
印　　次　2025 年 4 月第 1 次印刷
开　　本　787 毫米 ×1092 毫米　1/16
印　　张　27
字　　数　294 千字
书　　号　ISBN　978-7-5139-4677-3
定　　价　59.80 元

注：如有印、装质量问题，请与出版社联系。

目录

上　编　文化与学术

序言

在中国古代小说里，《西游记》坐了一把铁打的交椅：四大名著之一。用“铁打的交椅”这个词，是指它从风行的那个时候起至今天为止的四百多年来，从来没有缺席或跌出官民认可的“四大”系列排名。

本书将详细解说《西游记》的书里书外、林林总总，既包括它的文本范畴，如题材、情节、结构、主题、形象和艺术特色等，也包括它的背景范畴，如文化、历史、演化、作者、版本等。这些本来都有很强的学术性，但现在我们希望能用一些平实的语言，将学术的含金量转移到大众话题中，也就是深入浅出地把事情讲明白。因此在展开之前，我们先聊一些外围的话题，包括澄清一下本书将会使用到的几个基本概念。

1. 本事与故事。《西游记》看起来是一个神话故事，齐天大圣神通广大，各路神仙鱼贯登场，但这个取经故事却是由一个真实的历史事件演化而来的。唐僧的原型是一位真实的历史人物——玄奘法师，他确实在大唐初年以求学为目的去往佛教发源地印度，历经九死一生到达印度，潜心学习十几年，成为一位在印度佛教中具有至高无上地位的三藏法师，并且从印度带回了大量的经典佛经。所以称他去西天为“取经”恰如其事，他的事迹就是我们今天说的《西游记》的“本事”。玄奘学成回国后，关于他事迹的文献记载陆续出现、传说逐渐增多、内容逐渐丰富，逐渐形成一系列神话色彩越来越浓厚的取经情节，这就是我们说的“故事”，后来故事不断地被好事者（其实就是爱好者）归拢整理，直到形成今天看到的小说《西游记》。因为我们以下要不断说到历史原型和故事人物并加以比较，非常需要对这两个概念有清晰的定义，所以说明一下：对于作为原型的历史人物，我们都叫他“玄奘法师”，而对于故事中的取经人物，我们都叫他“唐僧”。再交代一下，唐僧原本是西域人对于从大唐过去学习交流的僧人的特定泛称，只要是从中原过去的都会被称为唐僧——唐朝的僧人。玄奘法师也曾经被人称为唐僧，但是在《西游记》中，唐僧成了玄奘法师的专称，以后一直沿袭，现在说唐僧，已经没有其他的分歧了，就是指《西游记》里取经的三藏法师。

2. 演化与传播。自玄奘法师从印度学成归来回到长安开始，他的西行经历和事迹便得到广泛传播，在长达九百多年的时间里，逐渐演化出许多神话性质的取经故事。什么叫演化？举些例子：比如，取经的人由玄奘法师一人，演化为一个由唐僧领衔，大师兄悟空、二师兄悟能、沙师弟悟净追随的团队，这是演化；比如，最初也就是玄奘法师受唐太宗委托，写了一本记载其远赴印度事实经过的《大唐西域记》，类似游记、纪行，也类似于今天的旅行攻略；同时，他的弟子出于崇拜写了一本传记《大慈恩寺三藏法师传》，这两本书基本上都是真实经历的记录，但由此出发，后来的唐僧取经故事却成为洋洋数十万言的小说巨著，这也是演化；又如，本来玄奘取经遇到的主要是由自然地理因素造成的困难，后来逐渐变成了与各路妖魔的争斗，你大开脑洞所能想到的各路神仙都被牵扯进来了，这还是演化。在演化过程中，各种文献的形式有笔记、变文、杂剧、平话等，长短不齐、形式各异，名称也时有不同，有时叫“取经记”，有时叫“唐僧取经”，后来也叫“西游记”，到明代万历年间，一位天才吴承恩将这些故事定型为通俗小说《西游记》。这期间九百多年的过程，我们称为“成书”或“演化”。对于吴承恩定型之后至现阶段这四百多年，我们称其为“传播”；对于新的故事、新的形式变化，我们称为“衍生”。

3. 文化年龄。《西游记》的演化阶段，我们称为文化年龄。《西游记》的文化年龄计算起点就是玄奘法师去印度取经这个事件的发生，是说：从玄奘法师跨出长安去印度的第一步，关于他取经的第一个故事出现开始，到后来明代吴承恩把这些故事整理加工写成小说《西游记》，其间经历了九百多年，跨越唐、宋、元、明四个历史时期。这九百多年中，历史事件是如何演变为文学故事的，哪些情节是真，哪些故事是假；哪些故事与宗教有关，哪些故事与社会有关；孙悟空、猪八戒包括那些妖魔鬼怪是从哪儿来的，都属于文化事件，所以我们就把这个过程称为文化年龄——请大家记住，唐僧取经的故事很早就出现了，不是一种版本，而是有很多种，这些故事和后来的吴承恩的《西游记》不太一样，它们远不如吴承恩的《西游记》精彩，但它们是今天《西游记》的源头，今天《西游记》中的很多故事都是从那些初级版本中脱胎而来的。以下将把从玄奘法师开始，截至吴承恩定稿之前的属于成书或演化范畴之内的各种取经故事和传说，都以“唐僧取经故事”命名，在文化的意义上进行探讨（如需要区分则另外标注其文体，如“吴昌龄的杂剧《唐三藏西天取经》”）。对于少数早期非吴承恩经手但使用《西游记》名称的，则一律加体裁区别，如“杂剧《西游记》”“平话《西游记》”。

4. 文学年龄。《西游记》的传播衍生阶段，我们称为“文学年龄”，开始于《西游记》作为一部小说经过吴承恩整理加工，出现在市面上的时候，直到今天。请大家记住，我们通常称吴承恩是《西游记》的作者，这没有问题，但从比较严谨的学术意义上来说，我们更应该称吴承恩是唐僧取经故事的写定者，因为在长期的演化过程中，像他这样参加取经故事创造的人有很多，创造的故事也有很多，但都被淘汰了；吴承恩整理得最好，被读者记住了，大家就把他称为作者了。《西游记》文学年龄的时间从明代万历二十年，也就是公元1592年开始，标志就是吴承恩整理的小说《西游记》被摆上了金陵世德堂的破旧柜台，至今有四百三十多年之久。事情具体发生在万历二十年的哪一天，我们不知道，只知道地点在南京夫子庙附近；夫子庙是南京的繁华场所，也是文化中心，那里从古到今都有一家家的书店，其中有一家叫金陵世德堂。这部由金陵世德堂推出的《西游记》一被放上柜台，它的“文学年龄”就开始了，话题也就来了——用现在流行的话说，它一不小心成了网红书。对于这一阶段的《西游记》，我们主要研究它的文学意义、艺术特色和艺术技巧，包括作者、版本、衍生品等。对于文学年龄需要涉及的传播和衍生问题，一般以标明时间段和体裁形式显示区别，如“清代西游戏”“清中期西游宝卷”等。

5. 祖本与后出本。现在说的《西游记》，都是指吴承恩整理定型的一百回通俗小说《西游记》。完成的时间，大约在明代隆庆年间（1567—1572），刻印面世的时间就是前面说到的明代万历二十年。这部通俗小说问世后，之前曾经流行的其他一切唐僧取经故事——不管它是否叫《西游记》，或者其他什么，也不管它是小说，还是戏剧或其他什么——逐渐销声匿迹了，至少在市场概念上是如此。从那时起，吴承恩的通俗小说就是后来所有《西游记》的祖本，通常不加说明的《西游记》不言而喻都是指吴承恩的定型本。因为第一个刻印的书坊叫金陵世德堂，因此这部《西游记》在版本上的学术名称为“金陵世德堂本”或“世德堂本”。金陵世德堂本问世之后，多有依据其翻刻、窜改、点评者，由于刻印中出现了新的文字、新的情节、新的评点，因此也就形成了新的版本，如“李卓吾评点本”“西游证道书本”“西游真诠本”等，这些原则上还是来源于金陵世德堂本，对于一般读者没有太大区别，但在研究方面仍有不同的意义。

6. 金陵世德堂本。这个金陵世德堂本很值得一说。它的全称是《新刻出像官板大字西游记》，用了好几个修饰的定语；全书六十多万字，一百回，每五回装订成一卷，全部就是二十卷，厚厚的一摞，是当时罕见的豪华装帧的大部头书，漂亮、亮眼。具体解释一下“新刻”，指这是一个全新的版本，表示与以前流行过的各种各样的唐僧取经故事的题材相同，但文本不同，也就是说这是一本新故事。这说得一点不错，这本《西游记》和以前的相比，大约有三分之一的新故事，之前从未见过；还有三分之一经过了深度改造，也就是马甲没变，但肚子里的货色不同了；还有三分之一货色没变，但外装饰不一样了，也就是文字不一样了。“出像”“大字”，指配有插图，大字印刷，这是当时高端图书的标配；“官板”，这是书店在傍大款，明代所说的官板主要有两种书，一种是以地方志和“四书五经”科举用书为主的官方出版物；另一种是各地王府刻印的图书，都很精致、美观，与市面上的杂书有显著区别。当然，世德堂这本《西游记》的书稿是从某一王府购买来的，说是王府官板也不算太离谱。

世德堂的老板姓唐，我们今天很感谢这位唐老板，如果不是他慧眼识珠买下了书稿并投资刻印，那么《西游记》的书稿就极有可能以意想不到的、千奇百怪的方式永远消失了。大家记得那时小巷子里老太太生炉子吗？她要用一堆废纸引火把木柴点着。看过旧时代老大爷抽烟吗？他耳朵边上会插一根绵纸卷起来的纸煤子，抽出来，噗的一声，火冒出来了，点烟。走进过旧时街面上大大小小的卤菜店吗？老板会抽一张纸，包上肉菜递出来。吴承恩写书的那一堆稿纸，都很受他们欢迎啦，如果当时没人买去雕版，书稿就会派上这些用场。

7. 四大奇书和四大名著。两者都是常见概念，但稍有区别。“四大奇书”指古代通俗小说中的《三国演义》《水浒传》《西游记》《金瓶梅》四部。这是一个传统概念，出现在晚明，大约即嘉靖后期、万历、天启、崇祯年间（约 1560—1644），最初看到这层意思的，可能是烟霞外史于天启三年，即公元 1623 年撰写的《韩湘子全传序》，其中说到该书“有《三国志》之森严、《水浒传》之奇变，无《西游记》之谐谑、《金瓶梅》之亵淫”；最早明确提出者应该是另一位著名文学家冯梦龙（字犹龙），资料见于明末清初文学批评家李渔作序的《四大奇书第一种》：“冯犹龙亦有四大奇书之目，曰《三国》也，《水浒》也，《西游》与《金瓶梅》也。”其中“亦有”是相对于王世贞的四大奇书说而言的，序中李渔指出王世贞的四大奇书不能成立，并肯定冯梦龙的说法正确，此后由《三国演义》《水浒传》《西游记》《金瓶梅》构成的“四大奇书”说遂成为约定俗成。清中叶，《红楼梦》问世，有人以《红楼梦》替换《金瓶梅》，但只是一种趋势，并没有形成共识。近代西学东渐，鲁迅、胡适以西方的文学观点审视中国古代通俗小说，都选择了以《三国演义》《水浒传》《西游记》《红楼梦》为代表入手，实际上重新调整了四大奇书的涵括，形成四大名著说的雏形。中华人民共和国成立之后，古代小说的价值和地位得到了最大限度的认可，以《三国演义》《水浒传》《西游记》《红楼梦》为“四大名著”的说法在出版界的推动下形成，沿袭至今。

8. 介绍·赏析·解读。这是本书展示内容的主要方式。介绍，指本书将会针对《西游记》各个研究领域的历史过程、目下状况、既有成果和各家各派的观点证据，择要作概括介绍，力争做到全面、准确、客观，为读者提供全景式的阅读背景。赏析，则指针对《西游记》的文本，从文学的角度审视，与读者共同探索唐僧师徒的精神世界、众多故事的神奇精妙、作者文笔的幽默诙谐、嬉笑怒骂的锋芒所向，把《西游记》“家喻户晓”“妇孺皆知”，受读者欢迎的要点、笑点、泪点都找出来，说清楚，算是提供一点助读。解读，则是针对《西游记》的内蕴，谈取经故事情节背后的内容，如一个个离奇故事的形成、经受的历史选择，包含的历史、文化、社会甚至是自然、地理元素，把《西游记》之所以数百年来长盛不衰受欢迎的原因说清楚。我曾经说过，“《西游记》是一部中国古代社会的百科全书”，即指凡儒道释三教、天宫地府、诗词科举、琴棋书画、市井百业、三教九流，《西游记》中都有涉及，包含了非常生动有趣、活生生的人情世态，但这些都融汇在故事情节中，需要仔细地剥离，如果通过努力，能让读者有一点恍然大悟的感觉，就算成功。

最后说几点。

第一，由于本书的宗旨是“讲”，主要阅读对象并非专业研究者，为了阅读的流畅，我们对引用的常见文献，作了避繁就简的处理，也就是只作简略的随文注。考虑到有些读者可能需要进一步追寻渊源，我们把随文注涉及的资料集中整理为具有完整出版信息的“参考文献”，附在本书最后，可供检索。

第二，“参考文献”里提到朱一玄、陈毓罴、刘荫柏先生和在下编纂的几种《西游记》研究资料，值得特别介绍，本书所引用、参考的绝大多数文献资料在其中都可以找到；梅新林、崔小敬主编的《20世纪〈西游记〉研究》也值得推荐，其中搜集了近百年来具有代表意义的《西游记》研究论述，可供参考。

第三，为了进一步保证阅读简洁顺畅，我们还整理了一些背景资料，如《西游记》所涉及的宗教常识、吴承恩生平研究的基本资料、吴承恩诗文作品等，作为“阅读参考”也附在最后，读者可以翻阅。

第一章

仰视《西游记》的灿烂　走进《西游记》的深邃

明万历二十年，也就是公元 1592 年，我们经常会提到这个特殊的年份。因为这一年《西游记》在南京的一家叫世德堂的书坊上市了。这是中国四大名著中唯一的一个清晰起点，太难得。而那个书坊虽然普通，但还是能找到一点他们家创业传承的蛛丝马迹，至少有关文献能让我们大致想象一下《西游记》出生于什么样的“摇篮”，同样难得。早前的《三国志通俗演义》《水浒传》不说，《红楼梦》比《西游记》还晚上一百多年，但我们能说得清它数十个版本孰先孰后吗？能知道那些抄本孰真孰假吗？不能。相比较起来，《西游记》幸运得多。

说《西游记》由古至今的历代辉煌

我在《大道正果：吴承恩传》一书里对金陵世德堂当年发行《西游记》的场景有一段文学性的描述，引在下面，作为纪念——说明一下，此书是中宣部、作家出版社联合组织在全国招标的“中国百位著名文学家传记”中标项目，该项目要求入选作品是纪实性文学传记，也就是必须有充分的历史依据，每个项目由两位顶级文史专家评审鉴定。所谓文学性的描述，就是加了点细节虚构，但绝非无中生有：

世德堂的老板叫唐光禄，年纪不大，三十来岁，身形单薄，瘦得有点可怜，但眉宇间透出一股精明。这间书坊是他家的祖业，是他的曾祖父从福建建阳带过来的。建阳虽然是闽北山区的一座小城，但向有刻书的传统，从南宋以来就是家家都刻书，也都藏有几套书版，一家人就靠这几套书版谋生；各家的书版并无一定之规，就看你能弄到什么，有“四书五经”，有科场墨程，也有农书医案，有什么就印什么，市场叫好就行。书在自家的后院印出来，自然有等候的小贩车拉人扛弄走，所以当时建阳在全国的书商同行中很有点名气，都说订书一定要去建阳。他们唐家的堂号叫“世德堂”，主要印一些佛经、道书、宝卷、戏词之类的杂书，销往金陵和苏杭一带比较富庶、佛道信众和读闲书人比较多的地方。后来时代太平了，金陵成了京城，再坐等客商到建阳小地方订书就显得有些不合时宜，于是祖上就变卖了建阳的产业，带了家藏的书版和一块据说是唐家创业时花大价钱请一位进士题写的堂匾，进了已经改称南京的金陵城，在夫子庙开了这家书坊。几十年下来，书坊已经有了点名气，店面虽然不大，但院子却不小，前店后场的格局已经形成。前几年，老店主过世，唐光禄就接下了这份产业。

以上这些描述，比如建阳刻书、世德堂来自建阳、明初迁来南京、老板姓唐、主要刻印佛道经卷等信息，都有据可查。

老店主留下的黄花梨圈椅还没坐热，唐光禄就遇到了一件让他茶饭不思的大事——做老板就是操心的命。

三年前的一天，有位着长衫的老者跨进店门，接了伙计从大茶壶里沏来的盖盅，不声不响地坐了一下午，第二天再来时便拎了个包裹，让伙计们去找老板，说有要事。唐光禄与他拱手见过，凭生意场上练出来的眼力，立马看出来者神色有点诡异但气度却并不猥琐，你看长衫虽有点褪色但却极整洁，那块包裹皮居然还是块明黄的缎料。唐老板知道是位有故事的主子，于是赶快让至内室，上好茶伺候。寒暄过后，老者开口道："在下为唐老板带来件宝货，只不知唐老板眼力如何。"这话说得显然不那么温柔，但唐光禄听得多了，并不介意，只是示意老者打开包袱。

"这是一部时下流行的志怪，实属稀世少有，至少贵号架上的《三国志通俗演义》和《水浒传》不得专美。"老者打开包袱，拿出一摞书稿放在桌上，"在下知道世德堂名头不虚，故而才带来给唐老板过目。"然后很优雅地伸手一指，说了声"请"。唐光禄也很客气地说了一声："容在下鉴赏，您老慢慢用茶。"

书稿保管得并不好，有点凌乱，但能看出已经做过整理，略有次第顺序。几页看下来，唐老板有点坐不住了，心跳渐渐加快，那一时间他甚至觉得脸上已经开始发烧。他强忍住，尽量表现得非常淡然，慢慢翻看，其实是在拖延时间，给自己多一点盘算的时间。

他瞄了老者一眼。老者似乎正在聚精会神地端详唐光禄的书案——书案上陈列了世德堂刻书的样本和几件附庸风雅的文房用品。但就在他瞄过去的一刹那，老者开口了："唐掌柜尽可以仔细看，老夫有的是耐心。这书有一百回之巨，但这里只有五回，唐掌柜如果有兴趣，剩下的有机会看到。"

唐光禄忽然发现自己面临着一个必须作出决断的时刻：通常说来，他们书坊人家，书稿是必须吃进的，书稿刻成书版，就是自家的专利和资产，有了一部好的书版，就等于持有了优质资产，就可以子子孙孙地传下去。但寻找一部好的书稿谈何容易，刚才老者提到了架上的《三国志通俗演义》《水浒传》，其实倒是戳到了唐光禄的痛处，那并不是他家的书版而是调剂的串货，也就是用了人家的货来装自己的门面，如果说这种市场畅销书略有薄利，那么利润中的大头并不属于世德堂所有，他唐光禄只是为人作嫁衣而已。缺少几套定盘星一级的家藏，尤其是缺一套能占头牌的畅销的志怪传奇，一直是他的心病。眼前的唐僧取经的故事唐光禄并不陌生，各种名目的刻本都是市面上的畅销书，但这本有一百回的《西游记》却是破天荒第一次见到，奇思奇想、幻情幻境、文心文笔俱佳，远非时下林林总总、粗而糙的取经故事可比。他意识到这是自己的旷世奇遇，因此顿时便有一种强烈的兴奋。但是他也凭借职业的敏感，意识到诱惑的背后可能就有一个大大的陷阱，因为刻书时每一页都得用一块上好的枣木或者梨木的印版——越是准备珍藏的书版越是如此，一本书所需的印版可能会堆满一间库房；印版上的每一个字都得由写手一笔一画按照排版要求反写出来，再由刻工一笔一画地刻出来；再在后场一页一页地印出来，一本一本地订起来，需要的时间得以年计算；而这部书稿的篇幅之巨实属罕见，决定投资这样一本书，需要很大的勇气和绝对的自信，同时对书店的财力也是极大的考验——必须有足够的钱，这让唐光禄心里直冒汗。

他本可以继续慢慢地看下去，这事需要仔细盘算一番，但他也知道老者已经看透了他的心思，装下去已经没有意义，现在只能选择放弃或者赌一把，因为老者一旦走出世德堂的门，这部书稿大概他姓唐的就再也不会见到了，给他留下的很可能就是一辈子的悔恨。他用不着再瞄那老者，已经大致猜出了来者的身份和来意，所以狠狠地杀了一把价，最后用一百两纹银买下了这部书稿。老者的来从去往，他曾试图探问，但老者只是告诉他自己原在王府供职，在一位过世老王爷的书房里看到了这部已经散乱的书稿，因为喜欢，顾而不忍其在王府湮灭而带了回来，希望借助世德堂使其传世。老者说，其实他已经在夫子庙附近转悠非止一日，只是看唐光禄有几分书卷气，店里的书版也还精致，所以才把书稿送来。至于书稿究竟出于何人之手，他只是淡然一笑，回答了一句：“既与在下无关，也与阁下无关，不说也罢。”唐光禄其实也不关心，他知道此书既然出自王府某位官员，那就一定心存忌讳，否则决不会在这个价位出手，所以不必深究。后来他请了位别号华阳洞天主人的书坊写手把书稿整理了一遍，刻上一行“华阳洞天主人校”了事。

其中的场景是根据世德堂本《西游记》前面署名“秣陵陈元之”的《刊西游记序》敷衍出来的。陈元之的描述我们下面还要多次提到。

三天前，后场的印刷装订全部完成，该上市了，此时的唐光禄已经心力俱疲。倾全力投资这本面目陌生的《西游记》，何异生死之博！如今是见分晓的时候了。唐光禄让伙计在东南西北城都贴出大幅告示：本店《新刻出像官板大字西游记》，百回廿卷，三日后恭迎各路客官。这幅告示唐光禄颇为得意，足可以让他在同行中大大地出一次风头——“官板”暗示出自正牌文人大手笔，市井小说大多出自坊间写手，文字不堪卒读，仅是表述大意而已，经正牌文人之手者极为少见；“出像”是告知配有插图，是时下最流行的排版方式，也是高档货的特征；“大字”则是印刷精美，高端大气的代名词；“廿卷”，更是超大规模，这种规格在当时的坊刻本中可不多见；为了吊一吊看客的胃口，他特意把上市的日期定在三日之后。

忙碌，让唐光禄的一切纠结都烟消云散，他终于得到了自己期待的。

四百多年过去了，世德堂早已悄然湮灭，但百回本的《西游记》传了下来——唐光禄这位小老板也没有被忘记。我们永远得感

> 谢他，他以独到的眼光和判断力，终于做出了让后人庆幸的决定。如果没有他，这部手写书稿的留存就困难得多——哪天有人把它视为废纸，它的末日就到了，那些浸润着吴承恩心血的华彩篇章也就会随着千奇百怪的用法——酒徒包点下酒的花生米、街坊小学童练练毛笔字、老太太搓成火煤子等等——而灰飞烟灭。

当然，《西游记》也没有亏待把它从江湖中捞出来的世德堂书坊唐老板，上市之后它应该有一段大红大紫的表现。

有证据吗？有！最直接、最重要的证据其实是市场上出现的若干翻刻本，最早的一个距离世德堂把《西游记》堆上柜台，也就十年不到的时间。翻刻本就是现在的盗版书，古人没有版权的概念，如果一个书店看上同行的哪本红火的书，不需要征求意见，拿过来直接翻刻就是了，前提只有一个，就是你能把它卖出去。因此很容易理解，市面上出现了多少翻刻本，就成了判断这本书是否受市场欢迎的重要标准。翻刻本越多，就是眼红的同行越多，也就是越受市场欢迎。当然，翻刻也不是兴之所至、信手拈来的生财之道。古人刻书印书，有一个很复杂的过程，第一步先要请专业的写手将书稿按照规格重新誊写一遍，写在专门的薄薄的绵纸上，需要注意的是，字是要反写的，非常难写。大家不妨找张纸来试试，或者找一个印章来看看也就懂了，因此写手是专业人才。第二步是把誊写出来的书稿贴在按照尺寸做好的木板上，这种木板叫书版，必须是枣树的或者梨树的，因为这两种木板材质细腻绵软，易下刀且不容易开裂变形，所以古代有一个词叫“枣梨”，就专指刻书印书。第三步是由刻工按照誊写出来的书稿，把反写的字一笔一画地刻在木板上，他刻写的质量与速度成反比，因此我们现在看到清晰、工整的页面，都是很费工夫的。第四步是油墨印刷，装订成册。刻印这部六十多万字的《西游记》，时间要以年来计算，刻出的底版可以装满几个房间，投入显然很高，且有风险。我们在前面说过，得感谢金陵世德堂的老板，是他花费重金买下了《西游记》的手稿，承担了极大的风险。但其实那些翻刻者，也是值得纪念的，他们的经营虽然没有太大的风险，但也需要灵敏的嗅觉，即文学的鉴赏能力和市场的预测能力，得看准市场前景。他们的翻刻可不像现代盗版者那么轻松，现代盗版只要一台扫描复印的机器，一周甚至一两天就能完成盗制过程，而当年的翻刻者，却需要经历一个同样完整的印制过程，当然也需要投入同样巨大的资金，在价值判断上也不能有重大失误，所以他们既是传播推广《西游记》的参与者，也是《西游记》最早的追捧者。说来也有意思，最早的不知名翻刻者中，有一位除了伪托名人李卓吾（李贽）加了大量的评语之外，还不吝钱财，加了很多精美的插图，现在一旦在西北地区宫观寺庙里发现《西游记》壁画，就有人会惊呼：发现宋元的取经壁画啦！其实那些都源自这个“李卓吾本”。这位翻刻者啊，真是喜爱《西游记》！

晚明，有不止一家的翻刻者，说明《西游记》有红火的市场。但最重要的社会反映是：天启《淮安府志》正式记录了“吴承恩《西游记》”，并且说吴承恩因为善“谐剧”而“名震一时”。天启《淮安府志》是官修志书，名副其实的严肃正史，它取《西游记》入志，其实是一件大事。有些研究者为了推倒“吴著说”，千方百计找理由不愿意承认天启《淮安府志》的权威性，实在大可不必。

清中叶，有人称《西游记》已是“妇孺皆知”，并且得到包括纪晓岚在内的若干文人的追捧。乾隆后期，宫廷内引入民间西游戏，接着专设升平府整编了能够连演二十四场不重样的连台剧本《升平宝筏》。慈禧也曾是西游戏的拥趸，她指名要看的大戏《安天会》，属于西游戏；主演是早期京剧的名角杨月楼，因为西游戏演得精彩，得艺名“杨猴子”，他的儿子京剧大师杨小楼，出道时以《水帘洞》一炮而红，得名“小杨猴子”。

近现代，随着西方文学理念中通俗小说价值观的引入，鲁迅、胡适等一批倡导新文化的学者开始把四大名著作为研究的切入点，《西游记》中唐僧的取经信念、悟空的文化之源、八戒的市井气息和作者吴承恩的文学禀赋，都成了以文学解读文化的重要元素。这看起来有点诡异：倡导引进西方新的口号文化却翻起了古代最不入流的通俗小说？其实一说就明白，中国传统文学的正宗是文、是诗，讲究载道、言志；而西方新文化的要点是关注传播，强调民心，关切社会，通俗小说的地位很高，莎士比亚、塞万提斯、狄更斯、雨果这些写小说戏剧的，都被称为文豪。鲁迅、胡适等研究西方的文学理念，正是用中国的通俗小说做抓手、做实验。

最值得一提的是，1961 年 11 月，毛泽东写了一首《七律·和郭沫若同志》诗：

> 一从大地起风雷，便有精生白骨堆。僧是愚氓犹可训，妖为鬼蜮必成灾。金猴奋起千钧棒，玉宇澄清万里埃。今日欢呼孙大圣，只缘妖雾又重来。

这首诗取材于《西游记》故事，但说的却是国际政治的大事。一个月前的苏联共产党二十二大上，苏共主席赫鲁晓夫宣布与中国的关系破裂，中国实际上将要面临苏、美两个方面的围攻，形势便是诗中说的“精生白骨堆”“妖雾又重来”；而毛泽东以诗言志，内心迸发的则是“欢呼孙大圣”“奋起千钧棒”，澄清玉宇，肃清妖雾的激情。取通俗小说题材，抒发事关国际政治大局的豪情，在古典诗歌中极为罕见——我们不知道是否还能找到第二例，即使在最浅白的层面上，这也足以证明《西游记》的价值所在。

解读的三个层面：文字、文学、文化

欧洲有句非常文艺化的俗谚，说“有一千个读者，就有一千个哈姆雷特”，意在称颂莎士比亚笔下的人物形象立体，底蕴丰厚，不同的读者都可以基于自己的理解完成情感寄托或审美鉴赏。

其实这是一个通则。凡被称为“经典”“名著”的文学作品都必须具有这样的特质。

《西游记》适宜多种阅读场景

无论是沿中国文学史作纵向回溯，还是在全球范围内作横向比较，《西游记》都是名实相符的经典和名著。其优秀特质中最突出的一点，就是它能适应广泛人群的鉴赏需要，形成“一千种”的阅读——包括不同形式、不同目标和不同的主观感受。

星河耿耿，凉风习习，一张草席，几把折扇，晚间的纳凉是绝大多数中国人儿时读《西游记》的开始。入夜之时要让孩子们安静下来，家长们必须答应一个条件：讲故事。“唐僧骑马咙哩个咚，后面跟着个孙悟空”“大王派我去寻山，抓个唐僧当早饭”“吃人妖怪白骨精，一棍打个倒栽葱”，这是儿童们对《西游记》的读法，本质上是家长对孩子关于正义与邪恶、光明与黑暗的最初启蒙。

背着家长和老师，在书包中揣一本卷边的《西游记》，或者在手机里下载一部《大圣归来》，抽空从课桌的缝隙里瞄一眼，直到老师来揪住耳朵或者没收了手机。怕事的唐僧，同学们都不喜欢，敢把王母娘娘的桃、太上老君的丹都偷了的孙悟空，才是真英雄。课堂上不敢翻筋斗、七十二变，回家后作业一题不敢少写，但崇拜一下孙悟空，包括喜欢那搞笑的猪八戒，却是家长和老师都管不到的。带有青春期的躁动与冲破樊笼的渴望，是读书郎对《西游记》的读法。

难得浮生半日闲，冲一杯清茶，取架上的书翻翻，儿时已经读得烂熟，现在不过找找发噱的章节。吴承恩是大手笔，人间百态成了他的游戏笔墨，像孙悟空那样不服天地管辖、自由自在，这辈子是做不到了，有点俗气但很现实的猪八戒也许倒真是自己的镜子，吴承恩当年大概也就像自己这样活着，所以他玩世、骂人都令人倍感亲切。借他人游戏文字，博自己淡然一笑，这是事业有成的过来人对《西游记》的读法。

寻章摘句，咬文嚼字，查查孙猴子的祖孙三代，又盘算吴承恩为何不务正业。作者——吴承恩何许人也，他的一辈子功名事业、七姑八姨、吃喝拉撒，是要知道的；主题——“放浪诗酒，复善谐剧”的吴老夫子告诉了我们什么，他没说但心里想说的，他还没想说但应该要说的，也是要代他交代清楚的；形象——孙悟空蹦出石头缝大闹天宫，其实也是妖精，但很可爱，后来改邪归正修成了正果；猪八戒人丑嘴臭但心地并不坏，好吃懒做脏事苦事却都干了，活脱脱今世众生中的一个。把《西游记》煎炒烹炸，再加上点作料，希望帮助他人消化，这是学者们对《西游记》的读法。

说中国有只猴，和一头猪、一匹马、一个红头发的妖精，跟着一位圣僧去探险，他们经过了许多王国，遇见过很多公主，有爱情但没有成果；他们还在深山老林里与很多装扮成神仙的狮子、老虎、熊、蛇，甚至还有可爱的兔，发生了战斗，最后凭借顽强不屈的毅力，终于在遥远的印度得到了他们期盼的圣经。东方国度如此神奇？这是外国人眼中的《西游记》。

有多少种读者，就有多少种《西游记》的解读。《西游记》以精彩绝伦的文学造诣，以多样博大的文化底蕴，证明了它无愧于名著和经典的称号。

按照自己的爱好读《西游记》，叫作本色读法，也可以称为文学读法。但这只是起点，我们希望不要止步于此：《西游记》不仅仅是孩子们的书，也不仅仅是消闲的书，更不仅仅是学者们的书，我们希望读者能将《西游记》解读成一部以文学为载体、包罗万象的中国古代社会百科全书，让那些故事在文学的审美愉悦之外，还能释放更多的文化底蕴。

《西游记》内涵堪比百科全书

《西游记》之所以适宜多种阅读方式，缘起于它内涵的丰富包容，所以我喜欢把它称为中国古代社会的百科全书。

我们先从《西游记》里客观存在的文化信息说起。《西游记》是中国文学史上一个非常特殊的“集体创作，个人写定”创作模式的产物，也就是当时的中国作家还没有学会写长篇小说，每部作品都是从一个历史事件或者一位历史人物的传说开始慢慢积累，都有一个很长的演变过程；其中的故事都经历过很多人的打磨加工，也曾经因为时代潮流的影响而变来变去，最后经由某一位天才之手定型，情节不再变化，天才就成了这部小说的作者——其实应该称为写定者。具体到《西游记》就是：从大唐法师玄奘求学归国后，民间或者文人笔下第一个唐僧取经故事出现开始，到吴承恩大手笔为形形色色的故事定型为止，其间经历了唐、宋、元、明九百多年的演变；九百多年里参与增添、改写故事的人不计其数，有和尚、道士，有唱戏词的，说鼓书的，讲话本的，也许还有落拓失意的文人，吴承恩是所有人里面的最后一种，又有幸被查出了姓名家世，因此他被冠以“作者”之名，其余的则都成了无名英雄。所有这些包括吴承恩在内的人，每增加或删除一个故事，一定在潜意识中有特定的理由，一定得到了当时社会环境的认可，一定以那个时代的文化为背景，也一定保留了大量的生活细节。这些都是不可再现的，任何不可再现的信息，尤其是那些生活中所思所想的细节，都是我们了解历史和文化不可多得的文献。这就是《西游记》的底蕴。

为了更清楚地说明这一点，我们举敦煌遗书为例。敦煌留给普通大众的印象，似乎就是不可思议的石窟和精美绝伦的壁画，而大众也以为在莫高窟边上转一圈就了解敦煌了，这至少是不全面的。您知道吗？敦煌在中国，但敦煌学是一门世界性的学科，有人说，敦煌的一切东西，哪怕一张小纸片都是名副其实的宝物。还真是！构成“敦煌学”这门世界性学科基础的，除了石窟和壁画，更重要的是被世界各大博物馆作为至宝秘不示人的几万件敦煌遗书。敦煌遗书是什么？似乎很神秘，但说白了就是唐五代时期敦煌人生活中随时用到的“小纸条”——佛经、书籍、公私文书、实用字据，被统称为“敦煌遗书”。一些人认为，当年敦煌人准备远走他乡逃避兵火时，把这些“小纸条”都塞进了一座小石窟，然后把石窟封死，期待有朝一日回到家乡后启封再用。但他们没有回来，这些“小纸条”就在风沙中经历了一千多年，有幸被保存下来了。1900 年这些“小纸条”被重新发现，随即轰动世界，因为它们是已经逝去的那个时代的非常难得的真实记录。请注意，这是真实记录！我们今天无论通过何种渠道了解历史，历史留给我们的都只能是一个框架，我们可以利用的资料绝大多数都经过了人为的汰选，或多或少都已经扭曲了历史的真实面貌，尤其是细节已经经过了太多的打磨，变得模糊失真，所以就流传了“历史是任人打扮的小姑娘”这种极端的说法。而敦煌遗书恰恰提供了最真实的生活细节，这就很珍贵。试想，我们能想象一千年前农户们如何植树造林、种庄稼吗？显然做不到，但敦煌遗书里有！我们能找到一千年前离婚分家处理遗产的法律文书吗？显然也不能，但敦煌遗书里有！我们能发现一千年前商户们借贷欠款的往来字据吗？更是不能，但敦煌遗书里也有。凭这些，我们就可以了解一千多年前农民们究竟种什么树，又是如何把树种活的；了解社会经济活动究竟以什么样的方式进行，如何结算，利息多少，如何还款；也可以了解各种丰富的政府法律条文是如何实际应用的，当时的家庭结构如何，婚姻状况如何，财产如何分割。

《西游记》的故事在某种意义上和敦煌遗书具有同样的功能和价值，只不过那些文化营养弥漫在文字和情节中，需要我们解读。

文学作品的解读可以分为文字、文学、文化三个相互关联、递进有序的层面。全面汲取《西游记》的文化营养，我们要在阅读层面上有所提升。

文字解读：就是读故事把书读顺

一般来说，《西游记》不难读，语言是当时的白话，故事也很通俗易懂。但由于时代的隔阂，仍会有一些文字障碍可能影响我们的理解。这里举个典型的例子。

《西游记》里有个“车迟国斗圣”（第四十四回—第四十六回）的故事。说唐僧师徒来到一个人间国度车迟国，国王是个昏君，相信三个属于道教系统的妖魔虎力大仙、鹿力大仙、羊力大仙，拜他们为国师，帮助国王治理国家。为了阻止唐僧取经，三个妖魔向国王提出要和唐僧师徒比试一下，唐僧师徒赢了，才能放行。第一场虎力大仙与唐僧比坐禅，输了。第二场鹿力大仙提出比隔板猜枚，就是让人抬一个柜子来，让王后娘娘在柜子里放一件“宝物”，大家猜。孙悟空变了个小虫子钻进柜子里，看里面是一件娘娘穿的宫衣“山河社稷袄，乾坤地理裙”，当然很漂亮、很精致，算得上宝物，于是他将这件宫衣变成“破烂流丢一口钟”，然后在唐僧耳边叮咛几句。待到打开柜子，自然是唐僧师徒赢了。这“破烂流丢一口钟”是什么？是一件破破烂烂的道袍，道袍上下一样粗，所以叫“一口钟”。变出这件破破烂烂的道袍是为了羞辱那个道士鹿力大仙，言下之意是“你们的‘宝物’只配是这种破烂道袍”；孙悟空还使坏，在上面撒了一泡尿，这道袍就不仅破而且加了料——浓浓的猴臊味。但中央电视台1986年版电视剧《西游记》拍这个情节时，导演不懂这“一口钟”是何物，就真的找了一口有缺边豁口的大铜钟放在柜子里。这一来，对情节虽然没有太大影响，但孙悟空讥讽道士妖魔的那种一语双关式的刁顽机灵神气劲儿却没了，在品味经典这个意义上，效果显然差了。当然，后来摄制组重拍了这个细节，现在那口缺边豁口的大钟在电视剧中已经看不到了，柜子里藏的“破烂流丢一口钟”已经被正确地显示为一件道袍。

另外，《西游记》还涉及儒道释的宗教元素，能不能看出佛祖和道祖、道士与道人的区别，能不能找到菩萨的南海、太上老君的三十三天，对于阅读其实也有很重要的意义。比如，寺庙是佛教的家，宫观是道教的家，庙堂是儒教的家，必须对号入内，不能摸错门；又如，“道童”是道士修仙场所的看门人，“道人”却是佛教寺院里的看门人，不了解的，就会觉得离奇。这些以下我们都要细说。

文学解读：就是读形象把书读懂

这似乎也不算难事，在吴承恩笔下，很多小妖精都有个性化的名姓，诸如“有来有去”“精细鬼”“伶俐虫”之类，令人过目难忘，更何况亲亲热热的“哥哥”“二师兄”，都是人们耳熟能详的形象。但只读懂这些还不够，捡了芝麻，也要把西瓜抱走。

容易偏废但其实不可偏废的是对唐僧形象的解读。唐僧的原型是著名历史人物、唐代高僧玄奘，他孤身一人去印度，用十七年时间完成了求学的壮举，他的事迹下文我们会详细介绍。由于文学的再创造，《西游记》里的唐僧性格懦弱，处处仰仗徒弟和神佛的保护，已经与悲壮昂扬地踏上西域古道、穿越戈壁沙漠的玄奘大师有了明显的差别，读者也很容易因此把视线转移向更鲜活灵动的徒弟们，口口声声亲亲热热地叫唤“大师兄”“二师弟”，而不在意唐僧的形象。但其实唐僧与玄奘的人格本质上没有任何区别——他们围绕“取经”所表现出来的对理想的追求、对信念的执着和顽强的毅力，没有任何区别。吴承恩弱化唐僧的能力，把他写得手无缚鸡之力，某种程度上也是在强化唐僧顽强、坚毅的高大形象，仍然是在宣扬玄奘法师的精神力量。试想，不取经还有《西游记》的故事吗？没有唐僧还能取经吗？唐僧不坚毅这经能取得来吗？正是“唐僧”和“取经”这一对关键词，构成了《西游记》最本质的主题和经久不衰的价值。让读者在阅读唐僧的过程中理解唐僧，再由《西游记》中的唐僧引导而了解真实的历史人物玄奘，是一个值得努力的目标。因为称得上中国人脊梁的玄奘法师，是我们真正应该崇拜的偶像，他的信念、毅力，都是我们需要的品格。

文化解读：就是把书读透，读成生活的一部分

多读几本书，用书里的历史文化信息，熬一锅“心灵鸡汤”，点一盏指路明灯，走出无知和闭塞，去探索更宽广的世界，是很多人的向往。但不是每本书都有这种作用，而《西游记》有。在那些看起来完全不可思议的、非常魔幻的故事背后，有无数不可思议的真实存在，有属于历史的，属于地理的，属于宗教的，也有属于社会制度的。下面举几个例子。

《西游记》里国王的身边，几乎都有道士，而这些道士几无例外都是妖道。这是吴承恩的宗教倾向吗？不是！是吴承恩生活的明代嘉靖朝真实的政治生态。

《西游记》里有个比丘国，国王要拿一千一百一十一个小孩的心肝做药。这是文学的想象虚构吗？不是。这也是吴承恩时代不可思议的荒唐但很真实的事件。

《西游记》里孙悟空是从哪儿来的？这个猴子的文化原型究竟是中国本土的还是印度进口的？这个学术问题，已经争论了一百多年。有人也许不理解：这有什么好说的？花果山是虚构的，猴子也是编的，学者好无聊。但其实这是一篇大文章，孙悟空的原型只是一条线索。

就拿孙悟空身世的话头来说。学者们发现，孙悟空有一半的文化血缘在古印度，起源在三千多年前的婆罗门经典中。但是很奇怪，婆罗门文化在中国尽管有很多蛛丝马迹，但我们现在还没有发现可靠的传播线索，对孙悟空身世的探究则可能弥补这一缺憾。往远说，这个问题牵涉自古以来中原与中亚、南亚甚至更远的地域之间的文明，科技，经济，文化的交流，涉及佛教、婆罗门文化在中国两千年的传播；往近说，“一带一路”倡议以曾经的丝绸之路为依据，我们是在用历史上已经存在的事实证明今天国家间加强沟通的可行性，证据就是包括孙悟空形象在内的文化交流。

《西游记》的故事背后，字里行间，积淀了我们这个社会古往今来太

多的历史和文化。我们有一千种理由安排自己去探究那些取经故事的最初面貌，寻找那些故事存在的理由与社会背景，然后把它的文化之根清理出来，再把过程一步一步地描述出来，尽可能多地捋出来龙去脉和或明或暗的因果，借助于这些深度解读的故事，让我们自己睿智起来。

解读的四个坐标：历史、模式、时代、作者

文字、文学、文化，每个层面都有一大堆的神秘在等待读者。为了打开解读之门，我们要设立一个参照坐标。之前很少有人会这样大动干戈，而现在必须这样做，因为我们从《西游记》中越来越多地读出了复杂和深刻，也越来越多地发现了它的价值和意义，我们有必要打开“脑洞”，作一次文化畅游。

历史坐标：发现底蕴

《西游记》以及与其同类的《三国演义》《水浒传》《封神演义》等，都有巨大的历史容量和文化积淀，解读它们的底蕴，必须有历史的视野和胸怀。

中国的通俗小说以话本的形式于宋代在瓦舍勾栏里兴起，最受欢迎的是“讲史”和“小说”两家数。据资料看，两家数的定义和分工很明确，“讲史”是讲说“前代书史文传，兴废争战之事”，情节雄放，篇幅较长；“小说”是“烟粉、灵怪、传奇”，还有“说公案，皆是搏刀、杆棒及发迹变泰之事”，故事缠绵，篇幅多短。到了元代，这两大题材类别演进出的文学特点更为明显，“小说”走向精致，文字越发细腻，情节越发生活化；“讲史”走向开阔，人物越发雄放，故事越发张扬，有了长达数万字的长篇小说《三国志》《武王伐纣》等，这是中国长篇通俗小说发展的第

一阶段，以话本，也就是以口头表述为特点。

接下来就进入了长篇通俗小说向书面的章回体小说发展的阶段，其代表作是《三国志通俗演义》《水浒传》，成为学界共识的起始时间段是“元末明初”。走向这一阶段的一个重要标志是小说摆脱了话本——依赖口口相传、讲说表演的形式，而完全以文字作为展示文学魅力的手段。这是小说艺术表现力的一次解放，作品对历史事件和人物都有了更为充分的渲染表现。如《三国志通俗演义》深深植根于讲史的文化土壤，纵横于各诸侯和集团之间的利益纷争，勾勒各路人马的心机盘算，描写浩大的战争过程和场面，到了登峰造极的程度。《水浒传》写人物的经历各有不同，但都成了梁山好汉，上梁山的本意各有不同，但都有一个合适的理由，同在水泊梁山，但性格却又各有不同，到了叹为观止、妙不可言的境界。

讲述历史事件、历史人物的故事并据此积淀为特有的文化底蕴，是这一时期所有作品的共同特点，比如《三国演义》的“三分天下”“拥刘反曹”；比如《水浒传》的“替天行道”“逼上梁山”；比如同属此类的《封神演义》的“吊民伐罪”“商亡周兴”等社会道义。这些社会道义也许并不属于最初的主题，比如最早的《三国志》并没有任何“拥刘反曹”的倾向，早期的《大宋宣和遗事》也没有“替天行道”的口号。这些后来被加进了作品，为什么会被加进去？显然因为它是一个特定历史时期所有的，被作者刻意保留下来的社会思潮或者社会道义。这些社会思潮和社会道义被保留了，作品的核心价值也就是文化底蕴由此便形成了。因此深度解读在这个阶段里形成的这类作品，离开历史的背景就不能捕获它们的灵魂。

对《西游记》的认识当然也要基于这一点，就是应该意识到它深厚的底蕴和核心的价值是依靠历史积累形成的。具体说，就是从大唐贞观年间玄奘大师独身赴印度求学开始，围绕这一历史事件形成的意义都被保存在故事情节里，不可浪费。比如，《西游记》的“唐僧取经”就是一个世代罔替的核心，而取经所表现的对信念的执着、对理想的追求，就是所有故事的灵魂，没有任何时代的任何一种《西游记》故事能缺少这个灵魂。这就是价值，我们不能离开文学的表现力去说《西游记》，但是必须强调："唐僧取经"是所有西游故事文学元素、艺术手段的核心支撑；正是经由这样的支撑，才使其具有了构思奇幻、形象鲜明、语言幽默等文学意义。

这点，我们不能浪费。

模式坐标：发现积淀

宋元的讲史话本在元末明初逐步向长篇章回演进的时候，沿袭的是一种"集体创作，个人写定"的模式，《三国演义》《水浒传》《西游记》均是如此。这种模式的沿袭在《西游记》面世后不久被《金瓶梅》完全的"个人创作"所打破，此后"集体创作"便趋消失，至少是退出了主流。但是，"集体 + 个人"的模式留下来的绝不仅仅是一个值得怀念的模式，而是我们后人窥视过去、回味历史的百叶窗、百宝囊。

所谓"集体创作，个人写定"的模式，前面已经提到，大致是指作品的取材最初依据于历史事件和历史人物，在民间以口口相传的形式流传，带有一定的偶然性，并非某一个人执意所为；在故事所涉事件和人物的社会意义、文化意义得到广泛认可后，故事就会像滚雪球一样不断扩大，会得到无数人的添加或者删改，会不断地融合进新的内容，故事的必然性越来越强，其内蕴越来越明确；最后某一位将这个故事的人文意义和故事情节修改得再无可改时，故事便自然定型，最后的定型者就成了后世认可的作者，罗贯中、施耐庵、吴承恩、许仲琳（陆西星）等均列其中。我们现在强调的是：这种模式下的作品，有漫长的成书过程，经历过多种文化的冲突与平衡——其中的每一次修改增删都可以看作文化冲突和平衡的结果，浸润有不同时代的政治、社会信息，因此形成了特殊的价值。

比如，《西游记》说唐太宗与唐僧在长安城外拜为兄弟，后来很多情况下唐僧的身份就是"御弟"——尤其是那些女王、女妖，口口声声"御弟哥哥"，平添了多少妖娆妩媚。这个情节亦真亦假，说假，是因为玄奘当年潜出长安并屡受官府追捕的历史已经众所周知，哪有什么结拜；说真，是因为这个情节又并非捕风捉影，确确实实在西域高昌国发生过，在高昌国，玄奘就是货真价实的御弟。

比如，《西游记》说乌鸡国的青毛狮子曾经假冒国王，和王后等一起生活了三年，后来孙悟空要追究狮子“淫乱后宫”的罪名，道：“三宫娘娘，与他同眠同起，点污了他的身体，坏了多少纲常伦理，还叫做不曾害人？”狮子的主人文殊菩萨则说：“点污他不得，他是个骟了的狮子。”八戒伸手一摸，果然。这个乌鸡国在哪里？西域阿耆尼国！

再如，《西游记》说陷空山里面有个无底洞，洞里有一个闭月羞花、沉鱼落雁的老鼠精，叫地涌夫人。这位地涌夫人费尽心机把唐僧捉到了洞里，软磨硬泡，一定要和唐僧成亲取他的元阳。孙悟空查清，这个妖精原来是李天王的义女、哪吒的义妹，因此要告李天王纵女行凶。后来还是在哪吒的帮助下降伏了这个大有来头的老鼠精。这个陷空山又在哪里？据说在西域于阗国。

发生在高昌国、阿耆尼国、于阗国的这些事在《大唐西域记》和《大慈恩寺三藏法师传》里有简略记载，查到并不难，但吴承恩没有到过西域，虽然他具备中原文人的一切素质，但他不可能仅仅凭借文献的只言片语便形成西域故事题材，其中一定有很多中间环节、很多故事，即有过所谓的“集体创作”，而集体创作就意味着社会的集体意识。查清楚这些故事如何经历千年，跨越地域与文化的阻隔到了吴承恩的笔下，不就是查清了一条鲜活呈现在我们眼前的文化传播的渠道吗？

时代坐标：思想启蒙

在《西游记》诞生的时代，它堪称中国通俗小说现实主义精神在新时代的先行者、探索者。《西游记》的价值有那么高吗？也许我们在更开阔的时代视野里看这个问题会容易一些。

众所周知，西方近代的强大得益于两百多年前的资本主义工业革命；工业革命的启动，又得益于早前不断涌现新思维的启蒙运动；而启蒙运动的基础，则可以追溯到以十四世纪到十六世纪的文艺复兴运动，是文艺复兴引导欧洲走出了中世纪。文艺复兴的代表性人物，早期有但丁、薄伽丘、达·芬奇、米开朗琪罗，后期的代表作品则有莎士比亚的戏剧和塞万提斯的《堂吉诃德》，这是我们在谈论欧洲从中世纪的黑暗向现代资本主义社会演变时必然会说到的话题。

而有论者早已注意到，中国社会在十六世纪，也就是明中期其实也曾有过资本主义的经济萌芽，甚至有过类似于文艺复兴的社会潜流。怎么讲呢？我们就此简单地解释一下。

中国的封建社会制度到明代已经发育得非常成熟，加之朱元璋、朱棣父子都有强悍的手腕，因此明代前期政治的标志就是专制。习文学的读者都会知道，朱氏父子都擅长制造文字狱株连滥杀，也都擅长以理学压制思想上的异端，因此明代前期的一百多年间整个社会气氛稳定但压抑，意识形态和文化艺术都乏善可陈，拿不出像样的新东西，包括文学作品。进入嘉靖朝之后，东南地区的经济出现新的增长模式，以商业和手工业的发达为象征，社会财富形成资本运作的趋势开始出现，也就是历史学家、经济学家和社会学家们常说的出现了资本主义的萌芽，与之相应也出现了体现在哲学、文学、艺术行为中的社会变革诉求，只不过资本主义的萌芽非常弱小，变革诉求并不明确系统，也只能称为一股潜流，但其最本质的内容就是“不满”和“求变”，这与欧洲文艺复兴、启蒙运动在本质上一致。这股有时代意义的潜流从明代嘉靖中后期大约公元1550年开始出现，一直延续到明亡的1644年。在这股潜流中，哲学上的代表有李贽，科学上的代表有徐光启、李时珍，文学上则有《西游记》《牡丹亭》《金瓶梅》等作品，都是在倡导、呼唤和启蒙一种新的社会思维、社会意识。

如何把《西游记》放到这个背景下阅读呢？新的社会思潮表现在文学上，就是俗文学地位的提高和创作的繁荣。中国传统的文学观念，都以诗文为正统，小说戏曲被认为鄙野淫邪，难登大雅之堂。但明代中叶以来，社会经济基础发生了变化，社会阶层、社会风气也发生了变化，文学的变化势所必然。最重要的变化发生在对小说戏曲的态度方面。新的态度强调俗文学强烈的感染力和极大的社会教化作用，强调其中的“人情”才是世间“至理”，矛头所向就是封建礼教。《西游记》《金瓶梅》《牡丹亭》都具有这样的特点，区别只在于，《西游记》借用了神魔二元体系，在形象体系和描述方法上作了转换，和《堂吉诃德》异曲同工。

注意，欧洲文艺复兴的重要标志就是对俗文学教化大众功能的重视。西方人认识《堂吉诃德》的方式和视角可以给我们一些启示。他们把人物的疯疯癫癫、情节的荒诞不经，视为作者对西班牙现实的深刻理解和对旧时代的讽刺；认为它一方面以没落的骑士为线索描绘了西班牙社会广阔的生活画面，揭露了封建统治的黑暗和腐朽，具有鲜明的人文主义倾向，表现了强烈的人道主义精神；另一方面又赞扬了除暴安良、惩恶扬善、扶贫济弱等优良品德，歌颂了期望中的理想社会。《西游记》不正是这样吗？《西游记》中其实有很多直接对社会的讽刺、隐喻、象征，它的故事情节似乎遥远，但所讽刺的对象却非常真实，就是作者生活的那个时代的现实，只是都隐藏在神话的故事情节中和搞笑的人物行为中，由于我们还缺少对通俗小说社会性抽丝剥茧的解读方式和相关理论，导致我们对《西游记》中的现实意义和人文道义的忽视，其实《西游记》的诞生就是这股社会思潮的产物。

切入坐标：作者互动

万历二十年《西游记》被搬上书坊的柜台，距离《西游记》故事的最后写定者吴承恩逝世只有十年。对吴承恩的作者身份目前虽然还有怀疑，但从学理和证据两个方面来看，质疑的理由已经微不足道。能够将文本与作者互动研究，是《西游记》研究的一大优势，与《西游记》同类或者同期的《三国演义》《水浒传》《封神演义》《金瓶梅》却没有这么幸运，因为它们的作者仍然隐身于历史尘雾，作者仅能以粗线条的轮廓示人。

《西游记》阅读层次的提升和现实主义精神的揭示，都与吴承恩研究有双向互动的关系。

中国的古人们没有发展出系统的文学理论，不能把作者与作品之间文本、文字以及文学、文化的关系表述清楚，但有一个很简单的道理大家都明白：书，出自人的笔下，有什么样的人才有什么样的书。当《西游记》最初出现在书坊柜面上时，就有人惊异于本书的“奇幻”而追问：“谁写的？”当时没人能回答这个问题，只有应邀作序的写手陈元之回答了三个“或曰”，也就是大而化之地提供了一些模糊的信息。由此，明代最后的几十年，社会对《西游记》虽然充满敬意，但并没有出现真正有意义的评价和研究。这一点，古人都能看得清楚，声称系李卓吾手笔的明刻《李卓吾先生批评西游记》，第一回评语的第一句话就是“读《西游》者，不知作者宗旨，定作戏论”。

对《西游记》主题清晰的系统研究始于清初一个叫《西游证道书》的版本。这本书为了证明《西游记》的主旨是求证金丹大道说，于是利用当初世德堂本没有作者署名这一漏洞，任性地造出一个“长春真人丘处机”，丘处机是道士，于是“金丹大道说”这个具有哲学意义的诠释顺理成章地成型了。长春真人说是作伪，金丹大道说也是空穴来风。但这件事证明：如果希望推行金丹大道的命题，就必须找到或者造出一个身份吻合的作者。

新文学时期，胡适、鲁迅根据天启《淮安府志》的记载摸索到了吴承恩的身边。胡适在《〈西游记〉考证》中凭借一些零散的记录和他见到的吴诗，框定了吴承恩生活的大致年代，指出：“现在的《西游记》小说的作者是一位‘放浪诗酒，复善谐谑’的大文豪做的，我们看他的诗，晓得他确有‘斩鬼’的清兴，而绝无‘金丹’的道心”；“这部《西游记》至多不过是一部很有趣味的滑稽小说、神话小说，他并没有什么微妙的意思，他至多不过有一点爱骂人的玩世主义。”这段话一是批了“金丹大道说”，二是提出了“玩世游戏说”，对后世的影响都很大，而二者显然又都是建立于对吴承恩的认定之上。

二十世纪八十年代，《西游记》研究出现了一波重要的进展，其中公认的重要成果则是由吴承恩故居、墓地被发现而带动的《西游记》作者研究；包括《吴承恩年谱》《吴承恩诗文集》等在内的一系列成果，其基础则是吴承恩《射阳先生存稿》的发现。它让我们看到了吴老先生的身形轮廓，可以与他老人家进行跨时空的心灵交流。现在谁也不能否认，吴承恩的《二郎搜山图歌》《送我入门来》《禹鼎志序》《先府宾墓志铭》《答西玄公启》等已经是深入解读《西游记》的必备功课。说实在的，很多情况下从吴承恩的角度去看《西游记》，色彩和情调都是不一样的。

和《西游记》同样作为名著一路走来的《三国志通俗演义》《水浒传》《红楼梦》《金瓶梅》，它们没有这么幸运。对于阅读者来说，它们缺失了与作者的互动互证，这不能不说是一种遗憾。

上天提供给今日读者的吴承恩，且应珍惜。

第二章

从玄奘到唐僧：《西游记》传承的初心与主题

开春了，虽然残雪犹存，但日头渐渐有了暖意，方丈也很惬意，这座洪福寺规模不算很大，但因为连续几代都有高僧住持，因此在京城的地位很高，香火旺盛，各处殿堂也都修葺得整洁得体。转到山门时，见有僧人聚在那株冠盖硕大的知客松下喧哗，似乎都很兴奋，便踱了过去。须臾，一干僧人已经迎了上来，一起嚷嚷道："祖师回来了！祖师要回了！"手，都指向那知客松的枝头。凝神看去，果然原本向西延展的松枝已经折而向东，方丈陡然也心中一凛，双手合十，连呼："阿弥陀佛。"说来洪福寺的僧人，无论长幼，都知道本寺玄奘大师多年前去印度求取真经了。临行时，他在这株知客松下与众人相约："我走之后，松枝会指向西方，哪天掉头向东，就是我回来了。"

正说间，朝廷有差官快马通报：玄奘法师已经到达京城西门外的驿馆，明日清晨入城，皇上已传令留守长安的宰相房玄龄率一众文武官员到城门外迎接。法师入城后，仍以洪福寺为道场留驻。

这是莫大的荣誉。方丈也赶快报告了知客松枝头东指的异象，这个莫大的奇迹，正与朝廷的通报呼应。

第二天，长安城里的各色人等在朝廷官员的带领下，万人空巷，倾城而出，欢迎这位从西天取经归来的大法师。这一天，长安城内外的空气中都散发着香烟的气息，街道上撒满鲜花，街道两旁站满官吏、僧侣和百姓，排成数十里的长队。有关部门为防止发生踩踏事故，严令观看的人不得移动，如有不遵，兜头就是一鞭。后来朝廷将玄奘从印度用二十匹马驮回来的佛舍利一百五十粒、高三尺三寸的金佛像、高三尺五寸的鹿野苑初转法轮金佛像、高二尺九寸的金佛像、高四尺的如来自天宫下降银佛像及其他大小金银佛像，大小乘佛教的经典以及因论、声论等经典六百多部，印度的帐舆、旌旗、幡幢和僧尼的法服袈裟等物品陈列在长安城最繁华的街道——朱雀街南端，供公众观看瞻仰。

李世民随后在洛阳召见了玄奘，仔细询问了玄奘西行取经及归途中的见闻和经过。此后的二十多年中，在李世民与其子唐高宗李治两代唐皇的支持下，玄奘一直在优裕的条件下译经，朝廷为他从各地抽调了学问渊博的高僧和爱好佛学又文笔流畅优美的官员组成译经班子，到他去世为止，共译出佛经七十五部，一千三百三十五卷。十九年后玄奘逝世，安葬在长安城东的白鹿原。这一天，方圆五百里内有一百多万人赶来送行；入夜后，有三万多人露宿在他的墓旁陪宿。再五年后，玄奘迁葬，那天许多人又来送葬，盛况不下于五年前。

唐太宗接见玄奘法师，实在是值得一书的事件。一个宗教事件就此成为一个文化事件，个人行为就此成为国家行为。这是一个生发点，唐僧取经的故事从这里诞生，逐渐形成了我们引以为豪的文化传承。

从玄奘偷渡出发创造出第一个故事开始，到吴承恩完成“世代积累”的最后一个环节，也就是交出定型的一百回《西游记》为止，其间的历史跨度是九百多年。这段时间里文化因素、文学形态的变化过程，决定了《西游记》的基本传承和初心主题。

凤凰谷走出的小沙弥

长安城骤然爆发的这股热流令人相当不解。在西去印度之前，还属青年的玄奘虽然已经被称为高僧，但他毕竟只是一位僧人，与宫廷官府毫无关系；他去印度时孤身一人，还因为偷渡被朝廷通缉，何况西域丝绸之路上来来往往的僧人也并不罕见，就在玄奘出发之前，他还拜访了一位刚从印度过来的印度佛教僧人波颇法师；说起来，玄奘回国后翻译出卷帙浩繁的佛经数十部，也基本奠定了佛教一个新的宗派唯识宗的基础，但这与普通百姓的关系毕竟有限，天下说教本多，并非百姓都信佛；即以唐太宗李世民而论，他对玄奘的兴趣与关心似乎也与佛学无关，因为他自己本人就不是一个佛教徒，在政治上他号称是道教祖师老子的后裔，因为他姓李，更容易借用老子的光环。这里的奥妙究竟在何处？玄奘归国的第二年，当玄奘按照要求完成《大唐西域记》并与新近译出的佛经一起呈上请太宗题名时，唐太宗说了一段大实话：《大唐西域记》我是一定要读的，但佛法精深，我也不懂，为佛经题名的事就免了吧。那么，当年为何竟有百万之众的官民人等迎接玄奘？后来为何同样有近百万之众为他送葬？又是什么使得并非佛教徒的太宗李世民与儿子高宗能十几年如一日为玄奘提供译佛经所需的一切？这一切都让前前后后数不清的人感到好奇和困惑。

有过人之誉者，必有过人之节。一切答案都在玄奘的十七年中。

玄奘法师是河南省洛州人，俗姓陈，名袆，是洛州缑氏镇儒生陈惠的儿子。文献记载："缑氏县之东南凤凰谷陈村，亦名陈堡谷，即法师所生地也。"缑氏，当时属于洛州偃师县，今天已是洛阳市的偃师区，但陈家村在今巩义市，现在当地陈河村还保留有玄奘故里。当地的旅游宣传资料中介绍陈河村：

> 北依白云岭，衔伊水，南望伏牛山，东临轩辕雄关、西瞻伊阙龙门，沃野千里，河谷纵横。进入陈河村，是青山环抱的凤凰谷。深巷古街内，土屋相连。淳朴民风依旧，村民悠然自得，似乎自己的世界更精彩。

故里是一座依山而建的院落，坐北朝南，"玄奘故里"四个大字由中国佛教协会前会长赵朴初题写，整个院落格局为南北长方形院落，前后院按自然地势，渐次升高；建筑用青瓦白墙、朱门红柱，布局巧妙，错落有致，也算充分仿制出了隋唐时期的风貌。当地人习惯叫陈家大院，至今仍有古物可供凭吊：大院中有一棵葱茏翠绿的皂角树，却是新长在早枯老槐树上，而且相抱相生；皂槐树旁边，现存古井一口，人称"慧泉"。这些古物，每一件都有关于玄奘的传说。屋内陈列着唐僧所译的经卷线装善本，有译为多种文字的《大唐西域记》的各种版本，以及玄奘的墨迹、玄奘法师的生平故事挂画，作为具有纪念馆性质的"故里"，显然得到了精心呵护。

说来陈家在当地称得上世家，祖上都是读书人，也都做过不算小的官。但由于世道混乱，陈祎的父亲陈惠辞去官职，跑回家以耕田为生。他精通儒学，让孩子们都受到了很好的教育。在陈祎五岁那年，一天，他父亲坐在茶几边口授《孝经》，在讲到"曾子避席"一节时，父亲说："古人有一个习俗，常席地而坐。那时孔夫子同他的弟子曾参一起谈论天下大事，并提出问题要曾参回答。曾参见老师要他回答问题，连忙离座起立，垂着两手，毕恭毕敬地答话。久而久之，'曾子避席'就成了一个尊师的典故……"听到这里，坐在茶几另一边的陈祎随即整好衣襟，站起来。父亲问："你站起来干什么？"陈祎回答："慈父面授学问给孩儿，孩儿岂能安坐而不敬。"

最重要的是陈惠也精通佛学，在经常给陈祎兄弟讲授儒家经典的同时，陈惠也言传身教把佛学介绍给了孩子们。当时是隋朝，隋皇好佛，在两京之一的洛阳广建佛教寺院、广度僧尼，所以，当时出家做和尚的风气很盛。在父亲的支持下，陈祎的二哥陈素很早就出家，在洛阳净土寺做和尚，法名叫长捷。陈素见弟弟聪明早慧，便把他带到洛阳，经常领他到寺里听法师们讲解佛经，还亲自教他念诵经文，耳濡目染，陈祎渐渐也爱好起佛学，在大约十三岁时剃度出家了。

陈祎出家以后，取法名玄奘。由于他的勤奋好学，也由于他的天资聪颖，二十一岁时就受了“具足戒”，成了小有名气的玄奘法师。我们知道，出家修行要受许多约束，在佛门中称受戒。一个修行的人，所持的戒律根据修行的程度会有深浅的不同。“具足戒”又称为“大戒”，是佛教僧尼的高层戒律，一旦被授予“具足戒”，就说明这个人在佛学上已经具有了精湛的造诣，在佛教中有了正式的身份。玄奘在精通了多部佛教经典以后，发现佛教的宗派很多，教义各不相同，研究越深，疑问越多。虽然他跟随国内不少佛学权威学习过，又几乎访遍了著名学者，但仍然觉得不能解开心中的疑团。于是他有了远赴印度取经的念头。说来也巧，这时候长安来了一位印度的和尚，叫波颇法师，带着多部梵文佛经，从海道辗转来到长安。波颇法师是印度佛教的权威学者——那烂陀寺戒贤法师的学生。戒贤法师深通佛教学说，在中国的佛教界也早有名气。玄奘从波颇法师嘴里得知戒贤法师还在那烂陀寺讲学，于是他决定立即将计划付诸实现，去那烂陀寺拜戒贤为师。

莫贺延碛的生与死

这一年，玄奘邀请了一些志同道合的人，一起上表给朝廷，申请经河西走廊去印度取经学习。当时全国还没有统一，大唐的势力只能到达河西走廊一带，而且还时常遭受突厥的侵扰，且受玄武门事变的影响，政治形势依旧紧张，因此，朝廷对出入西域采取了严格的控制措施，玄奘他们递交的申请被驳回了。对于其他人来说，这消息如同一盆冷水，本来聚在一起准备上路的人也就散了。但玄奘并没有产生一丝动摇，他还是继续了解西域的风貌民情，认真学习西域各国与印度的文字语言，为西行做各种准备。第二年，机会终于来了。这一年长安附近遭受雹灾，收成大坏，饥民成群，刚刚取得政权的唐太宗为了减轻京城的压力，下令百姓可以出城自行解决生计问题。趁着这个机会，准备已久的玄奘混在饥民中间，悄悄地离开了长安。

玄奘出发时，并不知道印度在什么地方，只知道佛法是从西面传来的，极乐世界在西方，所以他相信一直向西走就会到达印度。就像《西游记》里的唐僧，相信一直往西走，就会到达佛国灵山雷音寺。他当时走的这条路我们今天称为丝绸之路，大体上是从长安经秦州（今甘肃天水）、兰州、凉州（今甘肃武威）到嘉峪关，再到瓜州（今甘肃瓜州），然后进入绵延八百里的莫贺延碛；穿过莫贺延碛，就是重重叠叠的喀喇昆仑，这才算真正踏上前往印度的艰难道路。

到达瓜州之前，路途还算得上通畅，但朝廷对于向西北行走的人员有严格限制，沿途关卡都要严格检查“过所”——相当于今天的边境通行证或者护照，《西游记》里叫通关文牒，玄奘与一个返回家乡秦州且有合法证件的僧人搭伴而行，混过了道道关卡，还算顺利。但到达凉州这个当时大唐的边关重镇时，形势就比较紧张了。凉州都督李大亮已经得到报告，说从长安来了一个和尚想去西天取经。于是他派人把玄奘找来，追问他到凉州的事由，然后说：“朝廷明令，禁止西行，法师速回长安，否则休怪我李大亮无礼。”

凉州显然是不能再待了。眼前只有两条路，继续前行或返回长安。在凉州很有名气的和尚慧威法师十分同情玄奘，派手下熟悉地形的两个小和尚，带引玄奘偷偷溜出凉州城。他们一行三人白天躲藏，晚上赶路，一鼓作气走出嘉峪关，几天后到了瓜州，落脚在塔尔寺。瓜州的情况和凉州不太一样，主要区别就在于瓜州刺史独孤达和州吏李昌都是佛教徒。他们也都忠于职守，玄奘一到瓜州，他们便发现了，但他们的方法是将玄奘接来住下，婉转地劝阻玄奘，一边说由瓜州再向前有太多的途程艰难，一边拿出朝廷追捕的公文，以示还有政治的危险。

瓜州也待不下去了。就在此时，一个西域人跑来塔尔寺礼拜玄奘，自称叫石槃陀，愿意受戒拜玄奘为师。玄奘转愁为喜，赶忙叫石槃陀备置马匹、衣物和其他旅途用品。不一会儿，石槃陀牵着两匹马回来了，其中一匹又老又瘦，还领来一位白发童颜的老翁。石槃陀指着老翁说：“师父，弟子是在马市遇见这位老翁的。他听说我等要西行，就要把这匹老马卖给我。这位老翁来往伊吾多次，路径极熟。所以我请他来叙谈叙谈。”老翁恭敬地向玄奘作了一个揖，说：“法师取经的决心如此坚定，实在令人佩服。西行途中，法师可乘坐我的红鬃老马。不要看此马又老又瘦，它已经途经沙漠往返伊吾十五次了。如用其他马匹恐怕不能胜任。”于是，玄奘买下这匹红鬃老马。这匹老马后来强有力地证明了“老马识途”这一真理；而那位石槃陀也被有些学者认为是孙悟空的原型。

从长安到瓜州，一路上充满了被搜捕的紧张与惊吓。这给玄奘留下了一定的心理阴影，所以他回国停留在于阗时，要事先向朝廷进表，解释当年私渡国境的动机。

再往前走，离开瓜州前往哈密的路上，有一片热风弥漫、寸草难生，现今被联合国确定为“极旱地区”的大戈壁，号称东西横亘八百里。它在地理学上有一个专门的术语，称作莫贺延碛，但在历史上更令人毛骨悚然的名称叫“八百里大流沙”，《西游记》里叫流沙河——难怪，吴承恩之类的书生怎么能理解大流沙？所以他们以为是一条“河”。今天，对于从连（连云港）霍（霍尔果斯）高速或者从陇海线上经过的观光者，看那种极度的荒凉已经是一种景致，但只要我们能记起这里曾经是丝绸之路的要冲，就不难想象当年穿越这片大流沙的人——无论是商人还是取经者，他们用自己脆弱的生命与大自然展开的搏斗是多么艰难。相对于玄奘的整个取经历程，这段距离并不算长，但事实上却是最惊心动魄的路段之一。

进入八百里莫贺延碛。那里有五座烽火台，每座相距百余里，里面都有军队把守，是专门拦阻私自西行者的，必须绕过去。但那些烽火台都建在有水有草的地方，除此之外那八百里大沙漠上无飞禽、下无走兽，人马难行，绕行意味着有更大的危险。沙漠中气候变幻莫测，白天酷热难熬，时有狂风走沙，夜里又寒冷难挡，点点闪闪的磷火，令人毛骨悚然，途中常可见到堆堆尸骨，他们都是企图穿越戈壁沙漠而遭遇不幸的人……玄奘在穿越第四座烽火台后，曾经迷路，又因精疲力尽，下马喝水时失手将皮袋落到地上，一大袋水全部渗进沙土里。玄奘懊恼万分，本想回到第四座烽火台取水，但他突然想起自己离开长安时发下的誓言：不到目的地，决不后退东归一步！于是毅然勒转马头，继续向西前进。玄奘瘫软在马背上，听任马儿信步向前，就这样四夜五天滴水未沾，终于连人带马一起栽倒在地上。意外的是，第五天半夜，昏迷中的玄奘梦到一位身高数丈的大神站在面前，对他大喝道："何不强行，而更卧也！"玄奘惊醒，坚持向前走去，忽然红鬃马狂奔起来，竟把玄奘带进一块有一洼清水的绿油油的小草地上。玄奘兴奋极了，在这块小草地上，和红鬃老马美美地休息了一天，终于走出大漠，到达了玄奘遇到的第一个外国——高昌国（今新疆吐鲁番）。因为高昌国上下信佛，所以玄奘在那里得到了神一样的热情款待，国王与他结拜为兄弟，深情挽留；最终没有得到玄奘同意，于是国王写了二十四封信，准备了二十四份礼物，派专人护送他前往下面的各个国家；但是当他到达下一个奉行其他学说的国家时，他又因为信佛被视为异教徒，差点被当地的民众烧死。真实的西天路上，虽然没有吃唐僧肉的妖魔鬼怪，但路途艰险、环境复杂，生死考验也无处不在。

经过一年多的长途跋涉，玄奘终于进入了北印度。

在印度，玄奘首先来到群山围绕的迦湿弥罗国（在今克什米尔境内），这里是佛教的发源地之一，佛教在这里有至高无上的地位；后来玄奘又在当时佛教的中心中印度，参观了为纪念释迦牟尼说法而建立的一座二百多尺高的佛塔；然后继续东行，参观了舍卫国佛教圣迹的祇园、净饭王（释迦牟尼的父亲）的正殿以及释迦牟尼诞生处、释迦牟尼苦悟六年得道的菩提树、得道后首先说法的鹿野苑等古迹，最后到达了玄奘在国内时就十分仰慕的那烂陀寺——相当于《西游记》中的西天雷音寺。

那烂陀寺在今天印度的巴腊贡，是当时印度的文化中心，佛教的最高学府。当时的那烂陀寺有八个大院，规模宏大、气势雄伟、高高矗立，与周围的五十多所佛寺交相辉映——盛况大概有点类似今日国内的佛教圣地五台山、普陀山等。住持戒贤法师已经一百多岁了，是印度公认的佛学权威，在中国的佛教界也早已流传他的声名。因为年事已高，体弱多病，戒贤法师已经多年不说法讲经了，但他破例为玄奘开讲了大乘佛教瑜伽宗的主要经典——《瑜伽师地论》，并且一连讲了十五个月。玄奘在那烂陀寺潜心研习数年，读尽寺内珍藏的佛教经典，研究了印度佛教各家各派的学说；还学习印度各方国的语言，诵读了在当时被认为是异端的婆罗门教的经典，终于取得了“三藏法师”的称号——这个称号并非像《西游记》里所说是唐太宗李世民随意所赐，而是一个非常难得的至高荣誉。按照印度佛教的规则，精通五十部经、律、论的僧人才可以称为三藏。经，是佛教讲说佛理的各种典籍；律，是佛教的规范行为的各种戒律；论，是各路高僧对佛法的解读；各五十部，多吗？多！有些佛经一部就有数十万字的篇幅。还以那烂陀寺为例，那烂陀寺常驻僧人过万，精通二十部经、律、论的有一千多人，精通三十部经、律、论的有五百多人，而精通五十部的三藏法师多年来只有九人。

十多年后，玄奘已经学有所成，于是决定返回祖国。他拒绝了印度各国国王的挽留与赠送的其他物品，只要了一些随行人员和一些驮经的大象、马匹，然后与一些流落在印度的北方僧人一起结伴踏上返程，再然后就出现了本书第二章开始时描述的场面，读者如果好奇心强烈，可以先翻阅一下。

说第一本书：玄奘的手记

唐太宗李世民第一次接见玄奘时，便为玄奘的气质和学识所折服，他向玄奘提出两个要求，一是希望玄奘还俗，进朝廷为其分忧，玄奘婉言谢绝了这一要求，表示自己当初西行的初衷是求取真经，为东土的百姓造福，现在已从西域带回了梵文佛经六百余部，需要集中精力译出，以造福众生。

二是请玄奘将西域的风俗民情写出来，供他参考和观赏。玄奘答应了。玄奘是出家之人，通常情况下不理俗事，但亲自经行西域目睹了这十七年来西域疆界的几大变化，因此他充分领会了唐太宗的意图。所谓的疆域变化，指的是玄奘十七年前偷越国境时，大唐的军队只到达八百里大流沙，即今天甘肃玉门关一带，更遥远的中亚地区的那些古老小国，比如高昌，还没有被纳入大唐的版图。但等玄奘归国时，大唐的势力范围已经到达于阗以西，换句话说，两相比较，大唐的国境向前也就是向西方推进了大约两千公里，这不能不让玄奘感慨变化之大。

玄奘与朝廷派来协助他的高僧辩机合作，由玄奘口述，辩机撰文，用一年多时间完成了《大唐西域记》这部十二卷十多万字的著作。玄奘在末卷概述了写这部书的用心，他赞颂唐王朝的统一事业，并希望这部《大唐西域记》能从中发挥作用；他说自己仰慕张骞、班超为统一西域立下的历史功绩，又为自己的见闻能够超越前人而感到高兴。这应该是他的真心话，也是他立即应允李世民写这本书的真实目的。

正因为这样，玄奘以佛教徒的身份所修撰的《大唐西域记》中，着重叙述的却是各国风俗民情、政治和地理现状。玄奘在这部书中追述了亲身经历的一百一十个和听闻得知的二十八个以上的城邦、地区、国家的情况，内容十分丰富，包括山川地形、城邑关防、交通道路、风土习俗、物产气候、文化政治等，无不历历在目，文笔朴质严谨，绚烂雅致，简扼流畅；涉及的地区又是异常广阔。由于这部书的记载，中世纪中亚、南亚等国的概况跃然纸上。而这一地区的古代历史和地理的文字资料向来流传下来的很少，《大唐西域记》因此显得格外可贵，近代从事中亚、南亚历史和中西交通史研究的学者，无不把《大唐西域记》作为一种重要的基础资料，且在许多国家都有这本书的译本，比如英、法早在十九世纪中叶就有这本书的译本出现，日本在二十世纪初也有人开始翻译，当然还有学者对其进行过研究。我们可以举两个例子说明。

一个是印度的例子。印度是个历史悠久的国家，玄奘在印度的时候，接触过大量印度的史迹，但就在他离开之后不久，印度爆发了长达数百年的内乱和宗教冲突，把文字记载的和实物表现的历史毁坏殆尽，以至于近代的印度人实在觉得对自己国家在古代发生了什么了解太少。他们想到了玄奘与这本《大唐西域记》。他们将《大唐西域记》翻译回去，并按照玄奘在其中的记载，顺藤摸瓜，一步步地寻找，居然也找到不少古代的遗迹，著名的佛教圣地——当年玄奘曾求学的那烂陀寺遗址就是这么找到的。为了纪念玄奘，印度人在恢复那烂陀寺遗址时，也计划建一座玄奘纪念堂。近年中印关系有所恢复，印度方面已经重新开始玄奘纪念馆的工程。

另一个是中国的例子。二十世纪六七十年代，中、苏为究竟谁先在中亚一带形成影响而争论不休。中方在《大唐西域记》里找到一处资料，说在怛逻私城（今哈萨克斯坦江布尔）以南十余里地方，有一座由三百多户内地人建立的城邑。这个小孤城的位置较唐代著名诗人李白的出生地碎叶城还要往西，这表明在莫斯科公国形成前的许多个世纪，我国内地人民的汗水早已灌溉着中亚土地，这则资料对于当时的边界争论，应当是非常宝贵的。

说第二本书：玄奘的传记

由于《大唐西域记》包含特定的目的，因而偏重于记录西域各国的政治、文化、经济、交通状况，谈玄奘本人的事反而很少，对于崇拜玄奘的普通百姓和他的弟子们而言，未免过于严肃。所以在玄奘逝世后，他的另两位弟子慧立、彦悰将他的生平及西行经历的许多细节编纂成一本《大慈恩寺三藏法师传》。

《大慈恩寺三藏法师传》最初的撰写者是慧立法师。慧立原为幽州照仁寺住持，后被召集到京城参加玄奘主持的译经工作，以弟子身份与玄奘朝夕相处达二十年之久。玄奘逝世后，慧立为了传扬其师功绩，便将日常听取而未见于《大唐西域记》的玄奘取经事迹，汇集成书，从玄奘的家世写起至玄奘回国为止，共五卷（今所见《大慈恩寺三藏法师传》的前五卷）。初稿完成后，慧立怕有缺失遗漏，影响玄奘声誉，将书藏在地窖里秘不示人，直到自己生命垂危时，才叫门徒取出公布。其后玄奘的另一位弟子彦悰受众之托，将玄奘回国后译经的过程及逝世后的情形又写成五卷（《大慈恩寺三藏法师传》的后五卷），两者合一，形成了完整的玄奘传记。

《大慈恩寺三藏法师传》与《大唐西域记》的写作目的有明显的不同。《大唐西域记》的以地域风俗民情、地理、宗教为主，《大慈恩寺三藏法师传》则以人、以生平事迹游学经历为主。在一般意义上，两者堪称双璧，都是研究中西交通及中亚及印度的历史、民族、语言、宗教的珍贵资料，也都是我国古籍中传记文学和游记文学的名著。但作为传记，《大慈恩寺三藏法师传》的特点更明显些，这部八万余字的传记叙事层次分明，行文典雅，文字措辞都很有特色，较之《大唐西域记》要生动得多。近代著名学者梁启超曾在《支那内学院精校本玄奘传书后》一文中赞誉其为“古今所有名人谱传中，价值应推第一”。应该说，我们今天对玄奘的了解更多的是来自这本传记。比如，关于玄奘的相貌，《大慈恩寺三藏法师传》中有描述：

> 法师形长七尺余，身赤白色，眉目疏朗，端严若神，美丽如画。音词清远，言谈雅亮，听者无厌。或处徒众，或对嘉宾，一坐半朝，身不倾动。服尚乾陀，裁唯细氎，修广适中，行步雍容，直前而视，辄不顾眄。滔滔焉若大江之纪地，灼灼焉若芙蕖之在水。

这种描述无疑是第一手的资料：脸色白净，五官端正，大气端庄，口齿清晰，言谈声音响亮，走路直视前方……如此细致，少见。

这本传记和前面说到的玄奘本人的《大唐西域记》，对之后数百年流传的唐僧取经故事和后来吴承恩整理完成的《西游记》都有极大的影响，都是《西游记》的文化之源。但相对来说，这本传记的影响要更为直接，后来《西游记》的许多情节都有这里的影子。

比如，玄奘在瓜州塔尔寺收了一个胡人徒弟石槃陀，这个徒弟帮他偷渡关口进入了大戈壁。后来这个徒弟虽然因为害怕退缩了，他们之间的师徒关系仅仅维持了三天，但这个徒弟却被认为是孙悟空的前身和原型——当然是“之一”。当年的塔尔寺遗址至今还保存在世界文化遗产瓜州古城之中。

又如，玄奘在大戈壁中有过一段遗失水袋，几乎干渴而死，后来因老马识途而获救的经历。这段经历被玄奘本人认为是神佛保佑，冥冥之中有大神引导。这里的大神，就是当时人们崇拜的沙漠神，名叫深沙神，以后的取经故事中，这位沙漠中的大神就演变成了为唐僧挑担牵马的沙和尚。

再如，玄奘走出大戈壁，到达高昌国，受到了神一样的盛情款待。那是因为这个国家盛行佛教，国王就是最虔诚的佛教徒。为了留住玄奘——出于对玄奘的崇拜，国王不惜强行扣留；为了继续西行——完成自己的使命，玄奘也不惜以绝食抗争。最后国王感动，与玄奘结拜为兄弟，玄奘从此有了“御弟”的称号。《西游记》把这一节继承了，不过把高昌国王改成了唐太宗。

还有，唐三藏的得名、车迟国的故事、乌鸡国的故事……在《大慈恩寺三藏法师传》中都有影子。

玄奘的取经：追求理想是核心意义

前面说过，唐太宗接见玄奘法师，实在是值得一书的事件。一个宗教事件就此成为一个文化事件，个人行为就此成为国家行为。

玄奘法师回国后，唐太宗盛赞其精诚难得，对玄奘翻译佛经的事业给予了全方位的支持，包括：调集各地寺院中若干名精通佛学的高僧，甄选朝廷各部门中若干名文学功底深厚的官员，作为玄奘的弟子和助手，共同组成一个数十人的译经班子，由朝廷提供译经的场地，承担不菲的费用；李世民本人还为取经、译经这件事写下了著名的《大唐三藏圣教序》。其子唐高宗李治继承了其父的做派，一直维持与玄奘的特殊关系，确切地保证了玄奘译经宏愿的实现，玄奘去世后又安排了盛大的安葬仪式。其中没有偶然，李世民父子信道不信佛——即使号称信道也只是利用，不想白日飞升，不羡慕闲云野鹤，所以他们不会闲来无事要找个和尚聊天。这背后，有社会动因，也有哲学意义。

玄奘受到的尊敬和礼遇其实是相当令人惊讶不解的。虽然他翻译出卷帙浩繁的佛经数十部，也基本奠定了佛教高端学派唯识宗的基础，但这与普通百姓的关系毕竟有限，那为什么唐太宗、高宗父子对其礼敬有加，为何竟有百万之众为他送葬？后世的一代代《西游记》的读者，其实可以引申出一个貌似简单但却充满哲理的问题：为什么这位僧人走一趟印度会变成世代不衰的故事？

这个问题涉及对《西游记》主题的探讨。

第一个答案是，在哲学意义上，玄奘以践行证实了任何理想都值得尊重，诚重劳轻，是唐太宗敬仰玄奘的基本理念。

当代德国著名哲学家恩斯特·卡西尔在他的著作《人论》中有一段话。这是关于“文化”的一段哲学化的归纳。

> 作为一个整体的人类文化，可以被称之为人不断自我解放的历程。语言、艺术、宗教、科学，是这一历程的不同阶段。在所有这些阶段中，人都发现并且证实了一种新的力量——建设一个人自己的世界，一个理想世界的力量。

如果换成通俗的语言，就是说“文化”——包括语言、艺术、宗教、科学，乃是人类对理想的追求。人类发现和证实理想的过程，就是文化的形成过程。这段话可以解释玄奘西行印度的意义。的确，大唐长安出城迎接玄奘的百姓们未必了解这位法师的经历，也并不一定都是佛教徒众，为何迸发出如此热情？以李世民而论，他对玄奘的兴趣与关心似乎也与佛学无关，因为他自己不是一个佛教徒，在政治上他也号称是道教祖师老子的后裔。但玄奘归国的第二年，当玄奘按照要求完成《大唐西域记》并与新近译出的佛经一起呈上时，李世民说了一段大实话：

> 朕学浅心拙，在物犹迷，况佛教幽微，岂能仰测？请为经题，非己所闻。又云新撰《大唐西域记》者，当自披览。（《答玄奘法师进西域记书诏》）

这段话表现了李世民对佛经与对《大唐西域记》完全不同的态度：佛教太高深，为佛经题名的事请免吧；但《大唐西域记》一定是要看的，因为这是国计民生。

应该说，当时的人们——包括李世民父子——对玄奘的热情乃是基于以上卡西尔说到的“发现”和“证实”。玄奘的西行，最本质的内容就是体现了人类对理想的执着追求，以及必须有的信念和征服各种阻碍的毅力。玄奘的理想并非高不可攀，但他的信念、毅力却是常人所不具备的，难怪李世民在《大唐三藏圣教序》中用一句“诚重劳轻”评价玄奘，把玄奘百折不回的诚意看得最为重要——对于所有的人，理想都是永恒的存在，白日尚可做梦，何况入寝之后？套用时下的流行语，“一个不小心”，就有了数不清的美梦。但大家也都知道，美梦成真的条件是很苛刻的，常人并不具备那种信念和毅力，因而在和自己的对比中，每个人都会由衷地、特别地感受到玄奘的可敬可佩。这是玄奘的取经为何会变为经典故事的第一个答案。

第二个答案是，在社会意义上，玄奘的坚毅证明了任何理想都是可能的，这正契合了所有人都存在的英雄情结。

这是唐初特有的社会背景赋予玄奘西行的意义。我们回顾历史的时候，往往慨叹唐朝人的气度与自信，想一想贞观初年玄奘出走时，正逢朝廷为防突厥骚扰而封闭玉门关，玄奘历尽千辛万苦；而他回程归国时，大唐的势力已经到了数千里之外，李世民在答玄奘的信中已经可以很轻松地说：沿途我已经安排了官员接送，他们不会让你再遇到困难。这仅仅是才过了十多年。李世民接见玄奘的时候，正在洛阳组织兵马征讨辽东，他心里想的却已经是如何解决地处极西的西突厥，这种雄才和社会的普遍心态，非常值得注意。

玄奘并不是前往西天的第一人，在他之前，究竟有多少人前往西天取经，已经无法统计，大部分都在途中化为缕缕孤魂。翻翻《大唐西域记》和《大慈恩寺三藏法师传》，其中都介绍了：在玄奘往西走的一路上，随时可以见到一堆一堆的枯骨，一簇一簇的磷火，那些只可能是三种人：商人、士兵、取经者。现在所知的第一位取经成功者是东汉僧人朱士行。他在三国时期，佛教刚刚传入中国不久就去西域取经，行程达一万余里，历时二十二年，在于阗国（今新疆和田）得到了佛教的重要经典《大品般若经》。从时间上说，他比玄奘要早大约四百年，在当时能走到于阗，也是不可思议的。现在所知的第二位成功到达印度的取经者是东晋时山西人法显和尚。他从长安出发，经丝绸之路去印度取经。其活动范围虽然比玄奘小些，但也游历了印度地区的三十多国，最后经海路回到山东青岛，历时的十五年，回国后译出了很多重要佛经。他也比玄奘早了二百多年。

为什么过去那些取经、送经的僧人都没有形成如此规模的轰动？最大的区别在于，玄奘的成功，在时机上有重大意义，他的事迹与整个大唐社会弥漫的开疆拓土、建功立业的气氛完全吻合，无形中以自己的行为为社会做了一个榜样和楷模，证实了追求理想的可能，体现了达到目的的力量，于是整个社会就由好奇而至，由衷地钦服并直接表现为巨大的热情。因此，玄奘的事迹就很自然地由一个宗教事件转变为社会事件，玄奘本人也就成为大众崇拜的偶像。这种热情的迸发，与我们今天对体育、探险、发明等行为的兴趣和崇拜是一致的，其意义已经完全超越了玄奘取经的具体目的。而正是这种超越了具体目的的意义，使玄奘的取经具备了成为文学表现对象的价值。

这就是玄奘取经事件的基本价值。由于唐太宗作为媒介的强力催化作用，玄奘成了当时的“网红”，又由“网红”积淀为民族精神的象征。前有鲁迅先生在《中国人失掉自信力了吗》一文里说，“我们从古以来，就有埋头苦干的人，有拼命硬干的人，有为民请命的人，有舍身求法的人……这就是中国的脊梁”，这些“舍身求法”的人当中，应该是包括了玄奘。后有习近平主席在联合国教科文组织总部发表的演讲中说：“中国唐代玄奘西行取经，历经磨难，体现的是中国人学习域外文化的坚韧精神。根据他的故事演绎的神话小说《西游记》，我想大家都知道。”我们确实都知道，经历了九百多年，唐僧的经历由传说、故事、戏剧等不同形式演化为吴承恩笔下的《西游记》；又经过近五百年的传播，《西游记》已经成了我们文化经典中的“四大名著”，成了中华文化走向世界、融入世界的一个重要标志。这是我们的骄傲。

唐僧的取经：执着信念是初心与主题

这个事件对于我们普通的《西游记》读者来说，其意义又怎么表述呢？当我们把《西游记》作为文学作品读的时候，我们会讲主题。

前面说过，玄奘的西行，最本质的内容就是体现了人类对理想的执着追求，以及追求所必需的信念和征服各种阻碍的毅力。这是玄奘的取经为何会变为永久故事的答案，其意义已经完全超越了玄奘取经的具体目的。

《西游记》其实就是沿着这种理想、信念和执着精神在发展，也依赖社会对于这种理想、信念和精神的认同而传播。

我们可以注意到：《西游记》第十二回有一个不太起眼但却贯穿始终的细节：说唐太宗举办水陆大会，知道西天佛祖处有经可取，当时就问："谁肯领朕旨意，上西天拜佛求经？"这边唐僧站了出来，施礼道："贫僧不才，愿效犬马之劳，与陛下求取真经。"并发誓道："我这一去，定要捐躯努力，直达西天；如不到西天，不得真经，即死也不敢回国……"这个誓言，是唐僧承诺的使命，在之后的情节中反复出现，若干艰难时刻，唐僧都以此勉慰自己。这一信念被《西游记》很认真地继承了，不管后来的取经故事如何发展，不管情节多么眼花缭乱，所有的取经故事都尊重一个事实：取经不能离开唐僧，唐僧的理想信念和坚忍不拔始终是故事不变的主线和灵魂。

你看——西天十万八千里，虽然远，但并不难，大师兄、二师兄、沙师弟都能做到，大师兄甚至一个筋斗就可以翻过去。但是佛祖为取经设定了前提条件，就是取经人必须是亲历千山万水，一步一步地走到西天去。这个，无论是大师兄、二师兄，还是沙师弟，都做不到。因此，没有唐僧，没有唐僧的信念和毅力，取经就变成了不可能，就成了无源之水、无根之木。

你看——《西游记》中，面对那些杀人不眨眼的恶魔，手无缚鸡之力、毫无防身之技的唐僧，一旦被抓，不是"大惊失色"，就是"滴泪"，他也害怕；但一旦被救，不做其他考虑，就是催促徒弟们赶快上路。一路跋山涉水，忍饥挨饿，但从来没想到歇脚。

你看，通常最难应对的美色诱惑，唐僧却最有主意。第二十三回"三藏不忘本　四圣试禅心"，观音化作一个富实之家的家长，风韵犹存，半老徐娘，愿带三个如花似玉的女儿，以自家"家资万贯""良田千顷"作为嫁妆，"坐山招夫"。这多么美妙啊，至少二师兄猪八戒是这样认为的。但唐僧闻言，"推聋妆哑，瞑目宁心，寂然不答"，根本不予考虑。第五十四回在女儿国，提媒的太师列出的条件多优厚："我王愿以一国之富，招赘御弟爷爷为夫，坐南面称孤，我王愿为帝后。"但唐僧"低头不语""越加痴哑"，最后用孙悟空的"将计就计"之计，狠心涮了国王一把。第六十回"木仙庵"出场的是别具一格的杏仙，不仅貌美，而且能谈诗，所营造的正是中国古代文人心念中最为珍惜的"红袖添香夜读书"的意境，但唐僧仍然不为所动，"变了颜色，跳起来高叫""只是不从"。

执着信念、追寻理想就是玄奘西行印度的初心，是一切取经故事的根本意义，也就是《西游记》的主题。从唐代开始的《西游记》所有取经故事，都是如此，吴承恩继承并且继续创作的取经故事，当然也是如此。离开这个主题的，都被淘汰了。

有不取经的《西游记》吗？没有！不论热心于编造故事、传播故事的是何种人，也不论故事发生在何年何月，但凡以唐僧为题材的故事，都要"取经"，这就是《西游记》的初心主题、核心主题、永恒主题。

不过这主要是在哲学和社会的意义上，《西游记》毕竟是文学作品，我们还要回归到文学来探讨《西游记》的主题。

由于文学的主题要落实到故事上，视角和阅读层面不同，必然会产生不同的、细分的主题解读，比如"金丹大道说""玩世游戏说""求放心说""市民写心说""惩恶扬善说""追求光明说"等等；包括出现对主题的不同归纳形式，如"双重主题""主题转换""主题分化"等等，都是题中应有之义。

细分的主题解读往往还与时代与社会潮流有关，代表了当时社会对《西游记》的特定认识。

（1）早期取经故事的"金丹大道说"：在世德堂本前面署名"秣陵陈元之"的《刊西游记序》中，谈到这本《西游记》的底稿曾经有一篇旧序，说：

旧有叙，余读一过，亦不著其姓氏作者之名，岂嫌其丘里之言与？其叙以为孙，狲也，以为心之神；马，马也，以为意之驰。八戒，其所戒八也，以为肝气之木。沙，流沙，以为肾气之水。三藏，藏神、藏声、藏气之三藏，以为郛郭之主。魔，魔以为口耳鼻舌身意恐怖颠倒幻想之障。故魔以心生，亦心以摄。是故摄心以摄魔，摄魔以还理，还理以归之太初，即心无可摄。此其以为道之成耳。此其书直寓言者哉？彼以为大丹之数也，东生西成，故西以为纪。

这段云天雾地的表述，想通畅达意地翻译出来，还真不易，好在这不在我们详细解读的范围之内，那就算了吧，看看而已。

这就是至今还很有拥趸的"金丹大道说"的肇始。

金丹道是道教的一个流派。道教早期的炼丹术，利用矿石重金属原料通过化学反应炼制，因此称外丹。唐代以后，因炼丹、食丹频频致人死亡，外丹学渐趋没落，代之而起占据主导地位的是新的金丹道，又称内丹派。金丹道号称以人的身体为鼎炉，以人的精、气、神为药物，认为只要依据一定的口诀，运用一定的方法火候，就可以在体内炼出"丹"——金丹，从而达到成仙的目的。金丹的修行有一套口诀，主要是用于控制修行者的实际操作和精神状态，如精、气、神，心猿、意马等；由于金丹修行是从外丹学演变而来，所以其许多名词还是借用自外丹学，如木母金公等；同时又由于它是以人体为炼丹的鼎炉，所以它的许多术语又是暗示人的器官，如婴儿姹女、夹脊双关等。

以金丹道理论解读《西游记》，在清初的《西游证道书》中被发展成所谓的系统理论。

（2）明人颇有见地的"求放心说"：世德堂本问世不久，在文人圈中即已产生反响。万历间的谢肇淛在《五杂俎》中便有了这么一段话：

小说野俚诸书，稗官所不载者，虽极幻妄无当，然亦有至理

> 存焉。如《水浒传》无论已。《西游记》曼衍虚诞，而其纵横变化，以猿为心之神，以猪为意之驰，其始之放纵，上天下地，莫能禁制，而归于紧箍一咒，能使心猿驯伏，至死靡他，盖亦求放心之喻，非浪作也。（卷十五　事部三）

所言之“放心”，语出《尚书·毕命》的“虽收放心，闲之维艰”。“放心”指的是人的自由放纵之心；“收放心”，就是把不受拘束的精神管起来，收敛起来。孟子接过这一概念，发挥成为“学问之道无他，求其放心而已矣”（《孟子·告子上》），并纳入了他的“性善说”，意思也是要人们把失去的良心、本心收聚起来，不要让其泛滥，要回归到“善”的本性。

用“求放心”来表述《西游记》的主旨，简洁明了，言简意赅，至今在《西游记》研究中仍然经常言及，堪称经典。正是在这一思路上，当代的学者往往将孙悟空的经历归纳为“追求—挫折—成功”的人生三部曲，认为从“放心”追求无限制的所谓自由幸福到四处碰壁，最后在紧箍儿的约束下收了“放心”终成正果的历史，是一条完整的人生道路，是一段很典型的精神发展史。认为从这个角度看，《西游记》可以说是中国的《浮士德》。

（3）新文化运动后经典的“玩世游戏说”：这是现代以来第一个产生广泛影响的主题说。首倡者为胡适、鲁迅二位中国通俗小说研究史上的第一代大师。胡适在长文《〈西游记〉考证》中说过一段非常著名的话：

> 我不能不用我的笨眼光，指出《西游记》有了几百年逐渐演化的历史；指出这部书起于民间的传说和神话，并无微言大义可说；指出现在的《西游记》小说的作者是一位“放浪诗酒，复善谐谑”的大文豪做的，我们看他的诗，晓得他确有“斩鬼”的清兴，而绝无“金丹”的道心；指出这部《西游记》至多不过是一

部很有趣味的滑稽小说、神话小说；他并没有什么微妙的意思，他至多不过有一点爱骂人的玩世主义。这点玩世主义也是很明白的；他并不隐藏，我们也不用深求。

鲁迅对此表示同意，在《中国小说的历史的变迁》中说到了《西游记》的玩世游戏特征：

承恩本善于滑稽，他讲妖怪的喜，怒，哀，乐，都近于人情，所以人人都喜欢看！这是他的本领。……因为《西游记》上所讲的都是妖怪，我们看了，但觉好玩，所谓忘怀得失，独存赏鉴了——这也是他的本领。至于说到这书的宗旨，则有人说是劝学，有人说是谈禅，有人说是讲道，议论很纷纷。但据我看来，实不过出于作者之游戏……

在《中国小说史略》中，他也说：

故虽述变幻恍惚之事，也每杂解颐之言，使神魔皆有人情，精魅亦通世故，而玩世不恭之意寓焉。

以上二位的论述，虽略有不同，但可以集中表述为“玩世游戏说”。“玩世游戏说”对后世形成了极大影响，至今仍是各类文学史、小说史必定的讲题。其有以下原因。

首先，这是西学东渐之后第一次在文学本身的意义上探讨《西游记》的主题。传统文人的关注点主要只在“劝学”“谈禅”“讲道”一类，这些在新文化运动的背景下毫无疑问都被归为陈词滥调。而“玩世游戏说”着眼于“恍惚之事”中的“解颐之言”，就是注意神话情节中讽刺揶揄的表现手法；着眼于“神魔”身上的“人情”，就是看到了虚拟世界对于现实生活的观照；所谓“忘怀得失，独存赏鉴”，则是在强调故事潜移默化的教育作用。这是新方法的使用，新领域的开拓，新方向的调整，是胡适、鲁迅在文化意义上清除旧说，一如他们在《红楼梦》研究中横扫旧红学一样，后世云随影从，几乎必然。

其次，这是新文化人关注通俗小说以来，基于新见识到的西方文学理论，把作品与作者对照作互动研究的一个范例。无论是“游戏”还是“玩世”，都是基于对吴承恩的把握，体现了研究方法上的进步和眼光的锐利，也针对了一种人生态度和一种文学风格，而这些都可以在吴承恩身上找到依据。这种互动研究的方法，是胡适、鲁迅等推行新文化、关注旧小说的得意之笔。由此后世研究《西游记》，都很注意文本与作者的关系，这对于寻绎神话故事背后的社会意义，有很重要的引领作用。

最后，“玩世游戏说”本身又是准确而有意味的定位。中国的儒生，接受的是王道、仁政、民本、爱人等孔孟学说，追求的是修身、齐家、治国、平天下的理想。但儒生的境界有两种，一种是动手的志士仁人型，注定要担负兼济天下的重任，鲁迅说他们“为民请命”“舍身求法”，都是中国的脊梁；另一种是动口的愤世嫉俗型，在独善其身的同时，担负着对社会批判的责任。这一类人，往往都属于“玩世不恭”，是“玩世游戏说”的实践者，包括吴承恩。

（4）中华人民共和国成立初期堪为时代标本的“孙悟空叛徒说”：中华人民共和国成立以后，随着社会建设逐步走上正轨，文学艺术研究也逐渐恢复。1954 年围绕《西游记》曾产生过一次规模较大的讨论，由张天翼发表在《人民文学》1954 年第二期上的一篇长文《〈西游记〉札记》引起。

张文称用辩证唯物主义阶级分析的方法研究《西游记》，直接把故事的神魔斗争延伸为封建社会地主与农民的斗争，说《西游记》中的天界人物如来、观音、玉帝、太上老君等，不管他是佛教还是道教的，都是地主剥削阶级的象征，天兵天将如托塔天王、哪吒、二郎神等都是他们的帮凶；

一众妖魔等都是被压迫者、反抗者，所谓的妖魔只是地主剥削阶级对他们的污蔑称呼；孙悟空原本也是妖魔，是无产阶级反抗者，但他后来受到招安，背叛了本阶级，转而充当打手鹰犬，镇压农民起义，作品因此被定义为“反映农民与地主之间的矛盾与斗争”。鉴于当时历史唯物主义和阶级斗争学说在知识分子中间还是新鲜事物，在人文学科的应用尚少先例，且张天翼是甚具影响力的著名作家，因此此文一出，即引起热烈反应，一时响应者、批驳者纷出。把当时的文章罗列起来观察，与其说是研究《西游记》，倒不如说是在模仿张文作一次建立新的世界观、文艺观的尝试。

如果说阶级划分—— 一方是神，另一方是魔——在故事的整体视野上还能自圆其说，那么落实到人物身上就有了麻烦，尤其是面对孙悟空。按照张文和后来的参与讨论者的观点，《西游记》中的各路神仙和妖魔面临着阶级划分的问题，魔代表的是农民起义，啸聚山林是起义和反抗；天宫的神佛玉皇大帝代表的是统治阶级，降魔伏怪是残酷的阶级压迫和武力镇压；孙悟空本来是无产阶级，受到天宫统治者玉皇大帝政治上的压迫，因此奋身造反，可敬可佩，应该成为人们心目中的英雄。但大家也都能看出，孙悟空前七回的大闹天宫和此后取经途中的降魔伏怪，所属的阵营不一样，在思想内容上是对立的。对此张文的解释是“后者否定前者”，认为孙悟空开始是反抗阶级压迫的“英雄”，但后来“投降了神的阵营”，做了保护唐僧西天取经的保镖，与最初啸聚山林的同伴站到了对立面，成了农民起义阵营的叛徒，《西游记》的主题也因此发生了转化。

这就是著名的“主题矛盾说”“主题转化说”，通常会被直接称为“孙悟空叛徒说”。然而它毕竟只是特定时代的产物，改革开放之后，此论渐渐式微而至二十世纪八十年代后期便无人问津，至今仅是一件时代标本。

改革开放后主要是二十世纪八十年代以来，《西游记》的主题研究逐渐摆脱了阶级斗争等特定时代社会意识的影响，也超出了古人直观感受的论述范围，更多进行了文学、文化、历史、社会学等多元角度的深入探讨。以下以近三十年来高校的文学史教材为样本加以介绍。

（1）追求光明说：人民文学出版社由游国恩等主编的《中国文学史》，是改革开放后一段时间内在高校占据绝对主导地位的专业基础课教材。其对《西游记》“思想内容”的介绍，仍然可以见到阶级矛盾划分这一社会意识形态的背景，认为吴承恩“突出了全书战斗性的主题，同时把孙悟空的形象提到了全书的首要地位”：

> （大闹天宫）这一美妙的遐想，不消说，体现着苦难深重的人民企图摆脱封建压迫，要求征服自然，掌握自己命运的强烈愿望。因此从这种意义上说，《西游记》的主题思想早在前七回就已经奠定了。
>
> ……一方面是追求自由的“妖界”英雄在斗争中不断成长，另一方面是等级森严的神权以镇压来维持秩序。这正是封建现实社会的基本矛盾在神话中的再现。孙悟空生气勃勃的反抗斗争，在厂卫横行、民不聊生的嘉靖朝代，无疑是黑暗中的一线光明，给了人们意味深长的启示；同时也体现了作者憎恨秦汉以来的专制王朝，并把希望深深寄予“豪杰之士”的思想。

这样的表达，后来被归纳为“追求光明说”。它对孙悟空形象的阐述发挥难脱窠臼，但能从作者的社会意识寻找根源，应该说是增加了客观性。

（2）针砭时弊说：二十世纪九十年代后期由上海古籍出版社出版的郭预衡主编的《中国古代文学史》，虽然被认为与游编文学史属于同样的学说体系，但在《西游记》思想内容的描述上有破有立，一定程度上抛弃了阶级划分的理论框架，而把重点集中在吴承恩通过孙悟空这一形象对明代社会的批判：

> 《西游记》的不少故事是虚构的，荒诞的，但作者的构思却是抽象于现实的；形式是幻想的，海阔天空的，而内涵却是真实的、深刻的。作者的主观创作意图并非是直接面向社会，抒写现实人生，但客观意义却是在“游戏中暗传密谛”。在作者的谐谑、幽默、嘲讽，甚至插科打诨中，对晚明的时弊世俗随笔点染，旁敲侧击，指桑骂槐，无不切中时弊。这便是神魔小说《西游记》的内容，其现实意义不同一般小说的艺术个性之所在。

这又被归纳为“针砭时弊说”，在本质上，它与“追求光明说”基于同样的切入点，但由于旧的理论上的约束已经比较淡薄，因而能更多地接近作品的本意——不管有意无意，《西游记》中确实有不少对明代现实社会的深刻反映。这一点，随着对吴承恩研究的深入，我们可以越来越多地分析出一些在特定历史时期、特定历史背景下嵌入《西游记》取经故事的现实社会因素。

（3）明心见性说：还有一种有重要影响的《中国文学史》，由袁行霈主编，高等教育出版社出版。该书将《西游记》的主题归纳为“游戏之作”，认为《西游记》既不是直接反映现实的生活，又不类于史前的原始神话，在它神幻奇异的故事中，诙谐滑稽的笔墨外，蕴含着深刻的主旨：

> 就其最主要和最具特征性的精神来看，应该说还是在于“游戏中暗传密谛”，在神幻、诙谐中蕴藏着哲理。这个哲理就是被明代社会个性思潮冲击、改造过了的心学，因而作家主观上想通过塑造孙悟空的艺术形象来宣传“明心见性”，维护封建社会的正常秩序，但客观上倒是张扬了人的自我价值和对于人性美的追求。

在具体论述上，认为《西游记》想通过孙悟空的形象来宣传“三教合一”

化了的心学，作品通过一个恣意“放心”的大圣，有限度而不自觉地赞颂了一种与明代文化思想合拍的只求个性和自由的精神，那些周而复始的险阻和妖魔，都是用来作为修心过程中障碍的象征，即所谓的“心生，种种魔生；心灭，种种魔灭”；认为“这都表现了取经路上的孙悟空是那样的反对束缚、尊重自我和向往自由，具有一种强烈的个性精神……取经，本是一种事业，但实际上已成了他坚韧不拔地追求着的一种自由理想的象征”。

这里的“游戏之作”，其实已不能等同于当年胡适、鲁迅的“玩世游戏说”，其中糅合了“求放心”“心学”“三教合一”的内容，内容丰富得多且也打开了思考的空间，因此似乎还是用“明心见性说”概括更好。

（4）双重构架说：章培恒、骆玉明主编的《中国文学史》被认为具有鲜明的学术个性，多有新意。该书认为《西游记》是一部充满幻想、情节离奇的小说，但只是一部神话小说，而不是什么哲理、道德或政治的寓言。然而他们又指出，小说中没有深隐的特别用意，不是指它与现实人生无关。一部小说的趣味，总是反映出一定的社会氛围与人生喜好；甚至，愈是抛开生硬的理性观念来写作，这种反映愈是自然真实。关于主题的归纳，书中认为：

> 《西游记》中包含着两个基本的文学母题和相应的两个故事结构，相互重叠地构成小说的总框架。第一个母题关系到人性的自由本质与不得不接受约制的矛盾处境，在小说中表现为孙悟空从无法无天、绝对自由的状态到受到禁制、皈依佛门正道的过程。不过小说中对孙悟空难以拘束的一面表现得更多些，这可以说作者在感情上对人性向往自由的一面有更大兴趣。第二个母题是所谓“历险记”式的，它在古今中外的虚构性文学中最为常见（如荷马史诗《奥德赛》即属于这一类型），这种故事除了便于展开离奇的情节，也寓涵着人必须历经千难万险才能获得最终完善和

> 幸福的意义。在小说中，它表现为孙悟空、唐僧等人西天取经的过程。

这样的表述可以归纳为“双重构架说”。

第三章

从本事到定型：《西游记》成书的过程与节点

贞观年间（627—649），也就是约一千四百年前，大唐的疆域迅速向西拓展，边界已经从河西走廊的玉门关推进到了西域于阗（今新疆和田地区）。于阗是西域的一个古国，处于中原内地进入西域的交通枢纽位置上：向南，翻越古称葱岭的喀喇昆仑山脉可以通印度、巴基斯坦、克什米尔；向西南，经兴都库什山的瓦罕走廊明铁盖可以去阿富汗、伊朗、伊拉克；向西北，穿越别迭里山口则可以走向中亚五国的碎叶城、大清池和更远的中亚深处。由于有这样重要的地理位置，所以于阗自古以来都很繁荣，当然是那种能包容四方才有的繁荣——闹哄哄的大市场里，还有嘈杂的街道上，满眼都是各种肤色的客商，随着丁零零铃声走来的骆驼和马匹上，有来自西域更远处的香料、宝石，有金银器、玻璃制品和毛织地毯，那是要继续向东方推送的；也有的驮了茶叶、丝绸、纸张、药材，还有瓷器、漆器，那是要继续往西去的。还有带着各种宗教标志的信徒僧侣，操各种语言，着各种服装，念各种经，画各种符，混杂各处，泰然相安。

贞观十八年（644）初秋，从葱岭上下来一支风尘仆仆的商队，虽然已经人困马乏，衣衫褴褛，但是所有人的脸上，都洋溢着兴奋和喜悦，因为他们明白：鬼门关已经闯过，从此以后尽管还有艰险，但已无生死之虞了。这支商队来自印度，贩运的主要是香料，但也有一些僧人混杂在队伍里，这是西域常见的行旅组合，大家搭伴互助，翻山越岭，并不介意是什么身份。商队出发时原有一百多人，在与寒风、暴雪、落石、山洪搏斗的几个月中，有的转道了，有的长眠了，现在只剩下二十多名商人和七位僧侣。

到于阗，就该道别了，绝大部分同伴的目的地都在这里，或者要经这里转向附近的大小国。但有一位僧人停下了脚步，他要继续向东，返回大唐的京城长安，但眼下他却还走不了，他有一件必须善后处理的事情，要在于阗完成。

大家都能猜到，他就是《西游记》中唐僧的原型，十七年前去印度求学的玄奘法师。唐僧，是西域人对这位大唐僧人的称呼，带有一份尊敬，所以这个名号被带回中原后，便被大唐的百姓们保留下来了，后来在关于他去印度取经的故事中，都把他称为唐僧。他要善后处理的事其实是一件意外之事引起的。他从印度出发回国时，由于已经有了崇高的声誉，印度的皇帝戒日王为他配备了一支规模不小的护卫队伍，准备了很多马匹，还配备了一头大象，专门用来驮他这些年来苦心搜集的佛经。但就在已经跨过瓦罕走廊的明铁盖山口（中国和阿富汗边境），于阗指日可到的时候，却意外遇到了一批强盗，大象受惊跌入河流淹死了，多年来苦心搜罗的经卷也有损毁。这让玄奘法师很痛心。他要在当时佛教盛行的于阗重新收集，看能不能设法弥补一些损失。这件事，后来被《西游记》采纳，成为唐僧取经的最后一难“通天河失经”，出现在第九十九回。不过，造成经卷落水的不是大象，而被改成一只更具有神话色彩的大白赖头鼋。

当时还在于阗到处收集佛经的玄奘法师根本不会想到，他十七年前从长安出发去印度，仅仅是个人的一点小理想，但已经注定要感动大唐、感动中国；他的西行，也成为中国文化史上的一座丰碑，他的西行故事，就从这里开始孕育成为世界文学宝库中的一颗明珠。

西域丝路：是故事的起点也是考察的起点

前面说过，玄奘事迹的故事化从《大唐西域记》和《大慈恩寺三藏法师传》开始，经过九百多年的演化，最后定型为吴承恩笔下的小说《西游记》。

我们现在关注这九百多年过程的细节。

《西游记》从整体上说是一个大故事：西天取经。如果细分一下，是三大段。

第一大段：第一回至第七回。一般叫“大闹天宫”，描写孙悟空从花果山灵石里蹦出来，占山为王，流浪学艺、大闹天宫直到被压在五行山下的故事。

第二大段：第八回至第十二回。一般叫“取经缘起”，主要叙述故事核心唐僧玄奘的家世和唐太宗被招至幽冥地府，还阳后发起超度大会，邀请唐僧主持并引出西天取经事由的经过。

第三大段：第十三回至第一百回。一般称为“取经途程”。主要叙述唐僧离开大唐地界，一路上收了悟空、八戒、沙僧和白龙马，组成取经团队，历尽千辛万苦，冲破层层魔障，最后取得真经回大唐的过程。

按照《西游记》的说法，这三大段讲述了唐僧取经经历的八十一难，在《西游记》的第九十九回，还详细列举了九九八十一难的具体名目，但一难并不等于一个故事，有时一个故事会分为好几难，仔细梳理一下，《西游记》实际上有四十二个故事：

1. 唐僧出城逢虎受惊；2. 双叉岭刘伯钦收留；3. 两界山收悟空；4. 鹰愁涧收白龙马；5. 黑风山观音收黑熊精；6. 高老庄收八戒；7. 黄风岭灵吉菩萨收黄风怪；8. 流沙河收沙僧；9. 四圣显化试禅心；10. 五庄观窃人参果；11. 三打白骨精；12. 宝象国二十八

宿降黄袍怪；13. 平顶山收金角银角大王；14. 乌鸡国文殊菩萨收青毛狮子精；15. 观音收红孩儿；16. 黑水河龙宫太子收鼍龙；17. 车迟国斗圣灭虎力鹿力羊力大仙；18. 通天河观音收服金鱼精；19. 金兜山太上老君收独角兕大王；20. 女儿国留婚；21. 琵琶洞昴日星官灭蝎子精；22. 真假美猴王；23. 火焰山降伏牛魔王；24. 祭赛国二郎神助降九头虫；25. 木仙庵谈诗；26. 小雷音寺弥勒佛收服黄眉怪；27. 八戒奋力过稀柿衕；28. 朱紫国降伏金毛犼；29. 盘丝洞；30. 多目怪；31. 狮驼国；32. 比丘国救童子；33. 托塔天王收无底洞老鼠精；34. 灭法国；35. 隐雾山灭豹子精；36. 凤仙郡求雨；37. 玉华国王子拜师降狮子精；38. 降犀牛精；39. 天竺国降玉兔精；40. 铜台府寇员外家辩诬；41. 凌云渡脱凡胎；42. 通天河老鼋沉水失经。

了解这四十二个故事的基本划分和其中的主要人物、主要情节，是我们探讨《西游记》故事形成过程的基础。这些故事的情节惊险有趣，有很多匪夷所思的奇思妙想，都是从哪儿来的？这很重要，当读者阅读《西游记》，思考其文化的价值时，可能都有这一问。

答案可能会使读者对吴承恩有点失望。前面已经说过，中国小说在吴承恩的时代还属于“集体创作”的时代，当时的小说家们还没有形成完整构思一部作品的概念，所有的小说都经过了长期的流传，经历了很多人有意或者无意的努力，也都渗透进了各种社会因素，因此《西游记》肯定不是吴承恩一人所为。就上面所列出的四十二个故事而言，大约有三分之一在吴承恩之前就已经存在基本情节骨架，大约有三分之一有点线索但经过充分补充，大约有三分之一出自吴承恩个人创造——当然，从故事细节和文学表述的角度看，不论是哪种类型的故事，其能传至后世，主要功绩还得归于吴承恩。

我们现在把注意力放在《西游记》故事的来源上。需要强调的是，了解这些故事逐步形成完善的漫长过程，对于了解当时的历史、社会、文化，都有很重要的价值。下面把话题扯远一些，我们通常所说的历史，大多数出自文献记载，既不详细也不一定真实，且大量的细节都被筛选掉了，根据那些文献，我们今天其实已经没有办法了解当时社会的生活细节。但在通俗小说中，很多历史的原貌和细节在无意中被写进了故事，因此从小说的故事情节中我们可以复原出通常不易看到的真实而细致的情景：这个故事或者这个情节，是谁创造的？有什么文化背景？是什么原因？为什么受欢迎追捧？又受到哪些人的欢迎追捧？把这些弄明白了，我们就看到了当时真实的社会。这个过程《三国志通俗演义》《水浒传》和《西游记》都有，但是前两者的很多环节都湮灭了，相比而言，《西游记》保存得比较完整。这些值得探讨，但说来话长。

我们从当代学术大家冯其庸先生的文化探险开始。

1990年以后的几年，冯其庸先生曾多次以七八十岁的高龄，赴新疆葱岭，也就是帕米尔高原实地考察玄奘当年学成归国的线路。第七次考察时，冯先生借助边防部队的帮助，一直上到接近中国与阿富汗交界处的海拔四千七百多米的明铁盖山口边防哨所，终于找到了玄奘学成回国时经过的山口。

在冰雪高原绝少人烟的边防哨卡，冯先生听到了两个故事，一个叫公主堡的故事，另一个叫波斯商人一千只羊的故事，这两则故事在玄奘《大唐西域记》卷十二里都有记载：

揭盘陀国……其自称云是至那提婆瞿呾罗（唐言汉日天种）。此国之先，葱岭中荒川也。昔波利斯国王娶妇汉土，迎归至此，时属兵乱，东西路绝，遂以王女置于孤峰，峰极危峻，梯崖而上，下设周卫，警昼巡夜。时经三月，寇贼方静，欲趋归路，女已有娠。使臣惶惧，谓徒属曰："王命迎妇，属斯寇乱，野次荒川，朝不谋夕，吾王德感，妖气已静，今将归国，王妇有娠，顾此为忧，不知死地，宜推首恶，或以后诛。”讯问喧哗，莫究其实。时彼侍儿谓使臣曰：“勿相尤也，乃神会耳。每日正中，有一丈夫从日轮中乘马会此。”使臣曰：“若然者，何以雪罪？归必见诛，留亦来讨，进退若是，何所宜行？”佥曰：“斯事不细，谁就深诛？待罪境外，且推旦夕。”于是即石峰上筑宫起馆，周三百余步，环宫筑城，立女为主，建官垂宪。至期产男，容貌妍丽，母摄政事，子称尊号，飞行虚空，控驭风云，威德遐被，声教远洽，邻域异国莫不称臣。……以其先祖之世，母则汉土之人，父乃日天之种，故其自称汉日天种。

这个故事讲的是：

这个地方叫朅盘陀国，唐代叫汉日天种。据说曾经有一位国王去汉地迎娶公主的队伍走到这个地方时，被战乱阻隔。迎亲的队伍于是将公主安置在陡峭的山峰上，由士兵在山下扎营护卫。三个月后，战乱平息，道路畅通，队伍准备启程时，惊讶地发现公主已经怀孕。领队使臣十分恐惧，说：“公主怀孕，我们都是死罪。我们必须找元凶。”这时公主的侍女说：“你们不要相互埋怨。这是神与公主的交会。每天正午，都会有一位神从太阳中骑马而来。”使臣说：“虽然如此，谁来证明？我们回也不是，留也不是，进退两难！”其副手说：“这事我们无法证明自己的清白，不如就留在此地吧。”于是这队人马就在山峰上建筑宫城，奉公主为王，成为一个新的国家。不久公主产下一男孩，非常英俊帅气，长大之后和母亲一起管理国家，威德远扬，邻国纷纷归顺称臣。因为新国王的母亲是汉地公主，父亲是日神（太阳神），于是便自称汉日天种。

建在山上的城堡至今犹在，叫公主堡，乃是当年英国探险家斯坦因发现时如此命名，此后大家都沿用了；在当地塔吉克族人中古堡则被称为“克孜库尔干”，即“姑娘城”，与斯坦因的命名暗合。

而关于波斯商人一千只羊的故事，《大唐西域记》的原文是：

> 大崖东北，逾岭履险，行二百余里，至奔攘舍罗。葱岭东冈四山之中，地方百余顷，正中垫下，冬夏积雪，风寒飘劲，畴珑舄卤，稼穑不滋，既无林树，唯有细草，时虽暑热，而多风雪，人徒才入，云雾已兴，商侣往来，苦斯艰险。闻诸耆旧曰：昔有贾客，其徒万余，橐驼数千，赍货逐利，遭风遇雪，人畜俱丧。时朅盘陀国有大罗汉，遥观见之，悯其危厄，欲运神通拯斯沦溺，适来至此，商人已丧。于是收诸珍宝，集其所有，构立馆舍，储积资财，买地邻国，鬻户边城，以赈往来，故今行人商侣，咸蒙周给。

这个故事讲的是：

> 葱岭的大山中，有个山谷气候很恶劣，即使是夏天也会有风雪，商旅经过，都很艰苦。当地老人中流传着一个故事，说当年曾有客商带领很多人和很多骆驼，贩卖货物经过此地，遭遇大风雪，人和骆驼都死在山谷里。朅盘陀国有位大罗汉，远远地看到，怜悯他们，准备运神通拯救他们，但他到达时，商人们已经都死了。于是大罗汉搜集这些商人的珠宝，建筑馆舍用来储藏物资，又在附近买了地，建了城，为后来的来往商人提供帮助。

冯其庸先生听说的故事稍有出入，大意说波斯商人赶着一千只羊和骆驼，在这个山谷里遇到了大风雪，商人们看到了危险，便将财宝聚集起来埋藏在一个山洞里，留下标志，希望有一二个人生还，将来还来取这些珍宝。但可惜商人们全部冻死了，财宝也被后人捡走了。现在，在明铁盖山口还有一座波斯商人的墓。据说，明铁盖的“明”在波斯语里就是一千的意思，指在这里死了一千只羊。

冯先生对此非常感兴趣，他认为这两个故事在《大唐西域记》中出现，足以说明当年玄奘经过了这里；凭借这两个故事与《大唐西域记》的对比，冯先生找到了当年玄奘回国时的确切路线。

我们对这两个故事也感兴趣，因为这两个玄奘时代的故事，竟然能够以口头流传的形式保存下来，实在是意想不到。玄奘归途究竟经过哪个山口的问题，虽然专门研究中亚史、中亚地理的学者们仍有分歧，但故事当然也不会是边防战士和当地牧民们自己杜撰出来的，只能来自世世代代的传说。这是一种多么强大的文化力量！这对我们探讨唐僧取经故事的原生问题，是一个非常好的启示。西域古道自大汉张骞出使之后，日渐繁忙。玄奘曾经从这条路上走过，说在这条路上发生和流传一些关于玄奘的壮举，理论上说得通，但关键是实证。寻找我们认为当时应该存在的故事，就像寻找古道上一千多年前的驼蹄马迹一样，异常之困难。但这项工作必须得做，否则破解《西游记》的诞生之谜根本无从谈起。好在有前辈不仅身体力行做出了榜样，而且也证明了这项工作并不虚妄。既然玄奘之前的故事能够以口头流传的形式保存下来，那么玄奘的取经为何不能变成故事，也以各种各样的形式保留下来呢？

正是在冯先生的鼓励下，我们也打算走一趟帕米尔，亲身体验玄奘的行程，把寻找《西游记》取经故事的源头作为自己的学术目标，并为此做了多年的准备，而这个目标又有幸在国家社科基金的资助下于 2014 年得以实现。

通过本次考察，我们得到的一个强烈印象就是：唐僧取经的故事与西域的丝绸古道，与古道上玄奘的行迹，有着无法回避的联系，千丝万缕，若隐若现，我们所熟知的许多唐僧取经故事，都能在古道的文化扬尘中找到蛛丝马迹。

第一阶段：以《大唐西域记》为代表的原生取经故事素材

仔细研读之后，我们发现有很多取经故事都可以在《大唐西域记》《大慈恩寺三藏法师传》里找到最初的线索，这非常重要，无可辩驳地证明了《大唐西域记》《大慈恩寺三藏法师传》就是取经故事最基本的源泉。而有些故事，虽然在字面上没有出现于一记一传中，但仅仅是由于资料的失载，故事发生的条件、背景其实一样。我们把这些故事统称为“原生的取经故事”——最初的、最基本的唐僧取经故事。

举几个例子：

（1）通天河·晒经台（晾经台）故事。前面提到，玄奘法师在回国途中，曾经遭遇过一次经卷落水的意外事件。此事见于《大慈恩寺三藏法师传》，说玄奘回程，谢绝了印度诸王的一切馈赠，仅接受了一头大象，用以驮经。途中，由于意外而在进入我国新疆境内，到朅盘陀国时，也就是在非常接近公主堡的地方，大象溺水而亡，打湿了经卷：

> 复东北行五日，逢群贼，商侣惊怖登山，象被逐，溺水死。为所将大象溺死，经本众多，未得鞍乘，以是少停……

在《西游记》中，这件事演化为通天河晒经石的故事，出现在第九十九回。说唐僧师徒回程过通天河，虽然水势汹涌，但自有当年护送他们过河的大白赖头鼋来接：

> 师徒们口里纷纷的讲，足下徐徐的行，直至水边，忽听得有人叫道：“唐圣僧，唐圣僧！这里来，这里来！”四众皆惊。举

头观看，四无人迹，又没舟船，却是一个大白赖头鼋在岸边探着头叫道："老师父，我等了你这几年，却才回也？"行者笑道："老鼋，向年累你，今岁又得相逢。"三藏与八戒、沙僧都欢喜不尽……

老鼋驮着他们，骊波踏浪，行经多半日，将次天晚，好近东岸，忽然问曰："老师父，我向年曾央到西方见我佛如来，与我问声归着之事，还有多少年寿，果曾问否？"原来那长老自到西天玉真观沐浴，凌云渡脱胎，步上灵山，专心拜佛及参诸佛菩萨圣僧等众，意念只在取经，他事一毫不理，所以不曾问得老鼋年寿，无言可答，却又不敢欺，打诳语，沉吟半晌，不曾答应。老鼋即知不曾替问，他就将身一幌，唿喇的淬下水去，把他四众连马并经，通皆落水……（悟空等）把唐僧扶驾出水，登彼东岸。只是经包、衣服、鞍辔俱尽湿了。

……少顷，太阳高照，却移经于高崖上，开包晒晾，至今彼处晒经之石尚存。

"至今彼处晒经之石尚存"，是吴承恩的插话，已经表明这是一个之前已经流传的传统故事。这句话至现在仍然有效，在西北，确实有许多关于玄奘晒经的传说，有学者提供的一个统计说，在甘肃、青海一带现有六处晒经台遗迹：第一处，在甘肃天水市社棠镇西北，当地称是孙悟空选的晒经台；第二处，在甘南藏族自治州夏河县境内大夏河畔，是一处藏族风格的晒经台；第三处，在青海玉树州境内通天河大桥附近，有几块平整的巨石，当地人说是当年唐僧的晒经台；第四处，在甘肃临泽县板桥乡土桥村境内；第五处，在新疆巴音郭楞州和静县境内的开都河下游；第六处，在甘肃高台县城西十公里的宣化乡台子寺村。我们在实地考察中也察看了其中的一些，这些所谓的"遗迹"本身其实不能说明多少问题，有些显然是附会，但即使都是附会，也要有契机，因为这么多这么集中的附会需要一个合理的解释，最基本的解释就是它们应该有一个确实存在的共同的故事源。

（2）“僧行七人”的故事。早期的取经故事《大唐三藏法师取经记》中说玄奘取经有随行五个“小师”也就是有五个小徒弟，后来加了一个白衣秀才猴行者，就成了“僧行七人”，在整个的故事叙述中，这句话被多次重复。从历史的视角看，玄奘当年出发没有随行者，是只身一人跨越戈壁直奔印度；从故事的视角看，唐僧的五个随行者没有任何必然性，也不包含故事因素，这所谓的“僧行七人”源自何处？

我们查到，来自《大慈恩寺三藏法师传》。《大慈恩寺三藏法师传》卷五云：玄奘回程经北印度的僧诃补罗国时，“时有百余僧皆北人，赍经像等依法师而还”，即有家在北方的僧人要与他搭伴上路，返还自己的家乡。由于沿途遭遇雪崩、盗贼等原因，至翻越最困难的克什米尔大雪山到达喀什于阗时，“时唯七僧并雇人等有二十余”。

随行的僧人都是“北人”，即北方人。北方究竟在哪儿？按照玄奘《大唐西域记》记载，当年的克什米尔和阿富汗一带的众多小国，是突厥人的领地，并不信仰佛教，“人性犷暴”“少信佛法”“僧徒甚少”，只有到了今新疆境内，才重新回到了佛教的领地。因此，那些随玄奘返回北方家乡的僧人显然应该是于阗周围一带的人。当时的喀什、于阗既是佛教的传播区，又是西域丝路重镇，所以玄奘在此逗留休整，与他随行的僧人也就在此分手各回家乡。这就是我们本章开头描述的场景，当然也是依据。

这六个或七个与玄奘一起历经艰辛，同路归来而在喀什、于阗留下或分道的僧人，作为事件的亲历者，无论是出于自身的炫耀，还是出于对玄奘的尊崇，都完全可能成为取经故事的最早创造者，所以《大唐三藏法师取经记》一直说“僧行七人”，就是当时的事实。这“僧行七人”后来渐渐演变为唐僧师徒四人。

（3）唐御弟的故事。《西游记》说唐僧由长安出发时，唐太宗李世民亲自相送并拜为兄弟，从此后唐僧便有了“御弟”的称号：

> 太宗……当时在寺中问曰："谁肯领朕旨意，上西天拜佛求经？"问不了，旁边闪过法师，帝前施礼道："贫僧不才，愿效犬马之劳，与陛下求取真经，祈保我王江山永固。"唐王大喜，上前将御手扶起道："法师果能尽此忠贤，不怕程途遥远，跋涉山川，朕情愿与你拜为兄弟。"玄奘顿首谢恩。唐王果是十分贤德，就去那寺里佛前，与玄奘拜了四拜，口称"御弟圣僧"。

这一称呼十分温情，尤其是经过女儿国国王的演绎，"御弟哥哥"变成了一句著名的戏谑。而实际上玄奘由长安出发时，孤身一人且属于违背禁令私自出关，并一直受到官府的追捕，与"御弟"完全没有关系。

但玄奘确实做过御弟，那是在高昌国。高昌是汉代西域的一个古国，地点就在今天新疆的吐鲁番附近，玄奘法师去印度时，这个古国还在，但后来玄奘学成回国时，这个高昌国已经归顺大唐，成为大唐的安西节度使驻地。当年玄奘走出八百里戈壁到达伊吾（今新疆哈密）时，已经有一位高昌国的使者在伊吾专候。原来高昌国王笃信佛教，他已经听到玄奘的大名并知道他将穿越沙漠，于是早早派人在此等候迎接。玄奘被国王的诚意感动，改变了原来计划的线路，随使者去了高昌。国王对玄奘尽弟子礼，并盛情邀请玄奘在高昌留驻弘法，甚至不惜动粗扣留玄奘。玄奘坚辞，直至以绝食为手段，坐禅四天，水米不进，几致虚脱，最后终于感动国王，得以脱身，临别，国王与玄奘结为兄弟。事见《大慈恩寺三藏法师传》卷一：

> 法师既被停留，违阻先志，遂誓不食以感其心。于是端坐，水浆不涉于口三日。至第四日，王觉法师气息渐惙，深生惭愧，乃稽首礼谢云："任法师西行，乞垂早食。"……遂共入道场礼佛，对母张太妃共法师约为兄弟。

这才是事实的真相。

第二阶段：早期结集的取经故事——以佛门俗讲为样章

大约在中唐至宋初时，原本零星散布的唐僧取经故事渐渐开始汇拢，成为由主干线索联系的系列故事，开始添加虚构的人物和细节，我们具体看：发生在玄奘身上的一些与风霜雨雪的抗争，渐渐被描画成降妖伏魔的神话；一些简单的事件描述，渐渐衍生出故事人物，如猴哥、二师兄；而寄托在原型本事中的初心，也渐渐积淀出熠熠生辉的主题。

这一时期的资料主要有两种。

第一，《大唐三藏法师取经记》。如果对前人零星随意的笔墨忽略不计，那么可以认为现代意义上的《西游记》研究肇始于整整一百多年前的1914年左右。当时在日本的一座寺院里发现了一种记载唐僧取经故事的古老文本，消息一经发布，立即进入了当时留寓日本的著名学者罗振玉、王国维的视野。当时罗振玉正流寓日本京都，在得到有人收藏唐僧取经故事旧本的消息之后，循迹找寻，先是在政界显赫人物三浦将军处借到了一个大字的《大唐三藏取经诗话》，然后又从学界著名人物德富苏峰处借到了小字本《大唐三藏法师取经记》，并互校影印以《大唐三藏取经诗话》的名义公布。这两个本子不是同一个版本但内容全同，只是罗振玉在当时的两个名字中选择了《大唐三藏取经诗话》，所以它就成了今人使用的通用名称。但这未必是真实的历史，它的准确的名称我们认为倒更应该是《大唐三藏法师取经记》。当时也在日本的王国维为罗振玉的影印本留下了一篇不足千字的短文，后来因为被附在罗振玉影印本的末尾，习惯上就被称为“王国维跋”；此文之外，罗振玉先后在“丙辰”年也就是1916年尾影印本写了两篇表述自己意见的跋，相应地也就被称为“罗振玉跋一”和“罗振玉跋二”。

王国维的“跋”有两个要点，第一，这是一个南宋临安的刻本；第二，这是当时盛行的“说话”的一种：

> 《大唐三藏取经诗话》卷末有“中瓦子张家印”款一行。中瓦子为宋临安府街名，倡优剧场之所在也。……此云“中瓦子张家印”，盖即《梦梁录》之张官人经史子集文籍铺。
>
> 此书与《五代平话》《京本小说》及《宣和遗事》，体例略同……皆《梦梁录》《都城纪胜》所谓说话之一种也。

此后数十年来，各类文学史、小说史关于《西游记》形成过程的描述基本都以王国维的论断为准绳，串联已经发现的各种资料。这个论断其实很有问题，最主要的问题就出在王国维貌似非常正确的基本判断上。

首先，“中瓦子张家印”的落款其实只能表示此时在临安有过一次刻印，但并不能证明这部《大唐三藏取经诗话》就是这个时期或者就是张家的原创作品。王国维实际上在下意识中犯了一个将刻印当原创、将发现当起源的错误。

其次，说《大唐三藏取经诗话》是“说话之一种”，是一个并无证据的疑问判断。只要将《五代平话》《京本小说》《宣和遗事》与《大唐三藏法师取经记》作一些简单的比照，就会发现它们并无相似之处，《大唐三藏法师取经记》自身没有明确可认证的话本特征。

最后，大约因为《大唐三藏取经诗话》是佛教题材，南宋说话中恰恰有“说经”一家，因此后人往往把《大唐三藏取经诗话》进一步坐实为“说经”话本。但事实上，“说经”没有留下一部可以对照的作品，更谈不上与《大唐三藏取经诗话》有同样的作品。也就是说，“南宋”“临安”“话本”“说经”四个关键词其实没有一个可以充分落实。它最大的危害就是把寻找《西游记》取经故事源头的方向引导向唐代的文人笔记或者宋代的话本艺人，与实际状况有很大差别，用现在的眼光看这就是“郢书燕说”或者“缘木求鱼”。

直到若干年后，《大唐三藏法师取经记》才被重新定位。1982年，接踵出现了两篇对传统的《大唐三藏取经诗话》出于南宋话本的观点表示颠覆性怀疑的重要文章：一篇是语言学家刘坚先生的《〈大唐三藏取经诗话〉写作时代蠡测》，该文从语言学的角度，选取语音、语法、语汇三个方面的大量实例对《大唐三藏取经诗话》的诞生时间作了非常充分的论证，认为此书实是仿照寺院俗讲的早期话本，其时代：“《大唐三藏取经诗话》与敦煌所出《庐山远公话》《韩擒虎话本》《唐太宗入冥记》《叶净能诗》一样，其时代早于现今所见宋人话本……这部话本的时代还有可能往上推到晚唐五代。”另一篇是李时人、蔡镜浩二位先生的《〈大唐三藏取经诗话〉成书时代考辨》。这篇文章与刘文的观点不谋而合，同样认为《大唐三藏取经诗话》应是唐、五代寺院“俗讲”的底本。《大唐三藏取经诗话》所表现出来的对佛教的狂迷和幻想，尤其是那种佛教压倒一切、咄咄逼人的气势，都表明它只能是佛教极盛时期的作品，而不大可能是更多反映市民阶层思想和意识的宋代话本。

第二，敦煌榆林窟唐僧取经壁画。恰在此时，敦煌地区榆林窟发现唐僧取经壁画的消息也适时公布了。敦煌曾经是古代丝绸之路上最重要的交通要道和文化枢纽，中西文化曾经在这里有大规模的交融，尤其是佛教。我们通常所说的敦煌石窟主要指莫高窟（也称千佛洞），但莫高窟其实只是整个敦煌艺术宝库中开放出来的一个点。敦煌艺术，至少应包括莫高窟、西千佛洞、东千佛洞、榆林窟这四个部分，它们基本上属于同一艺术系统，只是后三者因规模较小、交通条件不便等原因很少为人所知。

二十世纪八十年代初王静如先生披露在敦煌榆林窟发现了唐僧取经壁画，其特征是有猴行者伴随玄奘取经礼佛。这些壁画引起了广泛的关注，非常有效地将研究者的目光引向了西域。后来，著名敦煌学学者段文杰先生再次撰文介绍榆林窟的取经壁画，说在敦煌一带榆林窟、东千佛洞已经发现唐僧取经图六幅（文中实际介绍五幅）——除榆林窟第二窟、第三窟、第二十九窟的三幅外，还有两幅出现在东千佛洞第二窟的水月观音图中，左右相对各一幅。

这些壁画的发现是近几十年来《西游记》研究中最重要的发现。介绍如下。

榆林窟第二窟：壁画为“水月观音变”，主像为水月观音，取经图位于整幅壁画的右下角，自左而右画的是唐僧隔水向观音合十礼拜，猴行者牵马随后，马仅露出头部，猴行者右手搭在前额做远望状。

榆林窟第三窟：壁画为“普贤变”，主像为普贤，取经图位于左侧边缘的中部，自右而左画的是唐僧面临深渊，俯首礼拜，其后猴行者牵着白马，双手合十，仰天大叫，马背驮有莲花宝座，上置一包袱。

榆林窟第二十九窟的壁画据王文原介绍为“自左而右画的是白马，唐僧弯腰拜询，孙行者在前下方，最前是白衣人，手执鲜花，作答语状”。段文杰先生的介绍也重复了这段话。但这幅画可能是误读，并非取经壁画，我在《〈西游记〉的诞生》中曾引用了二十世纪八九十年代的敦煌研究院美术研究所所长关友惠先生的这一意见，后来也确实没有见到对这幅所称取经壁画的详细介绍。

东千佛洞第二窟。段文杰先生介绍说，主像是水月观音，左右相对各一幅，据描绘“唐僧、猴行者及白马驮经步行于海边”。

这些基本都绘制于西夏时期，大约相当于宋元之间，但研究者们相信这些取经故事的出现和传播显然要早得多。

最重要的是，《大唐三藏法师取经诗话》和敦煌榆林窟取经壁画都出现了一个重要的人物形象——猴行者，也就是《西游记》中的孙悟空。两个猴行者一定有一个共同的故事源头和文化圈，而地域概念相对明确的壁画则圈定了其范围一定在敦煌附近。

第三阶段：宋金时期的成长故事——以民间队戏为代表

二十世纪八十年代，山西省文化厅举办了一次戏曲方面的抢救性普查，成果颇丰。其中最重要的事件是一本当地传统祭祀赛社用的节目程序本《上党〈迎神赛社礼节传簿四十曲宫调〉》（以下简称《礼节传簿》）被发现，其中保留有一个队戏《唐僧西天取经》的节目单。它的出现，使我们对宋金时期取经故事的发展有了基本的了解，在唐五代以《大唐三藏法师取经记》、敦煌壁画为代表的早期佛教取经故事之间，形成了一个新的关键环节。

据介绍，三晋地区昔日祭赛风气甚浓，形式上、组织上都有自己的一套程式规矩，极有特色。赛期均为三天，要把各路神祇从村内各庙迎进大庙，全村张灯结彩，每天从早上起在神殿前举行一套像宋代皇帝大宴一样的祀神供盏仪式，按主礼生唱礼程序，上七盏酒，向神祇供献馔肴，同时要在拜殿或露台上献上乐曲和歌舞。歌舞包括“曲破”一类，以及队舞、百戏和有故事情节的队戏等。祭祀供馔完毕，还要搬演正式的“正队戏”“院本”“杂剧”。

祭赛既有如此规模与繁杂的仪式，一定需要有人操持，核心人物也就是所谓的科头与仪式的主礼生——在当地，也就是俗称阴阳先生的堪舆家。堪舆家一般都是世代相传的，他们手中一般都有一件记录各种祭赛规格、仪式的秩序册，也就是《礼节传簿》，它是赛社完整运作仪程的记录，记录了古代迎神赛社、驱傩逐疫原始民俗遗风和西周以后延续两千多年的音乐教化传统，是研究音乐、歌舞、戏曲史的重要史料，也为研究我国古代民间歌舞、戏曲史，民间与宫廷乐舞、民间与宗教祀神驱傩乐舞相互关系等提供了重要的史料与线索。

现在看到的这本《礼节传簿》全文两万余字，分为四个部分，其中第三部分介绍了二十八宿值日的情况，也就是对哪天哪位当值星宿需要提供的供馔仪式、音乐及戏曲剧目等均有记录，是《礼节传簿》的核心内容，占了大部分篇幅，其中在“昴日鸡”星宿值日七盏供馔之后的正式表演节目里，有“正队《唐僧西天取经》舞”。第四部分为祭赛主要演出剧目、压轴戏的演出节目单，共二十五个。《唐僧西天取经》就保存在这一部分中：

《唐僧西天取经》一单　舞

唐太宗驾，唐十宰相，唐僧领孙悟恐、朱悟能、沙悟净、白马，行至师陀国；黑熊精盗锦兰袈纱；八百里黄风大王，灵吉菩萨，飞龙柱杖；前到宝象国，黄袍郎君、绣花宫主；销元大仙献人参果；蜘蛛精；地勇夫人；夕用（按：多目）妖怪一百只眼，蓝波降金光霞佩；观音菩萨，木叉行者，孩儿妖精；到车字（按：迟）国，天仙，李天王，哪吒太子降地勇，六丁六甲将军；到乌鸡国，文殊菩萨降狮子精；八百里，小罗女铁扇子，山神，牛魔王；万岁宫主，胡王宫主，九头附马，夜叉；到女儿国；蝎子精，昴日兔；下降观音张伏儿起僧伽帽频波国；西番大使，降龙伏虎，到西天雷音寺，文殊菩萨，阿难，伽舍，十八罗汉，四天王，护法神，揭地神，九天仙女，天仙，地仙，人仙，五岳，四读，七星，九耀，千山真君，四海龙王，东岳帝君，四海龙王，金童，玉女，十大高僧，释伽佚，上，散。

以《唐僧西天取经》与《大唐三藏法师取经记》相比较，显然可以看出唐僧取经故事已经跨出了一大步：它的语言文字已经不那么古朴，它的内容也不那么神秘，形态上有了明显的进化，直白地说，它已经是民间市井百姓的娱乐故事而不再是佛教的传道故事，与小说《西游记》靠得更近。

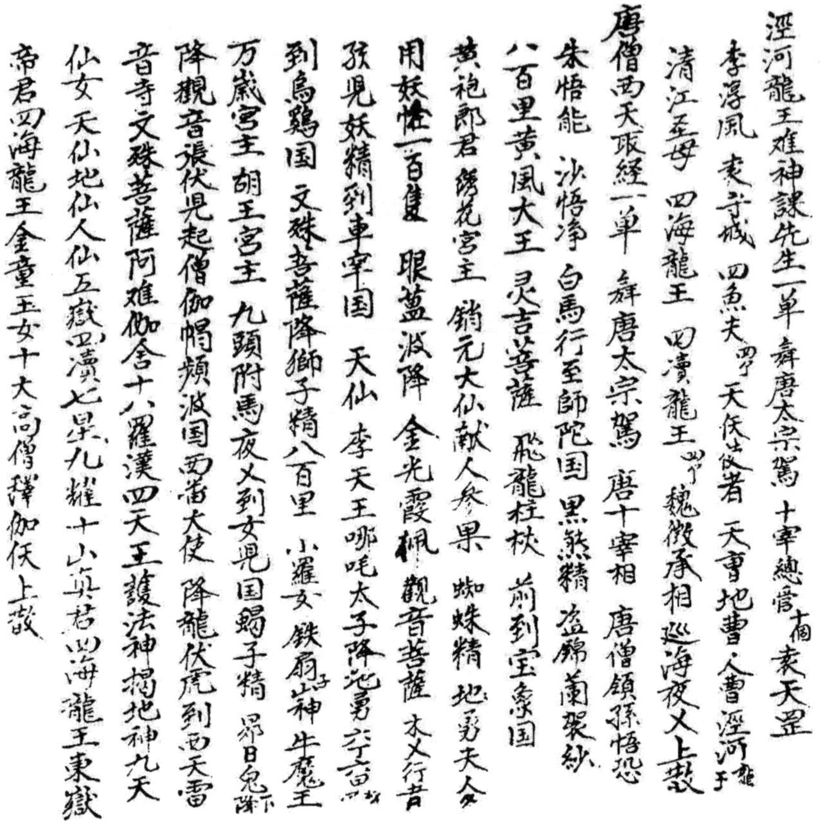
涇河龍王难神課先生一單 舞唐太宗駕 十宰總管 有 袁天罡
李淳風 袁守城 四魚夫 四个 天仗出使者 天曹地曹人曹 涇河龍子
清江至母 四海龍王 四瀆龍王 四个 魏徵承相巡海夜叉上散
唐僧西天取經一單 舞唐太宗駕 唐十宰相 唐僧領孫悟恐
朱悟能 沙悟淨 白馬行至師陀国 黑熊精 盗錦襴袈紗
八百里黄風大王 灵吉菩薩 飛龍柱杖 前到宝象国
黄袍郎君 綉花宫主 鎮元大仙獻人參果 蜘蛛精 地勇夫人
用妖怪一百隻 眼藍波降 金光霞佩 觀音菩薩 木叉行者
孩兒妖精到車宰国 天仙 李天王哪吒太子降地勇 六丁六甲
到烏鷄国 文殊菩薩降獅子精 八百里 小羅女 鉄扇子 山神 牛魔王
万歲宫主 胡王宫主 九頭附馬 夜叉到女兒国蝎子精 昴日兔下降
降觀音張伏兒起僧伽帽頻波国西番大使 降龍伏虎到西天雷
音寺 文殊菩薩 阿難伽舍 十八羅漢 四天王 護法神 揭地神 九天
仙女 天仙地仙人仙 五嶽四瀆 七星九曜 十山真君 四海龍王 東嶽
帝君 四海龍王 金童玉女 十大高僧 釋伽佛 上散

图 1 《礼节传簿》中队戏《唐僧西天取经》页面（两页拼接）

那么《唐僧西天取经》是什么时代的作品？答案：宋元甚至是宋金。有两个关键点可以支持这个判断。

（1）《礼节传簿》。我们现在看到的这本《礼节传簿》属于明代中期抄本，它的底本何在？研究者们普遍认为其底本应该是明初的一个修订本，但还不是原始底本，原始底本应该出现在宋代甚至更早。因为这类祭祀程式的诞生会非常地早，世代相传，非常稳定，需要经过数百年的使用，文化有了重大差异时才会修订；即使修订，其中的主要内容也会由前代沿袭而来，传统沿袭的内容与新补充的内容有明显的时代印记，会分别被安排在不同的部分，可以区分。《唐僧西天取经》被戏曲史研究者们一致认为属于传统沿袭的剧目，被纳入祭祀活动的主要节目应该是在很久之前。

（2）队戏。队戏由唐代的队舞演化而来，是中国古代戏剧的一个重要构成部分。中国戏剧在早期即唐宋金时期，其主要形式除了杂剧、院本之外，还有第三种就是队戏，只是在繁盛的杂剧的挤压下生存的空间越来越小，最后终至被杂剧、南戏淹没。队戏由唐代的舞蹈队舞演变而来，增加了故事情节而成为“戏”。最早的记录，在北宋初期刘斧的《青琐高议》后集卷之五“隋炀帝海山记”下就已经出现，从北宋仁宗朝到元初，应该普遍流行，这就是队戏《唐僧西天取经》产生的大致时间。

第四阶段：形态杂陈的取经故事——说图册、杂剧、平话

进入元代之后，关于唐僧取经故事的资料最为丰富，也最为复杂，大致可以反映出这是整个故事体系迅速发展，多元文化相互交融，但整个故事体系尚未定型的阶段。

多元形态之一——《唐僧取经图册》

这里所说的图册，原本没有名称，后来被整理者命名为《唐僧取经图册》，据认为绘成于元代，精美，完整。有两点需要提前说明。

首先，由于这部图册被不知名的收藏者从元代悄悄地保存到清中叶，没有留下任何记录；清代匆匆露了一脸以后又不知所终，直到1992年才在日本重新发现，后由日本著名学者矶部彰先生和板仓圣哲申请到日本文部科学省特定领域研究费资助而印刷出版。中国的研究者有幸目睹则是在二十一世纪初日本学者整理复制之后，迄今二十来年。

其次，图册已经被印制出来，顶级的现代技术保持了图册的原貌，但

是我们却看不懂其中由三十二幅精美画面构成的取经故事，只能笼统地说，画册的存在证明了元代是取经故事演化最为复杂的时期，形态的多样丰富，意味着其中文化元素的丰富多样。由于看不懂，所以近二十年间没有出现重要研究成果，一切都在探索中。

矶部彰在《元代〈唐僧取经图册〉研究要旨》一文中说这部画册的作者是元代画家王振鹏，后为清人梁章钜所藏。梁章钜，清代道光年间的著名收藏家，板仓圣哲在附于画册之后的《传王振鹏〈唐僧取经图册〉在元代画史中的位置》中有更详细的介绍：

> 现存《唐僧取经图册》分为上、下两册，蝴蝶装，卷末有清代福州文人梁章钜（字闳中、茝林等，号退庵、古瓦研斋，1755—1849）六跋。根据此六跋之记载，知本图册原为梁氏同乡、名叔重者所藏。道光十八年（1838）梁氏初次观览本图册时，以为乃唐人尉迟乙僧所作，其后，经不断览阅，发现册上书有“孤云处士”名款，才订为元代画家王振鹏（1280？—1329？）所作。

画册的上下各十六幅取经图，原来大概都有题签，大致告诉了我们这些画面故事的内容。现存的题签有：

> 张守信谋唐僧财　遇观音得火龙马　流沙河降沙和尚　石盘陀盗马　毗沙门天王与索行者　八风山寺收猪八戒　唐僧过女人国　佛赐法水救唐僧　飞虎国降大班　飞虎国降小班　五方伞盖经度白蛇　佛影国降瞿波罗龙　玉肌夫人　旃檀大仙说野狐精　释迦林龟子夫人　金葫芦寺过火炎山　过魔女国　东同国捉狮子精　六通尊者降树生囊行者　金鼎国长爪大仙斗法　中印度寻法迦寺　哑女镇逢哑女大仙　明显国降大罗真人　悬空寺遇阿罗律师　过截天

关见香因尊者　毗蓝园见摩耶夫人　白莲公主听唐僧说法
万程河降大威显胜龙　唐僧随五百罗汉赴天斋　唐僧取经回国

这些显然和我们面前的《西游记》有相当大的差距。无论是下面将要介绍的杂剧《西游记》还是平话，或是以吴承恩的百回本小说《西游记》与之对照，我们都发现了以前闻所未闻的取经故事内容，这非常肯定地说明了在元代之前，取经故事还有不同的体系存在。

多元形态之二——杂剧《西游记》

1127年宋王朝的南渡，是中国文化的再一次大规模南迁，成千上万的中原官员及民众像潮水一样仓皇向南，就此形成了以临安为首都的新的政权，也造就了南宋至元、明这数百年间南方文化的繁华与中心地位——尤其是浙闽一带，唐僧取经的故事应该是在这个时候传播到了南方。其中有些走入民间，在新的文化环境里经历了一次重大的变革，尤其是吸收了南方固有的“齐天大圣”故事，而演变为混杂南北、两猴（孙悟空、齐天大圣）合一猴的杨景贤杂剧《西游记》。

杨景贤《杂剧西游记》原名《杨东来先生批评西游记》，现在所见的是明万历甲寅年（1614）刊刻的本子，1928年发现于日本内阁文库秘藏的《传奇四十种》中，后排印本传回中国。孙楷第先生考出这部杂剧其实与杨东来没有关系，作者为元末明初的戏曲家杨景贤，因此也就少有人再说杨东来的事，而直接称为“《杂剧西游记》”或者“杨景贤《西游记》”。这部杂剧共有六本二十四折，为元杂剧第一长。其各本各折如下：

第一本：之官逢盗、逼母弃儿、江流认亲、擒贼雪仇
第二本：诏饯西行、村姑演说、木叉售马、华光署保

第三本：神佛降孙、收孙演咒、行者除妖、鬼母皈依

第四本：妖猪幻惑、海棠传耗、导女还裴、细犬擒猪

第五本：女王逼配、迷路问仙、铁扇凶威、水部灭火

第六本：贫婆心印、参佛取经、送归东土、三藏朝元

杨景贤，蒙古族人，因跟从姐夫杨镇抚移居钱塘，人即以杨姓称之。原名暹，后易名讷，字景贤、景言，别号汝斋。元末明初之际，杨景贤也是一个小有名气的人物，擅长杂剧、散曲，有杂剧十八种，可惜传世不多。与《录鬼簿续编》的作者贾仲明相交甚善，达五十年，故贾在《录鬼簿续编》录齐了他的十八种杂剧剧目，还介绍说“善琵琶，好戏谑，乐府出人头地。锦阵花营，悠悠乐志”。

这部杂剧《西游记》非常重要，它是取经故事在这一时期进行文化整合的核心，明明白白就是我们今天看到的小说《西游记》的直系祖先。理由简单清晰。

（1）原本的故事都叫“唐僧取经”，“西游记”三个字作为取经故事的名称在这里是第一次出现，这是一个完全独创的名称，也是一个具有标志性意义的名称，这个名称绝非佛教所有而属于道教。请注意，“取经”是一个主次关系非常明确也十分严肃的事业，但“西游”就失去了庄严感而成为大众通俗娱乐，这标志着取经故事的文化属性已经发生了变化。

（2）孙悟空第一次有了一个附加的名号“齐天大圣”。这个名号原本诞生于南方的带有道教文化元素的民间崇拜，是一只猴神的名号，在此之前已经独立存在了很多年，和取经没有任何关系。但从这时起，这个名号已经合并于孙悟空身上，并且为孙悟空带来了很多新的故事，如“盗仙衣仙酒”等。若干年后再经过吴承恩的精细加工，就有了最令人心醉的“大闹天宫”桥段。这是杂剧《西游记》的创造和贡献，也是杨景贤将取经故事重新命名为《西游记》的一个原因。

这些事实归结为一点，即杂剧所演绎的取经故事，已经被道教或者由

民间崇拜作了脱胎换骨的改造。我们不难判定这次合并的革命性意义。原本佛教的题材为道教所接受，这是取经故事最终走向世俗化的标志，无异于打开了与社会广泛接触的大门；两个猴系统的故事互相补充，形成明确的交融优势，给取经故事增加了若干风生水起、霞鹜齐飞的精彩故事——比如大闹天宫。

本土文化正是取经故事在元代形成新的形态的活水之源。

多元形态之三——平话《西游记》

在元代，取经故事还有另一种形态存在，即平话《西游记》—— 一种依赖口语传播的白话语体取经故事，它在民间传播得很广泛也很活跃，故事很精彩，更可能是后来吴承恩直接依据的底本。

这个平话《西游记》没有完整的写本留存，现在只能看到几段残文。这些残文讲述了与百回本《西游记》非常接近的一段取经故事。其中在《永乐大典》送字韵、梦字类中有一段著名的“魏徵梦斩泾河龙”：

> 《西游记》　长安城西南上，有一条河，唤作泾河。贞观十三年，河边有两个渔翁，一个唤张梢，一个唤李定。张梢与李定道：“长安西门里，有个卦铺，唤神言山人。我每日与那先生鲤鱼一尾，他便指教下网方位，依随着百下百着。”李定曰：“我来日也问先生则个。”这二人正说之间，怎想水里有个巡水夜叉，听得二人所言，“我报与龙王去。”……老龙感谢，拜辞先生回也。
>
> 玉帝差魏徵斩龙　天色已晚，唐王宫中睡思半酣，神魂出殿，步月闲行。只见西南上有一片黑云落地，降下一个老龙，当前跪拜……魏徵曰：“陛下不问，臣不敢言。泾河龙违天获罪，奉玉帝圣旨，令臣斩之。臣若不从，臣罪与龙无异矣。臣适来合眼一

霎，斩了此龙。”正唤作“魏徵梦斩泾河龙”。唐皇曰：“本欲救之，岂期有此。”遂罢棋。

从字面上做最基本的判断，这则资料有两点可以注意。

（1）由于《永乐大典》许多条目下采用摘录的方式，因此一般会注出原文出处。由此而观之，篇首《西游记》三字应是原书的书名。

（2）孙楷第先生说“此书语意大类话本”，确是得当之言。其中突兀插入的“玉帝差魏徵斩龙”和末尾“正唤作‘魏徵梦斩泾河龙’”应是说话的段落标志。这就是现在把这些残文称作“平话”的原因。平话者，平铺直叙、只说不唱也，而《永乐大典》自身就是时间坐标，它告诉我们，至迟在明初已经有了话本或类似形态的《西游记》取经故事。

能够证明平话《西游记》元末明初已经存在的另一个证据出现在一本朝鲜人的著作里。1959 年日本学者太田辰夫发表了《〈朴通事谚解〉所引〈西游记〉考》一文，依据《朴通事谚解》一书的残文提出在吴承恩《西游记》之前还有一个平话性质的《西游记》。赵景深先生不久后于 1961 年撰文说中国在二十世纪五十年代影印过这本《朴通事谚解》，北京大学还作了索引，然后赵先生将《朴通事谚解》所记录的几段平话一一做了介绍；中国社会科学院文学研究所编写的《中国文学史》在论述《西游记》的成书过程时也引用了这几段残文。《朴通事谚解》中保留这些《西游记》研究性重要资料的原委是这样的：大致在中国的元代时，朝鲜出现了一本帮助朝鲜人学汉语的会话教科书《朴通事》。这本书是一位自称翻译官的老朴所著的教材，使用汉语原文为教材，摘抄了不少当时的流行文字和生活语汇，所以对于今天的中国元代社会研究等颇有参考价值。《朴通事》至迟在元末明初已经出现，后明代正统年间（1436—1449）朝鲜颁布“谚文”，也就是朝鲜的拼音文，于是一位叫崔士珍（1506—1544）的人对谚文《朴通事》作了注疏，书名也就改称《朴通事谚解》。其中关于平话《西游记》的残文谈到了《西游记》的主要情节梗概：

"长老的佛像铸了么？""铸了三尊佛，我待要上金来，前日三更前后贼入来，把我二三年布施来的金银钞锭，都偷将去了。没计奈何，我如今又往江南地面里布施去。一来是十分命不快，告诸佛菩萨，愿满之日死时也不愁。"

"罢罢，师傅善因不灭。你休生怠慢心，沿路上用心好去着。往常唐三藏师傅西天取经去时节，（《西游记》云：'昔释迦牟尼佛，在西天灵山雷音寺，撰成经、律、论三藏金经，须送东土，解度群迷。问诸菩萨往东土寻取经人来。乃以西天去东土十万八千里之程，妖怪又多，诸众不敢轻诺。唯南海落迦山观世音菩萨，腾云驾雾，往东土去。遥见长安京兆府一道瑞气冲天，观世音化作老僧入城。此时唐太宗聚天下僧尼，设无遮大会，因众僧举一高僧为坛主说法，即玄奘法师也。老僧见法师曰："西天释迦造经三藏，以待取经之人。"法师曰："既有程途，须有到时。西天虽远，我发大愿，当往取来。"老僧言讫，腾空而去。帝知观音化身，即敕法师往西天取经。法师奉敕，行六年东还。'）十万八千里程，正是瘦禽也飞不到，壮马也实劳蹄。这般远田地里，经多少风寒暑湿，受多少日炙风吹，过多少恶山险水难路，见多少怪物妖精侵他，撞多少猛虎毒虫定害，逢多少恶物刁蹶。（《音义》云：'刁，难也；蹶，颠仆而不能行也。'今按法师往西天时，初到师陀国界，遇猛虎毒蛇之害，次遇黑熊精、黄风怪、地涌夫人、蜘蛛精、狮子怪、多目怪、红孩儿怪，几死仅免。又过棘鉤洞、火炎山、薄屎洞、女人国及诸恶山险水，怪害患苦，不知其几。此所谓刁蹶也。详见《西游记》。）正是好人魔障多，行六年受多少千辛万苦，到西天取将经来，度脱众生各得成佛。师傅你也休忙，慢慢的到江南沿门布施。愿满成就着，久后你也得证果金身。"

多元形态之四——西游宝卷

还有一种可以证明取经故事演化痕迹的资料，就是研究者们也很重视的《销释真空宝卷》，其中也谈到了《西游记》的取经故事，实际上可以认为它是平话《西游记》的一份情节梗概：

唐圣主，烧宝香，三参九转。祝香停，排銮驾，送离金门。将领定，孙行者，齐天大圣。猪八界，沙和尚，四圣随跟。正遇着，火焰山，黑松林过。见妖精，和鬼怪，魍魉成群。罗刹女，铁扇子，降下甘露。流沙河，红孩儿，地勇夫人。牛魔王，蜘蛛精，设入洞去。南海里，观世音，救出唐僧。说师父，好佛法，神通广大。谁敢去，佛国里，去取真经？灭法国，显神通，僧道斗圣。勇师力，降邪魔，披剃为僧。兜率天，弥勒佛，愿听法旨。极乐国，火龙驹，白马驼经。从东土，到西天，十万余里。戏世洞，女儿国，匿了唐僧。到西天，望圣人，殷勤礼拜。告我佛，发慈悲，开大沙门。开宝藏，取真经，三乘教典。暂时间，一刹那，离了雷音。取真经，回东土，得见帝王。

由于它也是以通俗语体出现，因此通常都认为它与平话《西游记》有同源或者近亲关系。这部《销释真空宝卷》的篇幅不长，但很重要，因为它罗列了当时唐僧取经故事的主要情节，相当于一份专门的情节梗概。那么，它是何时形成的呢？

宝卷主要流行在佛门和佛教信众之中，算是一种宣讲佛教教理教义的通俗方式，其功用与变文相似，其形式也被认为与变文有密切关系。郑振铎曾有一篇短文谈宝卷与变文的关系，除了说宝卷是变文的长房子孙外，还说到“初以为宝卷是很近代的东西的假设是完全被破坏了。虽然宋版的宝卷尚未被发现，然元代写本的《目连救母出离地狱升天宝卷》一册已足证明宝卷的生命是紧接着变文的”。《销释真空宝卷》在二十世纪初与元代西夏文藏经一起被发现，因此最初它本身形成的时间颇费猜详，郑振铎以为当是元代遗物，胡适却认为此卷是明朝甚至是晚明的写本。笔者最初的意见是：这本《销释真空宝卷》不可能是元代的，因为在这个故事中，孙悟空已经被叫作“齐天大圣”，以上我们仔细分析过，“齐天大圣”应该是在杂剧《西游记》形成的元末明初时被引进了取经故事，带有“齐天大圣”标志的取经故事应该不会早于那个时期，或者至少不会早得太多；但这个“宝卷”也不会形成于吴承恩《西游记》之后，因为被证实或被公认带有明代文化背景、带有吴承恩个人气息的故事，如朱紫国、玉华县、比丘国、木仙庵、神狂诛草寇、真假美猴王等都还没有出现。所以笔者认为应当是明前期的东西，与平话《西游记》大约是同期，也可能同源。后来我们从马西沙、韩秉方先生的《中国民间宗教史》中找到了一些能够弄明白《销释真空宝卷》的材料，原来它是明代民间宗教罗教的经卷。

罗教，又称无为教、罗祖教，是明代中后期诞生并对明清民间各教各派都产生过深刻影响的一种民间宗教。创始人罗梦鸿（1442—1527），主要生活在正德、弘治年间。罗教的经典称“五部六册宝卷”，形成于正德四年（1509），其中的《叹世无为卷》《巍巍不动泰山深根结果宝卷》等都提到了唐僧取经的故事。《中国民间宗教史》第五章介绍，罗教“实质是一种释、道、儒三教融合或杂糅的产物，而以佛教的色彩较为突出”，它“把三教玄妙的哲学思想世俗化，转变成老百姓容易接受的道理，然后用一种群众喜闻乐见的宗教文学形式——宝卷表达出来”。罗教讲究悟道明心，成佛成祖，到达“真空妙有”的境界。“真空”是罗教常用的一个术语，有时指世界本源，要求信徒体悟出“我是真空”的境界；有时又将冥冥之中无所不在的真空拟人化为“老真空”，他们的宝卷中有《销释真空扫心宝卷》（简称《真空宝卷》）、《销释童子保命宝卷》、《销释印空实际宝卷》等，其中都提到了“真空”“老真空”。

罗教的很多经典都喜欢用唐僧取经的故事为譬喻，除前面提到的《销释真空宝卷》之外，还有如“五部六册宝卷”中的《叹世无为卷》：

三藏师，取真经，多亏护法。孙行者，护唐僧，取了真经。
三藏师，取真经，多亏护法。猪八戒，护唐僧，度脱众生。
唐三藏，取真经，多亏护法。沙和尚，护唐僧，取了真经。
老唐僧，取真经，多亏护法。火龙驹，护唐僧，取了真经。
三藏师，度众生，成佛去了。功德佛，成佛位，即是唐僧。
孙行者，护佛法，成佛去了。他如今，佛国里，掌教世尊。
猪八戒，护佛法，成佛去了。他如今，现世佛，执掌乾坤。
沙和尚，做佛法，成佛去了。他如今，在佛国，七宝金身。
火龙驹，护唐僧，成佛去了。他如今，佛国里，不坏金身。

这些宝卷都是罗教早期的经，形成于弘治后期，首次刊刻于正德四年。

第四章

从皮囊到灵魂：《西游记》的宗教倾向及要点

先说一个小话题，就是前面提到的：在元代之前，所有取经的故事都叫“唐僧取经”“唐僧取经记”，是典型的佛教题材；但在元代之后，从元杂剧《西游记》开始改名为“西游记”，这已经有道教的元素在内了，因为佛教从来不把取经这样的事视为“游”，而道教不仅经常说“游”，而且这个“游”有特殊的含义，逍遥游、游仙诗、仙游、游方等都是道教的事，其中含有修仙得道的意思。再到清代，翻刻佛教题材《西游记》的，反倒是以道教中的人居多，道士们非常热衷于各种批注、评点、解读，直到今天都有影响的就是“金丹大道说”；但似乎还从未发现有佛教中人翻刻《西游记》，不仅没有翻刻，好像连插话的都没有，就像佛教中从来没有唐僧师徒四人一样。为什么？因为在《西游记》的演化过程中，曾经出现过激烈的宗教斗争与各方妥协的宗教融合。我们看到的《西游记》实际是一个宗教大杂烩。当然，从文化意义上说，《西游记》或者可以称为宗教知识百宝囊。

现在我们捋一捋吴承恩《西游记》的宗教皮囊及其内瓤，也就是说说吴承恩的宗教倾向及其要点。

皮囊与灵魂

《西游记》的宗教色彩五色杂陈，就像一锅东北乱炖。但吴承恩端上来的这锅乱炖，用料花色虽然多，但选材地道，风味纯正，值得仔细品尝。这就是说，《西游记》里涉及的宗教，都是纯正的宗教释、道、儒，很少有各种民间崇拜的东西，更少有邪教的内容，应该说，这与吴承恩自身是一位正宗文人知识分子有关。

从题材上说，也就是看《西游记》的外衣，《西游记》毫无疑问属于佛教故事。师徒四人都是僧人，穿袈裟，戴毗卢帽，守戒律，不食荤腥；也主张不杀生，不打诳语，要降妖伏怪，为众生谋福利；前行目标很明确——西天取经。师徒四人的西天取经就是一场经典的弘教历程，到处都宣扬西天神圣，东土邪恶，佛法无边，功德圆满。

但在中国，佛教很难独立存在，道教总是如影随形，所以《西游记》的外衣又是百衲衣，其中有不少的道教元素。最明显的是东土有一个和西天并列的天宫系统：主持人是玉皇大帝，顾问是太上老君，手下有文武大臣太白金星、兵马元帅。他们也显示出森严的等级，设朝议事，分列两旁；有天兵天将，还管辖下界的三山五岳、各路洞仙。这个系统的性质我们下面细说，就故事本身而言，唐僧师徒遇到的那些自行修炼、占山为王、想吃唐僧肉的妖魔鬼怪，也都是属于道教范畴的，最明显的就是车迟国的虎力大仙、鹿力大仙、羊力大仙，他们是自行修炼的；还有金角大王、银角大王，他们就是给太上老君看炉子的童子。

说吴承恩是佛教中人吗？不是——这点容易形成共识。因为吴承恩虽然注意到了唐僧取经佛教题材的基本色彩，表示了对佛祖、菩萨等的基本尊重，但这与教徒的崇拜是不一样的。比如，他能想出让孙悟空在如来手掌心撒尿的情节，大不敬；能说如来是妖魔的外甥，能暗示如来是阿傩、伽叶索贿的幕后主使，也是大不敬；他还骂观音“该他一世无夫”——一辈子找不到老公，更是大不敬。

说吴承恩是道教中人吗？也不是——这点就会有分歧，总有一些爱好者、研究者说《西游记》是阐述道教教理教义、金丹大道的证道书。道教是本土宗教，与传统文化、原始宗教的诸多元素相通，因此书中有些概念、做法、词汇很相似，故而会被认为更接近道教，其实这是误解。吴承恩对道教整体上认可，比如他创造的天宫使用了道教的一些元素，也给太上老君安排了一个看起来很崇高的位置；比如对各路大神如三星、三官、赤脚大仙等基本也是尊重的，虽然有时会开点无伤大雅的玩笑；孙悟空与五庄观镇元子大仙有点误会，大打了一场，但后来还是冰释前嫌，握手言欢。但是吴承恩对道教的态度还是大有不恭，对道教不间断地讽刺挖苦和羞辱批判也如刀兵。大家都能感觉到，在《西游记》里，那些属于道教范畴、自行修炼得道成仙的都不是什么好东西，阻碍唐僧取经的其实就是这些家伙，每个女妖精都要取他的元阳，取元阳是哪一路？其实就来自道教。

举两个例子看看，就可以理解我们为什么斩钉截铁地说吴承恩既不是佛教徒，也不是道教中人。

第一个例子比较简单。说《西游记》第二回孙悟空在“灵台方寸山，斜月三星洞”学艺时，师父是菩提祖师，祖师在介绍各门技艺时说：“道”字门中有三百六十傍门，傍门皆有正果。其中：

> 悟空道：“术门之道怎么说？”祖师道：“术字门中，乃是些请仙扶鸾，问卜揲蓍，能知趋吉避凶之理。”
>
> 悟空道：“静字门中，是甚正果？”祖师道：“此是休粮守谷，清静无为，参禅打坐，戒语持斋，或睡功，或立功，并入定坐关之类。”
>
> 悟空道：“动门之道，却又怎么？”祖师道：“此是有为有作，采阴补阳，攀弓踏弩，摩脐过气，用方炮制，烧茅打鼎，进红铅，炼秋石，并服妇乳之类。”

吴承恩在这里简直是故意胡搅，或者说弄了点吴氏幽默。菩提祖师教的是道教法术；道教法术却又不全不纯，夹杂有佛教的修行方法，比如参禅打坐，戒语持斋，又少了道教最重要的符箓之术。

第二个例子要细品。《西游记》第六回，说齐天大圣孙悟空大闹天宫，天宫一时无人能制伏，经观音建议，玉帝调来二郎神。二郎神与齐天大圣变化拼斗，不相上下，打来斗去，还是回到了南天门。这时玉帝、王母、观音、太上老君等一众大神正在上方观看，观音提出要用自己手中的净瓶助二郎神一臂之力：

> 老君道：“你这瓶是个磁器。倘打着他便好，如打不着他的头，或撞着他的铁棒，却不打碎了？你且莫动手，等我老君助他一功。”菩萨道：“你有什么兵器？”老君道：“有，有，有。”捋起衣袖，左膊上取下一个圈子，说道：“这件兵器，乃锟钢抟炼的，被我将还丹点成，养就一身灵气，善能变化，水火不侵，又能套诸物。一名‘金刚琢’，又名‘金刚套’。当年过函关，化胡为佛，甚是亏他。早晚最可防身。等我丢下去打他一下。”

这里的“当年过函关，化胡为佛”要充分注意，如果要看《西游记》的宗教色彩，这句话绝对不能忽视。

事情是这样的：我们知道，道教的基础是原始宗教和春秋战国时期的道家，它作为一种成熟的宗教，形成于东汉后期，溯源上去奉春秋时期的哲学家老子，也就是《西游记》里的太上老君为祖师。历史上那位哲学家老子的最后行踪，据《史记》等文献记载，是“莫知所终”，有说晚年骑了一头青牛西出函谷关后便没有了消息。道教说这是得道了，他的五千余字的《老子》，就是在函谷关留下的，应该叫《道德经》。佛教在东汉进入中国之后，就与本土的道教发生了冲突，双方在各个领域都使用了各种手法，包括舆论战，都尽可能地抬高自己，贬低对方。东晋时有个道士王浮，经常与和尚帛远辩论，但每次都输。恼怒之下，王浮干脆把老子出函谷关的事加以渲染夸大，写成像煞有介事的《老子化胡经》，说当年老子骑青牛西出函谷关，不知所终，其实是到了印度——至于如何骑牛越过喜马拉雅山，没有详说，只是说他到印度后，就化身成了释迦牟尼佛。因为老子的生活时间与释迦牟尼大致相仿，这一说倒也能自圆其说。这件事从技术上说办得很高明，这样就把佛教大大地贬损了一通，释迦牟尼成了老子的化身，佛教是接受道教的教化而形成的，当然就应该臣服于道教。王浮说的老子出函谷关这件事，后来被称为“老子化胡”，化，就是教化；胡，古代指一切来自西域的人，包括印度人，特指就是佛祖释迦牟尼。“老子化胡”等于挖了佛教的祖坟，佛教当然不能答应，于是双方的官司打了数百年，到元代，佛教终于借助于忽必烈的势力，狠狠地打击了道教，当时蒙古人下令，从此后不得再传播“老子化胡”的胡说，《老子化胡经》不论是书版还是书本都必须销毁，称呼上必须佛教在前，道教在后。

“老子化胡”对于佛、道双方，绝对是一件关乎声誉和根本的大事，也是水火不能相容的大事，但在上述《西游记》的情节中，老君却轻描淡写又有点扬扬得意地说了出来，作为佛教重要人物的观音居然丝毫没有反应。奇怪吗？只能说明作者也就是吴承恩知道这件事，但却根本不关心这件事的意义。

吴承恩关心的是什么？他为《西游记》安放了什么灵魂？从内容上看，《西游记》似乎带有广泛的教义之争；但其实，通过作者赞颂的每个细节，我们又能明确无误地感觉到儒学精神的无处不在，它才是《西游记》的灵魂。

以儒学为模本的天界

先问一下，中国人关于天、天宫、天宫结构的概念是从哪儿来的？如果没有阅读过《西游记》，一定回答不上；如果《西游记》烂熟于心，那答案张口就来。中国人关于天宫的概念，就是看吴承恩《西游记》形成的，吴承恩为我们整理出一个以儒学为根基，尊卑分明、大小有序的神仙体系，描摹出一个威势森严、包罗万象的天宫世界，全体中国人都接受了吴承恩的“忽悠”。不信？往下看。

中国宗教传统有儒、释、道三家，三家历来都各有一个天，各有原理，构成不同，描述也不同。

佛教的天叫极乐世界，充满美感和想象力，我们称为美之极致的敦煌飞天就是佛教极乐世界的仙女。人们认为佛教来自西方，极乐世界也一定就在西方，于是就有了西天极乐世界的说法，极乐世界的天宫就是《西游记》里说到的灵山大雷音寺。极乐世界的神佛尊卑秩序比较清楚，大抵上是由佛祖如来主宰一切；佛祖之外就是法力稍小一等为数也不多的菩萨，如观音、文殊、普贤、地藏等；再此外就是众多的罗汉，通常说的有五百罗汉，好像是各管一事，各司其职；供驱使的则是力士之类。

道教的天最缺乏理性和统一性，到吴承恩的时代为止，建教好歹也有一千多年，但从来就没有勾画出一个清清楚楚的天宫。关于道教最大的神仙，各门各派的说法五花八门，有说是太上老君，有说是元始天尊，有说是三清四御；那些各路、各派、各系的神仙，更是谁大谁小、谁尊谁卑，一本糊涂账，连道书都说不清；各路神仙也是居无定所，有的占据一座山，称洞仙，有的四处游荡，称散仙；修炼的方式也各不相同，有的练打坐，有的练吐纳，还有找点仙草仙果的。

儒学是治国之术，不讲怪、力、神、乱，因此在吴承恩之前没有很具体的关于天的描述。儒家强调，朝廷就是天；君权神授，皇帝是天子，代表天意、天命，百姓称皇帝为如天之君，作为子民，都得受这个天的管束，接受由朝廷诏令代表的“天理”“天道”“天命”之类。天子每天都要早朝，各位大臣五更天就要上班点卯——就是每天5—7点的卯时就要点名，这个时间大部分人都还在被窝里。有什么事，要写成奏章折子送给天子看，然后要等待天子决定；天子无论懂与不懂，无论军国大事或百姓民生，都得亲自过问。这样的天，其实很辛苦，也很枯燥无味。

吴承恩怎么描绘天界的？看《西游记》第四回就知道了：天宫坐落在高天之上，前有威风凛凛那许多元帅把守的南天门，后有金碧辉煌三十三座天宫中间的灵霄殿；有千年不谢之名花，万载常青的瑞草；有琉璃盘中的金丹，有玛瑙瓶中的珊瑚。玉皇大帝是天宫的最高主宰，面南而坐；王母娘娘住在瑶池，别有洞天。殿内有文曲星君、武曲星君、镇殿将军、降魔元帅，算是朝臣；殿外还有九曜星、五方将、二十八宿、四大天王、五方五老，算是各路诸侯；最外层的还有五湖四海的散仙，算是地方官员。这不就是人间朝廷吗？不信，可以仔细揣摩一下，看吴承恩《西游记》问世之后，中国的大众从士大夫到贩夫走卒，是不是这样认定的？的确是。

为何这一介书生说的话，就成了至今大家都接受的定规？似乎有点茫然不可解。但一层窗纸捅破了也就恍然大悟，其实吴承恩的心中有一个模型，这个模型就是他生活的那个时代的朝廷，《西游记》的天宫，其实就是朝廷的复制。又说西方佛国世界，虽然美妙，但远在天边，说如来虽然威势赫赫，但也不能直接干涉东土的事，非得玉帝邀请才可以。这就点明了所谓三教之中，儒居第一位，这是中国士大夫和百姓都能接受的排位。最有意味的一点，就是玉皇大帝形象的塑造，这位天界的最高权威者玉皇大帝按照文学的视角看非常乏味，但在文化上却有极大的象征意义，因为他是依照人间皇上的模子脱出来的。

一句话，儒学的世界观和秩序仪礼才是《西游记》的灵魂。吴承恩描写的天宫就是人间社会，秩序谨严而毫无生气的天宫，表象至尊而毫无决断的玉帝，都脱胎于吴承恩的儒家世界观和他看到的现世朝廷；吴承恩以儒家的世界观和道德规范，依据现世创造了一个天上世界，因为很逼真，所以大家接受了，相信天宫就是这样。

为了更好地阅读《西游记》，我们先从文化、历史的角度说说儒、释、道三教的基础知识，算是扫除障碍，也算是铺垫。

印度佛教 · 西域佛教 · 汉传佛教

佛教是很古老的宗教，所以我们也要把话题扯得遥远些。世界上有四大文明摇篮，文化的种子就从这些地区传播到全球各地。按照起始的时间排列：在今天伊拉克、叙利亚一带幼发拉底河和底格里斯河流域诞生的苏美尔文明，也叫两河文明最为久远，尼罗河畔诞生的古埃及文明次之，古印度和中华文明再次之。但按照不间断的延续时间而言，五千年薪火相传的中华文明居首，古印度文明次之。

古印度文明在四五千年前就已经繁盛起来，且延续得非常稳定，以至于今天的印度人还能毫不费力地吟诵久远的史诗颂歌。一般认为，三千多年前，原来在欧亚大陆草原上游荡的雅利安人入侵了印度河流域，雅利安人以自己的吠陀文化为主体，加上一些原住民的原始宗教，创造了印度的婆罗门教并且一直延续到现在，是现在印度的国教——印度教。

婆罗门教有两大特点。一是多神，有一整套统治宇宙的神的系统，又有许许多多以山水草木为寄托的神。这些神很多都传入了中国，比如中国人深信不疑的十殿阎罗和牛头马面，看上去是土生土长的原生态味道，但其实原本都来自婆罗门教，只是因为中国人太喜欢而把他们弄成中国神而失去了本来面貌。二是在社会形态上奉行种姓制度，把人群按照出生种族分为四种，并规定了从事的职业：婆罗门，祭司和僧侣；刹帝利，武士、贵族；吠舍，农民、手工业者、商人；首陀罗，奴隶、土著。在这四个种姓之外还有所谓的贱民，印度称为不可接触者。这两个特点其实又是统一的：

不同种姓有不同的社会地位、权利、义务和生活方式，神就是这种制度的维护者。

那些低种姓者和贱民社会地位的低下是我们不可想象的。他们不能住在村子里，只能远远地在村外搭个窝棚栖息，而且还必须是在水源的下游、村子的下风；在村里遇见高种姓的人必须远远避开，如果影子碰到了高种姓的人的身上，都算是一种必须受到惩罚的侵犯。不难理解，种姓制度的背后就是根深蒂固的民族压迫、阶级压迫，也必然会激起各种形式的反抗；而即使在高种姓的刹帝利和婆罗门之间，也有难以调和的矛盾。

两千五百多年前，大约相当于中国的春秋时期，释迦牟尼出生了。释迦牟尼俗姓乔答摩，名悉达多，与孔子、老子大致都是同时代人。他是古印度北部一个国家的王子，释迦牟尼是对他的尊称，意为“释迦族的王子”。成佛之后，他被尊称为佛陀，意为“觉悟者”。在中国佛教里，他被尊称为如来佛，也就是佛祖的意思。

释迦牟尼是刹帝利种姓，身份定位为贵族，国家的管理者，地位并不算太低。他从小在宫廷里接受的是上流社会的传统教育，能文善武，如果按照常规，他父亲净饭王的王位有望由他来继承，甚至有可能成为统一全印度的“转轮王”。但是这位善于沉思的王子注定要成为哲人。面对动荡不安的社会现实，他深感困惑；目睹生老病死的人生之苦，他陷入沉思。他觉得有必要表示出与婆罗门不同的信念。于是，他抛弃王位，出家修行，寻求彻底解脱的道路。某天深夜，他离开王宫，走出城门，来到森林，加入了修行者们的行列。这时他大约二十九岁。

他独自来到城外的一棵大树下，盘腿而坐，排除各种诱惑和干扰，静静思考。终于在若干年后的一天深夜，他大彻大悟——其实也就是他试图构建的新宗教在理论上已经成熟了。他把能理解这种新宗教的人称为“佛”，也就是觉悟者，因此后来者也就把这种新宗教称为佛教。在以后的数十年里，释迦牟尼带领弟子，辗转于恒河流域，不知疲倦地宣传佛法。这就是印度佛教。

由于佛教是在婆罗门教的实力覆盖下诞生的，是为了在婆罗门教的统治下寻找出路，在印度属于非主流的意识形态，所以佛教时时刻刻都要为生存而奋斗，因此具有非常强的思辨性和扩张意识；又由于印度的特殊地缘，当时扩张的方向只能是东北方向，于是佛教就经由中亚和丝绸古道进入中国。

佛教传入中国的时间，有很多种说法，特别是在佛教的典籍中，但大多不可信。例如南朝刘宋时僧人宗炳说，对于如来的“大慈之训”，早在“三五之世”中原就已有所闻。“三五之世”是什么概念？即三皇五帝也，大约相当于五千年之前，宗炳实在夸张得有点搞笑了。其他又有周代传入佛教说、孔子已知佛教说、秦代有僧来华说等，都是出自僧人的记载，既不可考，也无处查。比较通行的说法是在东汉明帝（公元 57 年即位）之时，佛教被人所知，正式记载可见于比较严谨的史书——范晔的《后汉书》。如果考虑民间先前传播的情况，把佛教进入中国传播的时间稍作提前也是可行的。

佛教传入的线路一般都认可：由印度出发，经过今天的克什米尔、巴基斯坦、阿富汗，到达中亚和我国的新疆地区，再经由丝绸之路进入内地。但是宗教的传播，不是交通上的直通车概念，而是波浪形的扩张。印度的佛教自公元前三世纪阿育王时期得到极大的发展后，便开始了扩张，大规模地派出传道师，第一拨将佛教由中心地区扩张到今日印度的北部及克什米尔地区，时间在公元前二三世纪。第二拨是将佛教扩张到今日阿富汗、吉尔吉斯斯坦、哈萨克斯坦及中国的新疆一带，时间在公元前一二世纪。传统上我们将在这些地方传播的佛教称为西域佛教。第三拨就是经由西域将佛教扩张到中国内地，形成汉传佛教，时间在东汉，或者也可提前到西汉后期。

进入中原内地的佛教即汉传佛教，传入的时间与方式，有几个值得注意的特点。这些特点和《西游记》有密切关系。

一是最早的佛教传播由零星的传道者和往来的商人完成，传入内地后宗派繁多，对传播多有妨碍，因此在中国和印度之间一直有互相沟通交流的需要，也就是有所谓的“送经”与“取经”互动。这是中国人能深刻理解玄奘法师和后来唐僧取经故事——《西游记》的最基础的原因。教义传播的困难，就是文学的机遇，因此中国的佛教非常容易文学化，那些途中的艰难困苦后来都转化为妖魔鬼怪；且中国的佛教故事不像印度那样仅在佛教的圈子内文学化，造几个生动的佛本生故事就算了，中国佛教的文学化经常与世俗的内容相结合走入民间，又很容易脱离宗教的束缚而成为文学的一个题材。《西游记》本身由玄奘的事迹演化为通俗故事，就是一个很好的例证。

二是最早传入的佛教来自西域，经过了西域文化的本土化改造，传播者也多是西域人，这一特点对于中国的佛教和《西游记》都深有影响。比如我们讲到的早期唐僧取经故事——《大唐三藏法师取经记》，这个故事出现于唐五代时期，性质上属于寺院里的俗讲，其中主导取经的不是后来我们都知道的佛祖如来和菩萨观音，而是一位现在的人们通常已经不知道的“毗沙门大梵天王”。这位毗沙门是典型的西域本土化了的佛教神。他原本来自印度婆罗门教，后来被佛教吸收成为佛教中的护法神并随佛教进入西域。在西域他找到了自己的发展机遇，产生了相当广泛的影响，成为受西域崇拜的佛教大神。《大唐西域记》卷十二“瞿萨旦那国”（今新疆和田）有一条关于毗沙门的详细记载，说这个国家乃是受毗沙门所赐而产生的。这个故事已经具有了创世纪传说的文化特征，说明佛教在西域的本土化早已经完成。

三是最早传入的佛教以大乘显宗为主，其间有密宗伴随，显密交叉，唐代更有一段密宗盛行的时期。这就使汉传佛教既有系统性，又有兼容性，更增加了丰富性。如前述毗沙门大梵天王属于密宗系统，传入中原后他的命运就随密宗的沉浮而起伏。在中唐密宗盛行的时候，他甚至成了唐朝军队的军神、战神，他的儿子独健也是风光一时；但后来密宗消退后，他的地位就成了寺庙里看门的天王了。到了宋代，他的身份、地位、作用被道教借用，给他安上了唐代大将"李靖"的名字，然后他成了天宫的兵马大元帅托塔李天王，他的儿子独健也就改名出现成了哪吒。《西游记》里有几段情节都和他有关系，尽管身份不同。

荷兰学者许理和在《佛教征服中国》（江苏人民出版社 1998 年版）一书里有这样一个归纳，他说："早期中国佛教是一个自生系统，是一种独立发展的结果；并且，仅仅与这种发展所赖以产生的文化环境相联系，以及在盛行于这一时期的中国世界观的背景下，它才能够被研究和理解。"这种归纳非常富有启示意义，在微观的层面上，我们更应当注意中国佛教的驳杂和它的开放性、包容性、变异性，这些，就是后来取经故事为何发生，又为何不断糅进新的故事的最重要的、最深层的文化秉性和题材来源。或者，也可以反过来说，我们对《西游记》演化过程的深入剖析，会有助于了解佛教文化的多重特性。

道家·道教·天师道·全真道

《西游记》里有位炼了一炉仙丹但又被孙悟空偷吃了的太上老君，他是道教在《西游记》里的代表。

依据《西游记》看，代表佛教的如来佛、代表道教的太上老君和代表世俗社会也就是人间皇帝的玉皇大帝三位最高领导似乎相互尊重，平时井水不犯河水，危难时还能相互帮助，比如联手镇压了孙悟空。但在下界的穷山恶水或者都邑城池中，佛教的和尚与道士却是闹得不可开交，几乎见面就打，打起来招招要命。

在现实生活中，三家的争斗从未停止，尤其是佛、道两教，它们出现的时间差不多，出现的社会条件差不多，传播的方法手段也差不多，但教义却有天壤之别，因此这两家在娘肚里就种下了死掐的因素。

道教尊奉的祖师老子本姓李，名耳，死后谥号聃，因此也被称为老聃，是春秋时期的一位思想家、哲学家，创造了道家学说，就是前面提到的“老子化胡”的那位老子，我们现在常挂在嘴边的“清静无为”“无为而治”就出自老子的学说。这位老子据说曾经做过小官，后来因为不满周朝的统治，也为了躲避战乱，便辞去官职，西出函谷关，隐去不知去向。只是在过函谷关时应当时信奉道家的守关长官尹喜所请，留下了他的道家学说的精髓、五千余字的《老子》。

请注意，尽管道教尊称老子为始祖，将《老子》尊称为《道德经》，但老子生活在公元前550—前500年左右，他创立的学说是一种哲学学说，叫“道家”，是春秋战国时期“百家争鸣”的百家之一。当时接触道家学说的人包括后来的代表人物庄子，都是层次比较高的“士”，其所创学说也都非常理性，没有什么神秘的法术仪式，只是崇尚一种逍遥自在的生活状态，他们称之为“仙”；老子本人也只是一个普通的凡人，最后也是要死的，只不过我们对他的所终不太清楚。如果一定要说关系，就是道家的“仙”后来成为道教追求的最高目标。

在道家盛行了六七百年的东汉后期，才兴起了作为一种宗教的道教。道教起源于社会底层的原始巫术，靠神秘的法术和蛊惑性的仪式吸引信徒，我们在《三国演义》的一开始看到的黄巾起义，就是由早期道教中比较激进的带有政治诉求的一支太平道发起的。他们被镇压了，而另外的道教分支比如天师道，不太关心政治，不想夺取政权，与统治者没有直接的冲突，因而就生存下来了。

道教出现时，正当佛教进入中国之际。巧的是，佛教当时也把自己叫作“道”，两家的争斗就此开始了。其中一场重要争斗，就是前面说到的“老子化胡”。

比较起来，佛教擅长思辨，教义的理论性、体系性很强，各种各样的经很多，故事也很多。道教从原始宗教的巫术中成长起来，在这一点上实在难望项背，所以双方的理论交手，几乎是有一场道教败一场。后来道教学了许多佛教的理念，最终形成了自己的理论体系。但道教的先天优势之一，是有广泛的原始宗教作为基础，他们把中国古代的一些科学技术因素如冶炼、养生、气功、医术都纳入自己的法术系统中，有很大的欺骗性。

就《西游记》而言，道教的法术，归纳起来大致有几个方面。

第一是炼丹。也就是像太上老君那样弄一个炉子，然后架起火来烧。这是中国早期的化学实验和铜铁之外的冶炼术，用的原料都是含铅、汞、银、金等重金属的矿料，互相添加，产生各种反应，也就衍生出各种化合物，这些化合物的结晶，便被道教称为具有长生不老功能的“丹”。这些丹是否会有些药用效果还说不清，但对人体肯定是有害的，所以因炼丹、服丹而死的道士不在少数，时有记载。而把丹药敬献给皇上，把皇上吃死的事也曾经出现过。明光宗朱常洛就是吃了臣子献来的金丹“红丸”，仅仅做了二十九天的皇帝便一命呜呼了。而据说清代的雍正帝也因服用丹药而死。

唐代以后，由于丹药的严重副作用，炼丹药的事渐渐少了，道士们大多改为炼“内丹”。说以人的身体为鼎炉，以意念、饮食以及天地之气等代替铅汞为原料，在人体内也可以炼出一颗象征功成圆满的内丹。《西游记》也受了这方面的影响，有很多名词术语都来自内丹术。读者不妨打开手边《西游记》在那些像诗的韵语里找，就会看到“金公”“木母”“姹女”“婴儿”等，都是。也难怪总是有人要把《西游记》说成“金丹大道”。

第二是采补。包括服食、辟谷、炼气、房中术等，也就是通过阴阳调和的途径，吸收天地之灵气，达到长生不老、白日飞升的目的。《西游记》里有大量的这类东西，首先是导致孙悟空大闹天宫的祸乱源之一——王母娘娘的蟠桃，这东西最上品的九千年一熟，“人吃了与天地齐寿，日月同庚”；其次是五庄观镇元大仙的人参果，三千年一开花，三千年一结果，三千年一成熟，吃一颗，就活四万七千岁；最后是福禄寿三星等的交梨、火枣，也都有益寿延年的作用。总之，仙家各有一绝。

最奇怪的是唐僧本身，由于九世修行，唐僧本人也成了采补的对象。一路上大大小小的各式妖精都吵着要吃唐僧肉，盛传吃一块即可长生不老。

而女妖精则要取他的元阳调配阴阳——注意，这些妖精绝大多数都属于道教系统。我们知道，蟠桃也罢，人参果也罢，还有那些个交梨火枣、金花御酒，都有点根底来历，唯独这唐僧肉应该是吴承恩的创造。这里不提它为取经故事增添了多少情趣，暂且也不说吃唐僧肉的社会学内涵，就从事情本身上说，它属于道教的阴阳采补法术系统。

第三是祈禳符箓。祈禳就是祈福祈寿、求风求雨、驱邪镇鬼等；符箓是与天地鬼神沟通的文书信物，也是得到法术授权的表示，在建醮做法事时使用。

这是道教最常见的法术。它建立在欺骗的基础上，骗到了立竿见影。比如道士宅中捉鬼，弄张符贴在墙上，然后喷一口水，用剑刺一下，符上立马就有鲜血流出，于是捉鬼成功。但现在人们已经都知道，那是化学反应。再如求雨，某地已经百日未雨，于是请道士求雨。道士经三请四邀，答应为民请命；然后准备求雨仪式如筑个坛什么的，需要五至七天；再然后道士为了表示意诚，要斋戒七天；再然后求雨祈禳七七四十九天。我们可以用常识推理一下，天上已经很久没有下雨，但不能总是不下雨，离下雨的日子总是一天天逼近。道士们深知这一点，所以会把求雨的时间尽量拖长，从开始到结束得两个月时间，这两个月里随时可能下雨，而任何一天下雨都会被认为求雨成功。如果哪位道士有一点天文气象知识，成功的可能性要更高一些。最高明的例子在《三国演义》中，诸葛亮草船借箭、巧借东风表面看起来是法术，诸葛亮也做得逼真，像煞有介事的要骗周瑜等人，其实是利用了气象学的知识。假如，周瑜在诸葛亮借到十万支箭之后，要求他每天都借点箭来，诸葛亮还敢答应吗？假如，赤壁之战不是周瑜安排好兵马只等东风随意哪天借到，而是周瑜要求诸葛亮必须在某天、某时、某刻借风发兵，那诸葛亮还敢答应吗？

法术，类似于杂技、魔术，在外行面前耍耍可以，但一旦别人盯住你，研究你，就难保不被人识破了。所以《西游记》为了讽刺道教，就不断地写法术的失败。第二十四至第二十七回说唐僧师徒四人到了车迟国，经历了一场惊心动魄的法术大战。跨进车迟国，和尚衣衫褴褛，喊震天响的号子，撅屁股拉车运料，而且在道士面前畏畏缩缩，境况真是让唐僧师徒寒心，虽然素不相识，不也是同门相惜吗？究其原因，是二十年前和尚在一起求雨活动中失败了。与国王结亲的三位大师号称虎力大仙、鹿力大仙、羊力大仙，据说有“指水为油”“点石成金”“呼风唤雨”之类的本事，所以能骑在和尚脖子上拉屎。于是，事关荣誉的一场争斗不可避免了。唐僧师徒与道士大仙的比试一共进行了六场，前三场是求雨、坐禅、猜枚，可以称为文赌；后三场砍头、挖心、下油锅，可以称为武赌，无论是文赌还是武赌，都是道士们输了。通过这一节，我们就可以相信，吴承恩是不相信法术的。你看他将那些呼风唤雨写得很热闹，煞有介事，但到最后则一定揭出作弊的老底，不让人们误信。

道教在汉末初起的时候，以信奉《太平经》的太平道为盛，但太平道很快便被镇压，此后便以天师道为主体。天师道从第一代祖师张道陵自封“天师”开始，以后便以“天师”代代相传，至今已近数十代，天师府就在江西龙虎山。魏晋之前，佛教尚未形成气候难成对手，道教一枝独秀因而发展很快，各门各派尽管小有差异但以法术见长的特点未有改变。然而入唐之后，在和佛教的较量中，道教理论薄弱、教义简单的缺陷和法术难经实证的弊病逐渐暴露，在针锋相对的争斗中道教已逐渐处于下风，颓势已成。北宋末道教曾经有过一段回光返照的时期，亡国的皇帝徽宗崇信道教至极，自己也利用符箓神化自己，自称“教主道君皇帝”，但金兵入侵，徽宗被掳，北宋就此灭亡，道教在北方基本上已经土崩瓦解。如何收拾残局，重新整理道教，对于后来道教的领袖人物而言，实在是一个棘手的难题。

正所谓时势造英雄，有破才有立。沉寂了一段时间后，新道教在民间应运而生，代表人物就是因《射雕英雄传》而家喻户晓的王重阳。

王重阳是一个真实的历史人物，原名王中孚，号重阳子，世称王重阳，陕西咸阳人。少年时挺有志气，既习文又修武——但未必武功盖世——似乎天意要仔细打磨这位重要人物，王重阳在很长的一段时间内既参加文状元的考核，又参加武状元的比试，终于四十七岁时加入道教。当初入道，估计也不过就是混口饭吃，但他是个很有独立思考能力的人，入道后就以振兴道教为己任，苦苦思索如何走出一条变革道教的道路。为此，他在终南山挖了个地穴，称之为“活死人墓”，自己就住在其中苦修。苦修，其实就是苦想，想改变道教现状的办法。两年后的一天，他腾身而出，一把火烧掉“活死人墓”，自称已经得道，然后往各地传道授徒——这在《射雕英雄传》里有描写。

所谓“得道”，其实就是悟得了改革道教的方法。在仔细分析对比佛道两家的特点，以及道教为何总是居于下风的原因后，他设计了一个很有创意，也很大胆的新的道教框架：首先，放弃与佛教的直接对抗，提出“三教合一”的口号，求得一个比较宽松的生存空间；其次，改造道教传统的修炼之术，提出“修道就是修心”，强调清修、内修，将研习符箓、役鬼之类的法术放在次要的位置上，提升道教层次品位；最后，转而学习佛教的教规教义以完善自己，比如改变道教一贯没有严格戒律的状况，要求道徒生活俭朴不可腐败等，加强道教的再生能力。

一个新的具有较为完整教规教义的道教教派就此诞生了，王重阳称之为“全真道”。王重阳带着他的全真道教义外出云游，在山东得到了意想不到的响应，先后收了七个在当地有一定影响力的徒弟马钰、谭处端、刘处玄、丘处机、孙不二、王处一、郝大通，即后来统称的全真七子，全真道就此以山东为中心发展起来。王重阳死后，他的弟子们先后执掌道门，全真道的规模也不断扩大，成为北方道教的主体。最后丘处机成为全真道的掌门人，因为目光准确，政治豪赌成功，因此得到了成吉思汗的赏识，一时全真道风头无二。后来虽然也有波折，但在道教体制内，全真道的主流地位一直维持到现在。

在《西游记》里，除了给太上老君、福禄寿三星、五庄观镇元子大仙等道教领导人物留点面子外，其余的道士基本都是坏人。而比较起来，更为可恶的都是天师道，全真道人相对比较温和。为什么？前面已经提到，《西游记》里吴承恩对道士的讨厌，来自他对现实生活中嘉靖皇帝宠信道士的反感，而嘉靖皇帝宠信的那些道士，都是擅长法术欺骗的天师道，来自江西龙虎山。

儒家·儒术·儒教

儒家也是春秋战国时期“百家争鸣”中的一家。创始人孔子，与创立了道家学说后来被道教尊称为祖师的老子、创立佛教后来被尊称为如来佛祖的释迦牟尼，大致是同时代人。儒家的第二位代表为孟子，晚孔子一百多年，与道家的二号人物庄子大致同期。孔子及其弟子留下的金句被后人整理为《论语》，孟子的金句经后人整理则被称为《孟子》。

春秋战国是个社会动荡的时代，代表各阶级利益的知识分子异常活跃，他们纷纷著书立说，提出解决社会现实问题的办法，形成了诸子并出、百家争鸣的局面，儒家和法家、道家、墨家一样都是其中影响较大的学派。

儒家的孔子学说以“仁”为核心，包括“仁者爱人”“君子有仁”“克己复礼”等；孟子的学说则主要是在此基础上发挥，提出“仁政”“王道”思想，它们本质上都是一种道义建设和国家治理的方案。当时接受孔孟思想的诸侯并不多，因此孔子和孟子在世时的境遇都不算很好，经常流离失所，无依无靠。诸侯们崇尚的是那些效果更为直接明显的方案，比如秦国在崛起的过程中推行的主要是法家思想，甚至还发生过焚书坑儒的事件；汉代建国之初，崇尚的是以道家思想为核心的黄老之术，无为而治的管理方略直接导致了著名的文景之治。

这个时期的儒家是一家之说的“家”，但是到了汉武帝时期情况发生了变化。今天我们喜欢称汉武帝为大帝，也喜欢称颂这一时期显示出来的强盛国力，原因是汉武帝完成了两件空前难能、深得人心的大事：一是对外开疆拓土，即所谓“犯我强汉者，虽远必诛”；二是对内平息诸侯叛乱，打击分裂势力。但这两条都需要在经济和政治上加强中央政府的集权控制，温柔的主张清静无为的黄老之术显然已经不适应需要。于是汉武帝下诏征求新的治国方略，董仲舒提出的“罢黜百家，独尊儒术”的主张也由此得到了汉武帝的欣赏。

汉武帝看中的是经董仲舒提炼出来的儒家大一统思想、仁义思想和君臣伦理观念。真是此一时彼一时也，当初孔子提出儒家思想是为了维护尧、舜、禹以来传承至周王朝的统治秩序，不希望出现诸侯割据天下大乱的局面。比如“克己复礼”这一条中，礼，指的是秩序，且是周王朝的秩序；己，说的是那些不遵守旧秩序的人，其实也就是那些造反的诸侯；克己复礼，就是希望他们能克制自己的欲望，尊重周王朝的权威，回到旧有的秩序上来。这样的主张那些已经尝到割据甜头的诸侯哪能接受，不讥笑你迂腐才是奇怪。但现在汉武帝非常需要为中央集权找到理论依据，儒家的正统理念显然非常适合，只需要做一点点改造：你原本倡导的是以周王朝为正统的一统天下，现在改为大汉不就行了吗？

董仲舒不愧是大儒，他为了让汉武帝接受儒家思想也是费尽心机。他以儒家思想为中心，杂以阴阳五行说，把神权、君权、父权、夫权贯穿在一起，形成一整套的帝制神学体系。

第一是“天人感应”。说天上有神，统治天下的实际上是神的意志；皇帝是天帝之子，代表天神执行统治意志，其地位不可动摇，不可剥夺。这一神权帝制思想，让汉武帝非常开心；当然不仅是汉武帝，后来的皇帝都很乐意自称天子，以彰显他们权力无可比拟的合法性。

第二是“三纲五常”。三纲五常的思想渊源于孔子，孔子曾提出“君君臣臣”“父父子子”一类的道德观念；后来孟子进而归纳为“父子有亲，君臣有义，夫妇有别，长幼有序，朋友有信”的道德规范；董仲舒则进一步明确为“君为臣纲，父为子纲，夫为妻纲”的三纲和“仁、义、礼、智、信”五常，并将其上升作为处理君臣、父子、夫妻、上下尊卑关系的基本法则。

这一条汉武帝也很愿意采纳，因为它既为天人感应服务，又具有很强的规范性和可操作性。

第三是“六艺之科”。说群臣和天下之人必须思想纯正，认真学习“六艺之科”，凡不在六艺之内的，一概予以杜绝。所谓六艺，最初指的是古代贵族必须学习的六种技能——礼、乐、射、御、书、数；在儒家思想体系中指的是六部经典《易》《书》《诗》《礼》《乐》《春秋》，董仲舒把这些再次提出，就是在做艺术形态的建设，打好神权帝制和三纲五常的基础。

这时候，儒学已经由一家之说的“学”变成了经国治世的“术”。

在汉代以后的若干朝代里，君王大体上都愿意奉儒学为治国之本；而在不断深化的进程中，祭天、祭祖之类的仪式也越来越向宗教化方向发展。但儒学也面临严峻的挑战，这次挑战的不再是春秋战国时期什么法家、墨家、黄老等粗线条的学说，而是理念已经成熟、渐成气候的佛教和道教。如魏晋期间，佛教提出佛为正统，儒、道为邪，三教应该归佛的要求；唐朝，道教提出以道为主，三教并行的法则，这都直接挑战儒学的地位。儒学当然也要有自己的行动，到宋代渐渐形成了更为细致的程朱理学或者称宋明理学。

理学很复杂，这里不讨论，我们只强调一点，就是理学非常注重儒学的伦理道德建设。有位重要人物朱熹，他扩大了儒家的经典，把《论语》《孟子》《大学》《中庸》作为“四书”列入儒家经典，提出存天理去人欲的修养论、成贤成圣的境界论、修齐治平的功能论；又把三纲五常等传统的儒学概念重新解释了一遍，说“三纲五常”就是天理，“君为臣纲”对应的要求是忠，“父为子纲”对应的要求是孝，“夫为妻纲”对应的要求是节；五常中“仁”是爱人、人道、仁政，“义”是承担责任，“礼”是道德约束，“智”是学识能力，“信”是行为诚信。在朱熹看来，如果人们能真正掌握天理，恪守三纲，拥有五常，就会有恻隐之心、行恭敬之礼、知羞耻之错、辨是非之事、守忠信之节，社会将会安定和谐，天下就达到了大同。就人们日常行为的伦理道德而言，这些就真的非常完善细致了。朱熹这一套属于理学的道德伦理，本来还只是一种个人阐述，但是元、明、清三代朝廷对此都很感兴趣，不仅将朱熹注释的儒家经典规定为科举考试的出题内容，而且将他重新解释的三纲五常推广为社会行为准则，无论是在制度上还是在舆论上，都必须予以执行。

这一来，儒学就由“学”，进而为“术”，又进而为“教”。“儒教”这个词虽然早已出现，但成为名副其实的儒教，则是在元代之后。

再看《西游记》，唐僧师徒看起来是向西天、朝佛祖、取真经，但除了《多心经》之外，读者看到了哪一部、哪一本、哪一句西天取来的真经？又哪一次是真经造福了东土大众？倒是来自吴承恩的儒教纲常随处可见，深入骨髓，这才是《西游记》能够适应大众口味的重要原因。

第五章

从西域到中原：《西游记》故事题材的多样化

每一本文学史、小说史在论述中国古代通俗小说发展时，尤其是谈到《三国演义》《水浒传》《西游记》时，都会用到“集体创作，个人写定”这个概念或者类似的表述，我们前面也多次提到。我们现在把这个问题专门介绍一下，并且从这个话题开始，介绍《西游记》那些神奇的故事究竟来自哪里，也就是题材的多样化，读者会发现很多匪夷所思的出处。

从讲故事开始：“集体创作”有什么意义

在文化传播和文学创作的意义上，一般认为中国的古人不太会讲故事——当然，这是和其他的古老文明相比较而言。全球五大古老文明中，古埃及、古希腊、古印度文明都贡献了丰富的神话体系，在他们的神话里，都有眼花缭乱的神仙打架的故事，但我们中华文明没有。也不是完全没有，中华文明有神话故事，但比较零散、简单，比如“女娲造人”“夸父逐日”等。女娲是最早的女神，她是从哪儿来的？不知道。只知道她一个人游荡在天地宇宙中，觉得有点寂寞，于是就用泥巴捏出一些娃娃，于是就有了人。就这么简单，和古希腊神话中奥林匹斯山上熙熙攘攘挤在一起，你争我夺、你情我爱的众神相比，和印度史诗里无处不在的大黑天、大梵天相比，冷清得多。

别误会，中华文明对人类文明并不是没有贡献，而是贡献的品种不同。我们贡献最大的是翔实、严谨、流传有序的史传文化。商代之前，华夏祖先们就用甲骨文、钟鼎文记事；从春秋战国开始，就有了系统的国别史、编年史如《国语》《春秋》《战国策》等；然后由《史记》领衔，二十五部断代史浩浩荡荡；还有数以千计的地方府县乡镇志，把中华民族的文明进程条分缕析，记载得绵绵不绝。这是全世界任何一种文明、任何一个民族都没有做到的。问题就在于，这种太强势的史传文化传统，在一定程度上压制了我们民族讲故事的天性。也就是我们从古至今的中国人凡事都喜欢问一句：这是真的吗？这就不浪漫了，有点煞风景。在这种思维习惯下，虚构的神话故事很难生存。

但是后来受了佛教的影响，中国人也开始会讲故事了。佛教是一个思辨性很强的宗教，很会讲，讲理论讲故事都很在行，讲解佛经很多是用讲故事打比方的方法，所以我们如果有兴趣去翻一下佛经，就会发现很多经其实就是故事集，比如很著名的故事“舍身饲虎”“九色鹿”“盲人摸象”等，都来自佛经。《西游记》里有很多故事都和佛教有关系，我们以后会讲到。

古代寺庙里传授佛经有两种方法。一种叫僧讲，就是和尚对和尚讲——老和尚对小沙弥讲，讲佛教的教义、戒律等，类似于上课、听学术讲座，比较深奥。这种传授方法离我们比较远一些。另一种叫俗讲，就是对普通百姓的宣传，出家人对在家修行的人讲，用打比喻的方法、讲故事的方法讲，完全是一种形式生动、语言浅显的文化普及方式，现在寺庙里的各种开放活动都属于此类，在宣传上非常成功。因此魏晋南北朝之后，无论是在文人间，还是在民间，都有人学习这种方法，用来讲中国的故事，中国的历史故事。

玄奘法师去印度求学的经历被故事化，和这股风潮有关系。比如一本叫《大唐新语》的唐人笔记就说了这么一个故事：说当年玄奘去印度之前，曾经住在长安灵岩寺。临行前他指着寺庙里的松枝说，我要到西天去求佛法，你呢，可往西长。等我回来，你就指向东。后来的若干年，松枝都是指向西方的，但是某一天忽然转而向东，寺庙里的僧人高兴地说，应该是法师回来了。这个段子，被后来的所有取经故事采用了，吴承恩的《西游记》也不例外，在第一百回。

故事出来了，就有人传播。由于是口口相传，所以没有一定之规，并非某一个人说了就算；谁有兴趣、有条件都可以参与进来，都可以按照自己的意愿插上一段，也可以删掉一段。受欢迎的就会被保留下来，成为下一段修改的基础；不受欢迎的，当然会被淘汰掉。直到某一天一位天才横空出世，把故事修改得天花乱坠，彩云飘飘，改无可改，到这个时候，大家都不敢伸手了，故事就定型了，最后修改的天才也就是我们说的作者了。在相当长的一段时间里，中国古代的小说都是用这样的模式形成的，《三国志通俗演义》是这样，《水浒传》是这样，《西游记》《封神演义》也是这样。在学术上，被称为集体创作，个人写定。

“集体创作，个人写定”至明代后期被《金瓶梅》终结了。《金瓶梅》虽然因为文学性稍差，被《红楼梦》顶掉了在“四大名著”中的地位，但是它的历史价值、学术价值却是《红楼梦》代替不了的，讲中国古代小说绕不开《金瓶梅》，之所以如此，理由有两点。第一，中国的小说家学会了自起炉灶，开始尝试从头至尾完整地讲一个属于自己的故事。在这一点上，《红楼梦》是学生。第二，中国的小说家第一次在选材上跳出了历史、神话的框框，学会了观察和描写自己身边的社会生活。《红楼梦》是这方面的继承者。

“集体创作，个人写定”的《三国志通俗演义》《水浒传》《西游记》等，有什么特殊的价值吗？有，就是它们的文化底蕴、社会内涵非常复杂，比那些完全个人创作的作品要厚重。什么原因呢？

比较学术化的表达就是，这是一个文化冲突与平衡的过程，被记录下来了。比较通俗的表达就是，修改者把当时那个时代和他个人的社会诉求写进了故事。最终来说，不管如何表述，我们今天如果能把修订那些故事情节的原因和根源找出来，即等于看到了当时社会的原貌。这样一部作品，应该比那些完全表达作者个人意识的作品更厚重吧！我们不妨拿集体创作的《三国志通俗演义》《水浒传》和个人创作的《金瓶梅》《红楼梦》比较一下，它们都厚重，但是《金瓶梅》的厚重是在西门庆生活的小县城，《红楼梦》的厚重是在荣宁二府的大院子里，而《三国志通俗演义》厚重在朝代更迭，厚重在啸聚山林，《水浒传》厚重在一百零八位英雄替天行道。一样吗？不一样的。

下面再举几个例子，说说集体创作的价值。

先举个《三国志通俗演义》的例子：说刘备正统仁厚，既有汉皇叔的身份，又看不得百姓受苦，因此深得敬爱，每当书中刘备为百姓痛哭时，读者也随之而泣下，一句话：仁厚君王。而曹操则是乱臣贼子，善用权谋心机且心狠手辣，也是一句话：白脸奸臣。我们把这种倾向称为“拥刘反曹”。但在最早的三国故事里这个问题根本不存在，曹操就是名正言顺的大汉丞相，封魏王堂堂正正，刘备也不过是十八竿才打到擦点边的“中山靖王”之后，他就是一个顺应潮流的枭雄而已。后来的《三国志通俗演义》政治上倾向于“拥刘反曹”，把刘备当作一号正统君子，是在南宋之后；南宋金人入侵，后来又有元人入侵，且都来自北方——曹操也是北方的。于是讲故事的人顺应民族大义，就把政治上的、民族上的同情都寄托在刘备身上，形成了讲大汉正统——其实是血统、讲皇权继承——就是姓刘的有优先权的“拥刘反曹”。

再举一个《水浒传》的例子：说水浒好汉上梁山，都有故事，都是万不得已的出路，所以我们现在归纳为一句话“逼上梁山”——这四个字人人理解，都听得懂。《水浒传》也是一个历史故事，宋代的事。宋江一众本来就是盗贼，因为造反被剿灭了，本是毫无声息；后来施耐庵把这个事写成《水浒传》，给它提炼出“替天行道”的主题，这个故事就高大上了，后来有人说“逼上梁山”，就更是抓住了本质。

这就是一个集体创作的过程。这个“替天行道”和“逼上梁山”就是沉淀在故事里的历史和文化。

再举一个《西游记》的例子。孙悟空是最受欢迎的形象，无论老少，哪怕家长呵斥顽皮儿童像“孙猴子”，其实也是充满爱意的。原本就是这样的吗？并不。最早的孙悟空，保护唐僧西天取经，逢山开路，遇水搭桥，降妖伏怪，忠心耿耿，且不闹事，是印度佛教里经常出现的护法神猴的形象，像个乖孩子。但是故事传入南方之后，就吸收了中国南方原本就有的大圣猴子的故事，这个南方猴是道教的，叫齐天大圣，偷盗、抢劫、好色，啥坏事都干，属于妖魔性质，是个坏孩子。后来这齐天大圣参加取经，和孙悟空的故事结合，两猴合一猴，成为齐天大圣孙悟空，本身的妖气被冲淡了，算是改邪归正了。再后来，这个故事又被吴承恩用儒家的仁义道德改造，成了活泼顽皮、可亲可爱、大闹天宫但有礼有节、不失分寸的美猴王，属于可爱儿童。这也是集体创作的成果。

下面我们具体讨论几个《西游记》里的故事。一个故事，得以进入体系并在长期演化中经过汰选，事出有因，并不偶然。以下我们将例说《西游记》故事的多样来源：许多来自西域玄奘西行沿途的传说，许多来自《大唐西域记》《大慈恩寺三藏法师传》的记载，许多与佛教的传播有关，又有许多甚至直接以西域的自然地理特征、以历史事件纳入情节。

火焰山：西域地理特征直接纳入情节

《西游记》第五十九至第六十一回讲的是“火焰山”上孙悟空智斗牛魔王、三借芭蕉扇的故事。这个故事非常经典也非常古老，它是一个以西域自然地理直接纳入情节的实例。

如果我们现在问，火焰山有原型吗？也许有人会说：有，在新疆，在吐鲁番。这句话既错又对。说错，是因为这话确实说错了，吐鲁番虽然有个火焰山景区，但它是旅游文化附会出来的景点。说对，误打误撞确实说对了，因为火焰山的真正原型也在新疆，却并非吐鲁番的那座山。这话有点拗口，像绕口令，我们下面慢慢地把它说清楚。

先说附会出来的火焰山景点。

西北地区，本来就阳光直射，多旱少雨，加之吐鲁番处在天山山脉南麓的一处大盆地中，地势低洼，盆地效应非常明显，因此向来很热，热到四十摄氏度实在也很平常，每年都有资料说室外温度的最高纪录超过五十多摄氏度如何如何。据说过去这里的老百姓家家都有地窖，白天躲在地窖里避暑，傍晚才出来干活。说县衙的大厅里会有一只大木桶，县太爷每天上班的第一件事，就是让衙役们为他打满一桶水，然后他就坐在这桶里办公。因此这个地方自古就被称为火洲，至少在唐代是这样。唐代著名诗人岑参，就曾经写过一首诗叫《过火洲》，说严冬经过这里，人和马仍被热风吹得汗流不止。

所谓的火焰山景区，在吐鲁番城外。山不算太高，海拔八百多米，但它非常有特色，整座山脉光秃秃、赭红色，就像一把大火炬，从直觉上确实有遍地火焰的感受。当导游领你到那儿，远远地用手一指，说“大家已经到火焰山了”，那个时候，身临其境的感觉便会油然而生，大家当然都愿意相信这就是《西游记》里的火焰山。但是，这并不是《西游记》里描写的那个遍地起烟、真火真焰的火焰山，仅仅是像而已，只是一种文化上的附会。

附会的发生，应当是在清代中期。清代前期官府在新疆频繁用兵，采用屯垦开边的政策，后来又将伊犁、迪化（今乌鲁木齐）辟为官犯流放地，让他们在那儿开发守卫。这就使得吐鲁番成为交通要冲，官道就从火焰山下经过。途经此处者多有文人墨客，因此也会产生一些文学化的话题。嘉庆元年，有个叫洪亮吉的犯官经过此地，他见到火焰山之后，曾感慨地说，火焰山原来在这儿啦（《洪亮吉集·北江诗话》，中华书局2001年版）：

> 小说家所言，皆有所本。如《西游记》之雷音寺、火焰山，

> 皆在吐鲁番道中。余遣戍伊犁日，曾过之。

洪亮吉是当时的著名才子，文章做得极好，甚至到了“每一篇出，世争传之”的程度，所以他的话也被广为传诵。这就是现在查到的直接附会的最早记录，大概传说就是从这儿开始的。

既然吐鲁番的火焰山属于附会，那真正的火焰山原型又在哪儿呢？早在唐代，唐僧取经故事中就已经有了火焰山，而且是真火真焰的火焰山。请看《大唐三藏法师取经记》：

> 又忽遇一道野火连天，大生烟焰，行走不得。

这“火”是野火；这“烟”，是有焰的烟，言之凿凿。《西游记》火焰山的状态，与之一脉相承，第五十九回借一位老者的口有过描述：

> 敝地唤做火焰山，无春无秋。四季皆热。……（那山）却有八百里火焰，四周围寸草不生。若过得山，就是铜脑盖，铁身躯，也要化成汁哩。

后来这火竟然“火头飞有千丈之高”，悟空束手无策，只得退回，显然这里的火焰山与新疆吐鲁番的石头火焰山真有些不同。

真火真焰火焰山的原型，便是新疆的煤田自燃大火。这是新疆一个特有的地理现象。

我国北方的地下，蕴藏有一条从新疆准噶尔盆地开始，自西向东延伸至甘肃、内蒙古、陕西、山西直至辽宁、黑龙江大兴安岭脚下的巨厚优质煤层，藏煤丰富且埋藏较浅，有的甚至露天。该区域内最有名的煤田是陕西省的神府煤田，总的蕴藏量占全国的15%，扒开一层表土，下面全是煤，尽管挖就是。优质煤的燃点往往又都比较低，遇雷电、野火甚至与空气接触氧化都会引起自燃；一旦火起则连片蔓延，遍地烟焰，火高数尺，颇为壮观；且很难自己熄灭，因此会有大火持续几个世纪的现象。由于人烟稀少，历来煤田自燃以新疆为甚；而同样由于人烟稀少，人们所知也甚少，一个著名的自燃煤田硫磺沟，距乌鲁木齐市仅仅几十公里，已经烧了不知多少年，但包括乌鲁木齐市市民在内，很少有人知道自己身边有个日日夜夜燃烧的大煤田。现在，据说已经扑灭了，也正是由于报道灭火的成就我们才知道新疆还有如此独特的景观。

这样的煤田自燃，唐代时竟然就已经有了？是的。专家们说这些煤田自燃大火的历史都很悠久，由于这些煤田都在边远地区，在当时的条件下没人会去注意它，更不会有人试图扑灭它，往往就在地下肆无忌惮地蔓延，直到把整个煤田烧掉，因此烧上个数千年都不算回事。确切的证据来自《宋史·外国传·高昌》所引王延德《西州程记》：

> 山中常有烟气，涌起若云雾。至夕火焰若炬火，照见禽鼠皆赤。采者着木底鞋取之，皮者即焦。

王延德是宋初人，太平兴国六年，也就是公元981年受命出使西域。他在从高昌（今吐鲁番）赴北庭（今吉木萨尔）的途中写下了《西州程记》，其中提到当地有自燃的煤田。他提到的自燃煤田就是今天新疆奇台县的北山煤田，这座煤田在宋初就有自燃大火的记录，近十年前才刚刚被扑灭，而其燃烧之始，不知在何时，早于唐代几乎是必然的。类似的还有轮台县阳霞煤田，多年以来一直在熊熊燃烧，且就在玄奘法师当年经过的西域古道上，直到2012年才被扑灭。

在新疆维吾尔自治区煤田灭火局的帮助下，我们曾经去了库车地区的一处煤田灭火工地现场。远处一串山头下有暗红色的地下自燃煤田，火带不宽但清晰，左边是一个人工尚未干预的山包，右边是一个正在开展人工灭火的山头，山顶可以看到灭火队的作业面。所谓的人工灭火，就是扒开岩面，然后往煤田里注水，新疆维吾尔自治区煤田灭火局下属三个工程队，专门就干煤田灭火的事。在山顶，工程师把探针往刚刚扒开的岩面刺了一下，仪表上显示的是四百二十八摄氏度。由于阳光强烈，这些自燃煤田，在白天一般只能看到烟，到夜晚有些地段才可以看到明亮的火焰。

这些在西域古道上并不罕见的自燃煤田，应该就是《大唐三藏法师取经记》里火类坳“遍地烟焰”的来源——当我们用这一“发现”与灭火局的工程技术人员交流时，引起一阵大笑，他们的原话是：我们从来就这么认为。

谁把这个故事带进《西游记》的我们还不知道。《大唐西域记》和《大慈恩寺三藏法师传》和唐人笔记中都没有线索。它第一次出现就是在《大唐三藏法师取经记》中，直接以西域自然地理特征进入取经故事的情节。

金毛鼠：西域宗教风情衍生出的故事

《西游记》里的精灵各种各样，大到狮子老虎，小到花鸟鱼虫，经过吴承恩的手这么一点染，信手拈来就把它塑造成一个可恶可恨甚至有时候还有点可爱的妖精。但有些妖精的身世却不是吴承恩创造的，它们大有来头，客大欺店，吴承恩改变不了它们的命运。

《西游记》第八十一至第八十三回讲述的是陷空山鼠精的故事。故事说陷空山里面有个无底洞，洞里有一个闭月羞花沉鱼落雁的女妖精，叫地涌夫人。这位地涌夫人费尽心机把唐僧捉到了洞里，软磨硬泡，一定要和唐僧成亲取他的元阳。为了营造一点温馨的气氛，妖精还在洞里面摆了一桌酒席。当孙悟空打到这个洞里的时候，发现地下三百里洞洞相连，处处相通，竟然查不出唐僧被藏到哪儿去了。就在焦躁的时候，忽然飘来一阵香烟，孙悟空顺着这烟走过去，找到了一个小洞，洞里面摆放着一个十分精致的供桌，桌子上面放了一个香炉，里面正在烧着香，香烟味就是从这里飘出的。香炉前面供奉着两个金色的牌位，其中大一点的上面写着“尊父李天王之位”；小一点的上面写着“尊兄哪吒三太子位”。悟空赶快把这个牌子摘了下来，到了玉皇大帝那儿撒泼耍赖告御状，告李天王纵女成精，谋害人命。李天王觉得也很冤枉，他想不起来这个事，把悟空绑起，拔出刀来就要砍。早有哪吒用剑架住：

（天王道）“孩儿，你以剑架住我刀，有何话说？”哪吒弃剑叩头道：“父王，是有女儿在下界哩。”天王道：“孩儿，我只生了你姊妹四个，那里又有个女儿哩？”哪吒道：“父王忘了，那女儿原是个妖精，三百年前成怪，在灵山偷食了如来的香花宝烛，如来差我父子天兵，将他拿住。拿住时，只该打死，如来吩咐道，积水养鱼终不钓，深山喂鹿望长生，当时饶了他性命。积此恩念，拜父王为父，拜孩儿为兄，在下方供设牌位，侍奉香火。不期他又成精，陷害唐僧，却被孙行者搜寻到巢穴之间，将牌位拿来，就做名告了御状。此是结拜之恩女，非我同胞之亲妹也。”天王闻言，悚然惊讶道：“孩儿，我实忘了，他叫做什么名字？”太子道：“他有三个名字：他的本身出处，唤做金鼻白毛老鼠精；因偷香花宝烛，改名唤做半截观音；如今饶他下界，又改了，唤做地涌夫人是也。”天王却才省悟，放下宝塔，便亲手来解行者。

《西游记》没有说这座陷空山无底洞在哪儿，但是这个故事却不是无根无蒂，它历史的长久，地域的遥远，吴承恩根本不可能想到。

它的根居然扎在西域。玄奘法师当年从印度回来的时候，经过一个叫瞿萨旦那的国家，他看到这个国家的都城外面，有一座非常非常大的鼠壤坟，就觉得很奇怪，他因此听到了一个关于这个国家金毛鼠王的一个故事。事见《大唐西域记》卷十二：

王城西百五六十里，大沙碛正路中，有堆阜，并鼠壤坟也。闻之土俗曰：此沙碛中，鼠大如猬，其毛则金银异色，为其群之酋长。每出穴游止，则群鼠为从。昔者匈奴率数十万众，寇掠边城，至鼠坟侧屯军。时瞿萨旦那王率数万兵，恐力不敌，素知碛中鼠奇，而未神也。洎乎寇至，无所求救，君臣震恐，莫知图计，苟复设祭，焚香请鼠，冀其有灵，少加军力。其夜瞿萨旦那王梦见大鼠曰："敬欲相助，愿早治兵。旦日合战，必当克胜。"……匈奴之闻也，莫不惧焉，方欲乘驾被铠，而诸马鞍、人服、弓弦、甲链，凡厥带系，鼠皆啮断。……于是杀其将，虏其兵，匈奴震慑，以为神灵所佑也。瞿萨旦那王感鼠厚恩，建祠设祭，奕世遵敬，特深珍异。

故事大意是说，当年匈奴派十万大军来侵犯这个国家，屯兵在城外，眼看就是朝夕不保的局面了。国王慌乱中灵光一闪，忽然想起这个国家曾经有鼠王显灵的传说。于是病急乱投医，赶快就设一个香案，给鼠王烧香，请鼠王保佑这个国家。当天夜里，国王果然梦到鼠王，鼠王答应伸出援手，告诉他说，你今天夜里出城冲击敌营，我到时相助，勿误勿误。国王听了以后，赶快吩咐第二日起兵。整顿兵马冲到敌营里一看，敌营一片慌乱，所有马鞍、衣服、兵器，凡是有带子的地方全部被鼠啃断了，十万大军没法打仗了，只能束手就擒。国家解围了，国王就把这个老鼠王奉为国家的精灵。故事里面说到的小老鼠，在草原上非常多，小的就如家鼠，大的像兔子，以草为食。它生活在食物链的最底端，草原上天上飞的地上跑的那些食肉动物，都以这种小老鼠为食。这种小老鼠喜欢在草原上钻洞做穴，刨出来的土就堆成土堆，被称为鼠壤坟。

这个故事发生在西域，后来流传到中原，纳入了《西游记》，但却并不是玄奘把它直接带到《西游记》里面来的。

前面说过，佛教分为大乘、小乘，大乘佛教里面又分为显宗、密宗，公开传授的叫显宗，秘密传授的叫密宗。印度佛教最早传到中国来的时候，基本上都是显宗，但是到了中唐以后，印度国内的形势发生了变化，然后由印度源源不断传到中国来的佛教便都以密宗为主。密宗重法术，因此故事也就比较多，中唐玄宗开元年间，朝廷重用了三位印度来的密宗僧人——善无畏、金刚、不空，奉为护法法师，后世称为“开元三大士”。是他们把这个小老鼠的故事带进中原来的，事见不空法师的《毗沙门仪轨》（《大正新修大藏经·密宗部》）：

唐天宝元载壬午岁，大石、康五国围安西城。其年二月十一日，有表请兵救援，圣人告一行禅师曰：“和尚，安西被大石、康□□□□□□国围城，有表请兵。安西去京一万二千里，兵程八个月，然到其安西，即无朕之所有。”一行曰：“陛下何不请北方毗沙门天王神兵应援？”圣人云：“朕如何请得？”一行曰：“唤取胡僧大广智即请得。”有敕唤得大广智到内云：“圣人所唤臣僧者，岂不缘安西城被五国贼围城？”圣人云：“是。”大广智曰：“陛下执香炉入道场，与陛下请北方天王神兵救。”急入道场，请真言未二七遍，圣人忽见有神人二三百人，带甲于道场前立。圣人问僧曰：“此是何人？”大广智曰：“此是北方毗沙门天王第二子独健，领天兵救援安西故来辞。”圣人设食发遣。至其年四月日，安西表到云：“去二月十一日巳后午前，去城东北三十里，有云雾斗闇，雾中有人，身长一丈，约三五百人尽着金甲，至酉后鼓角大鸣，声震三百里，地动山崩停住三日。五国大惧尽退兵。抽兵诸营坠中，并是金鼠咬弓弩弦，及器械损断尽不堪用，有老弱去不得者，臣所管兵欲损之，空中云：‘放去不须杀。’寻声反顾城北门楼上有大光明，毗沙门天王见身于楼上。”

大意是说，唐天宝年间，有一天西域的五个小国家，联手侵犯大唐的安西

（今新疆吐鲁番），安西地方政府快马向朝廷求救。信传到唐玄宗即“圣人”手中的时候，他感到非常为难，因为安西距离中央政府很远，号称有万里之遥，如果派军队去要八个月的时间；等到八个月以后，这个安西城是否还在，就很难说了，所以唐玄宗在救与不救、怎么救的问题上非常纠结。这时有位叫“一行”的推荐了不空即“大广智”法师。他问唐玄宗说：“你为什么不请毗沙门天王呢？”于是他设立一个香案，请毗沙门天王派神兵救我安西。这个香案刚刚设立起来，天上就来了云雾，空中出现了二三百个金甲神人。不空告诉唐玄宗说这个神人就是毗沙门天王派到西域去救援的神兵。两个月以后，安西的捷报快马送到了，说某天某日，算来也就是唐玄宗请毗沙门天王的那一天，城楼上面忽然起了一阵乌云，乌云当中看到了几百个金甲神人，个个都有一丈以上的身高；捷报说这些神人冲到敌人的阵营里面把敌人很快地打败了，而敌人所有的那些有带子的器具，全被毗沙门的部下小老鼠给咬了，不能打仗了。

这个故事就有意思了。显然故事是关于瞿萨旦那国的小老鼠的，不过它已经进化了，已经和佛教紧紧地联系在一起了。小老鼠也不再是散兵游勇，它们成了毗沙门天王的部下。这是一个非常重要的变化，就像山上水边老百姓自己哼哼的原生态小调，经过改造以后就变成了民歌；它走出这一步，以民歌的身份出现，就有可能走得更远。故事也一样，它一旦进入了一个更大的背景，就可以流传得更广，当毗沙门变身为托塔李天王进入《西游记》时，这些小老鼠也就迅速跟进，成了《西游记》里的角色。

李天王：代表不同宗教关系的联系人

毗沙门是谁？为什么会是《西游记》中的李天王？李天王不是一位道教的神吗？为什么西域的小老鼠会成为他的部下？有一连串的问题要求我们解答，而只有看到这些问题，才能求解《西游记》复杂的历史、宗教关系，洞察《西游记》的文化价值。毗沙门与李天王之间的复杂关系，映照了佛教和道教之间的复杂关系，从他们关系的演变上，可以看到宗教文化嬗变的痕迹。

毗沙门原本是来自印度的一位护法神，他首先跟随佛教来到西域这一带，扎下根来以后成了这一带佛教里最高的神。《大唐西域记》卷十二：

> （瞿萨旦那）王甚骁勇，敬重佛法，自云“毗沙门天之祚胤也”。昔者此国虚旷无人，毗沙门天于此栖止。……其王迁都作邑，建国安人，功绩已成，齿耋云暮，未有胤嗣，恐绝宗绪，乃往毗沙门天神所，祈祷请嗣，神像额上，剖出婴孩，捧以回驾，国人称庆。既不饮乳，恐其不寿，寻诣神祠，重请育养。神前之地忽然隆起，其状如乳，神童饮吮，遂至成立。智勇光前，风教遐被，遂营神祠，宗先祖也。自兹已降，奕世相承，传国君临，不失其绪。故今神庙多诸珍宝，拜祠享祭，无替于时。地乳所育，因为国号。

当年唐僧经过此地时，得知瞿萨旦那国王自称是毗沙门天王的后裔，并且讲了老国王出生的神奇故事，于是他把这件事记下了。中唐以后密宗进了中原，毗沙门就跟着佛教的密宗到了中原，成为唐代的战神、军神，当时军队旗帜上画的都是这个毗沙门，小老鼠的故事也就跟着传过来了。这在当时是一种很平常的宗教文化的转换现象。

到了宋代，道教盛行，道教是多神教，狮子老虎都可以修成大圣，但是道教的神尽管很多，大圣也很多，却缺少那种体面的、高贵的、有门第的大神，特别是缺少军事方面的大神，于是道教就到佛教当中去请，把毗沙门天王请过来作为道教的护法神，把他的身份明确为唐代大将李靖，封为道教里天兵天将的统领，统领玉皇大帝的十万天兵到处降妖捉怪，叫托塔李天王；毗沙门的儿子独健也就改名叫哪吒，成了所谓的哪吒三太子。

巧得很，《西游记》取经故事里毗沙门与托塔李天王的转换，也是可以看得出来的。

唐僧取经故事形成之初，毗沙门是第一批进入故事的大神。我们看《大唐三藏法师取经记》第三节“入大梵天王宫”：

……法师问曰：“天上今日有甚事？”行者曰：“今日北方毗沙门大梵天王水晶宫设斋。”法师曰：“借汝威光，同往赴斋否？”行者教令僧行闭目，行者作法。良久之间，才始开眼，僧行七人，都在北方大梵天王宫了。且见香花千座，斋果万种，鼓乐嘹亮，木鱼高挂；五百罗汉，眉垂口伴，都会宫中，诸佛演法。……斋罢辞行。罗汉曰：“师曾两回往西天取经，为佛法未全，常被深沙神作孽，损害性命。今日幸赴此宫，可近前告知天王，乞示佛法前去，……得多难。”法师与猴行者，近前咨告请法。天王赐得隐形帽一事，金环锡杖一条，钵盂一只。三件齐全，领讫。法师告谢已了，回头问猴行者曰：“如何下得人间？”行者曰：“未言下地。法师且更咨问天王，前程有魔难处，如何救用？”法师再近前告问。天王曰：“有难之处，遥指天宫大叫一声，当有救用。”法师领旨，遂乃拜辞。猴行者与师同辞五百罗汉、合会真人。是时，尊者一时送出，咸愿法师取经早回。

显然，这是早期故事中帮助唐僧的核心人物，其地位之高和作用之大类似于后来《西游记》中的如来和观音，这不就是原生的取经故事诞生于西域的最好例证吗？！

到了后来，这位毗沙门又以托塔天王的身份走进了《西游记》，有一条线索把他们联系在一起，那就是小老鼠。毗沙门转换身份之后，他的原来部下——各种各样的小妖精，包括那个在安西解了围城之危的小老鼠，也都成了李天王手下各种各样的天兵天将，所以《西游记》说鼠精是托塔天王的义女，是哪吒的义妹，一点都不错。

通过这个故事的追根寻源，可以看到一条宗教文化转换的线索贯穿在里面，我们可以一直把它追溯到唐代，可以一直追溯到西域，这就是《西游记》里暗藏的文化价值。

车迟国：一连串的西域政治宗教话题

汉唐之际，高昌以西，就是车师、龟兹、飒秣建诸国，当年玄奘在这些国家经历的一系列事件也被“混搭”成了《西游记》故事。

高昌国是当年玄奘西出阳关跨过八百里戈壁后经过的古国，在那里受到了厚待，但也惹了一点风波，面对高昌国王的挽留，玄奘不得不绝食以对，这在前面已经提到。高昌国的西面有个古国叫车师。《西游记》中车迟国的名称应该来自车师国，车师与车迟，由于音译的不同似乎有一点区别，其实是同一回事，这在语言学上可以得到合理解释。车师国自汉代以来也算是个著名的西域古国，但在玄奘到达时已经被高昌国占领。玄奘离开后不久，高昌国又被大唐消灭，其地成了大唐管理机构安西都护府的所在地。车师这个国家虽然已经消亡，但它的名称却在以后很长一段时间里仍旧被使用，尤其是在喜欢用典故的文人中，如盛唐著名的边塞诗人岑参有一首诗，叫《走马川行奉送封大夫出师西征》，其中有句：

虏骑闻之应胆慑，料知短兵不敢接，车师西门伫献捷。

岑参当时是安西都护府的军中幕僚，驻地就在车师，他为主帅的出征写了这首诗，说我军兵强马壮，敌骑定会望风而逃，我就在车师的西门等候您的捷报。

车师再往西是龟兹国，旧址在今库车。当年玄奘从高昌国出发到龟兹时应该是在秋天，此时天气已见寒冷，虽然龟兹距离将要翻越的葱岭还很远，考虑到前方已经没有多少信佛的大国，因此玄奘决定在此过冬。龟兹也是一个佛教盛行的地方，但与大唐不同的是，龟兹信奉的主要是小乘佛教。当时的佛教领袖是位万众敬仰的高僧，叫木叉毱多，曾在印度游学二十多年，造诣高深。他起初对玄奘颇为客气，但遗憾的是他信奉小乘佛教，玄奘奉行大乘教法，两者之间不可避免地发生了教义论辩。玄奘向木叉毱多请教时提到大乘经典，木叉毱多很不高兴地说："你怎么问起这等邪书，真正的我佛弟子是不学这些的。"而玄奘本来对木叉毱多的崇敬之意，也自此云消雾散。从《大唐三藏取经诗话》的记载来看，论辩的最后是玄奘取胜，木叉毱多对玄奘也非常钦服，但两人的关系却渐渐疏远，甚至到了木叉毱多不愿再见玄奘的程度。

对于这件事的严肃性我们不可忽视。我们应当把玄奘在高昌国的绝食看作一次与高昌王温柔的生死相搏；我们也应当把玄奘与木叉毱多的论辩看作一场事关尊严与荣誉的斗法。在宗教氛围中，信仰的不同是最深刻的分歧，所谓"道不同，不相与谋"，说的是对信仰或教义分歧最简捷的处理原则，而这往往是很难做到的，更多见的是激烈的口舌之辩和意气之争。我们去青海、西藏旅游，寺院僧侣们的辩经非常值得一看：参与的僧侣分为立论者（立宗）和发难者（辩宗），立论者提出论点后，坐地应对，气定神闲，莫测高深；发难者可以是一人，也可以是数人，围住立论者，口若悬河，滔滔不绝。口辩还经常伴随身动，常见的姿势是提问者左手前伸，指向坐在地下的立论者，右手高高扬起来，向前拍下去，发出清脆的响声，同时高抬左脚，跺下去，再大喊一声，那气势就如巨石击卵，泰山压顶，紧张而热烈。这是同门之间的学习切磋，胜负的结果不过是自鸣得意和羞愧自责的区别而已。但如果这样的辩经发生在不同教派之间，往往就意味着无穷无尽的、不可调和的争吵；而如果发生在不同宗教之间，那就是刀光剑影的另一种形式。玄奘后来在印度，就经历了一次与外道婆罗门教以项上人头为赌注的辩经。那次辩经，玄奘赢了，失败的婆罗门如约上门等候处置，但得到了玄奘的宽恕。但我们这里做一个假设，假设婆罗门赢了，他们会留下玄奘脖子上的人头吗？

与龟兹关系最为密切的应该是《西游记》中乌鸡国的故事。《西游记》说师徒四人到达乌鸡国时，国王已经被一个妖魔沉入井底，而坐在金銮殿上的国王则是妖魔假扮。师徒四人从井底救了国王，又请来文殊菩萨让假国王现了真身，原来是菩萨的坐骑青毛狮子。悟空欲问罪，菩萨说这个狮子不曾害人，悟空追问道："三宫娘娘，与他同眠同起，点污了他的身体，坏了多少纲常伦理，还叫做不曾害人？"菩萨道："点污他不得，他是个骟了的狮子。"八戒伸手一摸，果然。这个情节，我们很容易理解为是作者为了照顾儒家的纲常而设计的情节，但实际上《大唐西域记》却说这个故事在西域有非常直接的原型。其卷一屈支国（按，即龟兹）记：

> 闻诸先志曰：昔此国先王崇敬三宝，将欲游方观礼圣迹，乃命母弟摄知留事。其弟受命，窃自割势，防未萌也。封之金函，持以上王。王曰："斯何谓也？"对曰："回驾之日，乃可开发。"即付执事，随军掌护。王之还也，果有构祸者曰："王令监国，淫乱中宫。"王闻震怒，欲置严刑。弟曰："不敢逃责，愿开金函。"王遂发而视之，乃断势也。

大意是说国王外出，命王弟留守，王弟预感到此事会有麻烦，为了避嫌，先自阉割，又把割下来的残物放在盒子里交给国王自己保管，让国王在回归后开启；后来国王归国之时，果然有人以"淫乱中宫"的名义构陷王弟，而王弟也凭借金函里的残物证明了自己的清白。

西面更遥远一些的地方叫飒秣建国。飒秣建国古称康国，在今中亚接近伊朗处。这个国家当时信仰拜火教，有事都会点起火把造成一种恐怖的气氛。《大慈恩寺三藏法师传》记载，玄奘初到飒秣建之时，也被民众围攻，民众持火把驱逐玄奘几乎连庐舍也烧了；而国王起初也很怠慢，不乐意处理此事。玄奘耐心地给国王讲解佛教精义，一夜之间使国王改变了信仰，下令逮捕闹事者。事在《慈恩传》卷二：

> 飒秣建国，王及百姓不信佛法，以事火为道。有寺两所，迥无僧居，客僧投者，诸胡以火烧逐不许停住。法师初至，王接犹慢。经宿之后，为说人天因果，赞佛功德，恭敬福利，王欢喜请受斋戒，遂至殷重。所从二小师往寺礼拜，诸胡还以火烧逐。沙弥还以告王，王闻令捕烧者，得已，集百姓令截其手。法师将欲劝善，不忍毁其肢体。救之。王乃重笞之，逐出都外。自是上下肃然，咸求信事，遂设大会，度人居寺。

从情节生发的规律来看，车迟国斗圣的情节就是这件史实的故事版，而时间、地点与龟兹有点“混搭”，也在情理之中，对于内地的吴承恩之类的文人，高昌、龟兹和飒秣建没有太大的区别——他们都是西域人。

玄武门：一种不同历史价值观的体现

唐太宗游地府的故事出现在第九回，不太显眼，但是它却能反映出《西游记》故事的一种特殊来源，即传统文化当中的一种非主流的历史道德观。

前面说过，《西游记》一百回，分为三大段：第一大段是第一回到第八回，讲的是孙悟空大闹天宫的故事，是前奏；第二大段是第九回至第十二回，一般称为取经缘起；第三大段为第十三回到第一百回，讲取经路上降妖伏怪的故事，直到胜利东归。

取经的真正开始是在第九回。从这里开始，《西游记》似乎漫不经心地讲了一个无关轻重的开场白：说大唐贞观年间，长安城外有两位世外高人，一位是樵子，另一位是渔夫。有一天，这二位碰在一起聊天，说话之间，渔夫透露出一个秘密，说长安城里西门大街上来了一位算卦的袁先生，他的卦算得很准；渔夫说他已经与这位袁先生签订了一个双赢的协议，那就是每天送袁先生一尾鲤鱼，作为他算卦的课金，袁先生则每天算一卦，告诉他在哪里打鱼，当然是网网不空。

这两位河边的对话，被河里面巡河的夜叉听去了。这条河叫泾河，泾河里面有一个龙王，当然就叫泾河龙王。龙王听到夜叉的报告之后很生气，于是就打扮起来到长安城内去找算命先生。龙王打扮得很文雅，书生模样，但是出言不善，暗含杀机，说："请你给我算一卦，什么时候下雨。"这位袁先生也不知道看没看出眼前的就是龙王，把手伸到袖子里掐了一阵，说："巧了，正好明天有雨，明天早晨七点开始起云，九点打雷，十一点下雨，下两个小时雨停。"这一说龙王乐了，很高兴，马上和袁先生打了一个赌说："如果明天真下雨，我送五十两银子过来，作为课金；如果明天不下雨，那我就不客气了，我就要到你这来砸了你的门面，扯了你的招牌，把你赶出长安城去。"龙王觉得这个赌稳赢不输，我是龙王，这块土地上刮风下雨是我的事，怎么能由你一个算卦的说了算呢。龙王这个时候有点太自大了，他忘了自己只是个刮风下雨的执行者，而什么时候刮风，什么时候下雨，下多大的雨，这件事是由玉皇大帝决定的。结果等他回家的时候，玉皇大帝的一道旨意到了，告诉他明天得安排一场雨，怎么下，下多少，都和刚才袁先生说的一样。

龙王心高气傲，一时糊涂，行雨的时候就改了时间、改了地点，也改了行雨的雨量，然后去找袁先生算账。结果袁先生告诉他，你违背天条，已经被判了死罪，明天要到天上的剐龙台上去砍脑袋，只有找监斩官也就是唐太宗身边的宰相魏徵才有可能挽回。龙王病急乱投医，想魏徵是人间的宰相，唐太宗是人间的皇帝，找唐太宗去说个情，也许管用，于是托梦给唐太宗。唐太宗不知道这里面到底有多么严重的后果，也就答应了，第二天早朝以后特意留下魏徵对弈一场，意思就是说要把魏徵看管在这儿。到了午时三刻的时候，焦躁不安的魏徵忽然打起瞌睡来，其实是元神出窍，上天命他执行了他的使命，把老龙王的头砍下来了。

被砍去脑袋的龙王怪唐太宗失信，于是在阴间告了唐太宗一状，唐太宗这时候也只有到阴间去走一遭与龙王对质。在阴间他遇到了一个姓崔的人叫崔判官，曾经是他的部下，这位崔判官帮助他很快解决了和龙王之间的矛盾。但是他遇到了另一个大麻烦，就是他在阴间碰见了被他亲手杀死的哥哥李建成和弟弟李元吉以及他们的部下，一大群的冤魂野鬼。这批人看到他马上大呼小叫："李世民来了，还我命来，还我命来！"唐太宗吓得不轻，无处躲避，后来在崔判官的帮助下，许愿大赦天下，做一场水陆大会超度亡灵，这才把事情遮掩过去。他回到阳间以后当然要兑现诺言，于是做水陆大会超度亡灵，这种情况下江流儿就被选为主持水陆大会的高僧；正好这时候观音从西方来寻找取经人，也选中了江流儿，取经就从这开始。

本来说到取经让江流儿出场就是了，为何要绕一大圈从唐太宗说起？这里大有玄机。

唐太宗的这一段故事其实早已有之，叫"唐太宗游地府"，也叫"唐太宗入冥"，这涉及一个重大的历史事件——"玄武门之变"。玄武门之变发生在唐代武德九年，也就是公元626年，应该定性为发生在长安城里面的一场宫廷军事政变。我们都知道唐太宗李世民和他的贞观之治，但唐代第一个皇帝不是李世民而是他的父亲李渊；第一个年号也不是贞观，而是李渊用的武德。隋炀帝的一番折腾，导致天下大乱。在各路乱世英豪中，太原节度使李渊是最强大的一支，动乱当中他和他的三个儿子如狼似虎，很快就占领了中原地区，建立了自己的大唐帝国，年号武德。

俗话说上阵父子兵，打虎亲兄弟。在夺取天下的过程中，李渊的三个儿子都起了很大的作用，但是天下打下来了，享受成果的时候，特别是涉及谁来继承皇位的时候，麻烦来了。三个儿子中，老大太子李建成、老二秦王李世民、老四齐王李元吉都有自己的军队和谋士，形成了一个围绕着自己的军事政治集团。但这弟兄三个的关系却非常不好，互相钩心斗角，针锋相对，这让李渊非常为难。他想快刀斩乱麻，于是把大儿子李建成扶为太子，希望用这个方法来解决矛盾，但矛盾并没有真正地得到解决，最后，李世民抢先动手。有一天，他利用李建成和李元吉同时出现到宫中去见父亲的时候，在他们的必经之处即玄武门埋伏下自己的精锐部队，然后他亲手射死了哥哥李建成，又让部下尉迟恭射死了弟弟李元吉，这就是历史上非常著名的玄武门之变。一场血腥的残杀解决了所有问题，三天以后，李渊宣布立李世民为太子，国家一切大事交由李世民处理；第二年李渊宣布退位做太上皇，然后李世民登上皇位，改元贞观，一个新的历史时期从此开始。

虽然李世民后来把国家治理得井井有条，造就了著名的贞观之治。但是，这次玄武门之变有两条道德缺陷：第一条违制夺权，因为李建成毕竟是正式的太子；第二条骨肉相残，毕竟是李世民先动手杀了同胞兄弟。因此历来都有史家批评李世民的皇位来路不正，对他的那种弑兄、杀弟、逼父的行为进行道德指责，如明代著名史学家思想家王夫之，他在评价李世民的行为时，用了八个字：穷凶极恶，毫无人性。这相当有代表性。后来这种舆论慢慢地发展就变成了“唐太宗游地府”这个故事。大概大家觉得唐太宗的才能没有什么可指责的，也指责不了，那就让他在阴间，在另外一个环境下接受道德的批判，让他承受一些亲情基础上的痛苦和内疚，让他表现出一定程度的忏悔，这就是唐太宗游地府的故事会在唐代出炉的原因。

但这个故事为什么和《西游记》有关？这个故事诞生在唐代，本来和《西游记》没有任何关系，《西游记》早期的故事即明代之前的、元代的故事，都没有这个部分，我们看一看杂剧《西游记》就知道了——它的唐僧取经，就是小和尚江流儿主持大会，然后观音来了，问有没有人愿意去取经，玄奘说愿意，大家把他送走就行了。

但是洪武后期，明朝也发生了一场军事政变，也是违制夺权，也是骨肉相残，史称“靖难之役”，情况和唐太宗的“玄武门之变”颇为相似。

于是唐太宗的故事被放进了《西游记》，也就是说有人觉得需要拿这个故事说事了。

明代的第一个皇帝朱元璋有二十六个儿子，他的这些儿子除了太子以外，全被封为诸侯王。当时的诸侯王有钱、有权、有军队，地方政府和附近的军队都要听他指挥，形成了朱氏王朝的核心力量。其中朱元璋特别喜欢的是第四个儿子，也就是驻扎在北平的燕王朱棣。甄选自己继承人的时候，朱元璋曾经考虑过朱棣，但这个念头因为明显与礼法不合而被放弃。后来太子朱标早逝，朱元璋又一次面临着培养接班人的问题，这时候按照礼法，皇位继承人应该是朱标的儿子，也就是朱元璋的长孙朱允炆。但是朱元璋对他这个孙子有点看不上，认为他太文弱，担不起国家的这副重担，就想把皇位传给他欣赏的朱棣。但是后来这也被大臣以礼法不可违背劝阻了，朱元璋只好把皇位传给了朱允炆，就是后来的建文帝。而朱元璋的这一犹豫，无疑是对朱棣的一次纵容和怂恿，朱允炆上台不久，他的这位叔叔就在北方起事造反了，用四年的时间攻下了南京城，赶走侄儿朱允炆，自己做了皇帝。朱棣做了皇帝以后，人们对他的谴责批判比当年要厉害得多了，对付汹汹舆论，朱棣的办法就是杀人，有时一个案子就株连杀上万人。但是不管他怎么杀，这件事情在士大夫当中，在知识分子当中，在老百姓当中，总是一个话题，人们总有对建文帝的同情和对朱棣的指责。朱棣其实也是一个很了不起的帝王，但是这个和封建礼法制度是两码事，封建礼法制度其实是有道理的，因为皇帝会经常更换，如果没有一个法定的秩序，就会出现纷争。

在《西游记》故事里出现唐太宗游地府的故事，和朱棣的篡位夺权应该是有关系的。人们出于同样的考虑：我们没有办法谴责朱棣，没有办法让你把皇位让出来，就在道德上批判你，就用唐太宗游地府这个故事来隐射你政权的来路不正。这就是这个故事为什么产生，又为什么在《西游记》里面出现的原因。吴承恩受的是儒家教育，他也赞成儒家的礼法制度，所以他就把这个故事保留在了《西游记》里面。

第六章

从悟空到大圣：《西游记》人物文化原型之一

《西游记》说，去西天取经的最初是唐僧一人，但路途遥远，行程艰难，像唐僧这样的凡夫俗子只是勇气可嘉，其实不具备条件。其实在《西游记》中已经交代，唐僧之前有不少殉道者，沙师弟脖子下九颗人头骨攒起来的项链就是九条取经人的命。而唐僧本人出发时原本带了一匹马和两个随从，结果刚出大唐地界，在第一座高山前就掉下妖魔设置的陷阱，两个随从就被"啯啅啯啅"地吃掉了。按照这个路数，用不了一天，唐僧的命也就不保了。所以观音又为唐僧物色了几个大有神通的徒弟，这几位徒弟不管出身如何，前身都已堕入妖邪之道，但有心向善，希望修成正果，就被观音征召加入了取经队伍。

看看取经队伍的组成。

身为团队领袖的唐僧，他在故事里的身份和前面叙述的历史事实不同：父亲是当朝新科状元，母亲是丞相府的小姐，但父母上任途中遭遇匪人，父亲被害后抛入江中，母亲被匪人霸占；刚出生的小婴儿幸得金山寺长老相助侥幸被救，才以名为江流儿的小僧人身份活了下来。为造福东土大众，他发愿去西天取经。

大师兄孙悟空是花果山上的石头里蹦出来的猴子，吸取天地精华而孕育，生来就惊天动地，又屡经异遇学成一身武功；后来闹了地府，闹了龙宫，又闹了天宫，终于被如来用计压在五行山下。

二师兄猪八戒原是天河里的天蓬元帅，因喝酒调戏了嫦娥而被贬下凡，究其天生相貌应该不差，倒霉的是他下凡投错了胎，进了猪的肚子，长成一副奇丑的怪模样；在高老庄连骗带抢，娶了媳妇高翠兰，暂且落脚。

师弟沙和尚青不青、黑不黑晦气脸色，本是玉帝殿前的卷帘大将，也算是玉帝身边的亲信，但因为打碎了玻璃盏而被贬入流沙河，受利剑穿胸肋的惩罚，就靠抓几个渡河人度日。

白龙马身份高贵，乃是西海龙王敖闰之子，不知为何纵火烧了龙宫大殿上的明珠，被龙王上表天庭，告了他一个忤逆不孝的罪名，被玉帝吊在空中痛打三百下，即将被问罪诛杀。

观音往东土寻找取经人，发现了这几个可造之才，于是让他们皈依我佛，收拾行李上路去灵山取经。要求是必须风餐露宿，不避艰险，步步亲历，跨越千山万水，然后才能取得真经班师回朝。

这些形象都是吴承恩创作的吗？非也——至少不完全是。按说这是文学范畴内的问题，是吴承恩可以决定的问题，但事实上吴承恩决定不了。吴承恩在最后定型的过程中，可以让这些角色更加淘气、可恨，更加愚笨、可笑，但是这些角色的身份不能改，性格不能改，命运也不能改——至少不能大改、全改。换句话说，吴承恩可以让孙悟空再闹几次天宫，但他必须是一只猴，且必须是一只不好色的猴，不能调戏王母娘娘的仙女，这不能改；他可以让猪八戒多抢几名民女，再娶几个高老庄的媳妇，但他必须是猪而不能是羊，也不能是牛；他可以让沙和尚脸色更加青黑晦气，多长几根獠牙，但必须让他姓沙。

为什么？把这几位的文化原型追寻出来，答案就很清楚了。黑格尔有一个著名的哲学命题——存在的都是合理的，《西游记》故事所有的变化，在看似偶然的背后都有必然的原因。在《西游记》故事体系的成长中，不难看出不同阶段中不同文化元素介入的痕迹，每一次不同文化的介入都会形成一个节点，导致故事情节和文学描述的一次重大变化。

孙悟空形象的文化溯源·百家争说

孙悟空形象的文化溯源一直是《西游记》研究中的要点、重点以及亮点。百年以来，围绕这只猴子的来源，各门各派，包括许多大师一级的人物已经争论了好多年。

回溯百家争说

通俗小说原是中国文学中的一只丑小鸭，中国文学从来只把诗、词、文、赋作为文学的正宗，文人们乐于吟诗、填词并以此作为社会交往的桥梁，诗名就是名片，诗作就是贽见，现场作诗就是才华横溢；唯独写小说、读小说是自降身份——尤其是通俗小说，因此包括《西游记》在内的所有通俗小说名著，在问世时没有一部署上作者的姓名。中国古代的文学批评，虽然没有那么系统全面，但也不乏刘勰、钟嵘那样的大家和《文心雕龙》《诗品》那样的巨著，但对于通俗小说，很少有人愿意做一番像样的评说，至多不过在杂记随笔中鸡零狗碎地说上三言两语，所以，古人对小说的研究水平很低。以《西游记》为例，读成炼丹术的有，读成参禅书的有，读成《大学》《论语》的也有，弄出许多的莫名其妙。这种状况的改变，开始于鲁迅和胡适，这二位接受了西学的文学价值观，尤其对成就斐然的古代通俗小说充满激情。他们以自己的新派学者的身份介入研究，对于恢复通俗小说自己的历史面目，起到了重要的作用。

就《西游记》而言，鲁迅的一大功劳是定义了“神魔”小说，并赫然列《西游记》为其首座。我们知道，中国古代的小说，很多都与佛教、道教的宣传目的有关，有的仅仅为了满足市民阶层的低端需求，故事荒唐，文字也粗鄙，我们通常将这类小说称为神话、仙话或者道话、佛话小说。将《西游记》湮没在这类小说中，实在是资源的浪费。鲁迅感觉到了这个问题，所以他重新选择了“神魔”这个概念，在《中国小说史略》中他解释道：

> 且历来三教之争，都无解决，互相容受，乃曰“同源”，所谓义利、邪正、善恶、是非、真妄诸端，皆混而又析之，统于二元，虽无专名，谓之神魔，盖可赅括矣。

鲁迅归纳出一个在语义上属于并列结构的“二元”观察点即“神魔”概念，已经较之三教之争的传统视角高明许多。换句话说，就是以“神”代表一切正面的品德，如“义”“正”“善”“是”“真”；以“魔”代表一切负面的行为，如“利”“邪”“恶”“非”“妄”等——当然这是整体概念，“神”也会犯一些错误，有一些例外。这不仅仅使原本的纷繁复杂的故事一目了然，更重要的是带着这个概念读作品时，读者就不再是其中的某一方而是一位独立观察者，就有可能跳出细节和宗教情感的纠缠，比较客观也比较深刻地理解作品的社会意义。比如今日我们读《西游记》，神的一方和魔的一方阵线分明，正邪是非也很分明，这在一定意义上与“神”“魔”概念的分明有关。

胡适对于《西游记》的贡献则是他在长文《〈西游记〉考证》中，首次把本事、原型、演化、形象和作者研究整合成系统话题，这在古人的点评中是看不到的。其许多见解今天看似乎已显粗疏，但迄今为止能跳出其思路者，仍然不多。这些我们以下会有详述。

许多时候，胡适和鲁迅有相同的意见，有很多的相互沟通；但有时也有激烈争论，有相左意见，比如在孙悟空身份问题上的观点便是针锋相对。

先说鲁迅的观点。1919 年五四运动之后，鲁迅心意比较消沉，转而专心治学，在北大开讲《中国小说史略》，首开系统研究《西游记》之先河。其中于“唐之传奇文（下）”一节中引李公佐传奇《李汤》之后，说：

> 知宋元以来，此说（按：指无支祁的传说）流传不绝，且广被民间，致劳学者弹纠，而实则仅出于李公佐假设之作而已。惟后来渐误禹为僧伽或泗州大圣，明吴承恩演《西游记》，又移其神变奋迅之状于孙悟空，于是禹伏无支祁故事遂以湮昧也。

这应该是关于孙悟空形象探源的开始。

胡适于1923年作《〈西游记〉考证》一文时注意到鲁迅的观点，但他更赞成当时在北大教书的沙俄旧贵族钢和泰的看法，于是说了一段同样著名的话：

> 前不多时，周豫才先生（按，即鲁迅）指出《纳书楹曲谱》补遗卷一中选的《西游记》四出，中有两出提到"巫枝祇"和"无支祁"……周先生指出，作《西游记》的人或亦受这个巫枝祇故事的影响。
>
> ……或者猴行者的故事确曾从无支祁的神话里得着一点暗示，也未可知……但我总疑心这个神通广大的猴子不是国货，乃是一件从印度进口的。也许连无支祁的神话也是受了印度影响而仿造的。……因此，我依着钢和泰博士的指引，在印度最古的纪事诗《拉麻传》里寻得一个哈奴曼，大概可以算是齐天大圣的背影了。

胡适用相当一段文字大致介绍了《拉麻传》——现在译为《罗摩衍那》——的情况之后，说：

> 中国同印度有了一千多年的文化上的交通，印度人来中国的不计其数，这样一桩伟大的哈奴曼故事是不会不传进中国来的。所以我假定哈奴曼是猴行者的根本。

稍后，鲁迅在《中国小说的历史的变迁》中再次回应：

> ……我以为《西游记》中的孙悟空正类无支祁，但北大教授胡适之先生则以为是由印度传来的；俄国人钢和泰教授也曾说印度也有这样的故事。可是由我看去：1. 作《西游记》的人，并未看过佛经；2. 中国所译的印度经论中，没有和这相类的话；3. 作者——吴承恩——熟于唐人小说，《西游记》中受唐人小说的影响的地方很不少。所以我还以为孙悟空是袭取无支祁的。但胡适之先生仿佛并以为李公佐就受了印度传说的影响，这是我现在还不能说然否的话。

一场延续至今，长达近百年的论争，就此开始了。

罗列百家争说

孙悟空形象的溯源，由鲁、胡二位的各执己见开始，至后来的学者各取一说，到二十世纪八十年代，甚至酝酿成一场席卷全国的学术讨论，分歧之大，争论之激烈，二位前辈大概是想不到的。

本土说

鲁迅的观点后来被称为“本土说”“国产说”，亦称“民族传统说”。“本土说”的研究主要集中于探寻民族文化传统对孙悟空的影响，认为孙悟空类似唐人传奇中出现的淮水水怪无支祁；说中国古代文学中已经拥有丰富的猴子传说，显然并不需要印度史诗《罗摩衍那》的影响，所谓孙悟空类似哈奴曼的说法没有坚实的证据。分支有“传统猿猴故事说”“君子之喻说”“大禹或夏启说”等。以鲁迅《中国小说史略》《中国小说的历史的变迁》、吴晓铃《〈西游记〉和〈罗摩延书〉》、刘毓忱《关于孙悟空“国籍”问题的争论和辨析》、萧相恺《为有源头活水来》、李谷鸣《〈西游记〉中孙悟空原型新论》等为代表。

外来说

胡适的观点后来被称为“外来说”“进口说”，亦称“印度影响说”，持此说者认为孙悟空的影子是古代印度史诗《罗摩衍那》中的神猴哈奴曼，哈奴曼以我们现在还不很明确的方式——极可能是伴随佛教——进入中国并影响了《西游记》取经故事中的猴行者。这一说的研究主要集中在《西游记》与《罗摩衍那》、孙悟空与哈奴曼情节行为的比较以及《罗摩衍那》在中国的传播。以胡适的《〈西游记〉考证》、季羡林的《〈西游记〉里面的印度成分》《印度文学在中国》《〈罗摩衍那〉在中国》、赵国华的《论孙悟空神猴形象的来历》、陈邵群和连光文的《试论两个神猴的渊源关系》等为代表。

混同说

此说形成于二十世纪八十年代初期，当时给人以异军突起的感觉，持此论者认为孙悟空的形象不能排除两个方面的影响，应该说它是一个受多元影响兼收并蓄的艺术典型，例如萧兵先生关于“到吴承恩手里才最后完成的孙悟空，既是一个综合的典型，又是一个独立的形象，在这个典型形象身上，既有传统的、继承的、移植的、外来的因素，更有创造的、本土的成分”的意见，就得到了很多赞同。以蔡国梁的《孙悟空的血统》、萧兵的《无支祁哈奴曼孙悟空通考》等为代表。这一说与我们下面要重点介绍的“阶段影响说”貌似接近，但本质上有重要不同。它实际上是发现了“本土说”和“外来说”的各自缺陷，而试图搅和加以解决，其实并未在本质上找到探源的正确路径。

石槃陀说

这是一个针对具体目标对象的假说。石槃陀，就是《大慈恩寺三藏法师传》记载的玄奘初出西域在瓜州逗留时剃度的弟子，张锦池先生认为有可能是孙悟空形象的初始原型。理由是石槃陀和玄奘有师徒之缘，算个行者；又石槃陀乃胡僧，胡僧与“猢狲”音近，由“唐僧取经，胡僧帮忙”易传为“唐僧取经，猢狲帮忙”，从而也就为石槃陀在玄奘取经故事中的神魔化提供了契机。后又有文章报道，说敦煌学学者段文杰先生多次考察敦煌壁画并根据历史资料确证：孙悟空的原型是石槃陀，其家乡在今甘肃省瓜州县锁阳城一带。

释悟空说

自二十世纪五十年代起流行至今，这里的悟空指唐代高僧释悟空。释悟空的俗家姓名叫车奉朝，天宝十年随张光韬出使西域，因病在犍陀罗国出家，贞元五年回到京师。释悟空较玄奘晚了数十年，但是他的出境地点也始自安西，并且回来时在龟兹、于阗等地从事翻译和传教活动多年，在当时的西域地区影响很大，亦在民间留下了许多事迹和传说。由此，多有学者认为，在取经故事漫长的流传过程中，人们逐渐将释悟空的名字与传说中陪同唐僧取经的“猴行者”的名字联系并捏合在一起，逐渐形成后来《西游记》故事里的“孙悟空”艺术形象。

佛典说

此说持论者多为日本学者，认为孙悟空主要源自佛教典籍中的猴形神将。认为《大唐三藏法师取经记》中的猴行者，乃是由佛教典籍中的猴形护法神将转化而成。如太田辰夫先生认为，猴行者有“八万四千铜头铁额猕猴王”的称号，“八万四千”，正是佛典中常用的数目术语。而“猕猴”这一称呼也是值得注意的，佛典中有很多“猕猴”故事，这些猕猴崇敬三宝，喜听佛法，与中国传统猿猴故事中那些被称为“猿”的反派角色完全不同，穿白衣的猴形神将在汉译佛典中也曾出现过，这和猴行者“白衣秀才”的形象是一致的。中野美代子女士在她列出的孙悟空诞生的谱系中，排出一条由唐代僧人善无畏来华传播密宗——大悲观音信仰——猕猴从者的线索。矶部璋先生介绍说日本十二世纪撰写的佛典《觉禅钞》卷三《药师法》中，十二护法神将之一的西方申位安底罗大将，“猴头人身”，原图并注明“白衣”二字，可能是“白衣秀才”的最初原型。

要言百家争说

各家各说的差距之大显而易见，与一个中国人熟悉的成语“盲人摸象”很切合。盲人摸象的故事来自印度，说几个盲人很想知道大象是什么样子，于是相约去摸一头大象。摸到大象牙齿的盲人说：“我知道了，大象就像一个又大又粗的萝卜。”摸到大象耳朵的于是叫起来：“不对，明明是一把大蒲扇！”摸到腿的立即反驳：“大象只是根大柱子。”旁边摸到尾巴的却嘟囔：“唉，大象哪有那么大，只不过是一根草绳罢了。”这个比喻对于任何持以上假说的学者都没有贬抑之意，只是想说明由于条件的欠缺，各家之说都只持某一个特定的切入角度，因而带有一定的片面性。

各家各说差距之所在，其实也很清晰。就在于没有形成统一的视角和认证标准，鸡对鸭讲，卯榫不合。从一开始就没有弄清楚：围绕孙悟空形象的文化溯源（或称探源、来源、来历、原型），究竟是要探寻这个形象在形成过程中所受的主要影响，还是要探究孙悟空“猴”的身份特征的原型？

“本土说”代表鲁迅最早的表述是：“明吴承恩演《西游记》，又移其（无支祁）神变奋迅之状于孙悟空。”这里说的是“孙悟空”，且是“明吴承恩”演绎出的孙悟空，是说无支祁的“神变奋迅”被移植到了孙悟空的身上。而“外来说”的代表胡适说的是“我假定哈奴曼是猴行者的根本”，是印度猴子哈奴曼对“猴行者”身份的启发。

请注意，鲁迅说的“孙悟空”和胡适说的“猴行者”，其实是两个完全不同的概念。

孙悟空是百回本小说《西游记》中业已完成的艺术形象，考虑到它漫长的演变过程，我们根本无法排除它所受到的多元影响，在这一点上展开的讨论也是相当宽泛的，影响的来源可以有无支祁，可以有哈奴曼，还可以有其他，相互之间并不排斥；相反，相互承认与融合倒是必然的趋势。这方面的探讨可以称为“影响”研究。

猴行者则是晚唐五代《大唐三藏法师取经记》中的孙悟空的雏形，而且由于受到了《大唐三藏法师取经记》产生的年代、地域及其自身文化色彩等的严格限制，有非常明确的和严格的指向，围绕它所展开的讨论，只能导向于解决猴行者“猴”的身份特征的出处。这类研究可以称为“原型”研究。

影响和原型虽然原则上是有关的，但范围有宽窄的不同，不能等同看待。可惜，胡适与鲁迅的分歧没有引起他们自己的注意，也没有被后来的持论者注意，许多争论实际上都是由于概念不同而引起的。

解决百家争说

学术研究是一个从不知开始，由少知到多知的过程。我们今天能区分“影响”研究和“原型”研究的差别，得益于上一讲演化节点概念的形成。区分不同时段，注意不同形态罗列的演化节点，事实上已经清晰地展示了各个时期孙悟空形象的差异，能够意识到“猴行者”“齐天大圣”“美猴王”之间的差异，才是找到了孙悟空形象文化溯源的正确出发点。

这种概念上的清理疏通，势必导致重新调整对百家争说的观察角度。我们把新的观察角度称为“阶段影响说”，即《西游记》取经故事形成的过程漫长且有不同的成书阶段，孙悟空形象的演化过程也很漫长且都以不同的面目呈现，我们也得根据不同的阶段循序渐进来厘清整个过程，然后才能看清其在不同阶段所受到的不同文化影响。举例：

（1）敦煌榆林窟的取经壁画和《大唐三藏法师取经记》已经昭示了这样一个事实，即孙悟空形象最初开始于一个毛头毛脑的“猴行者”，他扮演的角色是佛教中非常普遍的护法，围绕他产生的故事，是为了彰显取经的庄重和佛法的威力，是一种指向明确的宗教宣讲。从这里产生的问题就是，这个毛头毛脑的猴行者，来自何方？他为什么以猴的面目出现？

（2）在元代杂剧中，孙悟空忽然有了一个别号“齐天大圣”，并且有了一个由弟弟通天大圣、要要三郎和无支祁姐妹组成的猴精大圣家族，且前世今生的处事模式与以往的猴行者完全不同调。从这里产生的问题就是，为什么这个家族的秉性与佛教教义毫无关系，似乎成了地方恶霸流氓的象征，为什么一个原本鞍前马后护持师父的弟子忽然有了闹事抢盗的前科？

关注这样不同阶段的形象角色，寻找造成不同的内在文化因缘，就是我们主张的“阶段影响说”。把前面介绍的基本概念细化，就可以这样表述：孙悟空这个形象在长期的演变过程中吸收了不同的文化元素，在这个意义上百家各说并不矛盾。但各种不同文化元素的影响并非是无序杂乱的，也不是随时任意的，而是在一定的社会、历史、文化条件的制约下，形成相对集中的某些阶段节点。我们透过某一阶段孙悟空形象的变化，可以窥测到其中不同文化元素的影响，进而可以复原那个时代的文化生态。

这里需要再强调一下，“阶段影响说”的学术基础是《西游记》成书过程的研究，应该关注过程中产生了重要文化变异的节点；在节点中发现形象的特征并撷取内质的变化，然后再进一步探讨潜藏的必然原因，这才有可能把形象的文学意义和更广泛的文化价值讲清楚。

孙悟空：一只佛教的猴

孙悟空在《西游记》取经故事中的第一个身份是“猴行者”——一位猴形护法，出现在唐五代时期的佛教故事中。为什么是猴？这只猴的灵感来自哪里？

可以参考“佛典说”和“外来说”。它们都有参考意义，但内在所指有所不同。

“佛典说”称，受印度本土婆罗门文化的影响，佛教中有很多护法，也就是我们经常看到的围绕在佛祖菩萨周围的那些黄巾力士、五方揭谛之类，其中有很多动物身形，比如《西游记》中落在佛祖头上的鹰，在佛祖座下偷吃灯油的鼠等，大象、猴子也都是常见品类。比如《六度集经》中有个故事叫“猕猴本生”，说佛的前身曾经是一只猕猴，看到有个人陷在山谷里不能出来，整日哀号，眼看就要死去。猕猴心生怜悯，攀下山去将那人背出，并指示路径，还要求那人此后不再作恶。但那人趁猕猴休息的时候，用石头砸猕猴的脑袋，要用猕猴充饥。猕猴惊醒，带着满脸鲜血爬上树。但他并不恨那人，却怜悯那人怀有恶念而不能受度脱离苦海。还有个故事叫“猕猴王本生”，说佛的前身是一只猕猴王，手下有五百只猕猴。因为干旱，山上没有野果，猴群到国王的果园里偷食，结果被国王捉住。猴王对国王说明原因，并说“一切责任在我，如国王要惩罚的话，请杀了我做国王的一顿早餐”。国王闻听，仰天长叹说，禽兽的头领尚有如此仁义，我做国王的岂能没有。于是命令解开捆绑猴王的绳索，并命令国中的一切果树任由群猴觅食。由这些猴子演化为护法神猴行者，并非没有可能，只不过目前我们还不能确知具体来自哪个故事。这一说中猴行者形象的出现带有一定偶然性，按照佛典浩如烟海的规模，要找到启发创造“猴行者”的那一个点显然很困难，但并非没有文化意义。比如佛教中的猴子都是善者，不作恶，这点在猴行者身上有充分体现，所以后来的孙悟空身上就有了善恶分明、忠心护主的秉性——至于那些恶作剧的暴躁戾气来自何处，下文自有分解。

“外来说”的意义则完全不同。如果能够指认猴行者确实受到了印度史诗《罗摩衍那》中神猴哈奴曼的影响，那就涉及婆罗门文化到底在何种程度上渗透进佛教，又如何进入中原，是在佛教中传播还是另有渠道等一系列与数千年来中印文化交流、丝绸古道文化传播等有关的重大问题，《西游记》的文化触须就显然延伸得更远。《罗摩衍那》是古印度的著名史诗，大约产生于公元前二世纪。衍那，在梵语中是故事、传记的意思；罗摩，故事中主人公的名字，一位王子，因此“罗摩衍那”中文可以翻译为“王子罗摩的故事”。《罗摩衍那》的核心内容讲罗摩是阿逾陀国十车王的长子，在英勇善战和美德方面胜过任何人，在诸王子争取赢得悉多公主垂青的竞争中获胜，悉多成了他的妻子。十车王选中罗摩为自己继承人的决定，在王国里得到普遍的赞许。可是由于十车王第二个妻子施展了阴谋诡计，国王改而指定另一个儿子婆罗多为继承人，而将罗摩放逐到森林里达十四年之久。跟随罗摩前往放逐地的，还有他的妻子——贤良的悉多和忠于罗摩的弟弟罗什曼那。恶魔十首王把悉多劫到自己的岛上，罗摩在寻找悉多时遇到了被哥哥逐出其王国的猴王。罗摩帮助猴王重获王位。猴王为了报答罗摩，把自己的军队交给他使用。通过能在空中飞行的神猴哈奴曼的帮助，由猴子和熊组成的一支大军，在罗摩的统率下，通过由猴子建造的桥，从大陆来到了岛上，爆发了激烈的决战。在决斗中，十首王被罗摩所杀，罗摩救出了悉多。罗摩流放期结束了，他返回阿逾陀，继承了父亲的王位，幸福地生活。

在印度，《罗摩衍那》有着至高的地位，每天晚上都有千百万人聆听《罗摩衍那》的故事。在结婚的喜宴上，在宗教仪式上，在节日庆典上，在酋长首领或王孙贵族的酒会上，每当祭完众神，歌舞尽兴之后，都会有位受尊崇的婆罗门走上前来，手执一束写有字迹的棕榈叶，开始款款轻声地唱那古老的赞诗。史诗的主角当然是罗摩，但影响最大的却是神猴哈奴曼。哈奴曼是天风的儿子，神通广大。他身高如山，尾长无比，脸放金光，变化多端，能把大山背走，能在空中飞行，能一步跳过大海。有一次，哈奴曼飞向楞伽时，途中被一个老母怪一口吞下肚去。于是哈奴曼在老怪的肚子里把身子变大，逼得老母怪也不得不将身子变大，直到张开嘴就有几百里宽。这时哈奴曼忽然把身子一缩，缩成拇指一般大小，从老母怪的左耳朵里跳了出来。哈奴曼同魔王最后决斗时，魔王用计把油涂在哈奴曼的尾巴上，点起火来，那奇长无比的尾巴就烧起来了，然而楞伽城反被哈奴曼用他尾巴上的大火烧光了。他最终帮助王子取得了胜利，因此它是印度人心目中勇敢正直、无所不能的英雄。

无论是在外形上还是性格上，哈奴曼与孙悟空的确有很多相似之处，这就是“外来说”的魅力所在，当然也是孙悟空形象溯源的生命力所在。

齐天大圣：一只道教的猴

由鲁迅主导的“本土说”认为淮水水怪无支祁是孙悟空的主要文化原型。无支祁的资料主要见于唐传奇《李汤》：说唐代有个渔夫在古淮水边龟山脚下钓鱼时，钓出了一根环绕龟山的大铁链，铁链的一头锁住龟山，另一头则不知伸向何方。渔夫报告给了当地的领导楚州刺史李汤，李刺史安排了五十头牛，将铁链慢慢拖出水面。铁链的尽头是一把大铁锁，铁锁出水时，淮水突然波涛汹涌，一只被铁锁锁住，状若猿猴，雪牙金爪，高有五丈的怪兽跃出了水面。这只怪兽乍出水面，两眼紧闭，但突然间双目睁开，目光如电，吓得观看的人四散奔走。怪兽似乎好梦未醒，懒得与人群计较，揉揉眼，若无其事地又回到了水里，把身后的铁锁和五十头牛也都一起拽入了水中。岸上的李刺史与众多观看的地方绅士名流都惊愕万分，面面相觑而不知所措。后来这事被刺史的朋友李公佐知道了，李公佐恰巧又在仙山古洞里得到了一本《岳渎经》，才知道这个怪兽就是传说中的淮水水怪无支祁。《岳渎经》说无支祁能言善辩，熟知水性，颈伸百尺，力逾九象，腾踔疾奔，轻利倏忽，身手非常了得，而且手下还有一大帮山精水怪，早在远古时期，因为兴风作浪而被治水的大禹捉住锁在龟山脚下。

无支祁是只猴，鲁迅在很大程度上是从猴的角度上去看无支祁的，因此说它类似孙悟空。这点很得认同，自鲁迅以后的研究中，大家基本上已经将中国的猴故事梳理了一遍。

猴的老祖宗当然是无支祁，但除了它之外，春秋战国之前已经有了很多关于猴的故事。汉代有一本书叫《焦氏易林》，保留了大量上古的民歌民谣，被誉为“《诗经》第二”，其中有一首诗：“南山大玃，盗我媚妾。怯不敢逐，退然独宿。”大意是说：南山有只大猴子，抢去我漂亮的妻；我胆怯不敢追赶，只得独守空屋。这就是中国猴精故事的基本格调。到唐代，演化出一个著名的故事，叫《补江总白猿传》或者叫《欧阳纥》。说故事的主人公叫欧阳纥，领兵打仗到了广西的荒蛮之地，妻子被当地精怪攫走。欧阳纥带领精兵壮士，四处寻找，终于在一处山洞里找到妻子。妻子告诉他，她是被一个神通广大的白猿抢来的，与十余名妇女一起被藏在山洞里。后来欧阳纥终于杀了白猿，救回妻子。再往后到宋代，这个故事又被编成了一个叫作《陈巡检梅岭失妻》的故事，大意是陈巡检上任途中，妻子被一个叫申阳公的老猴精抢去，后在道祖张紫阳的帮助下，费尽周折，终于夫妻团圆。

这些故事在民间流传很广。《补江总白猿传》在宋代被收入《太平广记》，明代又被瞿佑在《剪灯新话》里大致重复了一遍，《太平广记》和《剪灯新话》虽属文人读物，但流传面都很广，基本上可以视为下里巴人的娱乐；《陈巡检梅岭失妻》更是话本，属于天天在茶馆传唱的通俗形式。说这些故事影响了《西游记》，显然在理论上更为可行，所以“本土说”天生就有很多拥趸，较之“外来说”有巨大优势。但是诟病也多，无论是无支祁还是白猿精、申阳公，将它们与《西游记》中的孙悟空对比时却常常引出怀疑：这群猴子怎么看都有点道教恶神的味道，他们擅长“闹”，因为非作歹而成名，这与恭恭敬敬拜在佛祖名下，忠心耿耿保护师父取经的孙悟空怎么看都不是一家人，把他们安排去取经怎么看都像是一场闹剧，也很难让人心甘情愿地接受这一说。

这就是“本土说”的江湖地位和它自带的学术困惑。但数年前发生的一件趣事却把这一困惑解决了。

当时福建顺昌县博物馆宣布，在该县宝峰山发现了供奉“齐天大圣”“通天大圣”牌位的双圣庙与相关碑刻、石雕以及孙悟空姐姐的雕像。于是他们称，有确凿的证据可以证明孙悟空乃是福建顺昌人，有一个由兄弟姐妹构成的家族，宝峰山双圣庙就是他的墓。有关报道见诸大众媒体后引起公众一片喧哗，讥笑居多，多是说蠢到把无中生有的艺术创造当成了真实，把孙悟空这位大神当成了他们家的人。

但这确确实实是一个重要的文化发现。我国南方民间，自古而来就盛行淫祀民风，无论正史野史，都不乏吴、楚、闽、越“俗多淫祀”“地多淫祠”的记载。所谓“淫祀”，古代官方的注解是“非其所祭而祭之”；用现代语言解释就是祭了不该祭的神；再用俗语土话说就是山精水怪都是神；而用文化人类学的术语表示就是多神崇拜。总之一句话，山精树怪均可成百姓祭祀的对象。当年大文学家韩愈在潮州时鳄鱼为患，韩愈杀了只鳄鱼，还要写篇文章祭一祭。当我们把顺昌的齐天大圣与传统文化中的那些猴精联系起来时，发现这里说的“齐天大圣”“通天大圣”，与无支祁、白猿精、申阳公，以及元杂剧《二郎神锁齐天大圣》中的齐天大圣等，实是中国久已有之的猴精文化传统。它们起源于民间崇拜，以猴精家族的形式出现，以恶为标志，以劫财劫色为特征：它们与孙悟空无关，也与取经无关——福建顺昌的大圣，无论是齐天，还是通天，都没有一丝一毫取经的意思，把它们作为孙悟空的原型和文化源头研究，实在是一种误解。误解的原因就在于这个恶猴家族在元末明初与取经的孙悟空会合之后，在文化的意义上从此消失，如果不是在福建顺昌的深山里发现实物遗迹，学者们再也不会想到带有道教文化色彩的猴精家族确实在民间崇拜里存在过。

顺昌发现的齐天大圣与《西游记》里的孙悟空没有关系，它是福建乃至整个南方地区老百姓崇拜的一个地方神祇。孙悟空与齐天大圣原本也不是同一只猴，是我们自己犯了糊涂，硬要将两只猴当成一只猴，所以“本土说”总体上可以成立，但具体表述上却难以自圆其说。

美猴王：两猴合成了一只猴

在介绍《西游记》取经故事演化的重要节点时，我们曾提到元末明初出现的一部杂剧《西游记》非常重要，说它是取经故事在这一时期进行文化整合的核心。其中提到两个要点。

（1）原本的故事都叫“唐僧取经”，带有道教色彩的“西游记”三个字作为取经故事的名称在这里是第一次出现，是一个具有标志性意义的名称，标志着取经故事的文化属性已经发生了变化，不再那么庄严，带上了明显的娱乐色彩。

（2）孙悟空第一次有了一个附加的名号“齐天大圣”。这个名号原本诞生于南方的带有道教文化色彩的民间崇拜，是一只猴神的名号，在此之前已经独立存在了很多年，和取经没有任何关系。但从现在起，这个名号已经合并于孙悟空。

杂剧《西游记》是一个演化的重要节点，以上两条就是《西游记》发生重大文化变异的提示。

显示变异的是杨景贤杂剧《西游记》的第三本。这里为孙悟空增加了一段带了故事的身世，说孙悟空原本的身份是山间妖猴“齐天大圣”，后来皈依了佛教，才随师父去西天取经。请看剧本中孙悟空的一段自报家门：

（孙行者上云）一自开天辟地，两仪便有吾身，曾教三界费精神，四方神道怕，五岳鬼兵嗔，六合乾坤混扰，七冥北斗难分，

> 八方世界有谁尊？九天难捕我，十万总魔君。小圣弟兄姊妹五人：大姊骊山老母，二妹巫枝祇圣母，大兄齐天大圣，小圣通天大圣，三弟耍耍三郎。喜时攀藤揽葛，怒时揽海翻江。金鼎国女子我为妻，玉皇殿琼浆咱得饮。我盗了太上老君炼就金丹，九转炼得铜筋铁骨，火眼金睛，鍮石屁眼，摆锡鸡巴。我偷得王母仙桃百颗，仙衣一套，与夫人穿着，今日作庆仙衣会也。

这是原来跟随唐僧取经的孙悟空吗？是那个在敦煌榆林窟壁画中看到的跟在唐僧后面牵马的猴行者吗？我们应当看得很清楚，这是中国民间的妖猴齐天大圣。

显然，不管出于什么动机，佛、道的两只猴，在这里合二为一，成为“孙悟空齐天大圣”——猴子从此发生了重大的变化。

首先，这一合并，为唐僧取经故事涂上了道教的色彩，取经故事已经是“城头变幻大王旗”了。但这不是坏事，道教文化的介入，好像酸碱中和反应一样，冲淡了原本浓厚的佛教基色，使得取经故事更加世俗化。脱离宗教的羁绊，是文学发展的必由之路。这一点，比较《大唐三藏法师取经记》和杂剧《西游记》就可以知道。

其次，孙悟空原本应当是一个神通广大、乐于助人，但在佛教范畴内循规蹈矩的角色。现在，他有了翻江倒海、顽劣不羁和好色善偷的性格和行为，这些性格和行为不完全是正面的，但是这个妖猴与奇奇怪怪的妖魔有说不清的家族关系，从文学的角度看对于故事题材和形象塑造的多样化、丰富性都是极大的拓展。

最重要的是，杂剧《西游记》里的“齐天大圣”并不很可爱。注意到这一点，对于理解吴承恩的功绩和小说《西游记》如何攀上艺术顶峰成为经典，会有很大帮助。

事实上，吴承恩的《西游记》增加了一个关键词——美猴王。“美猴王”只出现于吴承恩的百回本《西游记》中，是吴承恩对于他笔下的

“孙悟空齐天大圣”或者“齐天大圣孙悟空”充满爱意的昵称，是熔铸锻炼、脱胎换骨的新形象，是一只全新的猴，就如在太上老君炼丹炉里炼了七七四十九天的那个猴头。应该称之为“美猴王齐天大圣孙悟空”。

吴承恩造就的“美猴王”的变化在于以下几点。

（1）在继承了护法神“猴行者”忠心耿耿的秉性之外，增加了正直善良、刚正不阿、乐观开朗、勇于担当等更应该得到肯定的正面品德，使得整个故事体系对于整个社会的意义更为突出，品质上有了明显的提升。

（2）让原本比较平面单一的猴行者性格，吸收了原本“齐天大圣”的活泼顽劣，更像一只真正的猴，明显增加了戏剧效果，但摒弃了好色等恶习，使得一个恶神华丽转身为一个招人喜爱的角色。

（3）利用原本“齐天大圣”的经历，拓开了故事题材。比如由“齐天大圣”兄弟三人，还有两个姐姐的复杂的家族式关系，延伸出牛魔王、铁扇公主、红孩儿乃至霸占着解阳山落胎泉的道人如意真仙等一帮狐朋狗友，整个取经故事因之而大大延伸了一段。又由盗仙衣、盗仙桃的劣迹，打造了一段大闹天宫的新故事。这里由于“美猴王”式的新秉性，大闹天宫种种都只停留在“顽劣”之类的体制内，虽然名为造反但仍在可控范畴，因而显得很可爱。

最后意会式地归纳一句：

如果把早期取经故事中的“猴行者”“孙悟空”视为佛教文化的产物，如果把后来“齐天大圣”的加入视为道教文化的渗透，那么“美猴王”就是代表吴承恩儒家社会意识的结晶。

第七章

从师父到徒弟：《西游记》人物文化原型之二

唐三藏形象的文化溯源

《西游记》的主角唐僧，以历史人物玄奘法师为原型，姓名一样，法号一样，取经的事件也是一样，但两者的身世不一样，取经的故事情节不一样。历史人物玄奘法师的经历在前面已经介绍过，正是以玄奘法师的经历为蓝本，逐渐演化出丰富的唐僧取经故事。但在《西游记》里，唐僧的身世却有着完全不同的文化演变。

《西游记》"江流儿"的故事

谈唐僧形象的文化渊源，得从《西游记》的第九回说起。《西游记》研究中有一个很著名的"江流儿身世"的问题，就与第九回直接联系在一起。

请查看一下手边的《西游记》，看它是如何处理唐僧身世一节的。所有《西游记》版本第一回到第七回也就是孙悟空大闹天宫一节加上第八回情节过渡文字都是相同的，再往后第十三回到第一百回取经途程也都一样，但第九回到第十二回在不同的版本中则可能有所不同。不同之处就是对唐僧身世的处理。

不同版本的《西游记》可能有三种情况。

（1）基本的江流儿故事。书中没有单列章节，只简单地以一段诗歌（韵语）的形式，粗线条地介绍了唐僧身世。

这种版本的第九回到第十二回的回目是：

第九回：袁守诚妙算无私曲　老龙王拙计犯天条

第十回：二将军宫门镇鬼　唐太宗地府还魂

第十一回：还受生唐王遵善果　度孤魂萧瑀正空门

第十二回：玄奘秉诚建大会　观音显像化金蝉

四回统称“取经缘起”，从樵子、渔夫的对话开始，引出“唐太宗游地府”，然后水陆大会上观音选取玄奘为取经人，玄奘遂告别太宗启程上路。对于唐僧的家世履历，在第十一回唐僧出现在水陆大会上时，有一段简单的韵语也就是所谓的“诗”作了介绍：

灵通本讳号金蝉：只为无心听佛讲，转托尘凡苦受磨，降生世俗遭罗网。投胎落地就逢凶，未出之前临恶党。父是海州陈状元，外公总管当朝长。出身命犯落江星，顺水随波逐浪泱。海岛金山有大缘，迁安和尚将他养。年方十八认亲娘，特赴京都求外长。总管开山调大军，洪州剿寇诛凶党。状元光蕊脱天罗，子父相逢堪贺奖。复谒当今受主恩，凌烟阁上贤名响。恩官不受愿为僧，洪福沙门将道访。小字江流古佛儿，法名唤做陈玄奘。

最早的百回本《西游记》，也就是金陵世德堂本就是这个样子。

（2）完整的江流儿故事。有一段详细的情节介绍唐僧身世，即在“唐太宗入冥”之前。第九回讲述说，当年唐僧的父亲、海州人士陈光蕊高中状元，被当朝丞相殷开山的女儿温娇小姐抛绣球招为夫婿；后来陈光蕊赴江州上任，途中遇盗被害，强盗冒名顶替赴江州做官，殷小姐为了保住腹中的小孩忍辱偷生，在生下小孩后将其放入江中随水漂流。金山寺的长老在江边捡到小孩后唤作江流儿，留在寺中收养长成后取法名玄奘。玄奘长大后了解真相解救了亲娘，又在水府中找到了被龙王救下的父亲。后来陈光蕊升任朝廷学士，殷小姐从容自尽，江流儿立意安禅，于是在洪福寺中修行，直到被推荐主持唐王的水陆大会。

这种版本的第九回到第十二回的回目是：

> 第九回：陈光蕊赴任逢灾　江流儿僧复仇报本
>
> 第十回：老龙王拙计犯天条　魏将军遣书托冥吏
>
> 第十一回：游地府太宗还魂　进瓜果刘全续配
>
> 第十二回：唐王秉诚建大会　观音显像化金蝉

实质性的变化是叙述了完整的江流儿故事，安排为第九回，而将原来的第九回“老龙王”所代表的“唐太宗入冥”一段拆开压缩进了后面的三回，如此一来原来第十回至第十二回这三回的内容和回目就都不同了。

这种安排最早见于清初的《西游证道书》。前面已经介绍《西游证道书》的刻印者是位姓汪的学道之人，即汪澹漪（亦称“汪象旭”）。他刻印的《西游证道书》除了为《西游记》找了一位作者丘处机，极力把《西游记》说成是修炼道家金丹的教科书之外，还对世德堂本没有唐僧身世的详细介绍感到奇怪和不满，于是假称找到了一本包含唐僧出身也就是江流儿故事的古本——“大略堂《释厄传》古本”。汪澹漪的这种安排自然就成了一个新的版本，这个本子在清代很流行，现在若干种在专业上要求不高仅供大众阅读的《西游记》，都是采用他的这个版本。

（3）“附录”的江流儿故事。我们知道，出版社都希望为出版物找一个好底本。所谓的好，首先指最接近原作原貌，不能是屡经翻刻的；其次包括内容完整、字迹清晰、刻工精湛、校对仔细等，越是有名气的出版社对这一点越是讲究。在这个意义上，世德堂本是最好的底本，符合上述的各项要求。1955年，人民文学出版社以世德堂本为底本，校注出版了一本新的《西游记》。1980年，又做了少量修订出版了第二版。这个本子是目前最精致、印刷量最大的一本《西游记》，大家有兴趣可以翻一翻版权页上的印数记录，印数是以百万计的，这还不包括许多其他出版社使用这个版本的印数。当时第一版以世德堂本为准，但是第九回至第十二回直接插入了江流儿部分的内容。这引起了争议，有学者认为这一部分不是世德堂本原有的，直接插进去在学术上显得不够严谨。因此后来出第二版时恢复了世德堂本的原貌，也就是删掉了唐僧身世的详细介绍，但考虑到自从汪澹漪《西游证道书》加上了这个故事后，一直都比较受欢迎，将这个已经成型的故事丢掉，也有点可惜。几经斟酌，于是采用了一个变通的方法，即主体还是保持世德堂的原样，但用“附录”的方式将江流儿故事穿插在第八回和第九回之间，这样既有学术的严谨性，又保留了精彩的故事，皆大欢喜。从阅读的角度看，加上这一段也没什么不好；而且既然人民文学出版社权威版本都这样做了，大家也就乐于相从了，所以这种情况应该是比较多见的。

读者手头的《西游记》，应当不出于这三种情况之外。这里显然就存在着这样一系列学术范畴内的问题：世德堂本为什么没有这段“江流儿”唐僧身世故事？这段“江流儿”故事其实早已有之，是吴承恩弃用，还是世德堂刊刻时遗漏？《西游证道书》所称发现的“大略堂《释厄传》古本”从未有人见过，如果它真是伪造，那这段白话的故事又来自何处？

综合各方意见，我们认为大致的情况可能是这样的：这江流儿的故事原本的来路并不难找，在元杂剧《西游记》中就有四折演述一个完整的故事；后来大约因为这个故事太熟，被吴承恩弃用，所以世德堂本没有这段“江流儿”，只是对唐僧身世作了简单介绍；再后来汪澹漪在刻印《西游证道书》时觉得丢了可惜，于是又借古本《释厄传》的名义找了回来，也受到欢迎。于是上面的局面就此形成。

重要的是，这个故事所叙述的唐僧故事，与历史上玄奘大师的身世差别太大，几无共同之处。这是一个重要的文化问题。

唐僧身世被改写的原因

历史上的陈玄奘是河南偃师人，这在有关的史籍上记载得清清楚楚，但《西游记》却说唐僧是海州人，完全错误——在文学上可以称为移花接木、瞒天过海、集合种种、拿来主义等。由于《西游记》四百多年来的广泛影响，纠正这个问题怕是不可能了。但为什么取经故事——至少从元杂剧《西游记》开始——要为唐僧改变籍贯与家世？

就其文化动因来说，也很简单。胡适在《〈西游记〉考证》一文里曾经猜想说，大约是因为玄奘成名后，有好事者觉得他的童年太平淡，不足以与他西行的壮举相配，于是便为玄奘选了一个比较显赫的家世和一个有传奇色彩的童年经历。这个猜想是可以接受的，因为这类手法是中国古代说唱艺人们的惯技，通俗小说在商业化的环境下成长，不能赚取听众的眼泪就说不上成功；不设计一个历经磨难后的大团圆结局就不算结束。

但就其文化元素来说，又很复杂。假定胡适的推想是合理的和可能的，那么这个显赫的家世和传奇的童年又从何移植而来？

首先追寻传统文化。唐宋以来笔记、传奇里经常讲到的赴任遇难故事值得注意。古代交通困难，无论是外出经商还是为官赴任，途中遇到意外的可能性之大都不是今天可以想象的。意外除了来自山险水恶的自然条件，也来自心地不善的人，因此关于这类出行遇难的记录便不断出现，也就成了出行者巨大的心理障碍，有些就演变为亦真亦假的故事。在北宋人编成的《太平广记》中便有几个与唐僧身世相似的故事。其中一个说唐代天宝年中，有个姓崔的人受官赴任，途中船夫将他推下水淹死，然后带其财物并逼迫崔妻在外乡落户为生。崔妻当时已有身孕，忍辱屈从，生下一子。二十年后，小孩长成小崔，上京赶考，途中投宿在一个叫崔庄的地方，庄上的一位老人家似乎特别喜欢他，经常凝神注视，最后老人家告诉他，自己有个儿子当年外出做官，至今杳无音信，看模样与面前的他很像。老人家边说边哭，将自己儿子当年的衣服赠送给小崔。小崔回到家时，母亲看到衣服大为惊讶，原来就是自己亲手给原来的丈夫做的，当年离家时被老母亲留下做了纪念。母亲于是将事情的原委都告诉了儿子，并与儿子一起到官府报案，船夫终于被逮伏法。而到南宋，周密的《齐东野语》中，故事又有发展，情节几乎与《西游记》中唐僧的身世故事一模一样，甚至儿子被抛下水被老僧收养的情节都是一样，只是还没有和唐僧取经发生联系。

这类题材后来在海州一带形成了一个三元大帝的神话故事。海州是个古地名，唐代以来辖境大约相当于今天江苏省的东北部，也就是传统的淮海地区，治所在现在连云港市的海州区。

读者如果年龄稍长，应该能回忆起当年到处可见的三官殿，三官殿供奉的神叫三元大帝，也叫三官大帝。这是一组三位道教的神，分别被称为上元、中元、下元或者天官、地官、水官。按照道书所说，上元天官居住在上界，统管诸天帝王、士圣高真、万象星君；中元地官居住在中界，统管五岳帝君、九地土皇及四维八极神君；下元水官居住在下界，统管九江水帝、四渎神君、四海龙王等。在他们管辖的范围内，三官要仔细考察神仙的功过，随时记录，有功即降福，有过即降祸，毫厘不爽，点滴不漏，其职责有点类似今天的纪委或监察部门的领导，等级也是相当高的。

三元的俗家，就在淮海。当年淮海地区流行的一种说法是：三元俗姓陈，本是三兄弟，家住海州，父亲叫陈光蕊（还有个名字叫陈子春）——注意：姓陈，叫陈光蕊，家住海州——故事说三兄弟的父亲陈光蕊贞观年间状元及第后被丞相殷开山招赘为婿，夫妻赴任途中遇害，陈光蕊被抛入江中，殷小姐被强人霸占。但陈光蕊被龙王所救，并娶了龙宫公主，一口气生了三个儿子。这三个儿子后来修炼得道受封，就是三元大帝；岸上殷小姐生下小和尚叫江流儿，后来为父母报仇，显然江流儿与三元大帝是兄弟关系。据说在海州过去的九圣团圆宫里，就将陈光蕊、殷小姐、陈母、殷开山夫妇以及三元兄弟、江流儿共九人一起供奉。显然，这个故事当时与《西游记》还没有关系。

再后来，大约在元代，唐僧取经的故事已经比较盛行了，很符合身世显赫又有苦难传奇童年的陈光蕊的身世被搬到了唐僧身上，成了《西游记》的一个组成部分——如杨景贤杂剧《西游记》。但是，故事中陈光蕊娶龙宫公主为妻，生下三元兄弟一节被简化了，就只剩下一个岸上殷小姐和江流儿的故事。

按照这个故事线索去看，《西游记》里种了一棵人参果树的镇元大仙是挺值得玩味的。《西游记》第二十四回写唐僧师徒四人通过菩萨考验之后，到了一处幽静的万寿山，山里有一座五庄观。观主镇元大仙自称与唐僧是故交，因为要率徒弟上天听讲，不能亲自接待唐僧，因此叮嘱看家留守的小徒弟清风、明月，让好好接待，还叫从自家的人参果树上打两个人参果招待。

这镇元大仙的身份非常特殊。他道号镇元子，“混名与世同君”，门上的春联是“长生不老神仙府，与天同寿道人家”，口气大得很，连那孙悟空都觉得：“这道士说大话唬人，我老孙五百年前大闹天宫时，在那太上老君门首，也不曾见有此话说。”待到进入殿堂，只见那壁上挂的是五彩妆成的“天地”两个大字。书中写道：

> 唐僧上前，以左手捻香注炉，三匝礼拜。拜毕，回头道：“仙童，你五庄观真是西方仙界，何不供养三清、四帝、罗天诸宰，只将‘天地’二字侍奉香火？”童子笑道：“不瞒老师说，这两个字上头的礼上还当，下边的还受不得我们的香火。是家师谄佞出来的。”三藏道：“何为谄佞？”童子道：“三清是家师的朋友，四帝是家师的故人；九曜是家师的晚辈，元辰是家师的下宾。”那行者闻言，就笑得打跌。八戒道：“哥啊，你笑怎的？”行者道：“只讲老孙会捣鬼，原来这道童会捆风！”

孙悟空终于没有笑到最后。五庄观三千年一开花，三千年一结果，再三千年才成熟的人参果，与玉皇大帝的蟠桃也就差不多了；孙悟空那点神通在镇元大仙手里也确实就像儿童玩的小把戏，猴头不服不行。整个《西游记》能将猴头治得如此服帖的，除了佛祖、观音和猴头的第一位师父须菩提祖师以外别无他人，连玉帝都做不到。

仔细琢磨，道教神仙系统中还有谁能和三清、四帝、九曜、三星等罗天诸宰相提并论？只有三官大帝。后来孙悟空为了医活人参树，从东海请来三星，还是三星说出了老底："你这猴儿，全不识人。那镇元子乃是地仙之祖……你怎么脱得他手？"难怪这位镇元大仙只拜"天地"二字，而又说"地"字还是"谄佞"出来的，原来他本人就是三官当中的地官。也难怪他说唐僧是故人了，这哪是五百年前一杯茶的交情，原来是同父异母的兄弟！

也就是说，在唐僧取经故事世俗化的过程中，那些编故事的人觉得原来玄奘的家世太正统太普通，没有戏剧性。为了给唐僧弄出一个凄惨悲凉、催人泪下的身世，就扯上了海州的三元与江流儿一家，来了个张冠李戴，移花接木。从此，唐僧的家被移到了海州，陈光蕊成了他爸，江流儿成了他的小名，三元大帝也就成了他的兄弟——《西游记》中文字比较隐晦，说成了"五百年的故交"。

猪八戒形象的文化溯源

《西游记》里猪八戒的身份要高于沙和尚，这不仅因为他在兄弟中排行老二，还因为他比较好色，在投奔唐僧之前，就多出了一段高老庄的艳史；在取经途中也因为这个毛病而屡屡出镜，戏份也要多得多。

关于他的出身，《西游记》里已有详细交代：原是掌管天河的天蓬元帅，后来因为调戏月宫嫦娥被贬；又投错胎，成了一头猪。如果追究文化原型，那他也和孙悟空的原型有国产、进口的分歧一样，也有两说。

一种认为猪八戒来自佛经中的金色猪。根源在杂剧《西游记》中猪八戒曾自我介绍说自己是“摩利支天部下御车将军”。摩利支天是位女神，帝释之妻，是佛经《佛说摩利支天菩萨经》里的一个菩萨，这部经正是玄奘从西域带回来并译成汉文的。佛经中说，摩利支天手持金刚杵，愤怒时头上有三张脸，每张脸上有三只眼睛，可以变出八条胳膊。念诵菩萨的名号，就可以防火避毒，敌不能侵。而这位菩萨胯下的坐骑，正是一头金色猪。似乎为了证明这一点，敦煌资料里竟然发现了一张唐人所绘的图像。像绘在幢幡上，绘的是大摩利支天菩萨，菩萨的脚前，正是一头金猪。在唐人的笔下，金猪已经是猪头人身的形象，两手架开，奔走飞快，造型非常活泼，正是法力无边的样子，也完全可以看作《西游记》中猪八戒的雏形。而且金色猪在菩萨麾下是赶车的，到《西游记》中变成挑担的脚夫，两者大体上也还说得通。

在佛经《根本说一切有部毗奈耶杂事》中有一则故事也挺有意思。说当时有个比丘住在胜光王花园的一个猪坎窟里修行——当然是未经批准。到春暖花开的时候，胜光王的花园里林木茂盛，百鸟齐鸣，于是胜光王命管理花园的仆人把园子整治一下，自己和家人一起在园中嬉戏。到天黑，王觉得疲劳，就和家人一起在园中休息。当时那位修行的比丘蓬头垢面，上衣破碎，下裙垢恶，在一棵树下盘腿而坐，那些宫人远远见到，一齐惊惶叫道：“有鬼！有鬼！”比丘随即吓得躲进了猪坎窟中。胜光王听到喧闹，提着宝剑跑来，大声问宫人：“鬼在何处？”宫人告诉他，已经走入猪坎窟中。王于是来到窟旁，执剑问：“汝是何物？”那比丘回答道：“大王！我是沙门，是一个修行者，暂时借住在这里。”大王并不相信，对大臣说，这不是什么修行者，而是凡人，他侵犯我宫女，罪不可赦。你们可将大蚁填满窟中，蜇螫其身，作为惩罚。当时有位天神也住在胜光王的花园里修行，听到胜光王的话，便想：这位比丘，其实是好人，他来依附我修行，并未侵犯。而这位恶王，横加伤害，我应该救他一命。于是自己变为一大猪，从窟里跑出。王看到猪，急忙对大臣说："快牵马来，把弓箭也拿来。"大猪见大臣们牵来马匹，随即跑出花园，大王与众人也就随后赶去。这时那位躲起来的比丘，也急忙拿起自己的衣钵离开。这个故事的环境元素，和《西游记》里猪八戒侵犯嫦娥，在高老庄娶亲似乎也有点相似。

不少学者承认金色猪对猪八戒的出现有一定的促进或启发作用，但猪八戒的性格还是扎根在民族文化的土壤中的，印度的金色猪不可能带来猪八戒那么复杂——既可爱又可恶的性格。从这个意义上说，猪八戒还应是中国文化孕育出来的。

中国古代猪精的故事为数不少，资源也比较丰富。比如《山海经》里记载最早为非作歹的怪物里，就有一头两头猪，叫并封。后羿射日的故事与猪有关，《淮南子》记载，当初在尧的时候，百姓们经历过一次大灾难，当时天上十个太阳齐出，地上则有各种怪兽为害。后来尧派后羿上射九日，下杀怪兽，拯救了普天百姓。那些为害的怪兽中，就有一头野猪精，叫封狶，被后羿在桑林之地捉住，杀死后用作了祭天的祭品。

到唐代，猪精的故事就比较具体了，《太平广记》中有个李汾的故事。说李汾是个秀才，常住在四明山。山下有个张老庄，家境较富裕，养了不少猪。一天正逢中秋，李汾月下抚琴，听到窗下有人窃笑，伸头一看，原来是一个人间绝色女子，自然是张家女儿，因父母不在家，自感寂寞，听到琴声便过来探看。当夜，李汾与女子备尽缱绻。天亮鸡鸣时，女子起身要走，李汾出于不舍，把女子的一只青毡鞋藏了起来，然后假装睡熟，不论女子如何悲啼，如何保证今晚还来，李汾就是不理，女子只得赤脚而去。待天明，李汾发现床前有鲜血滴出门去，便觉得奇怪，再打开箱子一看，哪有什么青毡鞋，不过一只猪蹄壳而已。李汾一惊之下，赶忙沿着血迹寻下山去，在张家猪圈里看到有头母猪后腿上正少了一只蹄壳。母猪看到李汾，还咆哮起来，好像有怨气一般。李汾赶快告诉了张家人，张家又赶快杀了那猪。李汾从此后不敢再住山上，别游他处去了。

这个故事里的猪只是让人有点恶心，还未害人。在另一则《安阳书生》里的猪精就更不可爱了。故事说安阳城南有一座亭子，无人敢住，住就被杀，从未有人活着出来。有个书生偏不信，不顾劝阻住进亭子，晚上读了很久书才入睡。刚刚睡下，就见一黑衣人来到门外，叫："亭主，亭主。"亭内也居然有人答应。外面人问："亭内有人吗？"亭主答道："有，是一个书生，刚才还在读书，才睡下，还没睡着。"外面的人不吭声走了。过了一会儿，又有一个戴红头巾的人来到门外喊亭主，二人对答如前，戴红头巾的便也走了。书生感到奇怪，便起身到他们刚才说话的地方，照样呼亭主问话。在问完上面几句话后，他又问穿黑衣的是谁，亭主答道："北舍母猪。"又问戴红头巾的是谁，亭主答道："西邻老公鸡。"再问："你是谁？"亭主也照答不误："我是老蝎也。"书生便不敢入睡，坐着读书直到天明。第二天天亮，看亭人进来见书生仍然活着，不禁惊讶："你怎么能活下来？"书生也不多话，叫他"赶快找剑来，我为你们捉鬼"，然后提着剑来到昨天对答处，果然发现一只其大如鼓，毒刺长二尺的老蝎精。又在北舍捉来老母猪，西邻捉来大雄鸡。杀了这三个怪物，亭内果然就安宁了。

《广异记》中还有个放生猪的故事。说唐朝开元年间，崔日用任汝州刺史。刺史的旧宅子从很久以前便无人居住，按照阴阳家说法，是座凶宅，住进去要出事。但崔日用并不理会，经打扫整理，照样住了进去。当晚，这位刺史在堂上燃起火烛，存心要看看究竟有什么凶险。半夜，有数十名穿黑衣的人进来，停在阶下，细看有的跛足，有的瞎眼。崔日用问道："你们是什么人，为何到此处惊吓别人？"其中一个上前说："我们都是猪身，被人放生在各寺院中，叫长生猪。但我们并不愿意过这种日子，只求早早死去而又求死不得。我们向人们申告时，别人都有惧怕，今特来向刺史诉说，希望尽快投转此身。"崔日用听了，说："如果就是这个目的，并不为难啊！"那些猪听说，俱拜谢离去。第二天，衙门中同僚佐吏无不为他平安无事而惊讶，而他也顾不上解释，只让人到各寺院中捉长生猪来。捉来后果然见这些猪有的跛足，有的瞎眼。崔日用便令人将这些猪统统杀掉。再过一天，那些猪又都来谢恩，再仔细看，一个个都变成了少年人模样。

具备比较完整艺术形象特点的则是《郭元振》故事中的乌将军。这个故事发生在唐代，郭元振是大唐的一代名将。说乌将军是一个猪精，他好色，每年都要向乡里百姓要老婆，乡人也只得选出未嫁且美貌的姑娘送给他；他贪吃，见了好吃的食物如鹿脯则忘乎所以，以致失了左蹄，负痛逃去；他愚蠢，终被郭元振杀死：

代国公郭元振，开元中下第，自晋之汾，夜行阴晦失道，久而绝远有灯火之光，以为人居也，径往投之。八九里，有宅，门宇甚峻。既入门，廊下及堂上灯烛荧煌，牢馔罗列，若嫁女之家，而悄无人。公系马西廊前，历阶而升，徘徊堂上，不知其何处也。俄闻堂中东阁，有女子哭声，呜咽不已。公问曰："堂上泣者，人耶，鬼耶？何陈设如此，无人而独泣？"曰："妾此乡之祠，有乌将军者，能祸福人。每岁求偶于乡人，乡人必择处女之美者而嫁焉。妾虽陋拙，父利乡人之五百缗……醉妾此室，共锁而去，以适于将军者也。"

这段情节和《西游记》的高老庄倒是有点近似。郭元振大愤，决定留下来会一会这位乌将军。

于是坐于西阶上，移其马于堂北，令一仆侍立于前，若为傧而待之。未几，火光照耀，车马骈阗……公使仆前曰："郭秀才见。"遂行揖。将军曰："秀才安得到此？"曰："闻将军今夕嘉礼，愿为小相耳。"将军者喜而延坐。与对食，言笑极欢，公于囊中有利刀，思欲刺之。乃曰："将军曾食鹿腊乎？"曰："此地难遇。"公曰："某有少许珍者，得自御厨，愿削以献。"将

> 军者大悦。公乃起，取鹿腊并小刀，因削之，置一小器，令自取。将军喜，引手取之，不疑其他。公伺其无机，乃投其脯，捉其腕而断之。将军失声而走，导从之吏，一时惊散。

这段与孙悟空假扮高小姐制服猪八戒也很近似。这里乌将军的性格行为实际上和猪八戒已经有点相似，传统的猪精发展到乌将军再发展到猪八戒，应该是一个顺理成章、水到渠成的过程。更重要的是，这个故事出现于牛僧孺的传奇集《玄怪录》中，这本书是吴承恩明确表示看过而且很喜欢的一本志怪集。

还有人认为猪八戒与河伯有关。古代神话中黄河水神称河伯，名字叫冯夷，妻子名叫宓妃，小名嫦娥。嫦娥后改嫁羿，河伯找羿索妻，被羿射死——这和猪八戒的情况已有点相似：河伯是河神，管地下大河；猪八戒原为天蓬元帅，管天河，也是河神身份；河伯因嫦娥而死，猪八戒也是因嫦娥而遭贬；而更重要的是，河伯的化身也是猪。从这点看，至少吴承恩之类创作者在描绘猪八戒的形象时，想到过河伯冯夷。

沙和尚形象的文化溯源

《西游记》中，沙和尚排行老三，排位在八戒之后，而且寡言少语，不抢风头，少一点悟空的霸气，比八戒要厚道。其原来的身份是玉帝殿前的卷帘大将，也说不上特别尊贵；因为打碎玻璃盏而被贬到流沙河，日日受那刀剑穿肋的惩罚。

但其实这个人物是由一位大有来头的佛教大神演变而来的。从时间上说，如果不以玄奘在瓜州收的那位石槃陀徒弟作为孙悟空的原型，那么沙和尚就是第一位取经团队成员。

《大慈恩寺三藏法师传》说，玄奘法师当年在戈壁中迷路且又失水，四夜五天滴水未进，人和马都渴到不能行走，只能倒卧在沙漠里默念观音佛号，实际上处于热昏的状态。第五天夜里，吹来一阵凉风，玄奘清醒一点，稍稍能够入眠。就在睡眠中，梦见一名高达数丈的神人来到他身边，手执长戟喝道："还躺在这儿干什么，还不快走！"玄奘一下惊醒，似乎意识到什么，拉起马上路漫无目的地走去。走了十多里后，马忽然斜着蹿出去，紧拉缰绳也不能制止。就这么又跑了几里地，眼前出现了一片草地。玄奘一阵惊喜，赶快下马和马儿一起啃了一顿青草，然后又找到一汪甘甜清澈的泉水狂饮一阵。《大慈恩寺三藏法师传》的这一段写得非常精彩，那种充满诗意的绝望，那种坚毅倔强的信念，那种绝处逢生的惊喜，述来如泣如诉，我们摘录一段共赏：

……是时四顾茫然，人鸟俱绝。夜则妖魑举火，烂若繁星；昼则惊风拥沙，散如时雨。虽遇如是，心无所惧，但苦水尽，渴不能前。于是时四夜五日无一滴沾喉，口腹干燋，几将殒绝，不复能进，遂卧沙中默念观音，虽困不舍。……至第五夜半，忽有凉风触身，冷快如沐寒水。遂得目明，马亦能起。体既苏息，得少睡眠。即于睡中梦一大神长数丈，执戟麾曰："何不强行，而更卧也！"法师惊寤进发，行可十里，马忽异路制之不回。经数里，忽见青草数亩，下马恣食。去草十步欲回转，又到一池，水甘澄镜彻，下而就饮，身命重全，人马俱得苏息。计此应非旧水草，固是菩萨慈悲为生，其志诚通神，皆此类也。

我们后人对这件事的解释是老马识途，嗅到了随风飘来的水草气味，但玄奘却认为是神佛保佑。老马找到的水源并非旧有水草，而是"菩萨慈悲为生，其志诚通神"——是菩萨给他们的救助。玄奘的这种心情完全可以理解，无边无际、黄沙滚滚的大沙漠横卧在通往西域的要道中间，自古以来不知夺去了多少过往行人的性命，所以《西游记》就把它写成一条宽达八百里，浊浪翻滚的“流沙河”。玄奘独身一人，既不识路，又无饮水，居然四夜五天不死而又找到了水草归路，能有几人享受过这样的“巧合偶然”，不是神助又是什么？日本学者对那位“长数丈”的大神有很多研究，他们认为这位大神就是西域一带崇拜的沙漠之神深沙神；他原是婆罗门教或者是苯教的神，后来在西域中亚发展为一个吃人的凶恶的沙漠大神——沙漠不就是吃人的地方吗？

深沙神在不久之后，也就是在唐代就已经进入了取经故事，在《大唐三藏法师取经记》里，深沙神被贬谪在沙漠里，靠吃人为生。前面已经吃过两回取经人，还把取经人的骷髅圈起来挂在脖子上。后来，深沙神听取唐僧的教诲，皈依佛门，大喝一声，化出无数身长三丈的深沙神，双手托定一座金桥，让唐僧等顺利通过金桥。唐僧后来答应取经回来，超度深沙神：

[……第八]（题原缺）

“（前原缺）……一物否？”答曰：“不识。”深沙云：“项下是和尚两度被我吃你，袋得枯骨在此。”和尚曰：“你最无知。此回若不改过，教你一门灭绝！”深沙合掌谢恩，伏蒙慈照。深沙当时哮吼，教和尚莫敬。只见红尘隐隐，白雪纷纷。良久，一时三五道火裂，深沙滚滚，雷声喊喊，遥望一道金桥，两边银线，尽是深沙神，身长三丈，将两手托定；师行七人，便从金桥上过。过了，深沙神合掌相送。法师曰：“谢汝心力。我回东土，奉答前恩。从今去更莫作罪。”两岸骨肉，合掌顶礼，唱喏连声。深沙前来解吟诗曰：

一堕深沙五百春，浑家眷属受灾殃。

金桥手托从师过，乞荐幽神化却身。

法师诗曰：

两度曾遭汝吃来，更将枯骨问元才。

而今赦汝残生去，东土专心次第排。

猴行者诗曰：

谢汝回心意不偏，金桥银线步平安。

回归东土修功德，荐拔深沙向佛前。

当时脖子底下挂一串取经人骷髅的这位深沙神是皈依了，但并未追随同行。再往后，不知何时，深沙神就成了《西游记》中的沙和尚。

深沙神的来历，其实玄奘法师也曾经提到过一些。在玄奘当年学习佛法周游印度时，经常要与其他宗教的教徒打交道，玄奘称他们为外道。外道各式各样，但主要是婆罗门教，婆罗门教的底子是原始宗教，有各式各样的巫术一类的东西，其中有一种就是在脖子底下挂用骷髅穿成的项链。对此，玄奘在《大唐西域记》卷二“印度总论”中记载：

外道服饰，纷杂异制，或衣孔雀羽尾，或饰骷髅缨络。

归纳一下，沙和尚的前身是来自印度婆罗门教的土神，后来伴随佛教密宗的传播一起进入西域中亚一带，在西域中亚发展为一个名声响亮的沙漠大神；再后来皈依佛教，成了佛教的护法神，也就是我们在《西游记》中看到的沙和尚。

第八章

从版本到续书：《西游记》四百年的传播影响

不知何时，南京夫子庙附近那个叫世德堂的书坊悄然湮灭，但他们推出的百回本的《西游记》传了下来。

自从世德堂推出百回本《西游记》之后，各种其他形式的《西游记》顿时销声匿迹；明万历二十年之后出现的所有小说故事《西游记》，都是世德堂一百回《西游记》本的传承；而现在能见到的所有具有研究价值的《西游记》的早期资料，也就是吴承恩之前的各种取经故事如平话、宝卷、杂剧等，从此便再也没有在市面上流行过。也就是说，在万历二十年之后，无论是创作欲望、表现欲望极强的失意文人，还是从来就有随意增删习惯的艺人，都没人敢对唐僧取经故事“出手”了，因为有了吴承恩，有了世德堂的百回本，在这位大师和这部巨著面前，雄心顿去是一种自然状态。四百多年来，它覆盖了中国能读书的、不能读书的人，几乎所有中国人都是它直接或者间接的读者，放开眼光满世界找，大概也找不到可与之匹敌比肩的。

早期的社会文化影响

中国古代没有版权记录和销售数据，衡量一本书价值影响的依据不能直接来自市场，我们要看以下方面。

（1）翻刻的版本。前面已经说过，古人翻刻图书没有版权的约束，但也有人力物力的投入，一如今天的投资，需要仔细权衡；但翻刻时做出决定的过程似乎要简单一些，因为前面已经有了明确的市场参考。所以，翻刻版本的多少就是这部图书当时市场状况的写照。

（2）文人的著录。古人鄙视小说，但不会影响到粗识字的俗人们闲暇时翻阅，也不能阻止或功成名就或落魄下第的文人们闲暇时展读。而能够进入文人法眼的，一般文笔都能说得过去；能让文人们兴致盎然留下金句的，则一定是引起关注的时下之选。

（3）续书的数量。续书是中国古代特有的一种现象，某书成名之后，就会有人蹭热点接着故事往下写，大有把狗尾续貂进行到底的意思。在文学的意义上，续书中很难出现好作品，但在传播的意义上，续书则表示了对原著的巨大肯定，是一种顶级的肯定评价。

（4）改编的花式。白话小说本质上属于通俗文学，因此成名之后，很容易被那些同样在市井中传播的其他通俗形式所关注，比如戏剧、曲艺、宝卷、评书等，所谓“妇孺皆知”“家喻户晓”其实主要都是通过这种形式实现的。

我们在以上章节里已经谈到了明清两代对《西游记》的文学评判，但这里还是要集中地用一些数据简单地描述一下《西游记》的影响和传播概况。

（1）第一次社会反应。第一次社会反应应该是伴随世德堂本出现的陈元之《刊西游记序》，准确的时间是万历二十年，即公元 1592 年。这篇序言交代了对《西游记》作者情况的一些了解，也谈到了对《西游记》艺术的认识。虽然这位陈元之可能只是卖文为生的不第士子，序文也只是受人之请的应景之作，但它对《西游记》的评说，并非完全敷衍，把握相当准确。我想，这位陈元之第一次看到《西游记》时，一定赞叹不已，由衷敬佩，这从他的序言中可以看出。他首先看出《西游记》"余览其意，近跅弛滑稽之雄，卮言漫衍之为也"，也就是说他认为作者是在用水平极高的随意点染和幽默夸张来表述自己的观点；他随之又解释说"委蛇不可以为教也，故微言以中道理。道之言不可以入俗也，故浪谑笑虐以恣肆。笑谑不可以见世也，故流连比类以明意。于是其言始参差而諔诡可观；谬悠荒唐，无端崖涘，而谈言微中，有作者之心傲世之意，夫不可没"，说作者其实是在无可奈何，难以直言的情况下，采用了这种"参差而諔诡"的形式，看似荒诞不经，但有深深的喻世之意。从这点看，陈元之的这篇序言应该可以认为是社会的自发反应。对于这一点，少有人注意，重视显然不够。

出现时间也比较早，也是应约而写，眼光之独到可与陈元之媲美的是另一篇序言——袁于令的《西游记题词》，见于《李卓吾先生批评西游记》卷首，孙楷第先生认为其时间应在泰昌、天启之间，也就是在1620年前后。这篇序有两个要点：一是看出《西游记》貌似写天下"极幻之事"，但其实是在说天下"极真之事"，也就是认为《西游记》有深刻的寓意；二是认为作者宣扬的是"三教合一"的社会思潮。这两点都是很有见地的。

（2）第一次读者议论。第一次自发的读者议论，笔者以为应当是谢肇淛的《五杂俎》，虽然还难以断定具体时间，但应当也是在万历年间。其要点也有二：一是肯定了《西游记》的价值，说"小说野俚诸书，稗官所不载者，虽极幻妄无当，然亦有至理存焉"；二是开创了探讨主题的"求放心说"："《西游记》曼衍虚诞，而其纵横变化，以猿为心之神，以猪为意之驰，其始之放纵，上天下地，莫能禁制，而归于紧箍一咒，能使心猿驯伏，至死靡他，盖亦求放心之喻，非浪作也。"如前所言，此说影响至今。其次是张誉的《北宋三遂平妖传序》，序作于泰昌元年，也就是公元1620年。在这篇本不相干的序言中，作者也涉及了对《西游记》的评价，如说到“《西游》幻极矣”，并举例说《西洋记》只是“效《西游》而愚者也”。

（3）第一次奇书并列。第一次将《西游记》与《三国演义》《水浒传》《金瓶梅》相提并论，实际上形成“明代四大奇书”提法的，是烟霞外史于天启三年即公元1623年撰写的《韩湘子全传序》，其中说到该书“有《三国志》之森严，《水浒传》之奇变，无《西游记》之谐谑，《金瓶梅》之亵淫”，这是明代“四大奇书”概念形成的肇始；清代《金瓶梅》的地位被《红楼梦》代替，于是衍生出今人的“四大名著”概念。

无论是“四大奇书”还是“四大名著”，其意义都并不限于这几本书的本身，更重要的是它们催生了一大类的源源不断的作品。《西游记》所代表的一类被鲁迅定名为神魔小说，其数量有百种之多，诸如在古代文化生活中影响广泛的封神榜、白蛇传、八仙过海、钟馗斩鬼、华光救母、济公和尚之类故事，有些尽管其开始流传的时间要早于百回本，但在定型的过程中都直接或间接受过《西游记》的影响。作为一类“神魔小说”的代表，领袖群雄的头面自然公认是《西游记》。

（4）第一次官方记载。官方关于《西游记》的记载第一次出现是在天启《淮安府志》中，其年代大约为公元1625年。其《艺文志·淮贤文目》有“吴承恩：……《西游记》”的记录；其《人物志·近代文苑》有吴承恩的生平介绍。在下编里我们会详细介绍。

（5）第一个批评本。第一个有评点的本子为已经介绍的《李卓吾先生批评西游记》，这个本子孙楷第《日本东京所见中国小说书目》实际的刻印时间可能在万历四十年左右。批评的形式主要是正文中的夹评和回末的总评，这开创了《西游记》批评本的先河。但一般认为评语并非出于李卓吾，而是稍晚于李卓吾的落魄文人叶昼盗用名义而作。

（6）第一个署名本。最早的世德堂本原本没有署作者姓名，第一个署上作者的本子是清初“钟山黄太鸿笑苍子西陵汪象旭澹漪子同笺评”的《西游证道书》，其具体年代不详。其书的刻印者汪澹漪自作聪明地——更可能是故意说《西游记》的作者是元代道士丘处机，制造了一个流行长达三百年几乎弄假成真的谎言。

（7）第一个"江流儿"故事。首先增加了"江流儿"故事的也是《西游证道书》。前面已有专门介绍，该书将"江流儿"故事列为第九回，据说故事得之于一个叫大略堂本的古本《释厄传》；而所谓大略堂本古本《释厄传》，颇为可疑，至今研究者们没有见到其他关于大略堂的任何信息。"江流儿"原本是独立的三元大帝故事，经改造后在元杨景贤的杂剧《西游记》中被引入，但世德堂本中却未见踪影，有人认为系吴承恩弃用，因为这个故事当时在淮海地区非常流行，有人怀疑是被世德堂因为避讳删落的。事实究竟如何，由于资料缺乏而难以证实，但从《西游证道书》之后，几乎所有的《西游记》都挂上了这个故事，甚至当今以世德堂本为底本重新校勘的发行量最大的人民文学出版社《西游记》，也以"附录"的形式增加了这个故事。

（8）第一次记录大众流行。明末清初评价《西游记》的资料不少，但记录《西游记》在大众社会中普及流行情况的却少见。清前中期阮葵生的《茶余客话》可能是第一次谈到《西游记》在大众社会中传播的，其中说："是书明季始大行，里巷细人乐道之，而前此亦未之有闻。"

（9）第一次记录续书。续书代表的也是一种社会承认。现在看，《西游记》的续书出现得甚早，至少在明亡之前就已经存在。最早的文献记录是清康熙年间刘廷玑的《在园杂志》，其中专设"后西游记"一条，提到"近来词客稗官家，每见前人有书盛行于世，即袭其名，著为后书副之，取其易行，竟成习套"，其中包括《后西游记》和《续西游记》两种。而这两种，学者们认为都有可能出现于明末，另一种《西游补》则是董说二十多岁时所作，其时应该在崇祯十六年（1643）。

明清版本及传播简介

我们现在可以见到的《西游记》明清刻印刊本有十三种之多，其中明代六种，清代七种。也许基于界定的标准不同，有些专家会对部分同书异名的版本给出不同的数字，比如十二种、十四种等，但这不构成对《西游记》版本状况的不同意见，目前学术界对主要版本的认知基本一致。

这里所说的版本，指同一书籍因编辑、传抄、翻刻和印刷、装订等不同而有意无意之间形成了自己特点的本子。广义的版本，可以指一切新的刻印本、抄写本等，有一个算一个。但学术上的版本，强调它的特点和系统影响，一般不包括重印或者变化、差异不大的翻刻，且往往把同一源头未作改动的翻刻和重印视为同一个版本系统，实际上应该是指产生过广泛影响的版本系统。

（1）明代：世德堂本、李卓吾本、杨致和本、朱鼎臣本、杨闽斋本、唐僧本；特点是围绕“西游记”“唐三藏”“唐僧”命名，除李卓吾本之外，也都没有评点，基本上不携带刻印者的主观成分。

（2）清代：《西游证道书》本、《西游真诠》本、《西游原旨》本、《西游正旨》本、《西游记评注》本、《新说西游记》本、《西游记记》本。特点是刻印时都经过了一定程度的整理，增加了整理者的批阅评点；情节文字基本没有变化，但都被重新命名，带上了整理者的个人印记；其中西游证道书本在文字上还有一段出入。

鉴于以上主要版本的版本价值和文学价值在第六章已经有了重点评说，所以这里只简要罗列一下各版本的自然情况，然后重点介绍争议比较大的杨致和本和朱鼎臣本，以及神龙见首不见尾，没有任何实际资料但始终存在于研究者心目中的“前世本”。

（1）明世德堂本。全称《新刻出像官板大字西游记》，署“华阳洞天主人校金陵世德堂梓行”，后世一般简称世德堂本。前有“秣陵陈元之”

的《刊西游记序》，序有“时壬辰夏端四日”的落款，壬辰为明万历二十年（1592），故一般都以本年作为小说《西游记》正式面世的日期。全书一百回，取宋人邵雍《清夜吟》诗“月到天心处，风来水面时。一般清意味，料得少人知”为标签分为二十卷，每卷五回，净文字约六十万字，每回附有插图一两幅。这是唐僧取经故事第一次以一百回通俗小说的形式出现，也是以后四百多年间各式版本和各类取经故事的祖本。

世德堂本问世后，曾有多个补刻、补修重印本，其中一种较具代表性的学界称为“熊云滨本”。

（2）明杨闽斋本、唐僧本。杨闽斋本全称《鼎镌京本全像西游记》，因其题款中有“清白堂杨闽斋梓”字样，习惯上又被简称为“杨闽斋本”或“清白堂本”；其保留的世德堂本陈元之序被改为“全像西游记序”，末尾落款时间被改为“癸卯夏念一日”，这就应该是杨闽斋本刻印发行的时间了，查癸卯是万历三十一年，这时距离世德堂本面世仅仅十一年。

唐僧本全称《唐僧西游记》，简称“唐僧本”，因为这个本子前后又经过多次翻印，不同的存世本上略有差异，有不同的题记，因此在最初被发现时又被冠以不同的简称，如“蔡吾敬本”“朱继源本”，这些存世本子开始被视为不同的版本，造成一定的混乱，但现在已经统称为唐僧本。唐僧本的刻印时间不详，有学者估计应当还在杨闽斋本的前面，距离世德堂本更近。

杨闽斋本和唐僧本有一个共同的特点，即都是严格按照世德堂本翻刻的删节本，因此又有学者称它们是世德堂本的删节系统。但删掉的内容不算很多，杨闽斋本实存净字数为四十六万，删除部分约占五分之一；唐僧本在不同的章回有不同删节，也相当于缺失五分之一左右。另外，还有一种较晚出的，参照杨闽斋本、唐僧本和李卓吾本的再删节本。

（3）明李卓吾本。全称《李卓吾先生批评西游记》，孙楷第先生认为其刊刻时间当在昌（泰昌）、启（天启）间，即大致相当于1620—1627年。

李卓吾本的内容，除个别误写误刻外，文字全同世德堂本，主要变化在于三个方面：一是增加了署名“幔亭过客”“白宾字令昭”，即明末文人袁于令的《西游记题词》。二是增加了冒称李卓吾的评语，形式有夹评、总评等。前已介绍，李卓吾本的实际评点者是无锡籍落魄文人叶昼。三是插图精美。插图共二百幅，每回两幅，为当时的著名刻手刘君裕所刻，刻绘精绝，比世德堂本强之多多。近年陆续在西北甘肃、宁夏等地的寺院、道观、石窟中发现《西游记》壁画，舆论一时都认为这些壁画为元代所绘制，理由是这些寺院、道观、石窟的历史可以追溯到元代，最为著名的如张掖大佛寺壁画，但经仔细辨认，各地所称新发现的取经故事壁画其实都翻刻自李卓吾本。

（4）清《西游证道书》。这是清初出现的一个刻本，虽然名为《西游证道书》，但实质其底本依据为“李卓吾本”，这点没有疑问。因为其中文字有“玄”的避讳，因此一般认为出现于康熙年间，有学者考订认为应该出现于康熙二年，目前研究者比较一致地认为它是清代最早的一个版本。整理刻印者题为“西陵残梦道人汪澹漪笺评”“钟山半非居士黄笑苍印正”，也作“钟山黄太鸿笑苍子”“西陵汪象旭澹漪子”。此汪澹漪现在只大概知道是清初的落魄儒生，生平不详；黄太鸿则是明末清初有一定名气的文人黄周星。

这个本子第一次别出心裁地将“长春真人”丘处机署为《西游记》作者，为此又在卷首弄了一篇以元人虞集名义伪造的《西游证道书原序》，还煞有介事地讲了一个参考“大略堂古本”增补“唐僧出身”故事的忽悠大套，弄出了一系列几乎弄假成真的学术大案。这一切，其实就是为了兜售道教内丹派的“金丹大道说”，篇内评语，也都围绕所谓西天取经即“证道”的核心进行。证道书本在文字上略有改动。其增补的“唐僧出身”的故事被认为有一定的合理性，故而后世多有承袭。

（5）清《西游真诠》。《西游真诠》是清代最为流行的一个版本，脱胎于《西游证道书》，仍署作者为“长春真君”。有学者统计，此书有二十多个原样照脱的翻印本，即没有重大改动的刻本，其印数应当可观。《西游真诠》题为“山阴悟一子陈士斌允生甫诠解”，篇内评点也都称“悟一子”，但悟一子陈士斌的身份却至今无解。其评语与证道书的“金丹大道”虽有所不同，但仍在道家框架之内。卷首有当时名人尤侗撰写的《西游真诠序》，在道家思想之外，又强调“三教合一”，颇有特色。

（6）清《西游原旨》。《西游原旨》是清中叶乾隆、嘉庆年间出现的又一个重要版本，刻印者题“栖云山悟元子”“栖云山朴素散人悟元子刘一明”评点。这个版本也是借《西游记》讲修道炼丹，大略同于《西游证道书》，但批评却继承《西游真诠》并有所发展，正面抨击《西游证道书》的所谓“金丹大道说”。

（7）清其他证道书系统版本。以上三种在清代广为流行的《西游记》版本，都有大量的评点文字，都以讲道为哲学根底，文字内容也属同一源头，差别只在对“道”的理解有所不同，因此通常被统称为“证道书系统”或“讲道系统”。其余同为证道书系统的还有《西游正旨》《西游记评注》《西游记记》。《西游正旨》全称《通易西游正旨》，刻印于清道光年间。评点者张含章，四川成都人，清乾隆至道光年间人。其评点声称以《易》为纲，但实际上张含章学《易》不精，评点与《易》的关系也不大，文学与学术见地都比较混乱，价值较以上几个版本逊色。《西游记记》是一部咸丰年间出现的手抄本，评点者怀明生平不详，有可能是江浙一带的隐居修道者；有学者认为，从批评的行文看，怀明应是文人出身，对词曲较为熟悉，对丹道修行略有心得。《西游记评注》是一部光绪年间的刻本，评注者含晶子，生平不详；其评语基本上是陈士斌《西游真诠》的删改。

（8）清《新说西游记》。清代刊刻的《西游记》基本都是评点本，底本都来自证道书本，各式评点的出发点都是讲道、证道，企图以道家的修行理论来对应解读《西游记》的情节，或者企图用《西游记》的情节印证道家的修行理论，各家的差别只在于对道学的理解不同。唯一例外是张书绅的《新说西游记》，这是一部基于儒家学说，与讲道、证道不同的评点本。

张书绅，乾隆年间山西汾阳人，《汾阳县志》有其生平记录。曾任羊城同知，这部《新说西游记》的评点即完成于羊城任上。张书绅的基本出发点是儒家经典，尤其喜欢以《大学》为参照解读《西游记》，在《自序》和《西游记总批》中，他都明确表现了对于“谈禅”“证道”的反感，而提倡以儒学稳根基，以《大学》劝学。尽管他的诠释也是牵强附会，但在清代道家一统天下的氛围中算是独树一帜。在乾隆之后的一百多年间，《新说西游记》形成了重要影响，至今已经发现了近十个参照的版本。

以上是明清主要版本的简况。其中的校勘意义太过专业暂且不论，我们需要强调的意义是：明代版本非常客观地说明了《西游记》问世之后如何得到市场的追捧。

有两点我们需要了解以作为强调版本意义的前提。一是像《西游记》这样大部头书籍的刻印，在古代的书坊中是一项巨大工程，需要老板集中财力、物力和人力，时间上一般需要数年。二是古代信息的传播速度，远不如现代来得迅速。一部书，得通过许多人慢慢地传阅才能广为人知，市场舆论的形成需要漫长的时间。考虑到这两个因素，联想到那些刻印唐僧本、杨闽斋本的书商能在短短的十一年内（甚至更短）就已经拿出新的刻本——这个反应堪称神速，足可见世德堂本《西游记》当初具有何等的市场轰动效应。

清代版本则更多地带上了刻印者的评语也就是主观解读。这些评语有哲学的，也有社会的，还有文学的，尽管有些存在严重的偏见和误读，但它反映了社会对于《西游记》文化底蕴的探讨。

包含特殊意义的版本

如果需要进一步的学术探讨，那在上述版本之外，还有以下几个包含特殊意义的版本需要关注：杨致和本、朱鼎臣本以及前世本、词话本、道教本等。

杨致和本和朱鼎臣本都是明代的简本，形式上与世德堂本和其他的版本有很大的差异；其问世时间不能确定，但与世德堂本大致接近或相距不远。与它们相关的要点是：它们与世德堂本究竟是何种关系？是祖本还是删节本？它们之间又是什么关系？谁更接近原貌？

前世本以及词话本、道教本等目前都还是假说，没有直接证据，仅以疑问的形式存在于研究者的猜测中，换句话说就是虚无缥缈；但这些疑问太有意义，研究者们无法抑制一探究竟的冲动而致使它们也成了一个话题。

杨致和本和朱鼎臣本

杨致和本目前的通用名称是《西游记传》，但这只是清代使用的名称，不一定是故事原本的书名，有研究者根据后发现的明代刻本认为，其中有“新锲三藏出身全传”，又不断有“三藏传”“三藏全传”等字样，因此推测其原本的名称应是《唐三藏出身全传》。现在存世的各本均未明说刊印者，仅题“杨致和编”或“阳志和编”等，比较随意，习惯上又被简称为“杨致和本”“杨本”“阳本”。出现的时间不能确定，但不会很晚，大致也就是万历期间，当然也有人认为可能早到嘉靖末期。杨致和本以两种形式存世：一种是单行本，明代有一种，其余为清代刻本；另一种是《四游记》本，就是《西游记》与《东游记》《南游记》《北游记》一起编为《四游记》刊行，存世的都是清刻本，但可以认为基本保留了明代原貌。杨致和本是一个简本，只有四卷，每卷十节，因此也有人称其为四十回本，虽然这四十回也比较完整地讲述了唐僧取经的故事，但每个故事都被压缩到只有原来故事的四分之一以下约一千五百字。

朱鼎臣本目前的通用名称是《唐三藏西游释厄传》，有学者认为它的正式名称可能是《唐僧出身西游记传》；因其中题“朱鼎臣编辑”，通常简称为“朱鼎臣本”或“朱本”。又因为卷末有“书林刘莲台梓”字样，也称其为“刘莲台本”。朱鼎臣，明万历间在世，曾经参加过万历期间数种通俗小说的编辑整理，有一点踪迹可寻。大致的信息是：字冲怀，羊城人，庠生，以编辑图书为生。关于朱本的刻印时间，学术界有不同说法，往前看的认为可能早在嘉靖末期，往后看的认为可能迟至万历后期，较为容易接受的是万历前中期。

朱本被公认是一个奇怪的删节本。它有十卷，每卷少在三节，多在十节，共六十七节，每节平均两千字，全书十二万多字。奇怪在于他的前七卷的约四十节讲故事描绘详尽，情节与世德堂本几无相差，大致相当于世德堂本的前十五回，只是少了一些描述性文字；但从第七卷的后半部起，讲故事的节奏明显加快，而且越来越快，草草收场。虽然在后三卷里把世德堂本后面八十五回的故事勉强讲完，但到最后已经不堪卒读，有些在世德堂本里占了整回达到数千字篇幅的故事，在朱本里竟然只有一行的位置，简直难以置信。有人认为它的后三卷类似于杨致和本，但实际上它远不如杨本的连贯和匀称。

围绕这两个个性明显的本子，产生了几个重要的学术问题。

第一，它们与世德堂本是何种关系？它们两种或者其中的一种，有可能是世德堂的祖本吗？由于它们的刻印时间都不能确定，因此作为世德堂祖本的可能在理论上是存在的。

第二，它们两种之间又是何种关系？是杨致和本影响了朱本，还是朱本抄袭了杨致和本，抑或它们都是祖本？如果它们都是祖本，那么谁又更接近原貌？

围绕着三个本子的关系，几十年来学者们费尽心机，有人甚至把这三个本子逐句逐字对照，每种排列组合都被列为可能，但所罗列的任何一种可能都有明显的缺陷和矛盾。

近年为较多人所接受的意见是：这两个本子都是世德堂本的删节本，但它们分别受到书商的委托，两者间也许并无关系。杨致和本删得比较匀称，从头到尾一个节奏，因此虽然平淡但还比较连贯，大体上保留了世德堂本取经故事的基本框架。而朱鼎臣本开始比较谨慎，删掉的内容较少，所以基本上与世德堂本无异，看上去比较丰满；但后来发现在篇幅上已经无法完成预定的目标，于是抓紧赶工，且越删越多，最后不仅枝叶全无，甚至主干也被削得不成模样。

前世本、词话本、道教本

前世本、词话本、道教本其实是同一个概念，就是研究者们都认为吴承恩在写定世德堂本时，手头一定有一个底本。这个本子相对已经比较完善、初具规模，要比《永乐大典》中的平话西游记更为丰富细腻。这个观点是有道理的，在理论上可以成立，问题只是它与世德堂本有多大的差距，其中的差距，就是吴承恩的贡献，所以大家都十分关心。但可惜的是，我们目前没有任何可以作为实证的资料，而只停留在猜想的水平上：

根据语句用词的差异形成猜想的，称他们猜想中存在的叫“前世本”，亦即世德堂之前的版本；

根据表现形式的差异形成猜想的，称他们猜想中存在的叫“词话本”，亦即认为前一个本子比较原始，其形式可能是词话；

根据道教术语的留存形成猜想的，称他们猜想中存在的叫“道教本”，亦即认为前一个本子受过道教文化的影响，世德堂本中若干金丹大道的术语即来自前一个本子。

其实这不矛盾，只要这个本子确实存在，以上三种情况都可能出现。

承袭自《西游记》的续书

为市场效应强烈的文学作品编写续书，有的甚至一续再续，是中国古代通俗小说传播中一个突出现象，甚至是特有现象。续作最多的应该是《红楼梦》，什么红楼后梦、复梦、圆梦、鬼梦、真梦，都有，现在可以看到的大约有三十种；即使到晚近，也仍然不断有新的续作出现。

续书本质上也是一种市场反应，是对原著的肯定或否定，代表了某些社会阶层和社会思潮对原著的解读，有一定的社会与文学的合理性。由于主客观方面的种种原因，续书无论是在思想深度还是在艺术技巧方面都很难达到原著的水准，因此续书自古至今都备受诟病，续作行为曾被称为“东施效颦”“邯郸学步”，续书作品常常被称为“蛇足”“续貂”。但是时至今日，观念已经大变，续书已经被视为原著内涵的又一个载体而进入研究的范畴。

续书的形式多种多样，在屏除那些联系松散的改编、仿作和冒名顶替者之后，续书基本上可以划分为两类：一类紧贴原著，接续原著的人物情节直接承袭并加以发展，可以称之为狭义的续书；另一类另生枝节，若即若离，其意不在承续而在于借题发挥，可以称之为广义的续书。属于前者的《西游记》续书有《后西游记》《续西游记》《西游补》三种；属于后者的则有《天女散花》等。

（1）《后西游记》。《后西游记》是明末清初出现的影响广泛的一种《西游记》续书。其书四十回，原题天花才子评点，但不题撰人，有人猜测同样出自吴承恩之手，似不确。孙楷第《中国通俗小说书目》认为既然出现在清初刘廷玑《在园杂志》的记载中，因此作者当为清初人；曾经整理过本书的于植元先生同意这一观点，说“谓作者为清初人亦可，谓其为明末人亦为有据”，学术界目前采用此说。

《后西游记》情节展开的背景是在唐僧师徒西天取经归来，真经已经流布人间二百多年的唐宪宗年间，故事从《西游记》的结尾开始，大意说：

> 东胜神洲傲来国花果山自孙悟空随唐僧取经之后，又孕育出一个新的小石猴，取名孙履真，号称齐天小圣。与当年悟空一样，这位小圣也是先得天机，学成武艺，然后闯龙宫闹天庭，搅得天翻地覆。玉帝无奈，只得找齐天大圣去花果山降伏了小圣，令其安心在花果山修行，等候时机。
>
> 说唐僧师徒取回真经，本希望造福东土，但不料此时的大唐宪宗皇帝听信奸佞之言，天下风气大坏；而那些堕落僧人，既不

懂善世度民之理，又不做清静无为之事，反而假借真经之名诈骗钱财，愚弄百姓，都把真经念歪了。这不禁使唐僧、悟空惊诧寒心，只得将一切禀报如来。如来告诉他们，这是因为当年传经时匆忙，没有将真解交给他们一并带回，以致下界读不懂真经，以讹传讹，渐渐失真。如果现在要扭转局势，就要仿照当年的唐僧取经，去找一位善士，踏遍千山万水，历经艰险苦难，“复到我处求取真解，永传东土，使邪魔外道，一归于正”。于是唐僧、孙悟空奉佛祖之命，下界寻找求取“真解”的合适人选。

二人先是向唐宪宗说明原委利害，然后张榜招贤，果然寻得一位正直高僧，法号大颠，愿往西天。唐宪宗于是赐其名为“半偈”，唐僧赠予驱邪大棒；悟空龙宫借来白马，又从花果山招来齐天小圣相助，于是师徒二人离开京城上路。途中先后收服猪八戒的后人朱一戒，沙和尚后人小沙弥，同往西天，仍是当年模样。

路途艰苦自不必提，途中又有许多妖魔。师徒降妖伏怪，终于到达西天，取得真解送回大唐。天下从此清明，师徒也各成功果。

《后西游记》体例全仿百回本，显然是借《西游记》的题目，诉说作者自己的个人所见。刘廷玑《在园杂志·后西游记》条下说：

> 近来词客稗官家，每见前人有书盛行于世，即袭其名著为后书副之，取其易行，竟成习套。有后以续前者，有后以证前者，甚至后与前绝不相类者，亦有狗尾续貂者。……如《西游记》乃有《后西游记》《续西游记》，《后西游》虽不能媲美于前，然嬉笑怒骂皆成文章，若《续西游》则诚狗尾矣。

这个评价比较公允，后世一般乐于接受。以今天的标准而论，《后西游记》

确实也算一部以讽刺笔法说事的神魔小说，但其笔锋所向，却与《西游记》不同。《西游记》除少部分故事直接将讽刺矛头指向道教外，主要还是借妖魔暗喻广义的社会现实。《后西游记》的批判则主要针对佛、儒，批评佛法“只以祸福果报，聚敛施才，庄严外像，耸惑愚民”；批评儒教中有一等文霸，或以文笔代枪刺人，或以金钱炫耀压人。就批判精神而言，《后西游记》更为坦率直接，算得上“嬉笑怒骂皆成文章”，颇有可观之处，尤其是针对儒教的诸多批判，出现在《儒林外史》问世之前，尤为可贵。但其文学魅力，则显然要比《西游记》逊色得多。

（2）《续西游记》。《续西游记》，原不题撰人，现在研究者们有多种猜测，但均不太可靠，没有太大的参考价值。最早的文献记录同样见于清初刘廷玑的《在园杂志》，因此也应该像《后西游记》一样定为“明末清初”。该书问世后，有相当长一段时间不闻于世，以至于近数十年间，除孙楷第《中国通俗小说书目》有简单收录外，其余包括鲁迅《中国小说史略》在内的各本文学史、小说史均称“未见”。至二十世纪八十年代，陆续发现了三部，都是同治年间的刻本。

《续西游记》的情节与《西游记》直接相关，从《西游记》的第九十八回“功成行满见真如”开始接入，大意说：

唐僧师徒到达灵山，从山脚下一步一拜到达山顶，被众僧引入大殿。佛祖问师徒四人究竟本着何种心理来西天取经，唐僧答“至诚心”，八戒答“老实心”，沙僧答“恭敬心”，佛祖认为皆可取经；唯悟空答“机变心”，佛祖说与吾经不合，难取真经。唐僧再三请佛祖发给真经，佛祖答应发放，但说真经与金箍棒、九齿耙之类兵器不相容，因此要求他们放下兵器，用禅杖把真经挑回去。师徒无奈，只好照办。佛祖派比丘僧到彼、灵虚暗中相随，以备有不净邪魔侵扰。

沿途果有妖魔抢夺真经，悟空以机变应对，但每每被妖魔得手，幸得到彼、灵虚指点迷津，暗中相助。途中非止一日，悟空的机变心渐渐减灭，路途自然也就无甚阻隔。到了大唐，太宗亲自迎接。唐僧师徒交付了经文，即回西天受封，成了正果。

这部续书的宗旨，就如作者"真复居士"在序言中所说，是因为觉得前面流行的《西游记》"谬悠诡诞，滑稽之雄"，但总的来说是"以心降魔，设七十二种变化，以究心之用"，然而"机变太熟，扰攘日生"，反而生出许多困扰，不符合佛家至理。于是试图新编出这些故事纠正原著之误。这样的出发动机，实在有点迂腐，与吴承恩在《禹鼎志序》里所表达的做一个鉴戒世人的"野史氏"的抱负，差得太多。

对于《续西游记》的艺术水准，向来评价不高，正如前面的引文，刘廷玑讥讽其为"续貂""狗尾"。实际看来，也没有那么不堪，其文笔比较直露，但有些情节也算出人意表。重要的是，有研究者认为这部续书所续的也许并不是我们看到的百回本《西游记》，而是更早更原始的唐僧取经故事，也许就是前面说到的"前世本"。大概的理由是：这部《续西游记》从第九十八回开始接入，然后主要叙述唐僧师徒的回程，其中不免要回溯唐僧师徒的去程故事，而说到的去程故事，与今天的百回本又有一些微妙的区别，显示其所续的底本可能是另外的故事。

（3）《西游补》。《西游补》是一部有作者、有时间、比较能够说清楚的续书。

全书十六回，原题"静啸斋主人著"，静啸斋主人即明清之交浙江乌程人董说。董说（1620—1686），字若雨，法号南潜。幼年颖悟，十岁能文，明亡后决意仕进，后于灵岩寺出家。《西游补》是董说二十多岁时的作品，也就是大约写作于明亡之前的1640年。

《西游补》于《西游记》"火焰山三调芭蕉扇"之后别生一枝，衍生出唐僧师徒进入"青青世界"的一段情节，说：

唐僧师徒过了火焰山，走到一处树荫下，唐僧、八戒、沙僧昏昏睡去。孙悟空化斋，途中被“小月洞”里的鲭鱼精所迷惑，恍恍惚惚中看到一座城池，门楼上书“青青世界”大字。行者欲进城内，却无门可入，东撞西撞，撞开一块大青石，跌进去正好落在一座琉璃阁上。抬头一看，四周都是宝镜，别有天地。从“天字第一号”镜看起，乃是朝廷放榜。但见千万人，拥拥挤挤，叫叫呼呼，中与不中，各有表情：有呆坐石上，有首发如蓬，有人琴俱焚，有拔剑自杀，有父师赶打，有独自吟诗，有真悲真恨，有强作笑颜，悟空看罢，哈哈大笑。于是又向“天字第二号”，却见项羽坐在里头，于是化作虞美人，走入高阁。项羽见虞美人，便絮絮叨叨说起征战经历，到天明，径自去了。

悟空化作原身，又被童子扯住，说阎罗因有事请悟空权为代管半日。悟空升了正堂，被审者竟是宋丞相秦桧，于是令无数青面獠牙的鬼卒，捆住秦桧，如鱼鳞样将其一片一片剐来。忽有小鬼来报：岳将军到来。悟空慌忙迎入，随又叫小鬼借来太上老君的金葫芦，将秦桧装入，一时三刻化为血水。……种种幻惑，就如南柯一梦。

原来，鲭鱼精迷惑悟空，只为了吃到唐僧肉。故一边缠住悟空，一边又去哄弄唐僧。幸得此时悟空被虚空尊者唤醒，赶来打死妖精，师徒方才解惑。

《西游补》虽然号称是《西游记》续书，但风格迥异，其内容支离，飘忽不定，完全没有通俗小说通常都会具备的完整惊险的情节，讽刺发泄的特征非常明显。学术界一般都认为这是借《西游记》的情节，通过在虚幻世界内发生的种种不可思议，对晚明社会现实进行了辛辣的讽刺和严厉的抨击，表达了作者愤世嫉俗的思想。其中所谓的“青青世界”，研究者认为象征世俗的情欲世界或者佛家的空空境界。鉴于此，也有人将《西游补》归入讽刺小说一类。

鲁迅对《西游补》的文才评价很高，称“惟其造事遣辞，则丰赡多姿，恍惚善幻，奇突之处，时足惊人，间以俳谐，亦常俊绝，殊非同时作手说敢望也”。

海外对《西游补》颇为注意，认为它的审美观与中国小说的传统截然不同，不仅难得一见地以文学形式表现了中国哲学中的“心学”，而且熟练地运用了变形、怪诞、象征、独白等手段，其时空概念的超越，思维意识的流动，与二十世纪才出现并且风靡一时的西方意识流小说十分接近，对于广泛意义上的意识流小说研究，是珍贵的资料。

（4）《天女散花》。《西游记》续书中，还有一些非典型作品，即以唐僧取经或齐天大圣等为情节由头加以生发，但内容与《西游记》却并不贴近，显然只是借来说事，《天女散花》即其中一种。

《天女散花》全称《幻情小说天女散花》，原不题撰人，根据现存的版本看，似乎刻印于民国初年；但从文字风格判断，大概成书要更早一些，可能在清末已经出现。全书十二回，说：

> 唐僧师徒取经功成，回到西天，佛祖各有封赏不提。只是佛祖听唐僧说起西天路上，有许多妖魔精怪为非作歹，便生出试查世人善恶之心愿，于是降下法旨，着瑶池天女采集十万朵鲜花，携往东土，见妖魔则剿灭警化，见善良则散花消灾。天女领命，又挑选四位仙娥，采了鲜花，径奔东土。
>
> 天女在云端看去，见人间有喜气，有怨气，又悲气，也有杀气，不由得感叹不已：“可见人心善恶不等，世道腐败垂衰。”到了沙河边上，见河中鱼虾成精，变化成许多男女人形，赤身裸体，混杂淋浴。天女甚为愤恨，将带来的黑仙朵撒入水中，那些鱼虾龟鳖顿时毙命。天女只留下少数稍有道德的长者，命其造舟渡人，不得收取分文，以修功果。到了山中，见蜘蛛精织网捕人，

天女又撒出黑仙朵，使其毙命。……其余种种，不一而足。

天女与仙娥，一路除妖，渐渐到达长安。见长安城内人烟丰盛，天下太平，心中颇喜，于是拜见太宗，诉说散花情由。待到散花之日，观看的百姓人山人海，不计其数。天女以散花之事劝化众人，命仙娥取出花篮，将十万朵鲜花当众散放，人民争相收受。众仙女别了长安，仍回西天。

《天女散花》于史实并无依据，只是借《西游记》故事写自己的理想世界而已。其宗教出发点非常平庸迂腐，不过善恶之说而已，文笔倒也还流畅。

四百年间的衍生传播

凡通俗的东西都会自行衍展。自古以来，《西游记》影响中国人的形式远非小说一种，只要留心，随时随地，《西游记》元素都会不期而至。

《西游记》的戏剧形式传播

通俗小说最近的表亲是剧曲，它们之间近千年的关系始终缠绵不清，具体到《西游记》也同样如此：从唐宋开始，帮助唐僧取经故事扩展衍生，最终形成百回本《西游记》的是队戏、杂剧。这在前面已经有介绍，其中规模最大的杂剧《西游记》达到了六本二十四折，按照杂剧演一场一本四折的体制，这个剧本已经可以演出六场，需要二十多个小时；而在百回本之后，以五花八门的形式把唐僧取经故事渗透到社会各个角落的还是戏剧，其代表也是一个巨无霸式的清代宫廷西游戏集成《升平宝筏》。清宫内廷有看戏的习尚，据说除了年节外，每月的初一、十五看戏也是不可更改的定例。今日说到这个风气，往往以慈禧为例，说慈禧如何喜欢，如何在行，又如何霸道，但其实看戏早就不仅仅是市井小民的专利，各个朝代的内廷都搬演戏剧，而且由于财力、人力的充裕，内廷戏剧的精致化对于戏剧的发展起到了重要推动作用。

剧本集成：《升平宝筏》

清代看戏的风气，早在康熙年间就已经形成，当时朝廷设立了一个专门管理演出的机构——南府，隶属内务府；乾隆时，南府范围扩大，开始大规模地整理剧本，组织排演；道光年间朝廷将其他类似的娱乐管理机构并入改称升平署，主持宫内的一切演出事务。

搬演的戏目中西游戏是最受欢迎的题材之一。雍正、乾隆年间，原本散落的西游戏由升平署整理成一个专供宫廷演出的西游戏大剧本《升平宝筏》——整理者张照（1691—1745），字得天、长卿，号泾南、天瓶居士，是清代的著名戏曲家，擅长编写大部头的剧本集成；因曾在雍正年间任过刑部尚书，所以死后谥文敏，《清史稿》卷三百四有传。

在现代人看来，《升平宝筏》名称有点不太明快，所以一般不会想到这是一本戏剧集。“升平”应该是表示升平署出版发行的意思，“宝筏”大概基于唐僧取经的佛教题材，取其普度众生的意思。《升平宝筏》主要依据吴承恩《西游记》的情节，也参照了元代吴昌龄《唐三藏西天取经》杂剧和明初杨景贤的《西游记》杂剧，以及明人传奇《江流记》等，因此这个剧本汇编保留了一部分业已散佚的吴昌龄《唐三藏西天取经》杂剧，如“十宰饯别”“回回指路”，这为后人研究《西游记》留下了珍贵的资料。

《升平宝筏》在剧种上属于传奇，如果不作严谨要求也可以说成是昆剧。它很长，长得有点出奇，达到二百四十出，共十个剧本。

人物画册：升平署戏剧《泗州城》

现在可见的《升平署戏曲人物画册》，是清咸丰同治年间（1851—

1874）某位宫廷画师留下的作品，其中收集了中国当时京剧人物的扮相写真图，两册，共九十七幅。此画册绘制精细，应该是属于帝后所用的“御赏物”，而并不是作为演员以及管理戏箱人员的备忘录，因此具有很高的艺术和资料价值，是研究京剧早期穿戴、脸谱的珍贵史料。

其中与《西游记》有关的是《泗州城》十二幅。古泗州城位于淮河下游，旧址在今江苏省盱眙县，至少在唐代已经成为历史上沟通南北，贯通东西的交通枢纽。但成也淮河，败也淮河，特殊的位置使得泗州水患严重，屡屡被淹，于是衍生出水母淹城的传说。既有水母作怪，自然就有神佛降伏，于是元明间便有杂剧《泗州大圣锁水母》，这部杂剧就是后来京剧《泗州城》的最初来源。

但当初的《泗州大圣锁水母》与《西游记》全无关系。大圣本指僧伽大圣，这位大圣是唐代来自西域的高僧，后来演化为中国人非常崇敬的菩萨观音，因为他曾经在盱眙修行，所以故事里便让他出面降伏水母。故事大意是说，大圣（观音）怜悯泗州百姓遭难，于是召天神天将擒拿。菩萨变化成一卖面婆婆，伺候在道旁。水怪狠斗良久，肚中正在饥饿，于是吃了婆婆的面条，不意下肚后，遂将脏腑锁住，其实面条即铁链。但是到了清代，也就是齐天大圣故事加入之后，这个故事和《西游记》产生了联系，大圣就成了孙悟空，孙悟空率众神降了水母。因此，这个剧本也应该算入《西游记》的传播了。

京剧和地方戏

清代后期，传奇崩溃，也就仅剩昆腔能在文人中留存，其余都化入民间被称为“乱弹”“花部”，逐步在地方文化和乡土曲艺的影响下演化为号称梨园百家的地方戏。

几乎所有的戏曲剧种都搬演过《西游记》的故事，但最著名的还是以艺术精湛著称的舞台霸主——京剧；而剑走偏锋形成巨大影响的地方剧种恐怕要首推绍剧。各剧种的一个共同特点是：孙悟空都是最重要的角色，各种剧目都统称为“猴戏”，凡以演猴戏著名的演员都雅称“美猴王”。

京剧在清末大热后，在猴戏表演上颇有一统江湖的气势，民国时即创造出南北两大流派，“北派美猴王”以杨小楼为代表，以演《水帘洞》而一炮成名；“南派美猴王”则以郑法祥为代表。从这两派中又发展出不少优秀传人，比较经典的剧目则有《安天会》《火焰山》《闹天宫》等，最著名的剧目当是《真假美猴王》，早年著名京剧表演艺术家李盛斌曾排演过一出名为《双星斗》的折子戏。1979 年其子李幼斌将《双星斗》改编成《真假美猴王》，凭借剧情的优势，在全国连演六百多场。

最出风头的猴戏剧本却来自绍剧。绍剧《孙悟空三打白骨精》在中国可谓是妇孺皆知，耳熟能详，绍剧还因此出现了一个世代演猴的章家，其第一代章廷椿，艺名“活猴章”；第二代章益生，艺名“赛活猴”；第三代章宗义，艺名“六龄童”，以演孙悟空著名，人称“南派猴王”；第四代就是如今誉满天下的六小龄童章金莱，以及小六龄童章金星。《孙悟空三打白骨精》于 1957 年由浙江绍剧团演出，参加省第二届戏曲观摩演出大会获得剧本一等奖。1960 年 6 月又由上海天马电影制片厂拍摄成彩色戏曲片，顿时轰动全国，远播海外七十二个国家和地区。

《西游记》的寺庙壁画传播

说来这也是个奇怪的现象，根据现在我们看到的版本资料，清代刻印《西游记》的主要是道教中人，如《西游证道书》《西游真诠》《西游原旨》《西游正旨》，目前没有看到有佛教相关人员刻印的记录；但保留了大量《西游记》壁画的却主要是寺庙，很少在道观里看到有《西游记》壁画。

需要说明一下，清代以来广泛在寺庙里传播的《西游记》壁画，和前面介绍的敦煌榆林窟等的具有文化源头资格的取经壁画性质完全不一样。这里的壁画，都出现在百回本《西游记》之后，一般不早于清中期，属于

《西游记》的延展、传播和衍生，学术上通常以百回本《西游记》为界，将之前的壁画称为取经壁画，而将之后的壁画称为《西游记》壁画。由于受保存条件的限制，这些壁画目前主要发现在西北甘肃、宁夏一带干燥偏僻处。重要的有甘肃张掖市大佛寺《西游记》壁画、甘肃民乐县童子寺《西游记》壁画等。

张掖大佛寺壁画

大佛寺始建于西夏永安元年（1098），相当于北宋中期，因正殿供奉一尊号称全国最大的卧佛而得名。在大佛背面面北的照壁上，有一幅看来古色古香的《西游记》故事组图，寺院管理方曾经组织各方专家考证壁画的绘制时间，形成元代扩建时绘制和清代重修时绘制两种意见。大约出于猎奇心理，网络与社会舆论则一边倒地取壁画绘制于元代之说，称早于吴承恩《西游记》三四百年，但从壁画的故事内容联系取经故事的演进过程来看，只能是清代《西游记》流行后的衍生物，其壁画来源于《李卓吾先生批评西游记》的插图。

民乐童子寺壁画

童子寺在民乐县境内，距县城大约十公里，整座寺庙是复建的，但位置未变，非常古老，寺庙后面石壁上的洞窟是旧物，据说可以追溯到唐前。石窟里有数十幅壁画，属于清代的衍生物，依据也是《李卓吾先生批评西游记》。

上石坝石窟

上石坝位于甘肃肃南县一处交通不便、位置偏远的小山沟里，这里的石窟既无文献记载，又无碑碣题记，向来罕为人知。洞窟在山崖上，存有壁画的洞窟现在仅有三四个，而且破损严重，只有少量的画面可供辨认。

除此之外，甘肃武威东大寺、山西泽州大云寺石窟都有《西游记》壁画出现，其中部分可以认定来源于明代《西游记》刻本的插图。

《西游记》的影视形式传播

电影进入中国是在1896年，当时有几名外国人在上海一座叫又一村的酒楼上给时尚男女们带来了一种奇怪的东西，明明是“画”在布上的“人”，却会动，竟与真人一般无二，比京师流行的西洋景更神奇。这东西后来被称为电影。1905年，中国北京拍摄了第一部电影《定军山》，取材于《三国演义》；1926年，取材于《西游记》的电影《盘丝洞》在上海上演。从那个时代开始，对《西游记》的演绎便进入了一个持续不断的新境界，幻光魔影之下，掩映着一代又一代解读者在自己时代背景下解读《西游记》的激昂与低回、华丽与寂寞。大致来说，可以划分为以下几个阶段。

二十世纪二十年代——无声的《西游记》时代

1926年至1928年间，中国产生了十多部西游电影，尤以《孙行者大战金钱豹》《盘丝洞》最为出色。当时电影尚在默片时代，观众在满场的静寂中观看，就是看片中孙悟空斩妖除魔、翻江倒海的武艺，而电影则以空前的手段调动出令人惊叹的艺术效果。

二十世纪六十年代——系列的《西游记》时代

香港邵氏公司利用电影在艺术手段上的优势，同时借鉴戏剧连台本戏的形式，出品了轰动一时的“西游记五部曲”即《西游记》《铁扇公主》《盘丝洞》《女儿国》《红孩儿》。这也是具有突破意义的事件。

二十世纪八十年代——连续剧《西游记》时代

二十世纪八十年代后，由港台首推的电视连续剧成为《西游记》改编的主流形式，中央电视台出品的电视连续剧《西游记》开创了先河。该剧以“忠实于原著”为最高标准，耗时数年拍摄完成，播出后轰动全国，现在通称“86 版”，曾获得年度“飞天奖”特别奖、“金鹰奖”优秀连续剧奖。

二十世纪九十年代——大话的《西游记》时代

全新风格的电影《大话西游》于 1995 年横空出世，掀起了一股以无厘头方式解构经典的热潮——完全不尊重原著的情节设计和情节元素的逻辑关系，彻底颠覆了传统的改编、移植古典名著的概念。但因为这也代表了部分现代人理解生活的方式，所以受到了一定的欢迎。

二十一世纪初——炫技的《西游记》时代

近十年来，得益于数字技术的迅速发展，大量以穿越为主要情节的 3D 动画电影蜂拥而出，其代表是《西游记之大圣归来》。在这些电影里，情节已经不是第一位的元素，而是以逼真到无与伦比的 3D 效果，把人物塑造得栩栩如生，把画面表现得惊心动魄。

盘点一下具体的作品。

（1）《盘丝洞》。原情节出现在《西游记》的第七十二回，这一段的看点，在《西游记》整个非常单纯的情节氛围里有点特殊，不仅想象奇特，而且有淡淡的情趣，面对妖娆的蜘蛛精，好色的八戒算是小小地放纵了一把。电影的改编者放大了这个看点，且把唐僧扯了进去，很好地利用了电影可以聚焦于某一看点和改编情节的特点：

> 唐僧不顾悟空劝阻，自去化斋，误入盘丝洞，小妖将唐僧捉去献给洞主女妖。悟空见师父久去不归出去搜索，探得唐僧被捉，便化为蝴蝶，混入妖怪之中，暗地里打听消息。而八戒则色心大发，化为鲇鱼与众女妖嬉戏。众妖于是又将八戒捉回洞去。悟空与众妖打斗，无功而返。观世音赶来，教授悟空降魔之术。悟空

在女妖与唐僧即将成婚的时刻赶到，以观音所教之术，大败妖怪，救出了唐僧。

《盘丝洞》甫一问世，便在上海造成“万人空巷”的景况，南洋地区也争相订购，形成了此后长达十多年的《西游》电影热。在那段时间，上海的电影公司一口气推出了《车迟国唐僧斗法》《金钱豹》《女儿国》《铁扇公主》《莲花洞》《黑风山》《无底洞》《红孩儿》《闹天宫》《火焰山》《猪八戒大闹流沙河》等十几部无声和有声电影。

（2）《大话西游》系列。数十年来，改编自《西游记》的几十部电影——包括动画片美术片，基本上都遵循着传统的改编原则，即大致忠实于原作，适度整合，局部润色。但到 1995 年，这样的思维模式被一部叫《大话西游》的西游电影打破了。

这部电影由香港著名笑星周星驰主演，完全颠覆了传统的依据原著改编情节的思维模式，不仅未遵循原著的情节设计和情节元素的逻辑关系，而且在保留下来的情节元素中也完全没有任何拘束地使用一种被叫作“无厘头”的搞笑方式。且看简介：

孙悟空在护送唐三藏去西天取经时，与牛魔王合谋欲杀害唐三藏，并偷走了月光宝盒。此举使观音萌生将其铲除的心思，经唐三藏请求，孙悟空被判五百年后重新投胎做人赎其罪孽。

五百年后孙悟空化身强盗头头至尊宝。当遇见预谋吃唐僧肉的妖怪姐妹蜘蛛精春三十娘和白骨精白晶晶时，因为五百年前孙悟空曾与白晶晶有过一段恋情，至尊宝与她一见钟情。但因菩提老祖将二人妖怪身份相告，至尊宝仍带领众强盗开始与二妖展开周旋。过程中，白晶晶为救至尊宝打伤春三十娘，自己也中毒受伤，为了救白晶晶，至尊宝去找春三十娘，遭白晶晶误会，白晶晶绝望自杀，至尊宝开始用月光宝盒以期使时光倒流。

这部与《西游记》几乎没有任何实质联系的新创意电影一时大为火爆，轰动香港内地。类似的还有2005年推出的《情癫大圣》和2016年完成的《大话西游》等。它们的共同特点是“大话”：毫无边际地游离于原著之外，不考虑任何依据地创新情节，然后加上毫无理由的幽默，却大受欢迎。

研究者们认为，这类改编的电影，在理念上表现出一种强烈的叛逆倾向，实际上只是借《西游记》的外壳，表述一种当代人理解社会、批评社会、干预社会的新方式。我们不必发声谴责说这是亵渎原著，糟蹋经典，既然借用《西游记》的外壳，注定还是会在社会上形成交流与沟通的，毕竟还是反映了《西游记》的深远影响。

（3）炫技的《西游记之……》。2013年以来得助于电影科技的进展，大量以穿越为主要情节的3D动画电影蜂拥而出，其代表是《西游降魔篇》（2013）、《西游记之大闹天宫》（2014）、《西游记之大圣归来》（2015）、《西游记之孙悟空三打白骨精》（2016）、《猴王与女妖》（2016）、《西游记之锁妖封魔塔》（2016）、《西游记之西梁女国》（2016）、《嘻哈西游记之五指山》（2016）、《西游外传之大圣娶亲》（2016）、《三打白骨精》（2016）、《西游记之牛魔王》（2017）。

这些动画电影在取材上似乎都受到了《大话西游》的启发，毫无节制地制造穿越情节，然后利用唐僧或者孙悟空、猪八戒表现一个自己设定的主题。从文学的意义上来说，它们并没有太强的意义和内涵。但它们也有自己的特点，就是充分利用了3D电影技术，把人物塑造得栩栩如生，把情节表现得惊心动魄，大受市场欢迎。3D动画以往似乎是好莱坞和日本、韩国影视行业的专利，借用中国题材的《花木兰》和《功夫熊猫》都曾风靡一时，现在需要关注的是，当中国的影视业有了自己的3D产业时，《西游记》故事是大家公认的适合题材。

（4）强势的“86版”连续剧。电视剧取材于《西游记》，始于日本。1978年，日本拍摄完成了全球第一部《西游记》电视剧，在日本乃至亚洲都产生了深远影响，在技术上，影响至今的有两点。第一，片中孙悟空的造型，采用了粘毛方法而不是画脸谱，逼真度大大增加，给后来诸多猴子的造型都指了一条新方向，直到现在仍在使用。第二，唐三藏由女演员饰演且大获成功，这直接导致日本以后历届版本唐僧皆由美丽女演员饰演，而其清丽的造型对于中国的电视剧也有一定影响。但其低成本粗制滥造、穿越恶搞的制作，一定程度上成了西游电视剧恶搞传统的来源。

尽管中国的电视剧从一开始就受了日本同类作品粗制滥造的影响，但在整体上以《西游记》为题材的电视剧并不很糟糕，原因就在于有部如擎天一柱、定海神针般的作品不可动摇，这就是央视“86 版”《西游记》。

“86 版”电视剧在立意之初便确定了一个基本原则：把夸张、神奇的神话题材与忠实于原著的改编原则区分清楚，更多地从文学的视角考虑问题而没有把商业效益放在首位。因此在实际制作过程中，无论是编剧、导演、表演还是选景、道具等环节，无论是在情节、人物还是故事的文化氛围、社会意义等方面，都努力去契合原著，极为认真，所以仅仅二十五集的篇幅，却拍摄了四年之久。播放后，好评如潮，经久不息，成为三十年来各级电视台的保留节目，截至 2015 年，播放了三千余次，创造了“播放次数最多电视连续剧”的吉尼斯世界纪录。

2010 年出现了五十二集《西游记》、2011 年出现了的六十集《西游记》。这两个版本虽然由完全不同的创作班底完成，但仍可看出明显受“86 版”基调的影响，首先从情节看基本上都可算原著的完整版，任意删改的地方不多；其次，主旨和人物设计大体符合原著；而由于新手段新技术的运用，新版本在故事神话特效氛围的渲染上则超出了“86 版”很多，更为逼真传神，堪称精彩纷呈。

《西游记》在海外的文本传播

由于文化语言的差异和隔阂，中国宝贵的文学遗产要走出国门相当困难，尤其是小说。比如《水浒传》曾被翻译成《河边发生的故事》，《金瓶梅》被翻译成《一个男人和五个女人的故事》，《红楼梦》被翻译成《红色阁楼里的梦》，说来大意不错，但韵味全无。书名尚且如此，更别谈那些诗词、戏文、典故、成语和不同历史时期的典章制度。

若干年前，欧洲有几部中国小说颇有名气，一部叫《平山冷燕》，一部叫《玉娇梨》，一部叫《好逑传》。有名气是因为德国的大文豪歌德曾经称赞过，说在其中看到了欧洲人值得欣赏的价值、道德和文学才华，欧洲人因此以为这就是中国小说的代表，所以都愿意瞄上一眼。奇怪的是——其实一点也不奇怪——中国读者对这几部倒未必特别有印象。因为像这样的小说中国实在太多，数量庞大，它们都属于明末清初流行的才子佳人小说，非常类似于今天流行的琼瑶言情剧，都是男女青年如何相爱，如何历经曲折坎坷被小人中伤，最后终于团圆美满的情节。男的必是才子，最后非状元即进士；女的必是佳人，眼力超群，忠贞不渝，最后必是诰封夫人；曲折或者来自父母或者来自周边的人或者是奸佞，解决问题的多是皇上或者朝中重臣；书名也比较简单甚至一点文学元素都没有，比如《平山冷燕》的书名就是四位男女主角的姓，《玉娇梨》则是由一妻二妾的名字组成。篇幅不长，人物不多，情节不复杂，感情很缠绵是它们的共同特点，曹雪芹在《红楼梦》里讥讽这些书是“千人一面，千人一腔”。这些实在也说不上是什么具有代表性的精品，不知什么机缘传到了欧洲，因此就有了被歌德这种大人物看到的可能。

但它们的影响也就仅限于此。浮云！曾经飘过的浮云。真正在世界范围内形成影响的，还得看《西游记》。《西游记》一朝走出国门，便进入了世界顶级文学名著的行列，同样赢得了欢迎和尊重，其对中国文化的包孕和通俗易懂的故事情节，就是文化上的通行证。

唐僧取经故事的最早外文介绍

唐僧取经故事最早走出国门是在元代，距今大约七百年。当时朝鲜的一位翻译官编了一本学汉语的教材叫《朴通事谚解》——其中引用了长短不等的若干段《西游记》故事作为教材。这里的《西游记》，应该是早期的平话本。

日文是《西游记》最早被翻译成的语言

百回本《西游记》最早的正式译本应该是日文译本，时间在清代中期；日语还是翻译次数最多的语种，至今各种译本已有三十种以上。由于文化接近，加之近百年来日本对中国的文化遗产进行了广泛的掠夺搜罗，占有中国的文化资源也算广泛，因此对《西游记》的研究比较深入，成就卓然的学者层出不穷，太田辰夫、小川环树、矶部彰、中野美代子等都是其中佼佼者。他们的共同特点是学风严谨，注重资料，其学术成果很受中国学者尊重。近几十年《西游记》新的研究资料中分量极重的《大唐三藏法师取经记》和《唐僧取经画册》，都发现于日本。

成熟的英、法、德译本

英译本最早出现于1895年，上海华北捷报社出版了塞缪尔·伍德布里奇翻译的《西游记》片段。翻译者是位来华的传教士，中文名字叫吴板桥，他把《西游记》中《唐太宗入冥》一段挑出，变成一个相对独立的故事，取名《金角龙王·皇帝游地府》。这是一个非常简单，严格说并不属于唐僧取经系列的故事，但它首先打开了《西游记》进入西方主流世界的大门。

最著名的英译本有两个：一个叫《猴》，1944年出版。这本书实际上是以“大闹天宫”为主的节译本，但因为它比较准确地传达了原文的风格，并且照顾到西方读者的阅读习惯，所以至今还在书店出售，欧美人了解《西游记》，很大程度上得益于这本简洁明了的《猴》。译者阿瑟·韦利在序言中说：“《西游记》是一部长篇神话小说，我的选译文大幅度缩减了它的长度，省略了原著插进的许多诗词，这些诗词是十分难译的。书中主角‘猴’是无可匹敌的，它是荒诞与美的结合，猴所打乱的天宫世界，实际反映着人间封建官僚的统治，这一点，在中国是一种公认的看法。”应该说，这样的把握还是比较准确的。之后，《猴》被转译成西班牙文、德文、瑞典文、比利时文、法文、意大利文、斯里兰卡文等，在欧美产生广泛的影响，成了美猴王走向世界的一座中转桥梁，欧美一些重要的百科全书，在评介《西游记》时也都是以阿瑟·韦利的译本为依据的。

另一个是由美国华裔学者余国藩于1977年至1980年间翻译的《西游记》四卷本，这是一个全本，以优秀的翻译质量饮誉学界，现在已经公认是《西游记》英译的标准本。余国藩1938年出生于香港，从小就接受中英双语教育。余国藩回忆道：“不管我们是在防空洞里，还是正忙着从战火中逃命，我都为这些故事着迷，一再央求祖父讲述。”余国藩一生致力于翻译和不断地修订《西游记》英译本，直到临终之前三年的2012年才全部完成《西游记》译注本的修订。

目前，比较完整的英译本已经有近十种，其中不乏由中国学者完成的优秀译本。

《西游记》早期的法文节译本，有《三藏和尚江中得救》和《龙王的传说：佛教的故事》以及《猴与猪：神魔历险记》，1946年出版的选译本《猴子取经记》，系根据英译本《猴》转译。1962年出版的新译本《西游记》，算是比较完整的一个选译本。

西方百科全书的总体评价

随着影响的扩大，《西游记》也顺势登上了英、美、法、德各国的大百科全书。《英国大百科全书》称：

十六世纪中国作家吴承恩的作品《西游记》，即众所周知的被译为《猴》的这部书，是中国一部最珍贵的神奇小说。

《美国大百科全书》称：

在十六世纪中国出现的描写僧人取经的故事《西游记》，被译为《猴》，是一部具有丰富内容和光辉思想的神话小说。

德国迈耶大百科全书则认为：

吴承恩撰写的幽默小说《西游记》，里面写到儒、释、道三教，包含着深刻的内容，它是一部寓有反抗封建统治意义的神话作品。

近年引人注目的事件是德国学者林小发翻译的《西游记》出版，初印两千册在第六十八届法兰克福书展上一售而空，过了短短五个月就准备印第四版。为了翻译这部名著，林小发用了十七年时间，为此她特地去浙江大学攻读中国古典文学硕士。在翻译中，她会借用《圣经》里的常用词，例如“花果山福地，水帘洞洞天”，被译成“花果山的应许之地，水帘洞的洞中天堂”，这大概会令西方读者更加会心。她说：“《西游记》不仅仅讲述一个故事，而是给读者展开两层平行的内容，一是故事的叙事层面，二是隐喻于诗词和回目中有关修行悟道的层面，多以故事人物和情节比喻一个人在修行过程中的内心动静。”

广泛的俄译本与东欧译本

二十世纪五六十年代，由于特定的国际关系的影响，大量的俄文和东欧译本出现。第一个俄文译本《西游记》出现在 1959 年，译者罗高寿是著名汉学家，从二十世纪二三十年代起曾三次在华工作，前后逗留中国十三年，对中国文化有相当的了解，因此他的这个译本质量不错，起点很高。他还有一部一百一十七页的研究论著《吴承恩及其〈西游记〉》，在评价吴承恩和《西游记》的艺术特点方面有很独到的见解，外国人研究吴承恩的学术专著，这应该是第一本。

其他可以见到的还有捷克文、波兰文、西班牙文、罗马尼亚文、越南文等，捷克文《猴王》译者的后代 2010 年还来中国参加了《西游记》的学术研讨会。

附　录

附录一：宗教常识

佛教·佛祖·戒律

佛教因为修行者最终的目标是成佛而得名，“佛”在梵语中是“觉悟”的意思，修行圆满者被称为“佛”。佛教的修行者最初叫优婆塞、优婆夷或比丘、比丘尼；在中国叫沙弥、沙弥尼，通称和尚、尼姑；在家修行者叫居士。

修行者要接受很多戒律，基本的有戒杀生、戒偷盗、戒淫邪、戒诳语、戒饮酒等五戒，猪八戒因为受了“断五荤三厌”的“八戒”而得名；最初级的戒律叫沙弥戒；高等级的叫具足戒，又叫比丘戒，有二百多条必须遵守的戒律；最高等级的叫菩萨戒。

修炼圆满的佛很多，如弥勒佛、药师佛、接引佛、燃灯佛等，但佛祖只有一位，就是释迦牟尼，称“如来”。《西游记》里很正式地称释迦牟尼为佛祖，每次如来出场时也都将他安排在正中位置，也就是时下常说的“C 位”。

大乘佛教·小乘佛教

佛教创立的时候本无所谓的大乘、小乘，都可以称为“原始佛教”。后来由于对教义的理解不同，出现了一些大众化的教派，自称大乘佛教而将以前的称为小乘佛教。乘，意思是道路、运载，所谓的“大乘佛教”往往都是自称，说自己的修行就像大船大道一样，能够把更多的人运载到永生的极乐世界去，在中国就叫作“普度众生”；而“小乘佛教”，往往是他称，指那些比较原始的、只会自修自救的教派，套用中国的一句俗语，就是属于“自扫门前雪”的那种，很多都是那种折磨自己的苦行僧。中国的佛教早期传入的是小乘教，但不久便普遍流行大乘佛教。

《西游记》里说东土众生包括江流儿法师只懂小乘，对大乘只向往而一无所知，所以佛祖要向东土大众推荐一些大乘经卷，这才有寻找取经人的事发生。这是误说。玄奘本人所修行的主要是大乘教，而且他是大乘教的著名法师。

显宗·密宗

大乘佛教有显、密之分。大乘教原本都是显宗，即来自佛祖的公开传授；在经过一段黄金期发展出很多教派之后，有些教派较多地与婆罗门教及原始宗教结合，形成密宗。所谓“密宗”，是说佛祖当年传教时，除了公开传授的教义之外，还有一套秘密传授的系统，即“秘密佛教”之意。密宗有明显的特点，一是有强烈的神秘色彩，二是有系统的咒术仪轨。传入中国的佛教，大多是显宗，但在特定时期比如中唐以后，有大量的密宗传入。

汉传佛教·藏传佛教

佛教传入的正式记载见于范晔《后汉书》卷一百十八《西域传·天竺》："世传明帝梦见金人长大，顶有光明，以问群臣。或曰：'西方有神，名曰佛，其形长丈六尺，而黄金色。'帝于是遣使天竺，问佛道法，遂于中国图画形象焉。"

内地传播的大乘显宗在吸收中华文化的营养之后，逐渐形成自己的一些特色，被称为汉传佛教，以区别于印度佛教和藏传佛教。

藏传佛教也与《西游记》取经故事有关，在取经故事成长的过程中，若即若离、时隐时现，总有一些藏传佛教的气味。西藏接受佛教，大约在唐朝初期。当时藏王松赞干布在西藏建立了最早的强力政权，在上层建筑开始了对周边先进文化形态包括对佛教的吸纳。松赞干布分别利用通婚从内地和尼泊尔引进了系统的佛教，现在拉萨的小昭寺就是由大唐文成公主从内地找来工匠修建的，大昭寺则是尼泊尔公主从家乡招来工匠修建的。

西藏的原始宗教叫苯教，也叫黑教。佛教的进入受到了苯教的强烈抵制，直到数十年后赤松德赞派人去印度将莲花生大师请来，才开始了真正推行佛教的进程。莲花生大师属于密宗，降伏苯教使用的是密宗擅长的符咒法术，后来莲花生在一定程度上吸收苯教而建设了符合西藏特色的佛教体系，因此西藏的佛教十分特殊，也被称为藏传佛教。

藏传佛教在元代和清代都曾传入内地，其中的密宗成分对汉传佛教有一定影响。比如早期唐僧取经故事中的毗沙门天王是密宗的神；那个把孙悟空压在五行山下五百年的六字真言"唵嘛呢叭咪吽"在藏传佛教中的地位更为突出；唐僧念一句就让孙悟空头疼，到最后也没有公开的"紧箍咒"也是密宗的做派。

佛经与道书

佛教有大量的经，自称有“三藏”，其实就是分为经、律、论三大类，这里的藏就是筐子、篮子的意思。经，包括重要人物和他们的身世故事；论，包括解释理论的故事和关于这些理论的讨论；律，包括寺院的日常生活制度等，这些都让佛教显得非常深厚。更重要的是，很多经并不艰深难读，倒是非常通俗易懂，甚至可以说是生动传神的故事集，在吸引教众方面卓有成效。比如七十二佛本生故事中的“舍身饲虎”“鹿王本生”等，中国人都是耳熟能详的。

道教也有经，称为道书。但道书无论是数量还是质量与佛经相比都相去甚远。道教奉老子为祖师，称为道德天尊，但老子的著作《老子》也就是《道德经》只有五千字；另一位道家人物庄子被尊为南华真君，他的著作《庄子》汪洋恣肆、文采斐然，被尊为《南华经》后多少可以为道教装点门面，但说到底《庄子》以文学性见长，说成经文还是有点勉强。道教理论体系的欠缺，让它们在与佛教的交锋中常常被驳得哑口无言。

佛教经典的总集叫《大藏经》，道书的总集叫《道藏》。

菩萨是什么身份？

历史上的玄奘法师去印度是孤身一人，但他的故事在《西游记》里却演化为一个团队，而在这个团队之外，还有一个无时不在关心他们的观音菩萨。在天界，拍板决定找一个取经人把佛教往东土扩张的是如来佛祖，但具体执行处理事务的却是观音菩萨。

菩萨是什么身份？佛教中称为“如来”的佛祖只有一位，但佛却有不少，如药师佛、琉璃佛、弥勒佛、燃灯佛等，在《西游记》里很多都出现过。佛教认为经过修炼可以成佛，但需要达到三个标准：第一，要悟到真谛，叫“自觉”；第二，要有善心帮助别人，叫“觉他”；第三，要完成一定数量的善事，度过了若干的劫，叫“功德圆满”。具备了这三条，就是“佛”。如果具备了前两条，就可以成为菩萨。只具备第一条，叫罗汉。一条都不具备，刚刚开始修行的，就是力士之类的基层人员。

佛教中菩萨也有不少，中国人比较熟悉的有观音、文殊、普贤和地藏王四大菩萨，他们各有象征。其中观音菩萨最受尊重，中国人将其视为慈悲善良的象征，因此《西游记》中寻找取经人，拯救东土大众的任务就落在了她的身上。有好事读者会问，既然观音有极大的法力，又慈悲为怀，救苦救难，为何她的身份却是菩萨而不是佛？这个在《西游记》里没有答案，但在其他佛经里有，大意是说观音曾经发过大愿“天下人皆成佛，我才成佛”，这个愿有点大，至今没有实现，因此观音还是菩萨。人们认为，甘为菩萨，正是观音高尚品德的体现。

西天有灵山吗？

西天有灵山。《西游记》唐僧师徒千辛万苦要去投奔的灵山，在印度确实存在，叫灵鹫山，确实是当年释迦牟尼修行的地方。且看《西游记》里的描写：

果然西方佛地，与他处不同。见了些琪花、瑶草、古柏、苍松，所过地方，家家向善，户户斋僧，每逢山下人修行，又见林间客诵经。师徒们夜宿晓行，又经有六七日，忽见一带高楼，几层杰阁。真个是：

冲天百尺，耸汉凌空。低头观落日，引手摘飞星。豁达窗轩吞宇宙，嵯峨栋宇接云屏。黄鹤信来秋树老，彩鸾书到晚风清。此乃是灵宫宝阙，琳馆珠庭。真堂谈道，宇宙传经。花向春来美，松临雨过青。紫芝仙果年年秀，丹凤仪翔万感灵。

又行数里，经过凌云渡，才到灵鹫峰顶雷音古刹。山上青松林下列优婆，翠柏丛中排善士，奇珍异宝，珍馐百味；刹中有八菩萨、四金刚、五百罗汉、三千揭谛、十一大曜、十八迦蓝，直到大雄宝殿上庄严无比的释迦如来。

印度灵鹫山的本来面目是什么样子？根据玄奘在《大唐西域记》里的记载，不过仅仅相当于常见的旅游景点半山腰上的一个观景台，有几块大石头和一些山洞。但这里有佛修行的故事，也就是因为有了佛修行之地，在中国就成了亿万佛教徒梦寐以求的向往之地。

有雷音寺吗?

有雷音寺存在。《西游记》里写灵山上雷音寺里佛陀主事，四周坐满菩萨、罗汉，有点像聚义厅。因为这是佛祖宣讲佛法之地，因此被称为“雷音寺”。在印度有一座地位、影响与雷音寺相当的寺院，那就是坐落在今天印度的北方邦，遗址已经被开发为旅游景点的那烂陀寺，当年玄奘法师的最终目的地就是这里。

那烂陀寺是佛祖释迦牟尼曾经修行说法的地方，也是当时印度规模最大、收藏经卷最多的寺院，是大乘佛教的中心，有八个金碧辉煌、高高矗立的大院，一万多位僧侣。寺内的当家和尚戒贤法师已经一百多岁了，是全印度公认的佛学权威。玄奘在那烂陀寺学习修行达十年，并且多次代表那烂陀寺参加大、小乘佛教之间和佛教与外道之间的辩论，取得了极高的地位与荣誉，成了那烂陀寺十名三藏法师中的一位——三藏法师是佛教中地位极高的称呼，其命名需要经过严格的考试，玄奘能取得三藏法师的资格，对那烂陀寺来说也是一项重要的荣誉。《西游记》称唐太宗送唐僧御弟取经时为其取法名三藏，显得太过随便。

玄奘回国后，那烂陀寺与玄奘所在的慈恩寺结成了类似于友好寺院的关系，互有往来，因此这个寺院在中国的影响很大，相当于《西游记》中的西天雷音寺。

有送经的人吗?

有送经的人存在。在文化史上，佛教的传入、佛经的翻译是一篇绝大文章，其实中印交往，最早的经都是送过来的，历史上往东土送经的人不仅有，而且比往西天取经的人更多更早。

最早的送经人已经无从考察，也无从统计，他们都来自西域丝绸之路上较早接受佛教的国家，也有的直接来自印度，比较有影响的有以下几位。

东汉末西域安息国僧人安世高。安世高本是安息国太子，他在父亲死后本该继承王位，但他却让位于叔叔，自己跑进寺庙剃头出了家。这情形和印度佛教传说中的许多故事很相似，佛祖释迦牟尼也是这样出家的，大概这是印度传说的一个典型情节。

安世高到达东土，传授的主要是小乘佛教。二十年后，又来了一位西域大月氏国僧人支娄伽谶。他传授的主要是大乘佛教，是在中国传播大乘佛教的第一人。

最有影响也是大家比较熟悉的送经人叫达摩，他是正宗印度人，在南朝时来到中国。他虽然没有带来多少经卷，但他在游历中很快发现佛教和中国的传统文化还有很多隔膜，要让中国人真正接受佛教并不容易。于是他在嵩山少林寺后面的一处山洞里，面对石壁，苦思冥想达九年之久，终于悟出了一套玄机，创立了带有鲜明中国文化特色的禅宗教派。“立地成佛”“见性成佛”就是禅宗的口号，佛教传入中原后分化出许多教派，而对中国文化影响最大、文人士大夫最喜欢接近、老百姓最熟悉的，恐怕就是禅宗。

前往西方取经的，向来也不少，但早期大多是到达今日中亚附近。因为当时的中亚各国接触佛教较早，已经成为佛教传播的一个次文化中心，因此经常成为送经人的出发地和取经人的目的地。现在所知道的第一个取经人叫朱士行，这个人在中国的思想史、佛教史、翻译史上都占有一席之地。他取经非常之早，大约在公元260年，也就是三国时期。朱士行取经到达的地点就是当时的西域于阗国，今天的新疆和田地区。在于阗，朱士行不断将佛经抄出翻译好派弟子送回首都洛阳，而他自己则老死在于阗。

也有直达印度取经的，东晋人法显是其中杰出的一位。他在公元399年从长安出发，到达印度后经海路回国，前后旅行十四年，游历三十多国，带回了大量梵文经卷，在佛教中颇受尊崇。

入唐以后往来的人更多，因此就有了一个对大唐僧人的统称“唐僧”，而送经来的印度、中亚人则往往被称为“胡僧”。

附录二：史地常识

唐前西域史地资料简目

《穆天子传》	［先秦］	缺名
《史记·大宛列传》	［汉］	司马迁
《汉书·西域列传》	［汉］	班固
《法显传》（《佛国记》）	［东晋］	法显
《宋云行纪》	［北魏］	宋云
《后汉书·西域列传》	［南朝·宋］	范晔
《旧唐书·西戎列传》	［后晋］	刘昫
《悟空入竺记》	［唐］	圆照
《杜环经行记》	［唐］	杜环

《新唐书·西域列传》　　[宋]　　欧阳修

西域主要古地名与现代地名对照

（以玄奘取经途经地为序，在印度部分省略）

长安	今陕西西安	秦州	今甘肃天水
凉州	今甘肃武威	瓜州	今甘肃瓜州
伊吾	今新疆哈密	阿耆尼	今新疆焉耆
屈支（龟兹）	今新疆库车	高昌	今新疆吐鲁番、库车一带
安西	今新疆库车	跋禄迦	今新疆阿克苏、拜城一带

凌山	新疆乌什市中国、吉尔吉斯斯坦边界处别迭里山口
大清池（热海）	今吉尔吉斯斯坦的伊塞克湖
葱岭	今帕米尔高原
素叶水城（碎叶）	今吉尔吉斯斯坦的托克马克
呾逻私	今哈萨克斯坦的江布尔
白水城	今乌兹别克斯坦塔什干东北
赭时	今乌兹别克斯坦塔什干
迦毕试	今阿富汗的喀布尔
康国	今乌兹别克斯坦撒马尔罕一带
天竺	古印度别称，地域与今印度略有不同，大致包括今印度、巴基斯坦、尼泊尔、孟加拉国、斯里兰卡及克什米尔
殑伽河	今印度恒河
信度河	今印度印度河
飒秣建国	指古代伊朗
迦湿弥罗（罽宾）	今克什米尔地区
屈浪拏国	阿富汗的瓦罕地区

揭盘陀　　　　　今新疆塔什库尔干
佉沙　　　　　　今乌兹别克斯坦
瞿萨旦那（于阗）今新疆的和田一带
尼壤　　　　　　今新疆民丰
覩货逻（吐火罗）古国名，大约在今新疆塔里木盆地南端，与古代文献中的“月支”有关
折摩驮那故国　　今新疆且末
纳缚波故国（楼兰、鄯善）　　今新疆若羌

《旧唐书·方伎传》“僧玄奘”

僧玄奘，姓陈氏，洛州偃师人。大业末出家，博涉经纶。尝谓翻译者多有讹谬，故就西域，广求异本，以参验之。贞观初，随商人往游西域。玄奘既辩博出群，所以必为讲释论难，蕃人远近咸尊伏之。在西域十七年，经百余国，悉解其国之语，仍采其山川谣俗、土地所有，撰《大唐西域记》十二卷。贞观十九年，归至京师。太宗见之，大悦，与之谈论。于是诏将梵本六百五十七部于洪福寺翻译，仍敕右仆射房玄龄、太子左庶子许敬宗，广召硕学沙门五十余人，相助整比。

高宗在东宫，为文德太后追福，造慈恩寺及翻经院，内出大幡，敕《九部乐》及京城诸寺幡盖众伎，送玄奘及所翻经像、诸高僧等入住慈恩寺。显庆元年，高宗又令左仆射于志宁、侍中许敬宗、中书令来济、李义府、杜正伦、黄门侍郎薛元超等，共润色玄奘所定之经，国子博士范义硕、太子洗马郭瑜、弘文馆学士高若思等助加翻译。凡成七十五部，奏上之。后以京都人众竞来礼谒，玄奘乃奏请逐静翻译，敕乃移于宜君山故玉华宫。六年卒，时年五十六，归葬于白鹿原，士女送葬者数万人。

《大慈恩寺三藏法师传》（节录）

法师讳玄奘，俗姓陈，陈留人也。汉太丘长仲弓之后。曾祖钦，后魏上党太守。祖康，以学优仕齐，任国子博士，食邑周南，子孙因家，又为缑氏人也。父慧，英洁有雅操，早通经术，形长八尺，美眉明目，褒衣博带，好儒者之容，时人方之郭有道。性恬简，无务荣进，加属隋政衰微，遂潜心坟典。州郡频贡孝廉及司隶辟命，并辞疾不就，识者嘉焉。有四男，法师即第四子也。

幼而珪璋特达，聪悟不群。年八岁，父坐于几侧口授《孝经》，至曾子避席，忽整襟而起。问其故，对曰："曾子闻师命避席，今奉慈训，岂宜安坐。"父甚悦，知其必成，召宗人语之，皆贺曰："此公之扬乌也。"其早慧如此。自后备通经典，而爱古尚贤，非雅正之籍不观，非圣哲之风不习；不交童幼之党，无涉阛阓之门，虽钟鼓嘈杂于通衢，百戏叫歌于闾巷，士女云萃，亦未尝出也。

又少知色养，温清淳谨。其第二兄长捷先出家，住东都净土寺，察法师堪传法教，因将诣道场，教诵习经业。……既得出家，与兄同止，时寺有景法师讲《涅槃经》，执卷伏膺，遂忘寝食。又学严法师《摄大乘论》，爱好愈剧。一闻将尽，再览之后，无复所遗。众咸惊异，乃令升座覆述，抑扬剖畅，备尽师宗。美闻芳声，从兹发矣，时年十三也。

……法师既徧谒众师，备飡其说，详考其义，各擅宗途，验之圣典，亦隐显有异，莫知适从，乃誓游西方以问所惑，并取《十七地论》以释众疑，即今之《瑜伽师地论》也。又言："昔法显、智严亦一时之士，皆能求法导利群生，岂使高迹无追，清风绝后？大丈夫会当继之。"于是结侣陈表有诏不许。诸人咸退唯法师不屈。

玄奘《还至于阗国进表》

沙门玄奘言。奘闻马融该赡，郑玄就扶风之师；伏生明敏，晁错躬济南之学。是知儒林近术，古人犹且远求，况诸佛利物之玄踪，三藏解缠之妙说，敢惮途遥而无寻慕者也。玄奘往以佛兴西域，遗教东传。然则胜典虽来而圆宗尚阙，常思访学，无顾身命。遂以贞观三年四月，冒越宪章，私往天竺。践流沙之浩浩，陟雪岭之巍巍。铁门巉险之涂，热海波涛之路。始自长安神邑，终于王舍新城，中间所经五万余里，虽风俗千别，艰危万重，而凭恃天威，所至更鲠。仍蒙厚礼，身不苦辛，心愿获从。遂得观耆阇崛山，礼菩提之树。见不见迹，闻未闻经，穷宇宙之灵奇，尽阴阳之化育，宣皇风之德泽，发殊俗之钦思。历览周游一十七载。今已从钵罗耶伽国，经迦毕试境，越葱岭，渡波谜罗川归还，达于于阗。为所将大象溺死，经本众多，未得鞍乘，以是少停，不获奔驰早谒轩陛，无任延仰之至！谨遣高昌俗人马玄智随商侣奉表先闻。

附录三：早期取经故事

《大唐三藏法师取经记》王国维跋

宋椠《大唐三藏取经诗话》三卷，日本高山寺旧藏，今在三浦将军许。阙卷上第一叶，卷中第二三叶。卷末有“中瓦子张家印”款一行。中瓦子为宋临安府街名，倡优剧场之所在也。吴自牧《梦粱录》卷十九云：“杭之瓦舍，内外合计有十七处：如清冷桥、熙春桥下，谓之南瓦子；市南坊北、三元楼前，谓之中瓦子。”又卷十五：“铺席门、保佑坊前，张官人经史子集文籍铺，其次即为中瓦子前诸铺。”此云“中瓦子张家印”，盖即《梦粱录》之张官人经史子集文籍铺。南宋临安书肆，若太庙前尹家、太学前陆家、鞔鼓桥陈家，所刊书籍，世多知之；中瓦子张家，惟此一见而已。

此书与《五代平话》《京本小说》及《宣和遗事》，体例略同。三卷之书，共分十七节，亦后世小说分章回之祖。其称诗话，非唐、宋士夫所谓诗话，以其中有诗有话，故得此名；其有词有话者，则谓之词话。《也是园书目》有宋人词话十六种，《宣和遗事》其一也。词话之名，非遵王所能杜撰，必此十六种中，有题词话者。此有诗无词，故名诗话。皆《梦粱录》《都城纪胜》所谓说话之一种也。

书中载玄奘取经，皆出猴行者之力，即《西游演义》所本。又考陶南村《辍耕录》所载院本名目，实金人之作，中有《唐三藏》一本。《录鬼簿》载元吴昌龄杂剧有《唐三藏西天取经》，其书至国初尚存。《也是园书目》有吴昌龄《西游记》四卷；《曹楝亭书目》有《西游记》六卷；无名氏《传奇汇考》亦有《北西游记》云。今用北曲，元人作，盖即昌龄所撰杂剧也。今金人院本、元人杂剧皆佚；而南宋人所撰话本尚存，岂非人间希有之秘笈乎！闻日本德富苏峰尚藏一大字本，题《大唐三藏法师取经记》，不知与小字本异同何如也。

乙卯春，海宁王国维。

《大唐三藏法师取经记》（节选）

（1）行程遇猴行者处第二　僧行六人，当日起行。法师语曰：“今往西天，程途百万，各人谨慎。”小师应诺。行经一国以来，偶于一日午时，见一白衣秀才从正东而来，便揖和尚：“万福，万福！和尚今往何处？莫不是再往西天取经否？”法师合掌曰：“贫僧奉敕，为东土众生未有佛教，是取经也。”秀才曰：“和尚生前两回去取经，中路遭难。此回若去，千死万死。”法师云：“你如何得知？”秀才曰：“我不是别人，我是花果山紫云洞八万四千铜头铁额猕猴王。我今来助和尚取经。此去百万程途，经过三十六国，多有祸难之处。”法师应曰：“果得如此，三世有缘。东土众生，获大利益。”当便改呼为猴行者。僧行七人，次日同行，左右伏事。猴行者乃留诗曰：

百万程途向那边，今来佐助大师前。
一心祝愿逢真教，同往西天鸡足山。

三藏法师诗答曰：

此日前生有宿缘，今朝果遇大明贤。
前途若到妖魔处，望显神通镇佛前。

（2）入王母池之处第十一　登途行数百里，法师嗟叹。猴行者曰：“我师且行，前去五十里地，乃是西王母池。”法师曰：“汝曾到否？”行者曰：“我八百岁时，到此中偷桃吃了；至今二万七千岁，不曾来也。”法师曰：“愿今日蟠桃结实，可偷三五个吃。”猴行者曰：“我因八百岁时偷吃十颗，被王母捉下，左肋判八百，右肋判三千铁棒，配在花果山紫云洞。至今肋下尚痛。我今定是不敢偷吃也。”法师曰：“此行者亦是大罗神仙。元初说他九度见黄河清，我将谓他妄语，今见他说小年曾来此处偷桃，乃是真言。”

前去之间，忽见石壁高岑万丈；又见一石盘，阔四五里地；又有两池，方广数十里，弥弥万丈，鸦鸟不飞。七人才坐，正歇之次，举头遥望万丈石壁之中，有数株桃树，森森耸翠，上接青天，枝叶茂浓，下浸池水。法师曰：“此莫是蟠桃树？”行者曰：“轻轻小话，不要高声！此是西王母池。我小年曾此作贼了，至今由怕。”法师曰：“何不去偷一颗？”猴行者曰：“此桃种一根，千年始生，三千年方见一花，万年结一子，子万年始熟。若人吃一颗，享年三千岁。”师曰：“不怪汝寿高！”猴行者曰：“树上今有十余颗，为地神专在彼此守定，无路可去偷取。”师曰：“你神通广大，去必无妨。”说由未了，攧下三颗蟠桃入池中去。师甚敬惶。问：“此落者是何物？”答曰：“师不要敬，此是蟠桃正熟，攧下水中也。”师曰：“可去寻取来吃。”猴行者即将金镮杖向盘石上敲三下，乃见一个孩儿，面带青色，爪似鹰鹞，开口露牙，从池中出。行者问：“汝年几多？”孩曰：“三千岁。”行者曰：“我不用你。”又敲五下，见一孩儿，面如满月，身挂绣缨。行者曰：“汝年多少？”答曰：“五千岁。”行者曰：“不用你。”又敲数下，偶然一孩儿出来。问曰：“你年多少？”答曰：“七千岁。”行者放下金镮杖，叫取孩儿入手中，问：“和尚，你吃否？”和尚闻语心敬，便走。被行者手中旋数下，孩儿化成一枝乳枣，当时吞入口中。后归东土唐朝，遂吐出于西川。至今此地中生人参是也。空中见有一人，遂吟诗曰：

花果山中一子方，小年曾此作场乖。
而今耳热空中见，前次偷桃客又来。

（3）入沉香国处第十二　师行前迈，忽见一处，有牌额云：“沉香国。”只见沉香树木，列占万里，大小数围，老株高侵云汉。“想吾唐土，必无此林。”乃留诗曰：

国号沉香不养人，高低耸翠列千寻。
前行又到波罗国，专往西天取佛经。

《朴通事谚解》“平话西游记”残文（选录）

“我两个部前买文书去来。”“买甚么文书去？”“买《赵太祖飞龙记》《唐三藏西游记》去。”（《西游记》：三藏法师往西域取经六百卷而来，记其往来始末为书，名曰《西游记》。详见上。）“买时买《四书》《六经》也好。既读孔圣之书，必达周公之理。要怎么那一等平话？”

“《西游记》热闹，闷时节好看。”唐三藏引孙行者，（孙行者：行者，僧未经关给度牒者，谓之僧行，亦曰行者。）《西游记》云：“西域有花果山，山下有水帘洞，洞前有铁板桥，桥下有万丈涧，涧边有万个小洞。洞里多猴，有老猴精，号齐天大圣。神通广大，入天宫仙桃园偷蟠桃，又偷老君灵丹药，又去王母宫偷王母绣仙衣一套，来设庆仙衣会。老君、王母具奏于玉帝，传宣李天王引领天兵十万及诸神将，至花果山与大圣相战失利，巡山大力鬼上告天王，举灌州灌口神曰小圣二郎，可使拿获。天王遣太子木叉与大力鬼往请二郎神，领神兵围花果山。众猴出战，皆败，大圣被执当死。观音上请于玉帝，免死；令巨灵神押大圣前往下方去，乃于花果山石缝内纳身，下截画如来押字封着。使山神、土地神镇守，饥食铁丸，渴饮铜汁。待我往东土寻取经之人，经过此山，观大圣肯随往西天，则此时可放。其后，唐太宗敕玄奘法师往西天取经，路经此山，见此猴精压在石缝，去其佛押出之。以为徒弟，赐法名吾空，改号为孙行者，与沙僧和尚及黑猪精朱八戒偕往。在路降妖去怪，救师脱难，皆是孙行者神通之力也。法师到西天受经三藏东还，法师证果旃檀佛如来，孙行者证果大力王菩萨，朱八戒证果香华会上净坛使者。”

附录四：孙悟空文化原型

《罗摩衍那》节选：哈奴曼

《罗摩衍那》是印度著名史诗，距今已有二千多年历史，在印度几乎家喻户晓。其中神猴哈奴曼，被认为是孙悟空的原型。《罗摩衍那》篇幅繁浩，共七篇，即《童年篇》《阿逾陀篇》《森林篇》《猴国篇》《美妙篇》《战斗篇》《后篇》，每一篇又分若干章，共两万四千颂，相当于汉语诗体十万多行，百万多字。

“勇士们请听我说，哈奴曼是怎样出世的。”遮菩盘说道，“从前有位天上的歌舞家，遭到毗奢密多罗的诅咒，变成了一只猴子。她很美丽，住在摩罗耶山上。一年春天，风神在那儿和她相遇，就爱上了她。他们的儿子哈奴曼出生在一个漆黑的没有月亮的夜晚，他一生出来就吃他母亲的奶。黎明时，红日东升，哈奴曼以为它是一个成熟的果子，就纵身跳上去抓那玫瑰色的圆球，虽然太阳距离那座山有千千万万由旬。也在那时，罗怙前去吞吃太阳，但是他一看见哈奴曼，返身就逃，一直逃到天上因陀罗那儿。‘哦，国王呵，你听我说，’他气喘吁吁地说道，‘另外有一个罗怙到这儿来吞食太阳了。’听了他的话，因陀罗很不安。‘是谁胆敢前来吞食太阳呢？’他骑上他那雪白的大象，立刻出发。当他一看见哈奴曼，他吓了一跳。‘也许他倒会来吃我，不去吃太阳，’他心想，‘我的大象的脸上涂着朱砂，可能惹起他的好奇心。’因陀罗惊慌失措，不知如何是好，竟毫无理由地掷下他的轰雷。哈奴曼昏倒在摩罗耶山上，可是他只摔坏一根肋骨……

“‘我不同意，’苏罗娑回答，‘无论是谁，遇见了我，就别想活着回去。’‘你的话太无礼了，’哈奴曼说，‘恶棍，张开你的嘴巴，让我进去。’于是苏罗娑把嘴张得足足有二十由旬宽。看见这情形，风神的儿子就把自己变大，一直变到三十由旬高；于是苏罗娑张大的嘴变成了四十由旬宽，而哈奴曼就变成五十由旬高，苏罗娑的嘴再变成六十由旬，大猴就变成七十由旬，苏罗娑的嘴又张得比他大十由旬，而当哈奴曼变成九十由旬高时，苏罗娑的嘴巴张得有一百由旬大，哈奴曼慌了起来，明白了她不是一个普通的罗刹。他在心中默想了一会，知道她是苏罗娑，就马上走进她的嘴巴。苏罗娑一看见他钻进了自己的嘴巴，就突然合上嘴，闭得紧紧的。勇敢的哈奴曼一看见她这样，就变成拇指那么大，从她的耳孔里钻了出来。他向四周一望，看见了他下面的女罗刹。她的巨大的身体漆黑可怕，一张血盆般的大口正对着自己张着。他记起金翅鸟王的警告，知道她就是那个恶徒西弥迦。‘我要拔掉我路上的这根刺，’他心想，就立刻变得出奇地小，钻进了她张着的嘴巴。西弥迦十分高兴，合上她的大嘴……可是她就像咽下了毒药一样！哈奴曼钻到她的肚子里，用手把她的心撕得粉碎，然后钻了一个洞，从女罗刹的尸体中走了出来，尸体滴溜溜地转着，落到了海里。海兽们十分高兴地把她的肉饱餐了一顿，这是她的罪恶的报应，因为她不知吃了多少人肉了……

“哈奴曼注意到，为了不让鸟儿们飞进去，甘果园的四周围有一道网，顶上也罩着网。他一看见那些凶猛的罗刹女哨兵仔细地防卫着这座珍贵的花园，不禁心里好笑起来。他变得像一个猫鼬那么大，偷偷地爬进园里。他攀登到一棵树上，开始把一根弯下来的高高树枝上的所有甘果全部摘了下来。女罗刹们见了笑得直打滚。‘我们别杀死这个小猴仔儿，让他去采集这些果子吧，我们也可以睡一会儿！’于是她们一个个躺在甘果树下睡着了。风神的儿子狼吞虎咽地吃着果子和鲜花，把树叶纷纷撕下。

“树枝折断的声音惊醒了那些女罗刹。她们朝四周一望，看到甘果园遭受的破坏，不禁大惊失色，她们抄起手杖和武器，怒冲冲地对着那猴子扔去。哈奴曼蹦过来跳过去，把手杖一一接住，随即他勃然大怒，连根拔起大树，向敌人掷去，把她们砸死不少。哈奴曼像头疯象似的，拳头如雨点般地打着敌人，他又狠狠地踢她们。他一下逮住一二十个女妖，猛力向地上摔去，把她们全都摔死。”

《李汤》节选：无支祁

水怪无支祁，被认为是与孙悟空关系最为密切的资料。无支祁的故事出现极早，在战国时期屈原的《天问》中即说道：“应龙何画，河海何历？”应龙——朱熹注引《山海经》“禹治水有应龙，以尾画地，即水泉流通，禹因而治之也”应该就是无支祁的影子。鲁迅在《中国小说史略》中引用唐李公佐传奇《李汤》为证。

贞元丁丑岁，陇西李公佐泛潇湘苍梧。偶遇征南从事弘农杨衡，泊舟古岸，淹留佛寺，江空月浮，征异话奇。杨告公佐云：“永泰中，李汤任楚州刺史时，有渔人夜钓于龟山之下。其钓因物所制，不复出。渔者健水，疾沉于下五十丈。见大铁锁，盘绕山足，寻不知极。遂告汤。汤命渔人及能水者数十，获其锁，力莫能制。加以牛五十余头，锁乃振动，稍稍就岸。时无风涛，惊浪翻涌。观者大骇。锁之末见一兽，状有如猿，白首长鬐，雪牙金爪，闯然上岸，高五丈许。蹲踞之状若猿猴。但两目不能开，兀若昏昧。目鼻水流如泉，涎沫腥秽，人不可近。久，乃引颈伸欠，双目忽开，光彩若电。顾视人焉，欲发狂怒，观者奔走。兽亦徐徐引锁拽牛，入水去，竟不复出。时楚多知名士，与汤相顾愕栗，不知其由尔。乃渔者时知锁所，其兽竟不复见。”公佐至元和八年冬，自常州饯送给事中孟简至朱方，廉使薛公苹馆待礼备。时扶风马植、范阳卢简能、河东裴蘧、皆同馆之，环炉会语终夕焉。公佐复说前事，如杨所言。至九年春，公佐访古东吴，从太守元公锡泛洞庭，登包山，宿道者周焦君庐。入灵洞，探仙书，石穴间得古《岳渎经》第八卷，文字古奇，编次蠹毁，不能解。公佐与焦君共详读之：“禹理水，三至桐柏山，惊风走雷，石号木鸣，五伯拥川，天老肃兵，不能兴。禹怒，召集百灵，搜命夔龙。桐柏千君长稽首请命。禹因囚鸿蒙氏、章商氏、兜卢氏、犁娄氏。乃获淮涡水神，名无支祁，善应对言语，辨江淮之浅深，原隰之远近。形若猿猴，缩鼻高额，青躯白首，金目雪牙。颈伸百尺，力逾九象，搏击腾踔疾奔，轻利倏忽，闻视不可久。禹授之章律，不能制；授之鸟木由，不能制；授之庚辰，能制。鸱脾桓木魅水灵山妖石怪，奔号聚绕，以数千载。庚辰以战逐去。颈锁大索，鼻穿金铃，徙淮阴之龟山之足下。俾淮水永安流注海也。庚辰之后，皆图此形者，免淮涛风雨之难。”即李汤之见，与杨衡之说，与《岳渎经》符矣。

下　编　文学与鉴赏

序 言

经过九百多年的流传，缤纷繁杂、千奇百怪的唐僧取经故事终于到了它的最后主人吴承恩手里。吴承恩，字汝忠，号射阳山人、射阳居士，明代淮安府书生——称致仕官员也可以。

淮安本来就历史悠久，又由于依傍运河，扼守淮河，经济地位尤显重要。从明初开始，朝廷就把管理三千里南北大运河的机构漕运总督衙门设置在这里，又把管理东西一千里淮河的河道衙门和管理沿海无数盐田的盐运御史北分司也设置在这里——京城之外为数不多的几个部级、副部级经济单位，就有三个驻守淮安。极为重要的枢纽地位、极为发达的沿河经济，积累了这个城市深厚的文化底蕴——换句话说，就是风流蕴藉、文人辈出。吴承恩生活在明代嘉靖、隆庆至万历初期这段时间里，这正是明代社会潜流般转型，淮安得天下风气之先的鼎盛时期。

了解淮安的历史和解析吴承恩的身世——包括他的生活环境和生活经历、他的社会意识和人生情怀、他的文学观念和文学才华，对于阅读理解《西游记》无疑都是重要的。就这一点来说，《西游记》是四大名著中最幸运的，我们可以通过吴承恩准确地找到一些故事的阅读要点，说直白一些，就是我们能够知道那些妖魔鬼怪故事背后究竟隐藏着什么样的人世沧桑。不信吗？我说比丘国国王用一千一百一十一个小儿心肝做药引的事，是影射嘉靖皇帝的房中修炼，如果读者怀疑，就请往下看。

现在有证据表明，吴承恩在他最后一次任职时，也就是在湖北蕲州的荆王府任纪善时完成了《西游记》。我们先把这方面的情况介绍一下，大致展示一下吴承恩当时的状况与情怀。

就个人而言，吴承恩的命运不算太好，他聪慧绝顶，完全有资格称一代才子，却落魄失意，六十岁时才侥幸在朋友的帮助下做了长兴县丞这样的八品小官，不久却又丢了。事情是这样的，明朝嘉靖四十三年（1564），时任礼部尚书李春芳的夫人病逝，按照习俗，其灵柩应该回乡安葬。李春芳是兴化人，其夫人灵柩回乡必经淮安，而李春芳中进士前曾在淮安坐馆，与淮安包括吴承恩在内的一帮文士相处如兄弟，又因为爱好相同，与吴承恩的关系尤好，因此此时吴承恩出头代表一帮官员乡绅写了一篇《祭石鹿公夫人文》（石鹿，李春芳的号）以示哀悼，而李春芳也因此了解到吴承恩的生存状况，觉得自己可以帮点忙，于是一封信把还保留着选官资格也有做官需要的吴承恩招到京城，然后设法给他选了个长兴县丞。这个职务为八品，相当于今天的副县长，对于吴承恩当时的条件来说已经相当不错，但是由于吴承恩有太多的书生气，所以任职不久就因太直爽而被人诬陷下狱。这时，又是已升任宰辅、内阁大学士的李春芳出面，让他改任湖北蕲州荆王府的纪善，以示平反。说来也好笑，史料对吴承恩的评价是“不攀炎附势”“不依傍权贵”，但实际上吴承恩此时有一座绝大的靠山，就是青年时处下来的好友，现在相当于隆庆朝内阁首辅的李春芳，是李春芳两次在关键时候出手，让吴承恩可以如愿做官又平安落地；只不过都是李春芳出于友谊主动帮忙，否则，以李春芳的身份，吴承恩想依仗怕也是高攀不上。

纪善也是八品，专管王府的教育，属于有职无权的闲职，这时候的吴承恩心智成熟了，经历足够了，于是他利用这闲职提供的机会，完成了魂牵梦萦的《西游记》的整理写定。

下面是我在《大道正果：吴承恩传》里对吴承恩当时心态的文学化描写，且录一段供读者参考：

> 蕲州四面环水，水中有山，山外又有水，以麒麟山为中心，鳞次栉比，层层叠叠，很紧凑也很繁华的一个古镇。
>
> 下了船，在码头上就可以看到荆王府，吴承恩下意识地正了正衣襟。王府坐落在麒麟山上的，围墙屋顶都使用一种只有皇家才有的明黄色，格外显眼；因为是去王府，所以也不需要知会当

地官府办一系列复杂的手续，他吴承恩直奔那些黄顶大屋去就是了，不会有错。

纪善理所当然地占有一间书房。现在这间书房暂时属于吴承恩的私人空间，他放下行李，把室内室外端详了一遍，内心的忐忑稍见平息。毕竟是王府，处处都能透出大气和皇家特有的建筑风格，他所在的院落虽然偏在一处不知名的宫殿后面，有点背阴，但颇为精致，尤其是窗下的一块太湖石，虽然不大，但瘦漏通透，搭上几株斑竹，极有韵致，很对他的口味。室内文房四宝自然少不了，仔细看，都是精品，他刚从长兴来，长兴与湖州近在咫尺，而湖笔天下闻名，即便如此，王府的羊毫比他随身携带自用的还是要高出一个等级，显示王府的品位不低；案头架上有不少书匣，翻翻，竟然有若干戏文宝卷之类的小杂书，这让吴承恩嘿嘿一乐，看来他的前任也是一位不务正业的“混账东西”，心头顿时轻松了不少。

首先需要正式拜见长史，交上任职的公文。

长史是王府里朝廷官员的总负责人，官居五品，比吴承恩要高出一截，但年龄却要比吴承恩小一截。这位年轻的上级很客气，在完成一系列的登记交接手续，安排了面谒各位王爷的种种事务后，便按照文人交往的惯例尊称吴承恩为射阳先生，并说王府的朝廷官员不多，大家以后除了正式场合，平日就不必拘礼了。最后，长史告诉他，明日中午为他接风，同僚们见个面。

蕲州的街上有很多茶馆、酒楼，围绕在王府周围，除了呼酒猜枚的喧嚣之外，扇窗里不时也会飘出嗤嗤浅笑、淡淡歌声。但最好的酒楼在城外，城外更靠江边还有一座小山与麒麟山相对，叫凤凰山，山上有酒楼，叫凤凰台，长史所说的接风宴就摆在凤凰台上。

王府里的官员都到齐了，长史一一介绍。他们的官职名称与州府道县不同，基本上按照宫廷的体制设立，如审理、奉祠、典宝、典膳，犹如朝廷的六部九卿，只做过县丞，只习惯与知府、县令打交道的吴承恩着实有点不太适应，不知究竟应该行何种礼节，未免有点张皇。

长史大约知道一点吴承恩的底牌，但他并不急于捅破窗纸，而是在呷了一口酒后慢慢地说起了自己的身世。原来长史是嘉靖二十六年李春芳的同年进士，中进士时三十不到，也是当地有名的“大才”，本可以留京等候部选，也就是进入六部任职，但他年轻气盛，上疏要求外放贵州为县令去实践自己为天子牧民的理想，然后凭政绩民望连续三届九年考绩均为优等，擢升时任首辅严嵩的家乡，江西分宜县所在的袁州府知府。但在知府任上，屡次因为处理严氏族人横暴乡里案得罪严嵩父子，加之性情迂执，看不惯权贵当道，于是托人谋了一个王府长史的职位，算是隐居了吧。他说：“这王府其实很好。朝中视王府任职为畏途，那是因为王府无权、无势、无钱，如果真的看透世事，不去想那些昧心的事，无权、无势、无钱未必不好。我等自幼受圣贤教导，理当为天子分忧，为百姓谋福祉，但既不甘于与奸佞同流，又无力救小民于水火，那就寻一块清静之地，也不失安身之道。”长史的语调淡然略带忧伤，酒宴一时寂静。但不久就有人哄然响应，原来诸位同僚都是失意者，失意的原因不一样，最后被冷落到王府的结果却一样，对人生仕途的这一结局，他们都已习惯，已经不再将失意视为一种负面的生活状态。

吴承恩用眼睛瞟了长史一眼，长史向他灿烂一笑。吴承恩这才明白长史隆重接风的深意，显然是要安慰他，让他尽快从纠结中走出。他不由得从内心里感谢这位年轻的上司，忽然间又想到把他安排到荆府岂不也是李春芳的精心设置！

各位同僚已经开始斗酒。当吴承恩犹如醍醐灌顶般恍然大悟之后，他内心的阴霾便一扫而空。既然同病，便当相怜相惜；而相怜相惜之时，友情便已经生长。他端起酒杯，向周遭一揖：“承蒙各位看重，吴某便敬大家一杯。”一饮而尽。长史喝声彩，道：“王府官员，虽然他人不尊、不贵、不重，但我等却须自尊、自贵、自重。王爷对于我等，就是如天之君；我等之于王爷，就是左右将相，为何不自贵重！”

轮到吴承恩喝彩。

王府的主人是王爷。王爷都是龙子龙孙，王府生活基本上仿照朝廷的格局安排，不过简单一些，或可称为简化版、微缩版。到嘉靖年间，荆王府已经繁衍为一个大系统，历年扩建了若干宫殿；又因为已经有了若干子系统，每所宫殿里便由一位子系统的承袭王占据。

在玉华宫，吴承恩首先拜见了第六代荆王朱翊钜。玉华宫是荆王府的主宫，虽然不能像京城皇上栖息的谨身殿那么辉煌，但也少不了一种庄严凝重的气象，坐在龙椅上的朱翊钜显然对接见吴承恩郑重其事，特意身着明黄龙袍，照例训勉一番，也照例有点赏赐，这给吴承恩留下了很好的印象。就在例行公事即将结束的时候，第五代樊山王朱载埁到了，他是朱厚烇的小儿子，也就是当今荆王的叔叔。原来荆王定于本日接受新任朝廷官员的拜见后，也通知了王府角角落落里的各路支系王——当然，压根也没指望他们到场，不过例行公事而已，但朱载埁居然在仪式即将结束时来了，令人奇怪。

这位爷身着五彩道袍，头戴纯金道冠，腰上别一把桃木剑和一只洒金葫芦，一边捋着飘至胸前的长须，一边踏“鹤步”数“龟息”，慢慢踱上了那把本来属于他的座椅。吴承恩完全没想到王府竟然有如此奇葩活宝，但他不能有任何失礼，连忙躬身行礼。

这位王爷居然盯上了他。原来吴承恩来王府的时间虽然还不长，但已经以通三教，汇九流而混得声名鹊起。这正是樊山王希望网罗的人才，所以特意找了过来，否则他在自己的朱紫宫里呼吸吐纳，哪有兴致来见什么纪善之类的小官员。

有证据表明，吴承恩得以在荆王府完成《西游记》，是因为受到了怂恿支持，而怂恿支持很可能就来自这位樊山王。是否确实，暂且不论，但我们觉得要说一说明代的王府。明代的王爷受到严格的政治限制，不得擅自进京，不得交结大臣，不得过问地方政事，但有相当优厚的待遇，比如第一代亲王可以享受一万石的俸禄，如果与当时皇上的血缘较近或者皇上看去比较顺眼，还会有大量额外的恩赏，作为他们不能过问政治的补偿。王爷们既然不能轻易走出大门，那就在自己的大院里找点事情干干吧，所以大部分王爷都有一点兴趣爱好，有的调风弄月，吟诗作词；有的意存风雅，练字习画；有的修仙炼丹，求佛问道，其每一类都有人成为被后世认可的著名人物。比如第一代宁王朱权，当年曾经拥重兵于边塞，军权被剥夺之后很知趣，便把聪明才智倾注于文学，成为青史留名的戏曲大家；再如明中期之后在王府中兴起一股刻书之气，由于有富余的资金，藩王刻书用料与做工都十分考究，代表了当时当地的较高水准，为与市面上坊间良莠不齐的各种刻本有所区别，后世藏家便将出自王府刻工精良的统称为藩府本，有人甚至直接说明代刻本当中，刻印最好，校勘最精者，应数各地藩府本。又由于藩王刻书纯为爱好，所以藩府本中有不少古代特有的生活类科技书，如医学、棋书、音乐书、茶谱、花卉、法帖等，甚至有一般文人不入眼的戏曲唱本等，这些版本都很珍贵，为后人所重视。而荆王府的这位樊山王不那么喜欢附庸风雅，却属于好道、好神仙之事的那一拨，史料称他“闻古有淮南八公、梁四公，慕之，折节名士”。淮南八公、梁四公都是与神仙方士、王爷清客有关的著名典故，吴承恩的间接朋友、与徐中行交好并同列后七子的吴国伦与这位王爷很熟，曾经写过一首《答樊山王朱载埁》诗：

老病龙钟卧北园，思君何日奉清言。真风好与神仙近，雅道谁知帝子尊。

石上彩云流锦席，松间白鹤引华轩。平台受简多宾从，不必狂生更在门。

这首诗活灵活现地写出了这位樊山王的日常生活，说他家里平时宾客盈门，各种各样的“狂生”奔走于王府内外——那些放浪不羁的文人、逍遥江湖的山人、邋遢肮脏的丹客和仗剑游走的侠客，就像当年淮南王身边有八公、梁武帝身边有四公一样。

这么一个环境，这么一位领导，是不是应该勾起吴承恩的创作热情，是不是很应该孕育出《西游记》？

第一章

攘夺与回归：谁能坐上作者的宝座

能为一部从久远之前继承而来的文学作品找到作者，是很难得的事，因为曾经的那些时代以读小说为贱，以写小说为耻，挚爱文学写小说的人都得偷偷摸摸，岂敢光天化日之下署上自己的姓名？我们的读者能对照作者阅读文本，也是值得庆贺的事。其中有无数学者的心血。

目前《西游记》的研究者和大众读者，基本上都已经接受了明代淮安府的落拓书生是作者的结论。但怀疑还有，总会有人不时翻出多年前的资料，添枝加叶，营造话题；所以也总有读者说“我有所耳闻……”“我听说过……”。我的基本观点是：疑问确实有过，但到目前为止，真正具有学术意义的争论已经基本平息，也就是问题已经解决，现在流传的一些说法属于社会传播上的余波。我们下面要详细介绍有关证据——我们不仅要让读者信服，而且希望读者能把对作者的了解、理解带进阅读中，把作品和作者糅合起来读，我觉得，才比较有意思、有深度，才算有文化。

关于《西游记》作者署名的几个阶段

有人想争夺作者的宝座，自然是因为有机可乘，因为最早的《西游记》出现时，没有署名。

（1）第一阶段：不署名阶段。《西游记》最早出现在金陵世德堂书店时，并没有署作者的姓名，只是有一行“华阳洞天主人校”的字样，还有一篇署名“秣陵陈元之”的序言。这在那个时代是普遍现象，并不会影响销售，所以书店主人和当时的读者都没有充分关注。

我们后来回首关注的时候，想起来当时其实是有一点线索提示的。就是书店的主人请“秣陵陈元之”写的一篇《刊西游记序》，其中有几句话说到作者的问题。原文说：

> 西游一书，不知其何人所为。或曰“出今天潢何侯王之国”，或曰“出八公之徒”，或曰“出王自制”。

这句话既是文言，又涉及明代王府的典章制度，比较难懂，经常有人引用时产生千奇百怪的理解错误，所以我们翻译一下：

> 《西游记》这本书，不知道作者是谁，但有人说出自当今皇家某位侯王的王府，有人说是王爷的清客幕僚们所为，也有人说是王爷自己所作。

学术上习惯称这段话为“三个或曰”。这三个“或曰”提到的作者从语气上看似乎还属于风闻，但话中有因，已经弥足珍贵，后来由此寻找到确定吴承恩为《西游记》作者的重要证据。

客观地说，在《西游记》面世的最初几十年间，作者署名的缺失并没成为问题，还是那句话，作者不追究，商家无影响。明代其他出现在市面上的《西游记》，均属于翻刻世德堂本，因而各家也都一如既往地予以忽略。

（2）第二阶段：假造丘处机阶段。到了清代初年，一位名叫汪澹漪的道士也翻刻了一部《西游记》，他别出心裁地改名为《西游证道书》，又想当然地臆造出一段发现“古本西游记”的故事，说：现在经过我的研究，发现《西游记》的作者是名头很大的元代道士“长春真人丘处机”。长春真人，就是金庸《射雕英雄传》里那位天下武功第一的王重阳最小的弟子、全真七子中的小老弟丘处机。历史上实有其人，他的真实身份是元代道教的领袖、全真道派的传世继承人，也是一位很重要影响很大的文化名人。这位清代的汪道士之所以要伪造道教祖师丘处机为作者，是因为他想把《西游记》说成是一部“证道”的也就是指导修炼金丹道的教科书，而丘处机确实也有过一本《长春真人西游记》，一般也简称为《西游记》。以汪道士的身份，他应该知道丘处机的《西游记》和小说《西游记》根本不搭界，完全是两码事，但他有自己的目的，就是想要鱼目混珠，把小说《西游记》弄到丘处机头上，否则说《西游记》证道还有什么说服力？从他要弄的这点小技俩来说，他成功了，终于弄假成真，让大家都相信“长春真人”丘处机是《西游记》的作者；后来清代翻刻《西游记》的大多数是道士，因此整个清代的三百多年中绝大多数人都这么说。当时有少量的文人学者如纪晓岚、钱大昕等产生过怀疑，纪晓岚证明《西游记》故事里面的许多典章制度比如内阁大学士、东城兵马司等等，都是明代才有的，不可能与元代的丘处机发生什么关系。钱大昕证明丘处机确有一本《西游记》，但丘处机的西游，不是去西天印度，而是去阿富汗找成吉思汗；他同行的弟子把这段经历记载下来，写成了一本《长春真人西游记》，但与小说《西游记》是完全不同的两码事。但没用，这几位学者的意见根本无法扭转社会舆论。

（3）第三阶段：提名吴承恩阶段。二十世纪二十年代，在“五四”新文化运动的背景下，鲁迅与胡适等现代大学者开始用一种比较西化的模式研究中国通俗小说。西方的研究和中国传统的研究有一点重要的区别，就是西方非常重视作者，他们认为不了解作者的读书也就是看个热闹而已，因此当时对于《三国演义》《水浒传》《西游记》，乃至《红楼梦》这类的小说，鲁迅和胡适等都做了前人不太重视的作者甄别。对于他们那样的学者，把《西游记》植名于丘处机名下显然是一个很容易被识别的错误。

胡适在1923年完成的《〈西游记〉考证》中明确说道："《西游记》不是元朝的长春真人丘处机作的。"鲁迅则更在同时期完成的《中国小说史略》中直斥长春真人之说为"不根之谈"。他把目光聚焦到了《淮安府志》曾经记载的"淮安嘉靖中岁贡生吴承恩"身上，指出：

> 天启《淮安府志》卷一九"艺文志"直接提到了吴承恩的著作中包括《西游记》，这应当是很明确的证据。

稍后，另外还有几位大学者董作宾、郑振铎、赵景深等也开始了对吴承恩的研究，赵景深还于1936年首次撰成《西游记作者吴承恩年谱》，以后"吴承恩说"就占据了主流；我们现在看到的数百个版次的《西游记》出版物，也都认可了吴承恩的著作权，那种坚决不认账，还是以"明·无名氏"署名的可以忽略不计了。

（4）第四阶段：怀疑吴承恩阶段。因为对吴承恩始终有怀疑存在，因此二十世纪八十年代爆发过一场规模甚大、卷入者甚多的学术讨论。焦点是1983年复旦大学的著名学者章培恒先生提出若干怀疑，大概是认为《淮安府志》著录的吴承恩《西游记》著作并不能指实为一本通俗小说，而很可能属于地理游记。这些意见虽然出现在章先生的笔下，但却代表了一批海内外学者长期郁结在心中的疑虑，所以一经提出，即引起广泛关注，讨论陆续延续数年，逐步形成了学术界"挺吴""疑吴""否吴"几种鲜明的观点。

其中除了关注吴承恩之外，还有人提出世德堂本提到的"华阳洞天主人"应该就是《西游记》的作者，且可能就是前面提到的吴承恩挚友李春芳。

理由之一：李春芳祖籍句容，句容古称华阳，毗邻金陵，因此他可能就是金陵世德堂聘请的华阳洞天主人。但这纯属不根之谈。吴承恩有这样一位位高权重的好朋友确实吸人眼球，但我们迄今没有发现李春芳与"华阳”有任何关联，甚至在李春芳的诗文集中都没有刻意提到过“华阳”字样。换句话说，我们没有发现李春芳对华阳、对句容有特别的感情。

理由之二：李春芳有“青词宰相”之称，就是专门帮皇上写祭天文章的大秘书，对神话和道教了解甚深，又与吴承恩有过密切交往，因此可能是吴承恩的同谋，独自完成或者参与过《西游记》的创作。这也是不可接受的臆想。李春芳二十一岁中举，三十七岁进士第一也就是中了状元，入翰林院供职，五十余岁进入内阁，官做到首辅，此后主要生活于京城官衙，从未接触民间，虽然写了多年的祭天青词，但以他的身份地位，他没有时间，也没有兴趣和胆量去写《西游记》这种通俗小说。

理由之三：“李春芳”写过通俗小说《海刚峰先生居官公案传》（《大红袍》），因此也有可能与《西游记》有关。这仍是误解。《海刚峰先生居官公案传》是万历年间面世的书，那比吴承恩、李春芳可是晚了二三十年，虽然署名“李春芳”，但前面又有“晋人义斋”字样，这就是另一个人了。据查，嘉靖、万历前后还有三四位在文献里出现的李春芳，都与吴承恩、《西游记》扯不上关系，因此特别要防止因“华阳洞天主人”几个字而扯上李春芳，又因为李春芳而扯上同名同姓的首辅李春芳。

（5）第五阶段：肯定吴承恩阶段。近二十年来，“挺吴”的进展较大，质疑的声音虽然还时有出现，但既无新的证据出现，也无学理上的进步，显得底气不足，因此可以忽略。即使有旧话重提，也是炒炒冷饭而已。我们认为，或许因有了新的文献证据，或许因有了新的判读，或许因冷静地考虑了对方意见，目前真正具有学术意义的争议已逐渐平息，意见也逐渐趋向一致，就是肯定了《西游记》的作者是吴承恩。

质疑吴承恩写定《西游记》能成立吗？

之前曾经有学者提出过一些质疑理由，当时算有证据，但现在那些理由都已经不算证据，因为经过若干学者的努力，问题已经澄清了。这里介绍一下。

先说吴承恩作《西游记》的主要证据来源于明天启年间的《淮安府志》。在这部《淮安府志》的“艺文志”里，提到吴承恩名下有一部《西游记》：

吴承恩　射阳集四册□卷　春秋列传序　西游记

另外在“人物志”里还有一段文字：

吴承恩，性敏而多慧，博极群书，为诗文下笔立成，清雅流丽，有秦少游之风。复善谐剧，所著杂记几种，名震一时。数奇，竟以明经授县贰，未久，耻折腰，遂拂袖而归，放浪诗酒，卒。有文集存于家，丘少司徒汇而刻之。

这两条著录清晰明确，相互印证，已经是中国古代小说中关于作者的最明确的文献证据了，但是，仍然难以取信于坚定的“否吴”派，而且因为其明确，便成为“疑吴”“否吴”者一定要推翻的要点。下面我们就作为“挺吴”派，或者说作为正方，来逐一回答质疑中似乎具有学术合理性的几条：

质疑一：说《淮安府志》的“吴承恩《西游记》”可能是一种同名异书，也就是另外一本书，与百回本《西游记》不是一回事。

这是假想。从证据完整的角度看，《淮安府志》的著录的确不够尽善尽美，因为它没有弄一个“摘要”，说明本书主要讲述“孙悟空和唐三藏、猪八戒的故事”。所以同名异书在理论上有存在的可能，但仅仅是在理论上存在，根本不能作为学理上质疑的理由。要反驳这种“同名异书”的观点其实很容易。首先，要弄清是否属于不同的另外一本书即“异书”，最有效的方法就是找出异书或有关资料——把你认为的异书即另外的那本《西游记》拿出来，这不就什么都明白了吗？其次，要弄清是否属于异书，另一个有效方法是找到《西游记》的真正作者，也就是你得证明《西游记》的真正作者是某府某县人，与淮安没有任何关系，这不也就清楚了吗？而到目前，质疑者这两点都没有做到，凭空说有可能有这么一部“异书”，难以使人信服。因此“异书说”不能成立。

质疑二：说《淮安府志》的“吴承恩《西游记》”只是一条孤证，学术上讲究孤证不立，所以没有价值。

这是误解。事实上如前所述，在《淮安府志》“艺文志”著录“吴承恩《西游记》”并不是孤证，在“人物志”里还有“复善谐剧，所著杂记几种，名震一时”的描述，两者相辅相成，互为支撑说明。如果《西游记》不是通俗小说，那么吴承恩所擅长的“谐剧”是什么？他所著的、名震一时的“杂记”又是什么？没有理由因为它们出现在同一部志书中，就认为它们是同一条证据，这不合理。《淮安府志》属于官修志书，地方官府修志，也算百年或者数十年难遇的盛事，要由知府牵头，同知或者县丞承办，组织一个班子，邀请名士参加，所以我们看所有的府县志都有这方面的记录；然后讨论体例，确定修订内容，甄别入选条目，删除哪些，增加哪些，应该也有字斟句酌的过程，时间一般都长达数年，要说留下不着边际、难以落实的记载，这恐怕不太可能——因为吴承恩这位老秀才写了一篇地理游记，就用“性敏而多慧，博极群书”加以形容，你不会认为修志的那些官员都是在和我们这些后人开玩笑吧？

倒是“疑吴”“否吴”经常提到的一条说吴承恩的《西游记》被归入地理类的证据，也就是清代人黄虞稷的《千顷堂书目》，应该被视为孤证——误认的可能性很大，至今我们没有看到任何其他可以指认吴承恩《西游记》是地理游记的文献资料。

质疑三：说旧例地方志不收录通俗小说，说“杂记”也不包括通俗小说。

这是强辩。所谓“旧例”其实是一种比较虚幻的说法，旧时鄙视小说的风气是有的，有可能出现修志时剔除通俗小说的情况，但所谓的“旧例”二字却不宜轻用，那只是后人的主观认为，并不是规定，甚至约定俗成都不是，胡适、鲁迅、郑振铎、赵景深等这些研究吴承恩生平事迹的人，他们都是著名学者，都认为《淮安府志》中的《西游记》就是通俗小说《西游记》，所谓“所著杂记几种，名震一时”，就包括通俗小说《西游记》，他们都认为《西游记》就是杂记，可以进入地方志，我们有什么理由不承认呢？我们还可以举出实例：清道光《宝丰县志》在“艺文志”中就收录了李绿园的二十卷章回小说《歧路灯》，说“李海观（李绿园名）著：《绿园诗稿》……《歧路灯》二十卷”。所谓地方志不收小说的“旧例”是不是不攻自破了？

还有件有趣的事。二十世纪八十年代，《许昌师专学报》曾发表过一篇文章，说河南荥阳县（今河南荥阳市）发现吴承恩撰写的碑文，称怀疑碑文作者、县令吴承恩就是《西游记》作者。但后来查明这实在是一个巧合，不过同名而已。再后来我们还发现，在大约同一时期出现的身份条件差不多的吴承恩有四位。这样的巧合，本来说清楚即可，但总是有人喜欢拿来说事，就不好笑了。

能被《淮安府志》记下的，只有一位吴承恩，只有他才是《西游记》的作者。当然，除了天启《淮安府志》，我们还应该考虑更多的要素。

确认的要素：作者的人生经历不容忽视

《西游记》中提供的信息有些具有硬性规定作为支撑，比如当《西游记》的作者还普遍被认为是长春真人丘处机时，纪晓岚从中找出了明代才有的典章制度锦衣卫、司礼监、大学士、翰林院等，于是断然声明“为明人依托无疑”。又如《西游记》比丘国出现的“谨身殿”，这具有历史规定性，我们现在知道谨身殿有两处，一个是明朝紫禁城的三大殿之一，建于明初永乐年间，毁于嘉靖三十六年火灾，几年后重修改叫建极殿，清代又改称保和殿一直到如今，很显然，谨身殿是明代独有的一个名词，而且在嘉靖之后也就不用了，这无形中已经规定作者必然是经历过嘉靖朝的人；另一个谨身殿（宫）在吴承恩曾经任职的荆王府，是荆王府的主宫之一，这就与吴承恩的关系更为密切了，《西游记》里的这个名称更可能直接就来自王府。

前面述及，世德堂最初刻印《西游记》时，曾邀陈元之写了一篇《序》，其中说到了三个“或曰”，隐约提示作者与当时的某个王府有关。这很重要，是整个证据链下桩立柱的第一环；吴承恩确实有“荆府纪善”的任命，也就是在荆王府担任纪善这个八品官职，这见诸文献，二十世纪八十年代淮安县政府也已经调查到吴承恩的墓地，找出了他写有“荆府纪善”字样的半截棺头板，其中传奇的过程曾被多次引述，这里不再重复，只是强调这已经没有疑问，但问题是：吴承恩他到任了吗？过去曾经认为他仅获得了这一名誉补偿但并未实际任职，但现在我们已经能够证明吴承恩确实到了湖北荆王府，做了具有清客意味和八公之徒一般的纪善，并且把荆王府写进了《西游记》。

如何证实？拙著《西游记的诞生》列举了对吴承恩若干诗文的考证，有兴趣的读者可以参看。这里仅介绍关于荆王府和玉华国的问题，也就是指实吴承恩把自己的经历写进《西游记》的问题。下面我们复述一下。

请读者先回忆一下：《西游记》唐僧取经经历九九八十一难，实际有四十多个故事，其中有大约十个发生在人间国度。除了一个没有妖魔的女儿国，有妖魔的那些人间国度，国王非昏即庸，只有一个贤明，那就是玉华国国王。玉华国的故事发生在《西游记》的第八十八回至第九十回，说唐僧师徒路过此地，此地国王甚有贤名，对唐僧师徒也甚为礼敬。该国有三个小王子，愿意拜孙悟空、猪八戒、沙和尚三人为师学艺。因为悟空等三人的兵器太重，不适宜凡夫俗子使用，于是国王就请了工匠减轻分量照样打造，但金箍棒的光芒惊动了附近山中的妖魔，于是一窝狮子精偷走了兵器，引来一场大战。为什么说这玉华国就是吴承恩眼里的荆王府呢？

首先，看玉华王的身份。《西游记》说玉华王为皇室宗裔，封在此地玉华县或称玉华州为王，自称“孤在此城，今已五代”，“也颇有个贤名在外”，《西游记》的所有国王中，只有这位玉华王既不昏也不恶，是个尊师重教的好王。荆王的身份在《明史》里可以查到，他最初封在江西南昌，后来迁至湖北蕲州，这位荆王恰也有贤名在外，恰巧也有三位小王子，这在《明史》里都有记载。

其次，看玉华国的名称和地位。这玉华国虽然称国，但却是个封国，即诸侯国，可能坐落在某一个州、府、县，所以《西游记》里一会儿称王府是州，一会又称它是县。这荆王府是个封国毫无疑问，它所在的蕲州，在明代恰也是一会儿称州，一会儿称县，建制不断地变化。

再次，看玉华王府的大门。《西游记》说玉华王王府“府门左右，有长史府、审理厅、典膳所、待客馆”。这是典型的王府配置，《明史》是这样说的，《蕲州志》卷四“荆封”是这么说的，《荆藩家乘》说到荆王府官员的实际配置时，也是这么说的，与《西游记》的描述连顺序都一样。王府并非各地都有，王府的制度也并非常识。试想，如果没有王府的任职经历，能有如此精确的描述吗？

最后，看吴承恩的地位。《西游记》说玉华王府有三位小王子，因仰慕而拜孙悟空兄弟为师，而荆王府恰也有三个小王子。更巧的是，玉华国三个小王子拜孙悟空兄弟为师，而荆王府的三个小王子恰恰是吴承恩名义上的学生。《明史》说“凡宗室年十岁以上，入宗学，教授与纪善为之师”，不管纪善是否能实际管教，但纪善的身份就是这些王子的老师，显然，玉华国三个小王子拜师学艺的情节也非空穴来风。

实际上，吴承恩在荆王府过了几年比较平静的日子。利用这段水波不兴的人生时光，吴承恩抚平了在仕途上被深深刺伤的心灵，也趁势完成了自己一生的最大心愿。今天回头看他的人生旅程，完成《西游记》的愿望可能在他的青壮年已经孕育而成，但科举的压力和仕途的颠簸耗费了太多的精力和时间，特别是总不能给他一种安宁的心境，以致他自己都已经不再奢望。现在他以这种方式实现了自己多年前的意愿：做一个“野史氏”，写一部“盖不专明鬼，时纪人间变异，亦微有鉴戒寓焉”的书——当年是《禹鼎志》，今天是《西游记》。

王府的生活本来就很清闲，由于有王爷的支持，吴承恩整理唐僧取经故事的进展很快。到隆庆四年（1570），荆王府改朝换代，吴承恩在王府已经有了两个多年头，算来已经完成一任了，按照王爷授意写的《西游记》也已经完成，于是他老人家整理行装，打道回府了。书稿，留在了荆王府，写《西游记》这样的小说，在旧时代绝不是什么值得夸耀的事，不会有任何收益，这点吴承恩很清楚，所以他没有想到把书稿带回去，王爷曾经答应要刻印这本书，喜欢就让他去弄吧。但不知何故，也许王府发生了什么变故，吴承恩直到逝世（约 1582 年），整整十年都没有等来《西游记》已经刻印的消息，在十年后的万历二十年（1592），这部有一百回篇幅的《西游记》才在南京一个叫金陵世德堂的书坊面世。

旧时工匠逢有得意之作，总会郑重其事地留下题款。碰到不适宜留款的东西，也会设法在隐蔽处留一点自己的印记，比如在画卷的山水枝叶里写下自己的名字，在陶瓷器具的里壁敲一个印章，这都很容易理解，毕竟是自己的心血。在《西游记》中，吴承恩也忍不住弄了点痕迹：他把荆王府写进了《西游记》，他用自己的方式，在《西游记》中为旧日东家恩主荆王府留了一个千古“贤名”。

确认的要素：作者的文学素养不容忽视

对于读者来说，《西游记》首先是一部文学作品，乃是由于其主题的深邃、人物的精彩、情节的丰富、语言的特色等而跻身名著行列。很显然，其作者必须全方位地具备完成这些创造的文学素养。如果说，早期的取经故事经过了贩夫走卒之手，能够令人信服；但如果说最后定本的世德堂《西游记》同样由贩夫走卒完成，则属无稽之谈。

具体而言，可以归纳为一个问题：谁能写得了《西游记》？

其实《西游记》的文本也已经提供了若干关于作者的明确限定。我认为，到目前为止，吴承恩之外所有被提名的作者候选人没有一位具有写作《西游记》的文学资格，包括前面提到的李春芳和丘处机。据说李春芳善写青词，但我们没见过，现在在他集子中见到的诗歌，也还是以平实为主，即使抒情，也都有一种内敛的意味，绝无《西游记》那样的张扬。我也看过丘处机的所谓“西游记”，其中记录了很多丘处机的诗，且不论水平的高下，就这些诗的文笔风格而言，丘处机平实、纪事的文风，与神话《西游记》也根本就不是同一回事。

我们理解《西游记》的作者，从文学上来说，必须符合下列条件：

首先，《西游记》具有儒释道三教色彩，却不改变世俗文学作品的本质：题材来自佛教，但作者于佛理并不精通；配角道士始终出现，但作者的态度甚为不恭；儒家的道德不显山不露水，却是无处不在的最终评判标准。这其实就是锁定作者的限定条件：有佛道两教知识，却不是教中人物，儒学才是其所学根本——这就决定了作者是位科场中走过的读书文人。

其次，《西游记》的情节奇特如幻，语言幽默诙谐，性格鲜明滑稽，往往有匪夷所思的神来之笔，与《三国演义》《水浒传》《金瓶梅》等绝无混淆之虞。这些方面的特色是天生成就，不可模仿，并不是等闲的读书人可以做到的。我们必须物色那些风流倜傥、意气激昂、不拘小节、狂放张扬的角色，当然有诗文或者其他作品为辅证更好。

最后，《西游记》涉及社会文化生活的很多方面，如写到了围棋，说到了绘画，谈到了诗词，引用了神话，而且均非泛泛，其文学功底的深厚在行家眼里一目了然；在不经意中，涉及三教九流、五花八门，堪称无所不通，无所不精，其生活氛围的复杂性全在其中。这也是选择作者的限定，读死书的读书人显然又是不合格的。

吴承恩恰恰具备了最合适的条件。少年神童，官民惊艳，笔走龙蛇，上下九天，那种俊逸豪迈，与李白、苏轼走了同一条路子，打开他的集子《射阳先生存稿》看看，应该套得上古人的一句俗话“信不诬也”。

关于更多的才艺，请看下一章的介绍，这里仅就诗文的风格举两个例子。

例如：驻节淮安的漕运总督唐龙母亲过生日，总督找人画了幅海鹤蟠桃图寄回家乡金华为老夫人祝寿，画上又找吴承恩题了首七古诗，诗云：

> 蟠桃西蟠几万里，云在昆仑之山瑶池之水。海波吹春日五色，树树蒸霞瑞烟起。倚天翠巘云峨峨，下临星斗森盘罗。开花结子六千岁，明珠乱缀珊瑚柯。彼翩知是辽东鹤，一举圆方识寥廓。八极孤抟海峤风，千年遥寄神仙药。此桃此鹤世有无，细视始惊为画图。灵光散宝轴，辉映黄金涂。函之拜送仰天祝，我公心寄南飞乌。……金门更问东方朔，华表重逢丁令威。令威挥动白云袍，春酒年年艳碧桃。北斗一星随婺女，瑞华长傍紫微高。

这是在拍老太太的马屁，把她老人家说成是瑶池的王母女仙。这行文风格的逍遥和语言的驳杂，哪是一般的老书虫或者走江湖的先生可比，所谓的神话、旧典，各种稀奇古怪的奇思妙想，什么“开花结子六千岁”的“蟠桃”、偷桃的老祖宗“东方朔”、唐僧老家的“弘农郡”、西王母的“瑶池”，真的就是信手拈来，脱口而出，哪还用得着苦思冥想。我们的读者还看到过比这更接近于《西游记》的吗？

例如：吴承恩五十岁之后，曾经在南京国子监读书数年，与以著名才子何良俊、朱曰藩为首的号称“江南才士”“白下风流”的一帮文人有过密切交往。这期间，留下了一首艺术性非常之高的七古《金陵客窗对雪戏柬朱祠曹》。诗曰：

我梦倒骑银甲龙，夜半乘云上天阙。星河下瞰冻成石，卷起随风散为屑。划然长啸斗柄摇，两岸缤纷堕榆叶。仙娥并驾白鸾凤，顾我殷勤赠环玦。觉来开户仰视天，拊掌惊呼太奇绝。乾坤表里总一色，但见梅花扑香月。

狂铺鹿革坐翳花，长笛横吹古时铁。飞来老鹤鸣向我，顾影蹁跹弄明灭。是时身在水精域，肝胆森森共澄澈。呼童问此何物邪？童子无知强名雪。祠曹老郎隔桥住，鼻气吹珠挂寒鬣。披书缩颈映窗读，声与饥鸦和呜咽。茶香酒美君傥来，火蔟铜瓶水方热。

朱祠曹就是他的好友朱曰藩，此时在南京兵部任职祠曹，与吴承恩隔桥而住，有可能还户窗相对。大雪天，那边“祠曹老郎隔桥住，鼻气吹珠挂寒鬣。披书缩颈映窗读，声与饥鸦和呜咽”，读书读的是辛苦，与“头悬梁”“锥刺股”也差不多；这边，赏雪，吟诗，再加上香茶美酒、火蔟铜瓶，读书读的是情趣，是兴致，一派名士风度。两相对照，真有天壤之别。再看，雪景、梦境，孰是人间，孰为仙境，已经难以分清，这种氛围，这种文笔，与《西游记》中多次出现的雪景对照，如何？

文人风格的养成受多种因素的影响，学不得，仿不来。与吴承恩同期兼同事的归有光，号称大家，声名赫然，其《项脊轩志》《寒花葬志》深情绵邈，催人泪下，但却绝无半句有在《西游记》中信手可以拈来的吴式才气。朱曰藩，就是上面的朱祠曹，在进士中以诗文见长，被认为是明嘉靖间“金陵六朝诗派”的领头人之一，但在他三十三卷的《山带阁集》中，几乎找不到一首有这种风格的诗文。这就是差别，不可弥合，什么样的范式与《西游记》更匹配，不能说毫无标准，如果连吴承恩的集子都没有翻过，所谓吴承恩是不是作者的种种意见能有多少说服力？

确认的要素：作者的社会意识不容忽视

一部影响深远的作品，必然有一些显著的特色和内蕴，这主要由作者的社会意识以及提供这些社会意识的环境所决定——有什么种子才有什么样的果，有什么样作者才有什么样的书——这些，都是研究作品与作者关系的切入点。

举一个例子：《西游记》里的道士很多，且大部分是妖道、恶道，国王身边的道士尤其如此，比如比丘国国王、车迟国国王这样的君主往往易受妖道的蛊惑。

我曾经和多位主张《西游记》作者为道教中人的研究者切磋，我说不管你们如何看《西游记》中有多少丹道术语，或者引用了多少具有道教文化色彩的诗词韵语，我只问一句，如何解释《西游记》把道士写得猥琐、凶恶、无知、低能？这句话一定会问得对方哑口无言，因为确实解释不了。这就是显著的特色和深层的内蕴，不可改变的底色。

为什么？如果《西游记》的作者有明显的宗教倾向，比如是佛教中人，这个问题好理解。但《西游记》的作者却偏偏是“三教合一”论者，他承认道教应有一席之地，说太上老君就是玉皇大帝的总顾问，住在三十三天之上；他还到处劝人家既礼佛，也修道，还敬贤，说这样才可以天下太平。那究竟是什么原因形成了作者对道教和道士的这种态度呢？这个问题一定要放在嘉靖朝的环境中才能说得明白。明代中期社会上比较流行的是以儒学为核心的“三教合一”思潮，但嘉靖出奇地佞道造成了朝野隆重的道教氛围，这让以儒学为本的知识分子很不满意，多有抨击，这就形成了嘉靖朝的文人既不得不承认道教，又处处不满于道教的奇怪现象。这就是《西游记》作者必须具备的一个外围条件。

还有哪些？

我们知道，《西游记》对社会的影射方式和其他的名著是不一样的：它既不正面描述所谓天下兴亡如《三国演义》，也不去揭华丽外衣后面的脓疮如《红楼梦》；既不“诲盗”如《水浒传》，也不“诲淫”如《金瓶梅》，它昭示的是唐僧虔诚的信念追求，悟空善恶分明的暴力，如果不是八戒有点小市民的恶俗，一部《西游记》简直就是满满的正能量；但即使有猪八戒的市侩狡猾，有孙悟空的暴力倾向，有盘丝洞那么一点小小的色情，我们也不能说《西游记》就不深刻，就不隽永。因此，《西游记》的作者在人生态度上，总体上应该积极正面。

还有，《西游记》的作者显然不是罗贯中那样的江湖艺人，江湖艺人要把大众关心的天下兴亡讲得直白易懂，《西游记》的情节虽神奇，却有很多文人情调和诗词歌赋，不适宜在酒楼茶馆开讲；显然也不是张士诚、施耐庵那样的暴政批评者（这里取大丰施耐庵说），因此没有那种视人命如草芥的戾气，没有喊一声“逼上梁山”的勇气，对暴政虽有批评，却不过是开个“皇帝轮流做，明年到我家”的玩笑；他也不是曹雪芹那样的世家贵公子，所以《西游记》里再多几次各级宴会，也没有刘姥姥面前的茄子酱和妙玉那般饮茶，所谓的皇宫宴席也不过是泛泛地说说而已；他甚至不是秦楼楚馆的留恋者，更不会是帮派黑社会的参与者，你看《西游记》里社会百姓的主体都是很干净规矩的生意人或者读书人，如旅店老板、寇员外等。我们不能说这和作者的身份地位、社会环境没有关系。具备这样社会意识的人，又应该是什么样子？

其实吴承恩正是能够满足这些条件的人。我们在下一章会有详细介绍。

为什么他会有完成《西游记》的念头？吴承恩曾经正面为我们提供过答案。在他的《射阳先生存稿》中，有一篇不长的《禹鼎志序》，非常值得注意：他自称自己从小就爱读杂书，积攒零花钱偷偷地买，还往往要躲起来读，以逃避父师的呵责；尤其喜爱讲神鬼故事如《酉阳杂俎》《玄怪录》那样的志怪；为什么喜爱？因为其“善摹写物情”，也就是使用了文学的手段，天性喜欢；时间长了，自己就立志写一本，这种文学冲动一直延续到需要为科举奔忙的中年，“斯盖怪求余，非余求怪也”，多么明确的文学激情！他的目标是“虽然吾书名为志怪，盖不专明鬼，时纪人间变异”，“微有鉴戒寓焉”，又是多么明确的文学标准！最根本的原因，在于他立志要做一个使读兹编者“悚然易虑”的“野史氏”。这样一个人，划归《西游记》名下不是很适宜吗？

很可惜，《禹鼎志序》往往被忽视，有时甚至是故意被回避。

第二章

科举与仕途：吴承恩是如何走来的

在上一章我们已经确认明代淮安府的那位落拓书生吴承恩确实应该是《西游记》的作者。那现在就为吴承恩画张工笔肖像吧。当然这是指描述吴承恩的生平、经历和他的性格、情怀。

其实吴承恩还真有一座半身雕像，而且是真容复原像，更是中国唯一的一座历史文化名人真容复原像。有读者会问：名人雕像不是很多吗？为何能称“唯一”？注意，用“唯一”有前提，是指真容复原像。中国的历史悠久，名人辈出，李白、杜甫、白居易、苏东坡都比吴承恩有名，但我们不知道他们是什么尊容，不知道他们消失于何处，人生是否还有痕迹。能知道的，目前只有吴承恩。

先把这个话题当作故事讲一讲。

图 2　根据头骨复原的吴承恩面容雕像

（中国社会科学院张建军制作）

1980年前后，当时的淮安县政府根据一本地方史料的记载，开始调查吴承恩故居。令人惊异的是，吴家老宅还在——虽然已经倾圮，但老院子确实还在！在这种情况下，修复故居就不是难事了。

由修复故居的调查又回溯了几年前的一桩公案。1975年，当地马甸中学的一位老师在讲授《西游记》课文时，很骄傲地对同学们说："知道吗？《西游记》的作者吴承恩是我们淮安人！"谁知第二天，有位同学报告说："我家有块吴承恩的石碑。"老师惊讶，于是去看，碑文下果真有一行"孤子吴承恩泣血撰次并书篆"，原来这就是上面所说的《先府宾墓志铭》的原石，这座墓的墓主显然就是吴承恩父亲号菊翁的吴锐老先生。因为生活困难，当地居民有挖古墓的习惯，弄点首饰固然好，但最直接的目标还是挖出棺材板卖钱，这个学生的家长前几天参加了一场挖墓，就把这块没人要的石板弄回来当了垫脚台阶。老师当然知道这是文物，于是逐级上报，后来省文物部门来收走了石碑，事情也就没了下文。

现在县里顺势调查了当年的挖墓情况。调查人员首先想到了被盗挖的吴菊翁墓并很快查到了当时的盗墓人。据他们说，在吴菊翁墓的旁边，他们还挖了另一个墓，这座墓的棺材上也有吴字，棺材板被卖给当地一所中学时，老师们当时曾说那上面的字可能是吴承恩的官职。这让调查人员大为兴奋。他们找到那所中学，老师们证实确有其事，但棺材已被改制为门窗，上面的确有字，大家记得是一个奇怪的官职与一个"吴"。正在大家议论纷纷的时候，一个姓吴的木匠插上了嘴，原来他就是用这块棺材改制门窗的当事人。他说：棺材买来时，因为上面有吴字，所以有人开玩笑说是我们吴家的老祖宗，我便信以为真，将用剩的半截棺头板也就是有字的那部分拿回家藏了起来。真是"皇天不负吴承恩"！吴木匠找来那半截棺头板，果然有"荆府纪善"四个字，断处为第五个字的开头，似为"射"字。由于木板的出现，又引起了曾见过完整木板的老师们的回忆，说以下的文字可以肯定是"射阳吴公之柩"。

图 3　刻有“荆府纪善”字样的吴承恩棺头板

其实，下半截是否有“射阳吴公之柩”几个字已不重要，只要有“荆府纪善”就已足够了。淮安历史上出任过荆府纪善官职的只有吴承恩一人，而且这块板又发现于吴菊翁墓一侧子孙穴的位置上，墓主是吴承恩已完全可以肯定。按照挖墓人的引导，调查组重新打开了吴承恩的墓穴，清理出当初被重新回填到墓坑里的三具骨骼，经测定为一男二女，显然这就是吴承恩和他的两位夫人。

非常具有戏剧性。于是淮安的吴承恩故居有了两件镇馆之宝：

第一件是根据出土头骨雕塑的吴承恩真容复原像。中国的历史文化名人虽多，但能够确认真容的却几乎没有。吴承恩的墓是可以确认的，因此他的头像可以说是至今为止唯一一座古代文化名人的真容复原像。从技术角度说，这种复原像的相似度可以达到 90% 以上，主要差距就在于软组织部分，如胡须、皱纹等；但换成艺术角度，这又为艺术家提供了发挥的空间。事实上，这尊真容像在吴承恩的年龄、装束和最重要的神情气质等方面都非常还原，生动地表现出了这位天才巨匠创作《西游记》时那种神情冷峻、凝神深思的内蕴。

第二件是那块刻有“荆府纪善”字样的半截棺头板。这是确认吴承恩《西游记》作者身份的重要证据。即如前面所介绍：以世德堂本陈元之《刊西游记序》中的“三个或曰”为一端，以吴承恩曾经有过王府任职“荆府纪善”为另一端，以《西游记》中玉华国即荆王府为中间衔接，就形成了一条确认吴承恩作者身份的证据链。

草根人家的骄傲

大明年间，吴承恩诞生在淮安府河下古镇的打铜巷里。在中国的公私记载中，但凡大人物降生于世，总会有诸如祥云、红光、惊雷等祥瑞或奇异天象伴随，但这一天，当人类的智慧之光再一次轰然乍现，照耀于这条小巷时，小巷却一如往常，只多了点婴儿的呱呱声和其家人的欢笑声——所谓祥瑞其实是编造的，为的是显示注定要成为大人物的这个孩子与生俱来的与众不同，或者是为了替已经成功的大人物补办一份权威的出生证明，如果降生的人物并不承载人们对生活的太多奢望，祥瑞便无须发生了。

正是此时此刻这个在宁静中诞生，没有人为其编造祥瑞而只与家人欢笑相伴的小人物，却在若干年后将惊世骇俗的《西游记》留给了世界。

父亲吴锐为儿子取名承恩。吴家原来几代都以单字取名，但大约由于吴家人丁不旺，四十五岁时吴锐娶侧室张夫人才生出了这新一代的传人；更由于老先生幼时的一段刻骨铭心的辍学经历，所以他本能地对这个孩子充满了期望。在给这个小孩取名时，吴锐舍弃了传统，而让孩子名“承恩”，不仅希望打破原有格局重新开始，而且以直接且通俗的方式表达了明确的愿望：但愿有机会承受帝王朝廷的恩泽。

岁月荏苒，一晃数年已过，小承恩已经长成幼童。虽然生活还是一如既往的窘困，但孩童时代的吴承恩给家人带来了很多快乐，不只是笨拙孩提的逗笑，而是发自内心的骄傲。因为这小孩太聪明，足以使吴家上下在邻里亲朋面前骄傲一回。在吴承恩晚年归乡时任淮安知府并与吴承恩结为忘年翰墨交的陈文烛，曾在若干年后为吴承恩的《花草新编》写了一篇序言，介绍了一些吴承恩的幼年故事。

第一个故事是画壁。说吴承恩尚步履蹒跚时，经常用石粉在墙上涂鸦，而画出来的大致都像。有天邻居老人家让他画只鹅，结果他画了只飞在天上的鹅。老人逗他，故作不解地问："鹅怎么能飞？"小承恩仰天大笑说："这是天鹅，你怎么这都不懂！"老人家张口结舌，直夸小承恩聪慧，无师自通。

第二个故事是考试，发生在吴承恩十六七岁时。有一次参加省里督学也就是教育厅厅长主持的学童考试，大约小承恩有杰出的表现，督学特意将小承恩叫到身边，挺有爱意地摸摸他的头，对大家说："这孩子将来一定大有出息。"原话是"一第如拾芥耳"，是说取得一官半职就如弯腰捡个草籽那么简单。

第三个故事是拜访。蔡昂是吴承恩的前辈，是被列入"河下三鼎甲"之一的著名乡绅。正德九年（1514），蔡昂殿试第三，当时吴承恩已经九岁，应当对探花郎当年高中所引起的轰动有所记忆，而且还应当是把自己懵懂的崇拜也献给了这位乡前辈，后来蔡昂回乡养病时，吴承恩决定拜访他。蔡昂府上有人拜访很平常，但问题是拜访需要资格。吴承恩当时只是一个小商人的儿子，年龄也只有十四五岁，无论从哪个角度看他都不具备在探花府上走动的条件。这就产生了故事。吴承恩后来回忆时，很是得意，用了一个"登龙识李"的典故作注释。"登龙识李"说的是后汉时孔子的二十代孙孔融拜访河南尹李膺的故事。孔融以早慧著称，十岁时随父亲赴京师。当时的一方诸侯李膺十分注意自己的身份，不轻易接待宾客，如果来访者不是当世名人或者通家世交，门人根本都不予通报。这倒引起了孔融的好奇，想看看这位李膺到底是何样人。他到了李府门上，对门人自称是李府通家子弟。李膺将他请入堂上后，看来者只是十岁的童子，不禁有些奇怪，问道："莫非你的祖父与我有旧日情谊？"孔融回答说："我的祖上孔子与阁下的祖上李老子当年共同切磋互为师友，我与阁下自然也是世代通家了。"一席话使得在座宾客赞叹不已，惊为奇才。这时有一位宾客迟到，座中人将刚才的一幕告诉他，他不以为然地说："少小聪明，长大未必出色。"一边孔融随口答道："听阁下的话，想必您就是早慧了？！"引得一座大笑。吴承恩使用这个典故就让我们有了想象的依据。当年探花府第的门槛也应很高，以吴家的家境，恐怕高攀不上，因此吴承恩的登门至少在形式上也是一次唐突的拜访。当然，少年吴承恩跨进蔡府时，应当也有一段卓异的表现，足以让蔡昂等前辈乡贤觉得眼前不请自来的这位年轻人"孺子可教"，也足以使吴承恩使用"登龙识李"的典故而不觉得惭愧。

吴承恩大约十六岁时进了学，成了府学的正式学员，也就是中了秀才，这是他人生的第一个重要成就。

古人如果选择了儒业，也就是决定走读书求仕的道路，那就必须从社学、县学、乡试、会试一级级地读过考过，依次成为童生、秀才、举人、进士，然后走上官途。孩子们通常是六七岁开始识字，读《三字经》《百家姓》和《千字文》，稍长大后再读"四书""五经"；在地方上正式登记学籍了就称童生，童生不论年龄，只要没有考入国家资助的官学——府学或者县学，就永远是童生，因此对童生而言，进县学、府学是第一道门槛，称进学；进学之后就有了国家承认的学籍，称生员，俗称秀才，也算是一种初级功名，意味着完成了跨向仕途的第一步。跨出这一步的年龄，因人而异，有人可能在行冠礼之前，也就是十几岁时便取得秀才称号，有人则可能一辈子都走不进府、县学的大门，故有"八十老童生"之说。

考中生员，理论上就已经跻身于士大夫集团了，就有了一些象征性的政治和经济待遇，比如可以参加县乡一级的某些活动，可以去政府领一些口粮和零花钱。但实际上，秀才的名头给穷苦人家、草根小民带来的变化，远远不止这些，因为毕竟可以稍稍挺一下腰板，必定会使有心欺凌的人稍稍考虑一下：家中的那个孩子潜力究竟有多大？在河下小巷里的吴家，这时就发生了一些很显眼的变化。自称“通家晚生”，参加了吴承恩诗文集《射阳先生存稿》整理的同乡后生吴国荣在跋文中说：

射阳先生髫龄，即以文鸣于淮，投刺造庐，乞言问字者恒相属。

后来清代的淮安文士吴玉搢在《山阳志遗》又说：

嘉靖中，吴贡生承恩字汝忠，号射阳山人，吾淮才士也。英敏博洽，凡一时金石碑版嘏祝赠送之词，多出其手，荐绅台阁诸公，皆倩为捉刀人。

相信当时吴家门口已经变得很热闹，有些人来道贺，有些人来看热闹，还有人乘车骑马从大老远的地方来求篇文章或者请写几个字。无论是求字还是求文，都会有一些用不同形式表现出来的报酬——古人称润笔或笔资，银子铜钱算，鸡鸭果品也算。

最让吴老先生宽心的是，儿子开始交上了比较有身份的朋友。吴家不远处，有一家富商姓沈，家里也有个与吴承恩年龄相仿名叫沈坤的孩子在读书。但相距虽近，两家却素无往来，原因只有一个：家境的区别——吴承恩只是一个卖丝绸彩带的“痴”老汉的儿子，而沈家是当地的大商户。沈家主人字卓亭，人称卓亭公，对儿子管束甚为严格，谢绝一切闲杂人等，只为保证儿子专心读书。但就在小承恩进学之后，沈家特意邀请小承恩去赴宴，让两个书都读得不错的孩童结交，相伴读书，并从此允许吴承恩在沈家自由出入。

最让吴老先生意外的是，儿子开始有了资助。因为文章做得好，少小吴承恩引起了邻县宝应的前朝才子朱应登的注意。朱应登比吴承恩长一辈，曾任陕西提学副使、云南布政使参政等职位，而且文章写得好，当时被称为才子，有相当高的声誉。他有个儿子叫朱曰藩，此时也在读书，年龄较吴承恩略大。大约是为了给儿子寻找学伴，朱应登托人找到了吴家，表示愿意让孩子们结为朋友，而且邀请承恩去他们宝应的家中读书，他们家以藏书丰富而在当地著称。巧的是，吴承恩和朱曰藩的别号恰恰都与连接淮安、宝应的射阳湖有关，一号射阳，一号射陂，二位少年的才名一时骤起，算得上响彻周边，因此有“射湖之上，双璧竞爽”之说。

最让吴老先生高兴的事，还得算儿子的婚事有了眉目。淮安当时有大户姓叶，祖上叶琪做过弘治朝的户部尚书，叶氏家族中有位小姐尚未婚配，因仰慕少年吴承恩的才名而有意联姻。这在当时是典型的下嫁，吴家当然乐意接受，我们甚至可以想象出吴锐老先生当时一定会有的诚惶诚恐的神态。吴承恩十八岁时写了一篇骚体诗歌《寿陈拙翁》，为一位老前辈的八十寿辰作贺。这位前辈是淮安城内最大的富商之一，名望甚高，为他作贺的机会应当是伴随与叶氏的联姻而来的，因为这位前辈正是叶氏的亲戚。这意味着吴承恩从此开始可以凭借叶家的影响而在淮安城的上流社会里走动了。

朱曰藩、沈坤都成了吴承恩的终身好友。他们一起读书，一起享受少年才名，但后来却走了不同的人生道路。三十岁前后，朱曰藩、沈坤都中了进士，朱曰藩最后官至九江知府，应当是四品左右；沈坤殿试第一，也就是中了状元，官至南京国子监祭酒，品级还要高一些，已经跨入省部级的行列。当他们已经威风八面的时候，他们的那位童年学友，却还困顿于“泥途”中。他们和吴承恩在人生轨迹上形成的差异，值得仔细推敲。

府学的落拓书生

进学以后，吴承恩面临的下一个人生目标就是乡试。乡试是省一级的科举考试，叫乡闱；因考期在秋季八月，故又称秋闱；由于放榜之时，正值桂花飘香，通常又美称桂榜。乡试中试的称举人，中举即有了做官的资格，所以对于业儒的士子，这是至为重要的一关：他们中的绝大多数，今后还要参加京城的会试，继续撞撞大运，必须经过乡试这一关；而过关以后，不管是否能撞上大运，毕竟已经有举人在身，成败已经没有了那么大的压力，即使名落孙山，也可以在吏部选个小官小吏糊口。所以这是一个进则腾跃龙门，退则衣食无忧的人生关口，必须全力以赴。每一次都是机会，每一次都是期待，每一个胸怀大志的学子都不会轻易放过——科举是所有选择业儒者的不归路，一旦踏上，就只能继续走下去，直到跳过龙门或者跌得遍体鳞伤。吴承恩亦然。

从十六七岁进学开始，到四十五岁入贡为止，吴承恩的这一生理论上有九次参加乡试的机会，而据考察，他实际上参加了大约七次。

嘉靖四年（1525），吴承恩二十岁；嘉靖七年（1528），吴承恩二十三岁，这两年都是乡试之年，吴承恩参加了，又失败了，也就是落榜了。落榜毫不奇怪，甚至是业儒者的必经之劫，即使是幸运者，没有三五次落榜的磨难，大概也无法走完这条漫长而艰难的人生旅途，中国文学史上很多名垂青史的人物如汤显祖、归有光、吴敬梓、蒲松龄、曹雪芹等，都曾是这条路上的失意者。

但嘉靖十年（1531）乡试的落榜却值得一说。这年吴承恩二十六岁。这次落榜对吴承恩的打击异乎寻常，因为一行赴省城的士子中，有他的学中好友沈坤和朱曰藩，与吴承恩一起跨进了南京的江南贡院，然后双双上榜，留下了暗自伤心的吴承恩。

在与好友的地位瞬间形成落差的同时，甚至可能发生过更残酷的人生恶谑。《古今图书集成》记录了沈坤的一则小故事：说沈坤信奉关帝，参加乡试之前，曾虔诚地在关帝像前跪求显灵，赐示考题；沈坤焚香之时，有一位好友正巧前来拜访，听到沈坤的祈祷，不禁掩口暗笑，然后恶作剧地按照乡试的规则，拟了七道考题，悄悄地放在沈坤家供奉关帝的香炉底座下。第二天，沈坤见到大喜，以为是关帝所赐，随即模拟作文，熟记在心。等到中秋进场时，看主考所出示之考题，竟然与前日模拟的作文不谋而合。结果可想而知，放榜之日，沈坤中试成了举人，而他的那位朋友，也同时进场，但看来他完全没有把自己所拟的七道试题放在心上，反而名落孙山。

这则故事本意是褒奖沈坤敬奉关帝而关帝显灵，虽然试题出自同学，不过是假其手而已，所以同学自己却落了榜。有学者认为那位开玩笑的同学就是吴承恩，因为前面说过，沈坤的父亲卓亭公对儿子期待很高，管束甚严，能直接进入沈坤书房的人不多，吴承恩是其一；而吴承恩"善谐剧"，开这样的玩笑当是他常有之举；最重要的是，他确实与沈坤一起参加了这次乡试且确实落了榜。假如——姑且先用上这个词——这件事是真实的，对于吴承恩该是多大的讽刺！这比落榜本身要残酷得多。

第二年，也就是吴承恩二十七岁时，他的父亲吴锐老先生去世了。那年春上，这位向来健康鲜有疾病的老人，一日雇了艘小船，往城西大湖中散心——老人家出门时"意欣欣"，但归来却一病不起。"意欣欣"是吴承恩在《先府宾墓志铭》里的形容，但这实在是一个让人怀疑的用语，难道老人家真的那么高兴？吴承恩应该十二分明白，忠厚木讷，以望子成龙为最大心愿的父亲终于没有在生前看到儿子披红挂彩跨马游街，这是他人生最大的遗憾，何谈什么"意欣欣"！对于父亲去世的原因，吴承恩不能不说；但对于真实的原因，他却又难以启齿，为此吴承恩亲自撰写了《先府宾墓志铭》，借助笔墨的哀号，他写了父亲一生的压抑、一生的期望；

写他自己因愧疚而形成的刻骨铭心的苦痛。《先府宾墓志铭》与其说是一个孝子的祭奠，不若说是他们父子的对话，是吴承恩对他父亲的道歉。

数年之后，他还有一次沉痛的道歉，对象是他的恩师、前几年任淮安知府的葛木。葛木是浙江上虞人，大概是一位比较亲民和关注教育的官员，地方志对他有很好的评价。除了关心民生疾苦之外，葛木在任上的一项重要政绩是创办了龙溪书院，亲自给学员讲课；并且曾对吴承恩表示过特别的关注，与吴承恩建立了非同寻常的感情。葛木后来死于山西任上，其灵柩回乡时途经淮安，在淮安做了停留，淮安士绅为葛木举行了公祭，吴承恩痛哭流涕地写了一篇祭文《祭卮山先生文》，其中说到当年葛木的关心，称葛木对他这个寒门出身的人给予了特别的勖勉：

> ……昔人有言：感恩易尔，知己实难。承恩，淮海之竖儒也。迂疏漫浪，不比数于时人，而公顾辱知之；泥涂困穷，笑骂沓至，而公之信仆，甚于仆之自信也。

说自己家庭贫穷，这几年科举蹭蹬且性格迂疏，生活中承受了各种讥笑谩骂和风言风语，但葛木却对自己的未来充满信心，甚至超过了自己本人。

这段话颇值得玩味。葛木创办龙溪书院是在嘉靖八年之后，当时吴承恩已经两次乡试落榜。这虽不算什么耻辱，但毕竟会对吴承恩的声名产生影响，至少神童的光环不会再那么耀眼，面对他人异样的眼光和必定会有的冷嘲热讽——就是所谓的“泥涂困穷，笑骂沓至”，心理落差总是难免的。而且，想来大约因为穷，又因为父亲的痴名，当时的吴承恩可能有相当强的自卑心理，而自卑往往会以孤傲的形式表现出来，即“迂疏漫浪”，也许还有些自暴自弃的迹象，即“淮海之竖儒”。这反过来又会加重与社会的隔阂，也就是他自己说的“不比数于时人”。这时候的吴承恩显得有点怪，有很强的对社会的不合作意识，也许可以称为青年烦躁期。而葛木看到了这位年轻人与众不同的“迂疏漫浪”背后，有一种天生才华在闪光。他以细致的关心体恤治愈了吴承恩的心病，所以吴承恩对葛木的感情不仅仅局限于一般意义上的感恩，而是可称为知己。

吴承恩应该有许多话要向恩师倾诉：一方面，他不能回避深深的自责。来自葛木的关心、期许、提携，让他在荣誉和自尊、自信中度过了一段充满畅想的青年时光，但这是需要以功名作为回报的。他确确实实辜负了葛木的一片苦心，在让父亲失望而去之后，他又一次让最亲近的人失望而去。另一方面，他需要以在恩师面前的泣诉来缓解自己承受的压力。此时他已进入而立之年，即使像他的朋友沈坤、朱曰藩那样有个举人身份，也不再值得炫耀，何况他曾经顶过神童的光环，如今却还是布衣之身。也许，他感觉得到周围怪异的目光。他必须承受这些目光的鞭挞而无法将自己的内心世界展示出来，唯一可以期待的，就是恩师的理解与原谅。但面对葛木的灵柩，他又从何说起呢？

> 今与公辞矣。碌碌人中，尘土如旧，我实负公，其又何言？自今以往，亦愿努力自饬，以求无忝于我公知人之明，庶他日少有所树立，亦卮山公门下士也，持此以报公而已。

说葛公如今辞世，自己却还是一切如旧，实在有负葛公的厚爱。“我实负公，其又何言”不知包含了吴承恩多少欲说还休的惭愧心情。此时他只有表示，希望有朝一日有所建树，可以自豪地称出自葛公门下，以此报答葛公，“庶他日少有所树立，亦卮山公门下士也，持此以报公而已”一句，就是吴承恩公开的、庄严的宣誓。

当时的吴承恩，尽管已经经受了一次又一次的打击，但他毕竟只有三十岁左右，尚可以以将来为筹码，向自己的恩师许诺。

其实，吴承恩辜负的远不止他的父亲和知府葛木。在他交往的人群中，我们发现很多乡前辈对他青睐提携的资料。这些乡前辈对他的期待都建立在以科举为衡量标准，以仕进为终极目标的传统社会意识基础上，今天并不具备积极意义，与吴承恩在文学上的辉煌业绩也没有多少关系，但作为一种真挚的感情，作为一种人生经历，值得珍惜。可惜的是，吴承恩没有按照他们的期望成长，那些乡绅前后数代人才辈出，科甲及第接踵而至，络绎不绝，但与他们朝夕相处、比画切磋的吴承恩却连一个举人也没有中得。

但这也很可喜，吴承恩没有按照他们的期望成长，却铸就了自己独特的思想、个性和才艺，最后贯注于经世不朽的《西游记》。否则，我们会多了一位知县、知府甚至是侍郎、尚书，但却会少了一位伟大的文学家。

无奈的最后体面

三十五岁之后的几年，大约是吴承恩人生中最难度过的时光。嘉靖二十年他三十六岁时，沈坤成了本地有史以来的第一个状元，京城皇榜公布之日，自有人飞马驰奔淮安报喜，沈家庆贺的鞭炮也许曾飞进吴承恩的书房“射阳簃”也未可知。又三年，同窗好友朱曰藩、张侃、倪润同时进士中试，到这个时候，与吴承恩同在学中的朋友里还是布衣之身的已经不多了。面对沈家飘过来的烟花碎屑，我们很难想象吴承恩是如何掩饰自己的失落的。他不是心胸狭窄的人，大局上当然会为好友的一个个衣锦还乡而高兴，但回望自己的形影孤单、内心的失落甚至是彻骨之痛也是难免的。

这时相伴在吴承恩身边的终身好友似乎只有一位了，那就是刚刚相识的李春芳。李春芳，字子实，号石麓，扬州兴化人，后来由礼部尚书、吏部尚书升至内阁大学士，也就是做了宰相，是吴承恩学友中地位品秩最高的一位。李春芳嘉靖十年中举，当时只有二十二岁，实在也称得上早熟英才；但到与吴承恩相识为止也是多年会试不第，这与吴承恩有点相像。中举后，因家贫转向淮安授徒，也就是做家庭教师另行谋生，吴承恩于此时与其相识，并很快就结成了莫逆之交，那几年两人的交往大概比较密切，有点意气相投的感觉。此人对吴承恩后半生的影响很大，远超以上我们提到的那些同窗学友。但就是这么一位一见相投，交往渐深的朋友，也在嘉靖二十六年（1547）一不留神会试高中一甲第一名而暂时离开了。这是六年内吴承恩身边走出的第二位状元。真是罕见。

吴承恩心静了，承认举业失败，那就要重新考虑后半生的生活。物质的生活吴承恩并不发愁，在他还年轻的时候，就不断有人上门求字问画，或代写各种祝词表启，收点润笔自在情理之中；但他的老母此时尚健在，老人家深知吴锐的愿望，反复强调家中必须有一位官身之人，吴承恩对此不能不予考虑。踌躇一番，吴承恩选择了入贡。

入贡是明清科举体系中比较特殊的一环，了解这一环的意义得从朝廷的干部培养制度说起。在当时“进士”“贡举”“杂流”三种并行的人才培养途径中，“进士”是国家高级人才，内阁重臣和方面大员必须有进士出身，这方面的选拔由科举完成。“杂流”指的是基层不入流但实用性、针对性很强的小吏，如主簿、典吏、捕头、书记之类，一般通过花钱纳捐、军前效力、祖上余荫等途径取得，可以直接铨选任用。今日读者比较陌生的是“贡举”这一人才选拔途径。简单地说，府、县学培养的人才除直接考中进士的以外，其余人员如想任职都应当经过国子监的培训，这就是“贡举”的方式。举，推举，也指经过乡试录取的举人；贡，贡献，即指通过各种其他方式选拔出来的向国家贡献的人才。

从贡举的本义上说，在储备人才这个首要目标之外，主要是想解决长期考不中进士的老举人的问题，因为由于乡试不中，府、县学中大量的老秀才会坚持一年又一年地考下去，因为他们没有更多的路可走。其坚持不懈的精神固然可嘉，但府、县学的名额有限，一般县学二十名，府学也就四十名左右，老的不走，新的不能递补，于是就造成了渠道的拥堵。为了解决这一问题，明朝将久已有之的贡举制度改造成主要解决老秀才出路的一种制度，即用各种名目从老秀才中选拔人才，使之可以在一定程度上享受举人入监读书的待遇。这些被选拔出来的老秀才就称为贡生，也就是由地方政府“贡献给国家的人才”的意思。贡生的名额由朝廷分派给府、县学，基本上按年资排序的称岁贡，因朝廷有重要庆典而特别恩准的称恩贡，按照特定条件不论年资选拔的称选贡，花钱纳捐取得资格的称纳贡；贡生入国子监读书，称坐监；经过一段时间的再学习后出监，就可以在吏部排队等候铨选地方佐杂小官，虽官职小点，但也属正途出身。

对于雄心尚未消磨殆尽，年纪尚轻的秀才或者举人来说，入监显然不是首选。因为这一途将来的升迁空间要较“进士”出身的小得多，将来能升为地方主官的凤毛麟角。但对于大量老举人、老秀才来说，入监仍是不错的比较体面的出路。入监以后，挨几个年头，总还有个正途出身，佐贰之职大小也是个官，这是那些在科举道路上走得很累，但还是坚持到底的老书生应该去赶的最后一班车。

入贡，是吴承恩的最后一条体面出路，也就表明吴承恩已经放弃了仕途高官的美梦。

吴承恩入贡的时间是在他四十五岁时。在府学中争得一个岁贡生的名额，吴承恩似乎松了一口气，也许此时他会煮上一壶清茶，细细地啜一口。啜一口清茶似乎显得淡定从容，但实际上吴承恩此时的内心如同打翻了调料瓶，酸甜苦辣，五味俱全。前一年，他有位叫汪云岚的学中好友选择了入贡，被选派为巴陵县的教职，在送行时，吴承恩写了一首七古长诗《忆昔行赠汪云岚分教巴陵》：

忆昔龙溪鸣鼓钟，后有王公前葛公。君方弱冠游其中，玉树

> 青葱明曙风。当场小战号佳手，乌府柏榜连作首。挥毫四顾气腾虹，擢第登科亦何有？风飞雨送三十年，襕衫犹在灯窗前。

葛公就是前面提到的知府葛木。吴承恩回忆了当时在书院意气风发的时光，说三十年前的自己精通功课、成绩优异，气势如虹，把科举功名视为囊中之物。但是现在呢？他的感受是：

> 后尘衮衮总新样，万事纷纭休问天。昨来始得随宾贡，共道文章小成用。骏骨谁知马首龙，卑飞不免鸦嘲凤。潞河冰尽春帆开，隔年重上黄金台。舒颜就教恍疑梦，执笔佥凭犹自猜。丈夫功名未可必，时运到时终俯拾。

回头看，转瞬间三十年已经消逝，风飞雨送，命运难料，后学纷纷超越，前行之路已经走到了自己能达到的最后一个台阶，所有的骄傲都成了往事。现在虽然入贡了，多年苦读虽然勉强算是有了交代，但对于窗前消磨了半辈子时光，也曾经风采一时的他来说，实在不能甘心，屈辱、悲凉、痛心、倔强的混杂，绝不会被一杯清茶掩盖。

尴尬的仕途生涯

数年之后，吴承恩进了南京的国子监读书。这是大部分贡生选官的必经之路。

明朝国子监洪武年间建于鸡鸣山下，后来京城北迁，国子监也就分南北两处，南京的仍然保留，简称南监。

在国子监读书称坐监。国子监的待遇原本不错，有良好的学习条件，包括教师、图书等，学习采用学分制，积分满者称及格，给予出身，一般就是州县副职。但到吴承恩入监读书的时候，情况已经大不一样，大量空缺的地方官职位逐渐填满，国子学生选官的速度放慢，因此入监读书的人数量锐减，在监的也已大部分是老举人和老贡生，有时只有数百人，不过虚应故事，混个年头，坚守阵地而已，许多管理措施都已经形同虚设，监生们或呼朋唤友，诗酒相会；或捏造名目，告假回乡；甚或流连青楼，平添秦淮河畔的一份热闹。而这时候南京更有一批号称“白下风流”的文士喧嚣一时，吴承恩恰逢其会，惺惺相惜，也就卷入了这一潮流。所谓“白下风流”，是一批对功名不太重视，有家产不愁吃穿，有时间可以联朋会友，性喜自由，只爱逐胜征歌，耽酒吟诗的文士，明清两代都有几批这样的角色。这时的吴承恩，哪有心思再去读那些已经翻来覆去不知嚼了多少遍的“四书”“五经”，去谈什么替圣人立言；而是结交了监中活跃分子和社会上的诗文朋友，很是痛快地展示了一把他被压抑的才情。

他把一切不痛快都深深地埋在了心底。有人批评说这是吴承恩生活中最没有价值的一段。其实，在那批人中，吴承恩的身份地位最低，经济条件最差，且相交时间也最短，交往双方的地位并不十分平等，我们甚至可以用上“附庸”这样的词——当然这所谓的附庸与影视剧里无良文人附庸恶少为非作歹是不一样的，主要指的是小团体的话语权、引导权的问题。换句话说，吴承恩在人家的圈子里，只能就人家的话题附议，能让自己生活得轻松一些已经不容易了。

十余年后，嘉靖四十三年吴承恩五十九岁时，忽然得到了一个他自己根本就没想到的消息：有人愿意帮助他选官。这不是开玩笑吧？不是！这个人就是他二十年前结识，然后又在嘉靖二十六年以令人瞠目结舌的辉煌、当年殿试第一离他而去的李春芳。李春芳这时已有吏部侍郎加礼部尚书衔——应该是正二品。

这在前面已经大概提到，具体经过是这样的。这一年秋李春芳夫人病逝，灵柩要回家乡兴化安葬，途经淮安时当地官员和好友自然要祭拜一下，吴承恩代表一众好友写了篇祭文——李春芳当年中进士之前，曾经在淮安坐馆，也就是做家庭教师，与吴承恩等一批当地文人交往甚洽成为好友。李春芳在朝中是个出了名的小心谨慎的人，说难听点就是胆小不惹事。但那是他在官场上保护自己的一种方式，实际上对知己朋友倒称得上古道热肠，这些年并没有忘记自己未发迹时在淮安交的那些朋友，当他知道吴承恩现在的处境时，他觉得自己可以伸手帮一帮，于是又写信让吴承恩来京谒选。吴承恩尽管早已不去国子监了，但他选官的资格还在；而他年近八十的老母也还时时牢记这事，不断在儿子的耳边唠叨，他有当官的需要。

有了李春芳的关照，吴承恩的候选过程似乎要简单得多。嘉靖四十四年的年底或者四十五年春上，吴承恩得到了“长兴县丞”的正式任命。这在当时一定让许多人感到意外，因为到了明后期，岁贡能选出九品甚至不入流的学官训导、教谕已经不错，选出县丞的可能则微乎其微，这里我们应当能体会到李春芳在背后的有力推动。

长兴是浙江北部太湖南岸的一个小县城，群山环绕，地处偏僻，但毕竟是在江浙一带——江浙在明代也是富庶地方——离家乡也不太远，是一个还算不错的空缺。嘉靖四十五年（1566）赴长兴县丞之任的吴承恩，已然六十一岁。

在长兴的第一年，吴承恩的心情还是不错的。在县丞这个一人之下、数人之上的职位上，第一次有了责任感，第一次有了繁忙的事务，也第一次有了居高临下的感觉。这种感觉虽然不是他所追求的，但也挺新鲜。这一年，他忙碌而又有点兴奋。忙碌，指他所负责的粮草、马政是一县的主要工作，这些工作很烦琐，政策性也很强，吴承恩后来的牢狱之灾正是由此引发的。闲暇之余，吴承恩便会出来逛逛，有时是便装，像一个山野之人，扮演的是松下听风的角色；有时是官服，走出去也属体察民情，扮演的是父母官的角色，这种尘世之人与山野之人相交织的感觉，一定让他觉得非常新鲜畅快。他游山，访寺，赏景，饮酒，再与地方文士切磋切磋，方便时显一显自己的才艺，这很符合吴承恩的性情，正是做了他自己一辈子都想做的事，圆了所有文人都憧憬的梦。请看他的诗《长兴》六首：

云去青山出树，雨余白水明畦。晓涧喧时见鹿，午窗睡起闻鸡。

细雨飞花燕子，清波浅草鹅雏。贴树藏身啄木，穿林劝客提壶。

桥通鱼米新市，花隐旗旌古祠。弛担津人待渡，杖藜野客寻诗。

松径遥闻樵斧，园蔬满送筠笼。野馆时留道伴，山厨日倩僧童。

栖鸟团风择木，游云渡水还山。落日行人自急，孤城韵角偏闲。

骑火茶香入焙，生春酒熟明船。门院暗暗蚕月，烟波澹澹鱼天。

真是好诗！这六首诗为一组，写的是一个下午出门寻诗觅趣的各个片段：午后小憩，觉来携壶，穿林过涧，看飞花燕子、浅草鹅雏；信步逛入街市，与渡口等待的路人野老闲聊几句，也算是体察民情；松径尽头，远远已见古祠，自有道友、山僧相接，厨下小童已然忙碌，清茶热酒自在不言之中……请看这是多么惬意！一切都是那么宁静悠闲，充满诗情画意，哪有什么繁杂公务、仕途恩怨！备受推崇的王维、孟浩然的山水田园诗诗境也不过如此。

通说吴承恩在长兴因为反抗地方豪绅势力，维护民众利益而蒙冤下狱，坐了牢，但均语焉不详，令人生疑。真实情况究竟如何？

吴承恩的直接上司、长兴县令叫归有光。论今天的名气，吴承恩挟《西游记》之威远胜归有光；但论昔日影响，归有光的才气文名远胜吴老夫子，当吴承恩在淮安、金陵的小圈子里略有点名气时，归有光在全国已经有了相当的影响。这位归有光也是少年神童，但也是科举蹭蹬，考了几十年，前一年六十岁时刚刚以进士身份得授长兴县令，而且也是第一次做官。不同的是，归有光是位醇儒，对信仰更坚定，清廉亲民，做县令是按照儒家的标准认认真真在做，为人也更刻板甚至刻薄，不同于吴承恩的率性开朗，游戏人生。老天将他们安排在一起，有点喜剧效果，也是悲剧的起因。

归有光是位醇儒，为人正直，做官清正，道义上无可挑剔，但却经常让上司不高兴。为了减轻百姓的负担，他硬着脑袋利用自己的社会影响屡屡违抗上司，执行了一种有利于小民的征粮政策，结果在他赴京城觐见期间，他执行的征粮政策遭到豪绅和滑吏的反攻倒算，作为主要负责征粮事务的责任人，县丞吴承恩遭受牵连下狱，担待了一个贪赃的罪名。

好在吴承恩坐牢的时间并不长，救他的还是李春芳。李春芳这时已经做了首席内阁大学士，当时叫首辅。在他的帮助下，吴承恩迅速脱出长兴狱案，补授个荆王府的纪善，也是个八品官，属平调。

王府的意外收官

收官是一个围棋术语，意思是说局面已经到了最后阶段，该做些扫尾的工作了。前面已经提到由王府“三个或曰”—荆王府和玉华国—荆府纪善吴承恩—《淮安府志》“吴承恩西游记”构成的证据链。现在是详细介绍“荆府”和“纪善”的时候了。

“荆府”，是明代荆王府的简称。永乐二十二年，明成祖驾崩，仁宗即位，立长子朱瞻基为太子，其余各子同时封藩；庶六子朱瞻堈受封为荆王。就藩后便是第一代荆王。

荆王府坐落在湖北省蕲春县的蕲州古镇，当时蕲州是黄州府所辖的一个散州。明朝初期的藩王，有权有势有军队，自从永乐帝朱棣以亲王的身份夺了侄儿建文帝的皇位以后，明朝就重新建立了一套王府的管理制度：王府可以享受当地的税收，有丰厚的经济收入，但不可以有军队，不可以干预国家政治和地方政事，甚至不可以随意进京。王府必须接受朝廷派出的官员，其事务受这些官员的指导和监督。说明白些，就是王爷们可以关门享受，但不得干涉大门之外的任何事务，派去的官员就是监视者。朝廷派来的最大官员是五品的长史，其职能类似于王府的宰辅或朝廷驻王府办事处负责人，凡涉及王府对朝廷的各种事务终要经由长史办理，凡朝廷对王府的要求也总要由长史监督实行。吴承恩所任的纪善，有正八品的待遇，职能相当于朝廷的礼部和国子监一类部门，具体工作是在国家或王府大典时确认应有的仪礼，平时向王爷讲解孔孟圣人之道、国家礼仪大法，介绍古今忠臣孝子，并与从九品的教授一起负责宗室子弟的日常教育。王府的工作说起来庄严隆重，很让这些品秩不高的官员满足了在科举上没有实现的虚荣心，所以他们有时也会戏称自己是“将相才”——做一任王府官员也就等于出将入相了。但这些官员都很知趣也很自觉，清楚地知道王府的一切仪典不过形式而已，王爷们各有所好，唯一不喜欢也不敢喜欢的就是政治，他们这些官员又何必去鼓噪骚扰呢？陪王爷作诗、填词、唱唱曲子或品茗纹枰、敬佛修道才是日常必修功课，无所事事，百无聊赖，与其说是官员倒不如说是王爷的清客更合适些。

荆王府正经的王爷就是荆王，世袭不变，这座王府就是他的封国；吴承恩到任时侍奉的荆王声誉不错，也就是“有贤名”，在位期间荆王府一派和睦气象；他有三位小王子，这些小王子就是纪善教导的对象，名义上是吴承恩的学生；王府的宫殿中，最主要的一座叫玉华宫，还有一座叫谨身殿；王府有长史府、审理厅、典膳所等。这些细节，都在《西游记》的玉华国里有所体现。

特别值得一提的是，王府里还有很多前代王爷的子孙，也被封为了各式各样的王，形成了自己的体系。其中有位辈分很高的樊山王，性格古怪，他属于好道、好神仙之事的那一拨，史料称他“闻古有淮南八公、梁四公，慕之，折节名士”——淮南八公、梁四公都是与神仙方士、王爷清客有关的著名典故。吴承恩的间接朋友、列后七子之内的吴国伦与这位王爷很熟，曾经写过一首《答樊山王朱载埁》诗：

老病龙钟卧北园，思君何日奉清言。真风好与神仙近，雅道谁知帝子尊。石上彩云流锦席，松间白鹤引华轩。平台受简多宾从，不必狂生更在门。

这首诗活灵活现地写出了这位樊山王的日常生活，说他家里平时宾客盈门，各种各样的“狂生”奔走于王府内外——那些放浪不羁的文人、逍遥江湖的山人、邋遢肮脏的丹客和仗剑游走的侠客；说他平时身着五彩斑斓的道袍，打扮得就像个神仙，根本看不出有王爷的风范。且这位王爷行事也常常出人意表。据说，蕲州有位姓顾的学者，对老庄之学多有心得，被这位樊山王黏上了，一定要拜其为师。顾先生并不太想招惹王府的王爷，对樊山王的多次招呼显然不热心，每次都让王爷不软不硬地碰个钉子，这套把戏文人谙熟得很。于是这位王爷也不打招呼，直接带上从人，把玉帛、盐[illegible]径直摆在了人家厅堂的香案上，把顾先生着实吓了一跳。用玉帛、盐簋都是古代祭祀的大礼，顾先生在典籍里读过，但哪见过王爷到他门上行这种大礼的阵势？连忙婉言谢绝。然而樊山王居然扑通一声跪下，匍匐在地，吓得顾先生也跪地不敢起身。

吴承恩就是樊山王身边的人！吴承恩未必是个好官员，纵有孔孟道义，但政治理念不如归有光那么明确，也就是说他不能一本正经地把圣贤之道贯彻于仕途官身。但论三教九流，他绝对是无可比拟的绝才，可以做一个绝好的清客。或许，也就是在这位樊山王的支持下，他完成了取经的《西游记》——为了讨好这位王爷或者应王爷的要求，他还特意弄了些莫名其妙的“金丹大道”混杂在里面。

第三章

文学与道义：炼成吴承恩的八卦炉

“问渠那得清如许，为有源头活水来。”凡事都有源头，孙悟空的七十二变是在须菩提老祖那儿学来的，火眼金睛是在太上老君的八卦炉中经历七七四十九天炼出来的。吴承恩如何炼出《西游记》？

对于读者来说，《西游记》首先是一部文学作品，乃是由于其主题深邃、人物精彩、情节丰富、语言幽默才得以跻身名著行列。这一客观的事实其实包含了两个非常重要的问题：第一，作者必然全方位地具备达到这些文学成就的素养。第二，文学的理念和道义一定是解读作品的必需和最重要的视角。按说，这个道理很容易被接受，因为这就等同于太上老君的八卦炉。但我们却经常会看到联翩奇想，如称：《西游记》就是一本炼丹指导，因为其中有金公木母的字样；某人曾经是术士，因此有可能是《西游记》的作者；《西游记》之花果山像极了泰山，某人曾在泰山落脚，因此可能与《西游记》有关；某人生活在嘉靖中，某人祖籍句容华阳，某人诗文的遣词在《西游记》中出现过，因此也有可能是《西游记》的作者。只论一点，不及其余，与文学无关，话题也容易炒热，但对阅读和研究却只能误导，丝毫无益。

吴承恩凭什么是《西游记》的作者？我们前面已经用很多资料证明吴承恩具备《西游记》作者的身份。那是一定要做的工作，但那只是一个方面，是客观因素、外来证据构成的一个方面。我们似乎还应该考虑从主观上、动机上解释吴承恩写作《西游记》的内源性动力——所谓内源性动力，可以归纳为两个浅显直白的问题：

谁写得了《西游记》？他具备全方位的文学才情吗？

为何去写《西游记》？他有这种内心冲动和道义吗？

把这两个难题解决了，对于吴承恩作者身份的种种怀疑才会真正消除，也才可能真正深入地解读《西游记》。

研究吴承恩的主要资料

之所以把上述两个问题称为浅显且直白的，是因为我们有资料可以做充分的解释。从一百年前鲁迅、胡适发现《西游记》并非如所传说的那样出自元代道士丘处机之手，其作者应该是明代淮安府书生吴承恩开始，有若干研究者不辞辛劳地开始了吴承恩相关资料的发掘、搜寻、考订，终于把《西游记》与吴承恩对应到几无缝隙的程度。

主要资料有如下几份，我们先做简单罗列介绍，关于这些资料的具体意义，将会在以下解读中涉及。

第一件：吴承恩的诗文集《射阳先生存稿》

鲁迅、胡适当时研究吴承恩的主要资料，就是上一讲已经介绍的天启《淮安府志》的著录，其中提到吴承恩有一部四卷的诗文别集《射阳先生存稿》，但当时却没有人知道这部存稿是否尚存，存在何处，所以胡适感慨“最可惜的是我们至今还不曾寻到吴承恩的《射阳存稿》”。鉴于资料缺乏，所以胡适在《〈西游记〉考证》中列出的第一份吴承恩行状只有四行：

嘉靖中（约 1550 年），岁贡生。

嘉靖末（约 1560 年），任长兴县丞。

隆庆初（约1570年），在淮安与陈文烛、徐子与往来酬应，酒酣论文。

万历初（约1582年），吴承恩死。

说来有点传奇色彩，这个世界上居然真的有一部《射阳先生存稿》躺在那儿等待被发现。

也许是胡适的名头起了作用，也许是他的遗憾给了世人一点提醒，1929年故宫博物院竟然把那部默默躺了三百多年的《射阳先生存稿》给捡了出来——不知道哪位皇帝皇子曾经收藏了这本书，现在看来，收藏者确有眼光。其时《西游记》研究风头正劲，故宫方面当然视为国宝，不仅从《射阳先生存稿》中摘录了吴承恩的诗歌在《故宫周刊》上连载以飨读者，而且于1930年重新铅排了一部专供研究者使用。1935年，赵景深先生根据《射阳先生存稿》编制了第一部初见规制、占有十二个页码的《〈西游记〉作者吴承恩年谱》（收入《中国小说丛考》）；1958年，刘修业先生在她整理的《吴承恩诗文集》书后附录了她编订的一部《吴承恩年谱》，篇幅达到三万字左右；二十世纪八十年代，苏兴先生的《吴承恩年谱》长达八万字，独立成篇，已经大致覆盖了吴承恩生平的主要节点。而到今天，《射阳先生存稿》已经经过了重新整理，吴承恩编辑的唐宋金元词选集《花草新编》业已被发现，研究作者以及深入解读作品所需的三件套——文集、年谱、传记都已经齐备。

由《射阳先生存稿》我们可知，吴承恩的作品除了《西游记》之外，还有：

《射阳先生存稿》：个人诗词文作品集，四卷，存。收入各体诗词文赋二百余篇（首），加上近年发现的各类佚作十余篇（首），目前实存三百余篇（首）。

《花草新编》：唐宋金元词选集，分调选集唐宋金元词作约八百阕；原五卷，现存三、四、五卷，实录前人中调、长调词三百余阕。

《禹鼎志》：文言志怪小说，已佚，类唐人传奇集。

仅以数量看，明代中后期的一位文人有这样的经历，交出这样的成绩，似乎也不特别耀眼，入门而已。但是当我们耐心打开已经沾满尘埃难得有人翻阅的纸卷时，就会看见一缕缕耀眼的人类智慧之光从指间透出。

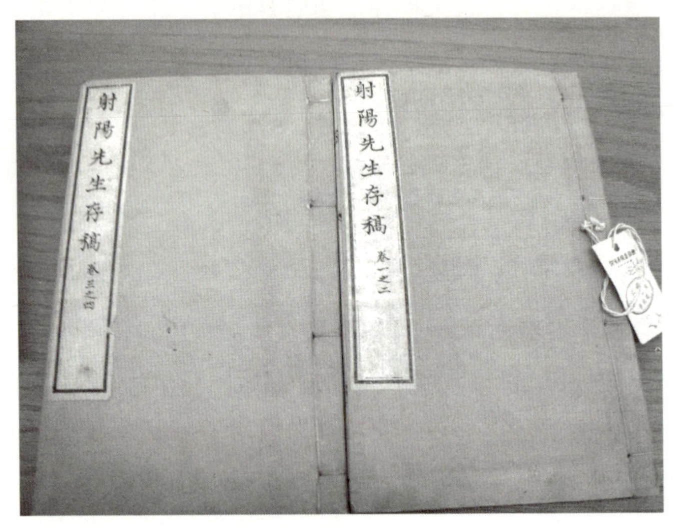

图 4　现藏台北故宫博物院的海内孤本万历《射阳先生存稿》

《射阳先生存稿》的发现有两点意义：第一，其中的文学作品对吴承恩本人是一种全方位的展示；第二，其中的社交记录为研究吴承恩生平提供了定位线索。

另外，这部诗文集还有两篇序文、一篇跋文，其中都涉及与作者的交往，属于研究吴承恩重中之重的资料。下面简单介绍一下署名“通家晚生吴国荣”写的跋文。这篇跋文不长，但其中记录了吴承恩生平的重大事件，且所言字字句句都被后来的研究证实，较之天启《淮安府志》要更详尽一些，价值自然很高：

> 射阳先生髫龄，即以文鸣于淮，投刺造庐，乞言问字者恒相属。顾屡困场屋，为母屈就长兴悴，又不谐于长官，是以有荆府

> 纪善之补。归田来，益以诗文自娱，十余年以寿终。奈绝世无继，手泽随亡。乌乎伤哉！昔人谓生前富贵，死后文章，先生所值，一何奇也！文福难兼齐，而造物忌多取，信矣！

大致翻译一下：

> 射阳先生十多岁便以文才在淮安出名，前来拜访请求赠送诗歌和书法作品的，经常是络绎不绝。但是受困于科举，屡屡不利。后来为了满足母亲，屈才担任了长兴县的县丞。但又因与长官相处不好（被解职下狱），于是有了再次担任荆府纪善的经历。退休后，用诗文作为寄托，十多年后去世。

我们前面提到确认了吴承恩墓地，确认了吴承恩头骨的事，提到吴承恩任职荆府纪善并将这段经历化为玉华国写入《西游记》的事，都是以这段文献作为依据的。

第二件：吴承恩自撰《先府宾墓志铭》

保存于《射阳先生存稿》里的数百篇诗文中，首先要提出来介绍的是吴承恩为其老父吴锐撰写的《先府宾墓志铭》，其中提供了不少关于吴氏家族的信息，当年赵景深先生能够把胡适四行字的行状扩展为较有规制的年谱，主要得益于这篇墓志铭。

这篇一千多字的《先府宾墓志铭》有如下几个特点：

首先，由后人亲撰的形式罕见。为死者勒石以志，在唐代已经常见，“唐宋八大家”的传世作品中多有为他人写的墓志铭。按照惯例，墓志铭的撰写者一般有两种角色：一是当世名公显贵，请出这类人物无非为炫耀或抬高墓主身份，后人也可以从中分享一份荣耀，但这类人撰写的铭文大多有固定的格式，行文比较老套，往往对逝者的家世交代一通，对逝者本人的事迹品德称颂一通，自然不可能有多少真情流露；二是墓主家族的亲朋好友——出自他们笔下的墓志铭则可以比较真切地反映逝者家人的心情，有些甚至是相当不错的文学作品。如韩愈为侄儿写的《祭十二郎文》，为挚友柳宗元写的《柳子厚墓志铭》，都是当今大学文学课本的保留篇目。而像《先府宾墓志铭》这样由儿子一类直系亲人撰写墓志铭的，世所罕见。这应当与子孙们能否动笔没有太大的关系。主要是因为，从常理上说墓志铭对逝者的称颂都会有一些夸张，也就是会有“虚美”，如果是他人所写，虚美是撰写人的意思或者是代表公众的意见，家人不必承担责任；而如果由直系家人来虚美，这也许就会成为一种诟病，因此由直系子孙为前辈撰写墓志而铭刻上石者甚为罕见。吴承恩选定这种形式，是打定主意要为父亲写一篇不夸张、不虚美而以真情相见的祭文。这种完全不同于流俗的情调，实在也是吴承恩不同于流俗的个性的直接体现。

其次，文笔堪称精品亦属罕见。一般墓志铭往往用比较冷静的史笔，比较关注家族世系和逝者生平的记录，但往往缺少生活细节的描述，也就是有骨架而无血肉。然而吴承恩的这篇《先府宾墓志铭》不仅篇幅相对已经很长，而且笔墨都花在了对逝者人格和性格的刻画上，写出了一个非常真实的、活生生的忠厚木讷的老人家，其笔调，我们认为与归有光名扬天下的《项脊轩志》，与韩愈的千古范文《柳子厚墓志铭》，与欧阳修起人歌泣的《泷冈阡表》，与袁枚情深意哀的《祭妹文》异曲同工，并不逊色。苏兴的《吴承恩小传》称赞这篇墓志铭“真是前无古人，后无来者。蔡邕、韩愈等铭墓的高手，也要叹为观止，自愧弗如的”，并不过分。

最后，这篇墓志铭还是吴承恩内心世界的真情告白。这篇墓志铭对于吴承恩而言，除在哭诉失去亲人的沉痛之外，还有一层特别的含义：倾诉内心的惭愧。老父逝世时虽然已是七十多岁的高寿，但吴承恩仍然不能原谅自己，因为父亲去世时仍是布衣身份，吴承恩本来有可能改变他的家族的寒门形象，他的父亲及周遭的亲朋故旧对此也充满希望，但到他父亲去世的这一年为止，他数赴乡试又数次失望而归。本来这还可以用来日方长告慰，但就在前一年，他的学友沈坤、朱曰藩都已经中了举人，这给吴承恩造成了极大的精神压力，毋庸讳言对他的老父也是无法回避的极大打击，因此吴承恩认为老父亲的去世，与此有一定的关系，故而不能原谅自己。借撰写墓志的机会，他哭诉自己内心的惭愧，痛斥自己的“游荡不学问”，并把这些深深地埋藏于对父亲生平的仔细描述中。

依据前面提到的各项资料，到目前我们对吴家的生存环境和吴承恩的身世生平，已经可以做出比较清晰的描述：

其生平如下：

吴承恩，生于明正德元年，逝世于明万历初，享年七十五岁。字汝忠、以忠，号射阳居士、射阳山人，或又别号淮海浪士、野史氏，人多称吴射阳、射阳先生。明淮安府山阳县（今江苏省淮安市淮安区）人，居住于山阳县治北五里处河下古镇之打铜巷。

其谱系如下：

高祖吴鼎，生平不详。

曾祖吴铭，曾任余姚训导。

祖吴贞，例贡，曾任仁和教谕，但到任不久即病逝于任上。

娶梁氏。

父吴锐，字廷器，号菊翁。布衣，经营彩缕文縠。

娶徐氏，生女承嘉。

吴承嘉嫁沈山，有女沈氏。

沈氏嫁丘岚，有子丘度。

娶侧室张氏，生子承恩。

吴承恩，字汝忠，号射阳。贡生。任长兴县丞、荆府纪善。

娶叶氏，有子凤毛。

谁写得了《西游记》？

《西游记》是部奇书，妙想天外，神驰八极，奇思怪想，笔下生彩，古今眼高过顶的天下才子多了去了，但对《西游记》无有不服。露一手才华，在风头上盖过，非不想，做不到也。如果读者有兴趣，可以找来《续西游记》《后西游记》等比较一下，就会发现要踏上原著的节点有多难。

吴承恩是个奇人——当然是在科举之外。

他浑身才艺，从青少年开始就是。旧时代文人喜欢炫耀的那些玩意，还没有发现他有什么不会。

首先是善书。大凡文人都得会写字，写得好了就称书法，这是基本功。吴承恩在社会上小有名气，大约就是从为邻里乡亲写对联开始的。我们对吴承恩书法的赞赏，完全不用借助他人的余唾——可以自己看，吴承恩的遗墨还在，个中灵气、笔意我们自己可以体会：前面提到的吴锐的墓志铭，不仅文章是吴承恩写的，字也是吴承恩亲自书写上石的，这一合碑现存南京博物院；沈坤父母的合葬墓志铭也是吴承恩写的——文是，字也是。沈坤母亲去世的时候，他已经官至南京国子监祭酒，相当于今日的教育部部长。沈坤将一系列文字工作都托付给了当时不过是贡生身份的吴承恩。这既是友情，也是因为吴承恩能胜任。这块碑的真迹在吴承恩故居可以欣赏到。

其次是善画。现在没有见到一幅吴承恩的作品，但其善画这一点不用怀疑。这里有三个真实的故事：

第一个故事讲，吴承恩退休回乡后，老朋友徐中行来访。徐中行，浙江长兴人，著名文学流派“后七子”之一，当时名头很大、官职也不低；吴承恩任长兴县丞时，徐中行因为母亲故去，从知府任上回家守丧，与吴承恩相识并结为好友，现在赴任途中，路过淮安，特意看看老朋友。酒酣耳热之际，吴承恩忽然袖子一卷，说今天露个绝活给大家看看。唤来书童，准备笔墨，随意挥洒之间，即刻画了若干人物山水。掷笔之后，他叹口气说："这都是几十年前的玩意了，自从投身科考，就再也没有动过笔，今日放浪形骸，故技重演，惭愧，惭愧。"

第二个故事讲，宋代有位画家叫范宽，善画山水，且多雪景，吴承恩很欣赏。某天有朋友拿来新近得到的一轴画卷，请吴承恩过目，画卷刚刚展开——"舒未盈尺"——吴承恩立马就说："这是范宽的《溪山霁雪图》！"十分自信。打开，看题识，果然。然后吴承恩大发了一通关于绘画必须有神韵的议论，这件事见于吴承恩自己的《范宽溪山霁雪图跋》，可见他的鉴别之精。由此想到《西游记》第四十八回，唐僧师徒经过通天河，住在陈家庄陈澄的家里，陈家四壁上挂了几幅名公古画，有《七贤过关》——说晋代阮籍嵇康竹林七贤的故事、《寒江独钓》——写宋代柳宗元《江雪》诗意、《苏武餐毡》——说汉苏武被匈奴困于极北苦寒的故事、《折梅逢使》——写南北朝时陆凯《赠范晔》的诗意，巧得很，这几幅画都是雪景。

第三个故事讲，某日著名江南才子、书画大家文徵明这位已经七十六岁的老爷子忽然画了一幅《兰花图》，托人送给吴承恩，表示对吴承恩"千里思悠悠"。文徵明比吴承恩要大一个年辈，吴承恩后来与文徵明的儿子相交，也还算是小弟，何况文老爷子名声早已远播大江南北，并以脾气怪倔著称，达官显宦想要求一幅老爷子的字画，都得看他老人家是否入眼顺气，他主动送画给吴承恩算是哪门子怪事？其实理由也很简单，就是文徵明看得上这位小辈。

再次是善弈。吴承恩的围棋水平，能与当时的国手对局交往，这绝非等闲可办的事。在吴承恩的《射阳先生存稿》中，尚存两首围棋诗——《围棋歌赠鲍景远》《后围棋歌赠小李》，非常生动地描写了棋手们相见手谈的热闹场面。"鲍景远"和"小李"，都是可考的当时国手。《西游记》中，也有若干处提到围棋，尤其是第十回开篇的《烂柯经》，正经的论棋经典，其中在原棋经的基础上改了几个字，而这几个字改动之内行、之巧妙，足以说明《西游记》作者精于此道。这未必就能作为吴承恩即为作者的所谓铁证，但至少可以证明非此道中人不能成为《西游记》作者。

最后是善诗文。从《射阳先生存稿》可以看到几个显著的特征：

一是博杂。包括赋、骚、颂、词在内的各种诗体；包括论、表、赞、启在内的各种文体；包括祭告文、墓志铭、障词、贺诗在内的各种笔法，但凡您能想到的，《射阳先生存稿》中几乎都有。看了这个集子，我们就会有恍然大悟的感觉，难怪《西游记》中有那么多稀奇古怪的数字诗、药名诗、藏头露尾诗、织锦回文诗，原来吴公擅长此道。

二是高明。对吴承恩的诗和词，现代人很少评价，这与质量无关，而是因为吴承恩太过普通的身份，使他的诗词传播范围狭窄。实际上，吴承恩存世的作品中很有一些精品杰作，尤其是七古与七绝。陈文烛说吴承恩的诗堪称张耒以后的第一人，实在很公允。张耒，北宋淮阴人，苏东坡的得意门生，“苏门四学士”之一，也算大名鼎鼎，淮安人的骄傲。曾有研究者质疑说《西游记》中的大量诗歌并不高明，其实这是力道用错了地方。《西游记》是通俗作品，其中大量韵语只是循民间说唱的旧例而已，如若在降妖伏怪的故事中一本正经吟诗诵词倒反而显得搞怪。即使如此，从《西游记》遣词、造句和用典中也还是可以看出作者的基本文学素养和知识范围，其中“木仙庵谈诗”一节已经透露出比较正经的文学意见。

三是实用。吴承恩的官做得不够大，时间不够长，所以他的集子中除了自抒胸臆的作品之外，繁文缛节、虚情假意式的应酬并不多，多的是实用性很强的，往往属于有偿服务的命题之作或纯为谋取润笔的代作，比如为他人祝寿或吊丧等等，吴承恩晚年大约就是以此为生的。这类商业性的文字中，他的拿手绝活是写障（幛）词。什么是障词？明清时江淮及江南旧俗，大户及官宦人家凡有添丁、升迁、寿秩等喜事，有赠“贺障”相庆的习俗。贺障，又叫锦障，类似于屏风，可以用布匹，可以用绸缎，也可以用织锦；颜色一般都用喜庆的金、红；简单的，写几个字表示祝贺就可以了，精致的，则要配上一篇华美的障词，做成屏风等装饰的样式。写障词虽然是俗事，但实际上写作要求很高，既讲究形式规整、文字华美，用典切题，内容达意等一般的文法技巧，还特别要求俗事雅说，雅中见俗，吉祥喜气，可供把玩，这可不是急火功夫可以做到的；尤其是送给达官贵胄的障词，要放在大堂里展示，要供清客们雅评，几乎可以称为文字功夫的比拼，所以既送人障词，那就一定非常考究，请高人代写障词，当然就是大多数送礼人的考虑。清末淮安的地方史料《楚台闻见录》中可以见到大商人阎双溪高价求购吴承恩障词的记录，在《射阳先生存稿》中，当年被高价收买的《贺阎双溪令嗣登科障词并引》《贺阎双峰晋官医院障词》也还在。

然而，这些才艺也许当年为吴承恩赢得了相当广泛的名声，特别是他出身于草根阶层，以此谋生已绰绰有余。但我们却不得不将这些归入另类。这些才艺，常人若长于一项，即可引以为傲；然而对于吴承恩，却是病，多一项，就多一病。

这也许会引出一些不解。的确，所谓的善画、善书、善弈、善诗文都是旧式文人的随身长技，无此数技岂可妄称文人？但我们也应当明白，进入明代以来，对所有的读书人来说，科举是第一位的，其他的都是闲技——即使善诗文也是闲技。对那些功成名就的文人，这些闲技才是值得夸耀的；而与科举比起来，这些所谓的随身长技都是可有可无甚至是可恶的，因为这些会消耗大量的时间，而且会使人变得狂放不羁，最终影响到科举的前程。《儒林外史》写清代的读书人，明明白白地将其分为两类：做名士的和做举业的。做名士的会琴棋书画，会吟诗作对，看似风流倜傥，但如果这些人没有科举的成就为支撑，他还是会被社会瞧不起，被当作败家子、子弟戒；而做举业的也就是将全部精力放在科举上的人，取得功名才算走上人生正途。那位中举后高兴得发疯的范进，虽然不懂“风流”二字为何物，一项才艺都没有看出，但却能一路升官做到管教育的督学。这就是社会的主流意识。

这些另类才艺让吴承恩吃尽了苦头。只有在面对《西游记》时，这些另类才艺的意义才会充分显现，因为这些会证明：吴承恩写得了《西游记》。

为何去写《西游记》？

在那个年代，写一部《西游记》这样的小说，无名无利，那吴承恩为何要写这劳什子玩意儿？这个问题，其实可以与施耐庵、曹雪芹、吴敬梓、蒲松龄这类人好好地探讨探讨。

成就，依赖强烈才情和道义冲动

没有内心强大的冲动，没有道义的猛烈冲击，《水浒传》《红楼梦》《儒林外史》《聊斋志异》是不可能完成的。有相当一部分从没有关心过这些作者内心世界的研究者，说他们——施耐庵、曹雪芹、吴敬梓、蒲松龄之流，也包括吴承恩，都是因为科举失意，穷困潦倒，才走上在笔端发泄人生不快的途程。这实在是因果倒置。我们看吴承恩。

进学后的二十多年中，吴承恩理论上有九次机会参加每三年一次的乡试，实际上他参加了六七次，但次次铩羽而归，最后不得不放弃了通过正途科考踏入仕途的梦想，仅以在学中年资靠前的优势谋得了一个岁贡生的身份。而一个与此相应的事实是，这些年正是淮安府儒学数百年中最为辉煌的时期。与吴承恩同期并且有往来的学友当中，可考订的进士有六七位，其中还有两位半状元。第一个是沈坤，总角之交，第二个是李春芳，文墨之交，这二位后来都中了状元，李春芳还把官做到了极致，位至隆庆朝首辅；半个状元朋友即嘉靖三十八年殿试第一的丁士美，交往少一些，所以算是半个状元朋友。他们当年可都是同在一个屋檐下品茶论道、切磋诗文的伙伴！以当时的学中地位和社会影响而言，吴承恩不逊色于其中的任何一位。

为什么吴承恩科举不畅，仕途坎坷？曾经有人问过，又曾经有人答过，纷纭诸说中，最常见的意见是说吴承恩遭遇了科场黑幕、考官不公，甚至有说嘉靖十六年应天科场案中“多讥时政”，以致举人身份得而复失的考生就是吴承恩。但事实上这些程式化概念化的猜测，没有任何证据支持。科举的问题对于很多文人都存在，但原因各有不同，如果吴承恩在命运的戏弄中只能仰天长吁，感慨天道不平，那他就只是位普通的文人，不值得我们那么敬仰；而如果我们不能把吴承恩的与众不同找出来，那么一切敬仰尊敬都是虚幻，我们就很难与吴承恩进行真正的心灵沟通。

一切不合逻辑的现象都必然有合理的原因。显然，一定有一只无形之手冥冥中操纵着他的命运。答案其实就在吴承恩自己身上，冥冥之中操纵着命运的无形之手，就是他对文学不可抑制的热爱和其才华不可抑制的外溢。如果把话说得更干脆决绝，那就是事实上是吴承恩因为文学放弃了科举。

科举，是他无心经营的家庭责任

没有人认为写《西游记》是吴承恩的一时冲动。除了文学的天分，在这背后必然还隐藏着文学才情和人生道义的长期养成，这才是促使他产生挚爱和做出决断的根本原因。

吴家老宅坐落在打铜巷的巷尾。小巷狭窄幽深，以致后来的知府探望吴承恩时不得不弃轿穿行。前面已经介绍，吴家最初应该是小商人或者小手工业者，高祖父在经营略有小成后运作了一次家庭的整体转型，即通过纳捐的方式先后让儿、孙两代也就是吴承恩的曾祖父、祖父走入仕途，做了教谕、训导一类的学官；学官虽然卑微，但毕竟是官，有段时间，吴家有了两位朝廷官员，一在职，一候任，这似乎是兴旺的兆头——因此吴承恩后来称自家为“世儒者”“两世相继为学官”。

这样的道路选择在河下古镇的社会环境里本来很正常，在中国古代，富与贵是不能等同的概念，每个家庭在温饱解决后，必然会追求社会地位的提升，这就要读书业儒。但吴家的不幸已在前面说过，吴承恩的祖父任浙江仁和教谕仅数月便病逝于任上，吴家子嗣艰难，数代单传，其时吴承恩的父亲吴锐年仅四岁，家道的中落已经不可逆转。这很让人伤感，由经商而业儒，犹如逆水行船，步步艰难，但毕竟仰头向上；而弃儒经商，则如激流放舟，一泻千里，颓势一旦形成即不可挽回。吴家在历经几代人若干年的努力之后，还得放弃期待回到“穷孤”的“肮脏泥涂”上，这完全走反了方向。

人生无常，祸福难料，通常的结果就是认命。但当时仅有四岁的吴锐却像催化剂一样，使得这场变故慢慢发酵，形成了吴家一种特殊的家庭小气候。根据吴承恩的描述，吴锐的许多行为如对环境的冷漠、对读书的挚爱，已经远不是一个生意人应有的姿态，他的行为与身份已经有了严重的背离——他无可奈何地经商，但对经商又有强烈的不屑。如何看待这种人格的分裂是一件很关键的事，当我们回眸历史，仔细研究这位看起来无关紧要的老人时，关于吴承恩和《西游记》许多疑团的答案其实已经有了线索：穷孤不是问题，将相无种！穷孤状况下的心态才是关键。弃儒经商，是一条人生逆行道，吴锐接受了现实，但心理创伤却从来没有痊愈。

吴锐对科举仕途一定有无穷的遐想渴望，毫无疑问他会把期望寄托在儿子身上。吴承恩并没有具体描述父亲对他的棍棒管教，但其实老父亲的手不释卷——且不管他老人家读的什么书——就已经是一种无形且无尽的压力。但凡有一线可能，吴承恩都必须走以科举博功名的人生之路，并以在这条路上的成功光宗耀祖，这是他一定要承担的家族使命。

文学，是他自我选择的人生之路

但出人意料的是，吴承恩最后不得不放弃通过正途科考踏入仕途的梦想，仅以在学中年资靠前的优势谋得了一个岁贡生的身份，岁贡生当然也可以谋得一官半职，但发展的空间不可同日而语。

前面我们盘点了吴承恩学友们的仕途境况，很惊人，很难得，以当时的学中地位和社会影响而言，吴承恩不逊色于其中的任何一位，但他只能酸楚地看着别人冲天而起，为将做宰。真正的原因虽然吴承恩不愿吐露——也许他自己并不像我们现在这样看得明白，但我们可以看出，那就是他对文学的自我选择。出乎所有人的意料。

在三十五岁到四十岁之间，吴承恩一边应付烦人的乡试，一边做了两件他自己非常得意，但在他人看来却不可思议的事。第一，他编了一本唐宋金元词选集《花草新编》。这东西虽然不算太犯忌，但太费时间，熬心血编这个东西，对于在仕途上奔走的人来说，行为已经出格。第二，他写了一本志怪小说《禹鼎志》，这是更值得好好说道的事。《禹鼎志》书已经亡佚，但《禹鼎志序》却在《射阳先生存稿》中留了下来，它向我们展示了吴承恩一些完全没有在其他文献里出现过的真实生活状态。他在《禹鼎志序》中说：

> 余幼年即好奇闻。在童子社学时，每偷市野言稗史，惧为父师诃夺，私求隐处读之。比长，好益甚，闻益奇。迨于既壮，旁求曲致，几贮满胸中矣。尝爱唐人如牛奇章、段柯古辈所著传记，善模写物情。每欲作一书对之，懒未暇也。

这段非常重要，因此要大致翻译一下：

> 我从幼年起，就喜欢各种奇闻。在社学读书的时候，经常偷偷买市面上的野史杂记，怕家长和老师知道了责骂，便会找一些隐秘的地方躲起来看。等长大一些，这个爱好更加强烈，看的听的故事也更加奇异。再等到成年后，这些故事几乎已经占据了我的全部时间和精力。曾经十分喜爱唐人牛奇章（牛僧孺）、段柯古（段成式）和他们的作品（《玄怪录》《酉阳杂俎》），因为他们善于描摹事物的情状。总想自己写一部与他们呼应，但是因为懒没有抽出时间。

这让我们实在觉得不可思议：少小顽劣，躲开父师监督，翻阅诸如《玄怪录》《酉阳杂俎》之类的传奇志怪，算是情有可原；但如果“比长”，也就是成为被寄予厚望的青年才俊之后仍然耽乐于此，甚至“好益甚，闻益奇”，就是当之无愧的不务正业；如果再到“既壮”，也就是在科举激流中面临不进则退的险境时，仍然冥想“每欲作一书对之”，那肯定是病入膏肓不可救药了。

不知道吴承恩用什么方法，在何种程度上掩盖了自己的真正兴趣而表现得让家长和老师都很满意，表面上仍然维持了奋发上进的形象；或许他真的很聪明，在偷读传奇志怪的同时还可以轻松应付学中的制义功课，以至人们更多地看到了他的表象而给了很多夸奖。但说到这里，解释吴承恩的屡试不第已经不那么困难了，甚至有点不太相信一个悬在脑海里很长时间的疑问竟有如此简单的答案：吴承恩必然要承担的功名大业与他人生理想的选择简直就像关公战秦琼一样可笑滑稽，事实上他的内心深处自始至终存在着对举业的抵触。

他远不是一个体制内好好读书的“乖孩子”，只不过没人看到被他一系列表演所掩饰的真相。在他身上，实际上已经呈现了人格、志趣、行为的背离——请别忘了，那个社会环境和吴氏家族交给他的历史使命是由科举而走入仕途，这个使命吴承恩似乎念念不忘，但事实上他并没有很好地为之努力，琴、棋、书、画这些闲技夺去了吴承恩的时间；摹写情状，摄人心魄的野言稗史，夺去了吴承恩的情趣；以下我们还会说到，“盖不专明鬼，时纪人间变异，亦微有鉴戒寓焉”的文学精神，则夺去了吴承恩的灵魂。

鉴史，是他担当不弃的社会道义

再来看《禹鼎志序》。这篇文章是打开吴承恩内心世界，真正了解吴承恩的一把钥匙。

君望故不讓而書之
禹鼎志序
余幼年即好奇聞在童子社學時每偷市野言稗史懼為
父師訶奪私求隱處讀之比長好益甚聞益奇迨於既壯
旁求曲致幾貯滿胷中矣嘗愛唐人如牛奇章段柯古
所著傳記善模寫物情每欲作一書對之懶未暇也轉
轉忘胷中之貯者消盡獨此十數事磊塊尚存日與懶
幸而勝焉於是吾書始成因竊自笑斯蓋怪求余非余
怪也彼老洪竭澤而漁積為工課亦奚取奇情哉雖然
書名為志怪蓋不專明鬼時紀人間變異亦微有鑒戒
昔禹受貢金寫形魑魅欲使民違弗若讀茲編者
然易慮庶幾哉有夏氏之遺乎國史非余敢議野史氏
何讓焉作禹鼎志
淮郡文獻志後序
熙臺大老志郡之文獻既成獻若干人文若干首總之
書若干卷大較居前代者什九我　朝者什一公蓋嘗
而歎病今之不能詳也夫淮為畿輔望郡習服隆化名
馬踵生數言樹德要豈古孫哉顧茲乃僅僅然是載筆
之責也公為斯懼因搜逸考異奮然而為之以紓數十
之舊闕積志蓋嘗牘於府柬於庠徧諭鄉之遠近顧弘

图 5　吴承恩诗文集《射阳先生存稿》中《禹鼎志序》的页面

禹鼎本身是一个次生神话故事，在古代被归入志怪范畴。说大禹因治水有功而成为受人尊敬的部落联盟领袖，为了有效统治，他把天下划分成“九州”，用各州进贡的青铜铸成九只鼎，以一鼎对应一个州作为一种政权的象征，送你一只鼎就意味着赋予了你一方区域的管理权。为了更好地管理，大禹又在鼎上刻上了我们后世称为“魑魅魍魉”的图案——就是曾经兴风作浪而后被降伏的各种妖魔鬼怪——以便百姓有所警惕。他认为，只要熟记巨鼎上的教训，就可以趋吉避凶，建立和谐社会。吴承恩说明自己写作《禹鼎志》的目的，就是承袭昔日大禹铸鼎的最初意愿——“写形魑魅，欲使民违弗若”，也就是把魑魅鬼怪张榜公布，让老百姓有个借鉴，能及时辨识不受其害；因此他在写作方法上“盖不专明鬼，时纪人间变异，亦微有鉴戒寓焉”，也就是他的故事虽然以鬼怪为主，但其实是在演述人间时变，有明显的教育意义。他说他打小就对这个题材感兴趣，虽然长成后其他“胸中之贮者消尽”，但“独此十数事，磊块尚存”，最后还是强烈的兴趣占了上风，“于是吾书始成”。序中他的语气充满如释重负的轻松和庆幸，“因窃自笑，斯盖怪求余，非余求怪也”，也就是还不失幽默地说：并不是我去找它，而是它盯上了我。

貌似轻松的笑脸背后却是沉重的道义责任：

> 虽然吾书名为志怪，盖不专明鬼，时纪人间变异，亦微有鉴戒寓焉。……读兹编者，傥悚然易虑，庶几哉有夏氏之遗乎？国史非余敢议，野史氏其何让焉。

这段也很重要，大致翻译一下：

> 虽然我的这本书被称为志怪，但并不是专门谈鬼神的事，里面经常有人间变异的记述。……（如果能使）读到这些故事的人，警觉而改变（错误的）做法想法，不是也有大禹的遗风吗？国家大事（国史）我不敢妄自议论，但记录、评价社会事实和社会现象，却是我无法推辞的责任。

所谓志怪，不过是包装用的幌子而已，其实所记都是人间变异，吴承恩已经明确表示他讲述故事的针对性和具体的象征意义。他想让谁悚然警醒而“易虑”改变主意？易什么虑，改变什么主意？当然是希望故事中暗示影射的对象以及“读兹编者”不再戕害百姓，他认为能收到这种效果，就是大禹——有夏氏——和他自己的本意。

最后，吴承恩将这一切归纳为一句豪情满怀的话：“国史非余敢议，野史氏其何让焉。”仔细品味，这句话实在也是心高、气盛、张扬、托大。中国是一个史官文化十分发达的国家，既有历代官修的皇皇正史，也有民间撰结的各式野史，修史往往超出记录历史事件本身的意义，而成为对社会的评价和批判社会的工具。越到后来，野史越来越具有个性灵魂，往往会下意识地矫正正史偏差而扮演反对派的角色，至少会成为作者独具个性的社会意识的一种显示方式。吴承恩不具备修编国史的身份资格，所以他说“国史非余敢议”，但他认为做一个“野史氏”也就是社会批评者，则是他的权利，也是他的责任，而他是不会躲避这种责任和权利的——“其何让焉”！

这简直就是一位当代愤青。吴承恩不具备“指点江山，激扬文字，粪土当年万户侯”（毛泽东《沁园春·长沙》）的胸襟气魄——他没有那样的历史环境，但他对社会责任、对历史道义“其何让焉”的担当精神、批判精神，绝不愧对“四书”“五经”所教导的修身、齐家、治国然后平天下的人生原则，也足以勾画出他由凛然正气支撑的时代形象。花费二十年的时间完成《禹鼎志》，显然不是一次兴趣的冲动，也不仅仅是一次文学的成功，而更应该是吴承恩以史为镜鉴戒人间的人生道义的一次集中宣泄。

与《禹鼎志》可以印证的是他大约在同一时期完成的长篇古风《二郎搜山图歌》，其诗为二郎而歌，为朝政而议，为自己而叹，直刺现实而锋芒毕露：

李在唯闻画山水，不谓兼能貌神鬼。笔端变幻真骇人，意态如生状奇诡。少年都美清源公，指挥部从扬灵风。星飞电掣各奉命，蒐罗要使山林空。名鹰搏拏犬腾啮，大剑长刀莹霜雪。猴老难延欲断魂，狐娘空洒娇啼血。江翻海搅走六丁，纷纷水怪无留纵。青锋一下断狂虺，金锁交缠擒毒龙。神兵猎妖犹猎兽，探穴捣巢无逸寇。平生气焰安在哉，牙爪虽存敢驰骤。我闻古圣开鸿蒙，命官绝地天之通。轩辕铸镜禹铸鼎，四方民物俱昭融。后来群魔出孔窍，白昼搏人繁聚啸。终南进士老钟馗，空向宫闱啖虚耗。民灾翻出衣冠中，不为猿鹤为沙虫。坐观宋室用五鬼，不见虞廷诛四凶。野夫有怀多感激，抚事临风三叹息。胸中磨损斩邪刀，欲起平之恨无力。救月有矢救日弓，世间岂谓无英雄？谁能为我致麟凤，长令万年保合清宁功。

李在是明前期的宫廷画家，以山水闻名，因此诗歌的第一句从看到他的人物画感到惊讶开始。全诗可以分为两部分：前一部分描写赵二郎擒拿山精水怪的风采，张扬豪放，肝胆开张，叱咤风云，回肠荡气，正是男儿气概，这是抒情的因由；后一部分从“我闻古圣开鸿蒙”起，就开始了吴承恩的自由发挥，完全变成了对社会的一种抨击，具有了非常强烈的现实批判精神。

“我闻古圣开鸿蒙……”四句说，中国自古就有铸镜、铸鼎以辨忠奸的传统，所以政治清明，天下和融；“后来群魔出孔窍……”四句泛指近来世道之昏暗混乱，已经是群魔乱舞，白昼鬼叫了。这是赤裸裸地影射明朝政治，铸镜、铸鼎影射洪武帝朱元璋、建文帝朱允炆或立牌于宫中，或下诏于天下，秉执严禁内官干政的政策；而后来群魔则是指英宗以来尤其是武宗时期，宦官恣意不法的状况。为何有这么一说？请继续看。

“民灾翻出衣冠中，不为猿鹤为沙虫。坐观宋室用五鬼，不见虞廷诛四凶”四句，是这首诗写作主旨的暴露，或者说是吴承恩对天长吁的直接原因。“猿鹤”“沙虫”用的是周穆王南征事，“一军尽化，君子为猿为鹤，小人为虫为沙”，直接影射世宗朱厚熜嘉靖十八年的出巡。这次出巡，实在是明朝惹出风波的一件大事，民怨如沸。吴承恩不是革命者，因此他不能把矛头对准皇上，但所谓“民灾翻出衣冠中”，由那些阿谀奉承怂恿皇上出巡的官员承担责任则是自然结果。“四凶”“五鬼”都是用典，在明代也都有具体所指，即指严嵩、郭勋、张瓒、胡守中等权奸恶人。

再来看“野夫有怀多感激”数句。吴承恩自称野夫，说自己满腔激愤，临风叹息，胸中屡有锄奸灭贼之心，但却无权无力，白首书生，百无一用，究竟拯救百姓的英雄在哪里？他的答案不可能超出儒学给出的范围，救世还得仁政、王道，也就是他期盼的“铸镜”“铸鼎”，最好是由“虞廷”也就是明主来“诛四凶”。但令我们感到有点意外的是，他借二郎神发挥说事，其实表述了一种对当时知识分子很危险的情绪：如果仁政、王道实在不能奏效，那不妨来点二郎神那样的暴力。在这里，我们已经看出将来孙悟空大闹天宫，把牢骚发到玉皇大帝面前的预兆。

这一点，不是所有文人包括吴承恩的那些好友和我们所知道的那些英名传世的文人骚客所能做到的。

有这样的情怀，最后以《西游记》作为人生的结束语，还奇怪吗？

谁培养了他的情怀与道义？

是谁培养了吴承恩甘为“野史氏”而主动承担社会责任的人生道义？是谁把吴承恩引上了以描摹情态为手段的文学之路？对吴承恩进行另类培养引导的最大的“嫌疑人”，就是那位日夜期待他在功名上有所建树的老人家吴锐。

吴锐好读书，且由于远离科举，读书反倒比较随意，吴承恩在《先府宾墓志铭》中为他父亲保留了书单：

> 自《六经》诸子百家，莫不流览，独《尚书》、左丘明《春秋》，未尝一日置也。于诸书训诂声切，不甚通悉，然独得大旨要归焉。居尝逡逡，口不能道辞，及与人谭说史传，上下数千载，

能竟日不休。每读书至屈平见放，伍大夫鸱夷，诸葛孔明出师不竟，周子隐战没，檀公被收，岳鄂武穆死诏狱，未尝不双双流泪也。

显然，六经、诸子、尚书、春秋都是障眼法，屈原、伍子胥、诸葛孔明、岳鄂武穆王才是老人家阅读的主体，而且我强烈怀疑，以吴锐的文化水平而论，他所阅读的很可能并非原著而是市面上流行的通俗文学唱本、话本之类，他不必再去钻研制义所必需的经籍坟典，也无须去揣摩考试的那些技巧，所以可以比较潇洒地关注人物，与他们同悲同喜。

又好谭时政，意有所不平，辄抚几愤惋，意气郁郁云。

这又特别提醒，老人家读书，动情投入，不仅读，而且评说；不仅评说，而且联系时政；不仅评说时政，而且愤愤然喜怒形于色。这样的读书其实是一种非常文学的读法，是在提炼文学的道义精神，是在张扬文学的感染力。这对于当时的小小读书郎吴承恩而言，简直就是以身作则，现身说法，是在年复一年、日复一日地为他讲解、灌输民族的传统文学精神。在这个环境下长成的吴承恩，如果不热爱文学，如果不能表现出传统文学精神的传承，倒是显得有点怪异。有此一解，那少年吴承恩攒起零花钱，冒被发现遭呵斥责打的风险，躲入街角破庙读地摊上的杂书，就与他父亲读书时“于诸书训诂声切，不甚通悉，然独得大旨要归”没有太大的区别了；而后来写《禹鼎志》干脆就是对老父亲“好谭时政，意有所不平，辄抚几愤惋，意气郁郁”的直接传承——《西游记》更是。

这时候我们可以讨论吴承恩与科举的纠葛了。

科举是什么？科举说到底是一种政治制度，需要的是“圣贤之说”包裹的政治伦理。明清的科举与文学事实上已经形成社会性、制度性的分割与对立，它对文学的排斥已经深入了每一个环节、每一处程序、每一点方式，不可救药。比如科举的要义是“代圣人立言”，即试题给出圣人语义，让考生模拟圣人的语气加以发挥，这似乎给出了表达政治诉求的空间，但这种发挥可以冠冕堂皇，也可以慷慨激昂，然而却不可以真正触及时政，否则就是“死路”一条。自从读了吴承恩的《禹鼎志序》，我从根本上就不相信吴承恩能考出什么好成绩——一个若干年都想着承担社会职责，用故事去教化社会的人，怎么可能满嘴都是不着边际的假话空言！

科举又恰恰不需要任何形象思维。从内容上讲，科举答题的性质就是政论，需要雄辩、犀利、精确、清晰，要能把空话废话都讲得头头是道。从形式上讲，各部分之间强调逻辑关系，上如何起，下如何承，讲究丝丝入扣，繁杂苛刻。无论是内容还是形式，都没有神游四海、心骛八极的需要，也没有写形鬼魅、笔走龙蛇的空间。府、县学的小考、会课、岁考惯例用小题，小题琐细具体，比较容易做得圆融，即使有些技巧性高的险、难、怪题，有时靠机智急变也可以应付，这大概就是吴承恩在学中负有“工制义”盛名的原因。但是在乡试、会试之类国家大型考试中，则一般用立意比较正大的大题，要求有一定的政治意识，这就不是吴承恩的急智可以弥补的了。所以他始终没有迈过乡试这道关。

荆王府是吴承恩的一个特别机缘。负责王府和小王子的教育当然仅仅是象征性的。这是个闲差，大体上相当于王爷的清客，陪着吟诗填词，听琴观弈就可以了。荆王府有位樊山王好神仙丹道之术，平时身着五彩道袍，头戴纯金道冠，植松引鹤，鹤步龟息，吴承恩跟在这位王爷后面，习吐纳，会道友，倒也优哉游哉。《西游记》的诞生应该与这位仙风道骨的樊山王有一定关系。世德堂本前面陈元之的序说到“或曰”，也就是指明书稿与王府有关。这句话历来都备受关注，这正与吴承恩荆王府的任职、天启《淮安府志》的记载形成了一条完整的证据链。我们目前虽然没有看到对吴承恩写作《西游记》具体描述的文献，但其中过程已经大致可以猜度。从一些诗文唱酬可以看出，由于王府官员大都是各种类型的仕途失意者，相互之间显然比较容易沟通，所以吴承恩觉得分外轻松，很可能到达王府后不久，便在樊山王怂恿、鼓励甚至是直接指定的情况下，开始了百回本《西游记》的整理写作。而从吴承恩这个角度来说，唐僧取经是一个流传已久的故事，青少年时已经耳熟能详，现在他不需要完全重起炉灶，而故事的渲染、润色对他来说，完全就是信手拈来的事情，这一点，如果我们读一读吴承恩留下的数十篇障词，就会有足够的信任。当然，对他更重要的意义在于王爷重新点燃了他内心的道义热情，使他有可能真正做一回以史为镜、鉴戒人间的“野史氏”：

他保留了唐僧取经故事原本的整体框架，但对其中杂糅的释道做了筛选改造，形成了《西游记》以儒学为内核的文化精神与社会道德伦理，这是他意识形态的本色。

他利用了原本张扬教义的神仙打架情节，点染出大众社会更乐于接受的诙谐幽默，彻底完成了题材的通俗化，这是他擅长的独门绝技。

他通过为故事增加人间社会背景的手法，使它们都具备了与现实社会对应的特征，从而寄托了自己的批判和理想，这是他“野史氏”的道义追求。

这一切加在一起，铸就了包罗万象、震古烁今的《西游记》。

第四章

通俗性与串珠成链：《西游记》的篇章结构艺术

《西游记》和《金瓶梅》大致同时问世——《金瓶梅》仅仅晚了大约二十年的时光，但它们却代表了古代通俗小说发展的两个不同阶段：《西游记》代表的是早期“集体创作，个人写定”的阶段，《金瓶梅》则代表了中国作家基本成熟的完全个人创作阶段。

在不同阶段，作家们使用的手法和技巧也大不一样，这在作品的结构上体现得非常清楚。

我们通常说，《金瓶梅》以西门庆这个家族为圆心，以西门庆个人经历为纵轴，以西门庆与周围的关系为横轴，形成了错综复杂的网状结构，充分体现了人际关系的胶着和复杂，也充分展示了作者洞察社会的深刻和丰富；而后《红楼梦》把这种结构发展到极致，我们赞叹《红楼梦》底蕴深厚，其实和这种结构有莫大的关系。但《西游记》不同，它仍然遵循着早期的以单一线索贯穿前后的线性结构，把故事一个一个慢慢地按照顺序讲下去，每一个故事实际上都有自己的独立过程，也只在一个角度或者一个层面上体现作者的思想意识，这就是它仍然属于“集体创作”阶段的特征。同属“集体创作，个人写定”阶段的《三国演义》《水浒传》《封神演义》也同样都采用了线性结构，稍有不同的只是《三国演义》的线性结构由于是多线条齐头并进而稍微复杂一些。

《西游记》的线性结构简洁清晰，堪称典范。胡适在《〈西游记〉考证》中称赞“这部书的结构，在中国旧小说之中，要算是最精密的”。也有人称之为串珠式结构，说原本单一的故事犹如散见的珍珠，经故事主线串联后就成了更为美丽的项链。

线性结构是中国章回小说的特征

早期章回小说采用线性结构，是一种必然，是由它诞生的环境决定的。源头可以追溯到唐代的俗讲和宋代的说话，而不论是俗讲还是说话，都产生于面对面的宣讲；面对面的宣讲，又必然地要受限于开讲的时间、地点、环境和听众的理解能力、现场反应等，这些都对早期章回小说和文学结构形成了像基因一样的决定性影响，所谓出自娘胎也。我们可以以章回小说的前生，即宋代说话的实际情形来解释。

宋代城市经济发达，特定的市民阶层出现，因此产生了新的娱乐需求；市民的娱乐需求导致了集中娱乐的场所“勾栏”“瓦舍”的逐步形成——类似于现在的娱乐城；其中各类表演性质的娱乐技艺，比如马戏、杂技、唱曲和说话等等，各自占据场所的一块地域，作商业化的收费表演。

说话，相当于现在所说的说书，是娱乐技艺中备受欢迎的一种。说话人分门别类，各占一处，摊开场子，网罗听众，有的讲百姓生活中的红粉、情爱、婚姻故事，有的讲边关将士的刀枪、江湖人士的恩仇故事，还有的讲和尚修行、道士捉鬼的神仙志怪故事，不一而是。但他们所遵循的基本规则大致一样，比如：每次开讲的不管是长篇还是短篇，都只能是两个多小时；为了保证故事清晰易懂，听众随时能够进入情境，每次开讲都会尽可能地在前半段把各种关系捋清，这是为了听众不至于中途离开；每次开讲把高潮安排在情节发展的最后，又会在情节高潮处戛然而止并宣布本次开讲结束，形成悬念，这是为了吸引听众下次继续光顾；每次开讲结束时又会对下一次开讲的内容作一些提示，形同预告。这些规则对后来古代通俗小说的形式——不管是长篇还是短篇，都形成了重要影响，造成了古代小说形式上的一些线性特征：

第一，由于是在勾栏、瓦肆中面对众多听众的商业性宣讲，因此讲故事就有点制度化了，每天有比较固定的开讲时间，这是与听众的无形约定。约定中还包括每次讲述时间长度的相对固定，这是由说话人的精力和听众的注意力保持的时间决定的，也是确定商业价格的基础。相应地，故事的篇幅就要受到限制，你看短篇话本“三言”“二拍”，两百个故事，不管是哪种类型，长度都基本相似，每日一段。

第二，故事较长分段较多者——也就是长篇，就称章回，每段故事称一章或者一回，明清的长篇通俗小说也因此被称为章回小说。《三国演义》《水浒传》《西游记》都是如此。就每章每回的长度而言，和短篇话本其实是差不多的，长篇不同于短篇的地方就是所有的小段故事必须由一根线索贯穿，使其不至于游离于大的故事框架。

第三，无论长篇短篇，每日一段，都必须有相对独立的情节，每个情节中还要有核心场景，这是因为每日的听众并不固定，说话人有责任让掏银子的听众在此时此刻听一段相对完整的故事。而这一段故事可以相对独立、相对完整，但它的主线索必须是清晰的，在《水浒传》主线索就是梁山，在《西游记》主线索就是取经。在每个故事里，一般不允许情节有太多的分支走向，如果确实需要，说话人会来一句“花开两朵，各表一枝”，这是一种特别提醒，要听众注意，避免混淆。但即使是这样的提醒，在同一个故事里也是不允许经常出现的。

第四，和后来的阅读小说可以前后翻看不同，对于每天走进场子的听众来说，说话人必须简单明了地把故事的各种要素交代清楚，使听众迅速进入情境，然后慢慢把情感的高潮和问题的结局推出，这样听众才不至于一头雾水导致中途离场。为了让听众下次再来，说话人往往在情节高潮处结束当日故事，来一句“且听下回分解”，留一个招客的悬念。章回小说沿袭了这个习惯，你看故事的最终结局往往并不在本回的煞尾而是在下一回的开头，而下一回把前面的悬念交代了，故事也就彻底结束了，后面新故事随即开始，一般不会出现西方小说中的倒叙、穿插之类的手法。这也加强了线性结构的特征。

第五，为了让听众明白下一次开讲的内容，说话人往往又在结束处留下一个招客的钩子，也就是来两句情节介绍，还有的会贴出一张纸条“招子”，写上“明日路遇火焰山，悟空三调芭蕉扇”之类，这就是后来章回小说回目的来历。这些回目连接起来，就是整个故事的情节梗概，就是围绕主线的情节展开，当然是不会太过游离的。

而这仅仅是线性结构外在的形式，更重要的是在一章一回中也就是在一段故事中情节的展开，同样是线性的。其中有特征可看，也有规律可循。

八十一难故事是线性结构的典范

《西游记》一百回整体上说就是一个大故事：唐僧西天取经。细分一下，就是三大段：

第一大段：第一至第八回。一般叫“大闹天宫”。其中第一至第七回主要叙述孙悟空从花果山天生灵石里蹦出来后，先是占山为王，然后学成武艺，再后来大闹地府龙宫，心高气傲闹上天宫，最终被如来略施小计压在五行山下等候取经人的过程。第八回交代的是另外几位取经成员八戒、沙僧、白龙马的出身，他们因为种种原因被贬落难，现在都受观音叮嘱，潜伏在山山水水中等候唐僧的到来。这一段具有过渡的性质，如果从交代各种人物出身的视角看，可以认为它与第一大段悟空出身等同。

第二大段：第九至第十二回。一般叫“取经缘起”。主要叙述唐僧家世和唐太宗发起超度大会，邀请唐僧主持，并引出西天取经事由的经过。说唐僧前世是如来弟子，因为听经心意不诚被贬在下界。出生后经历了一系列的磨难，先是父母遭难，唐僧出生即被抛入江中，幸得金山寺长老收养，取名江流儿；后来终于为父母报冤雪恨，被唐太宗选为超度大会的主持法师；此时观音正在物色往西方取经的人选，于是在观音的指点下江流儿成为取经人。

第三大段：第十三至第一百回。一般称为“取经途程”。主要叙述唐僧出长安踏上往西天的漫漫路程，途中在观音的安排下，先后收服孙悟空、朱悟能、沙悟净三个徒弟和白龙马，组成了取经团队，经历千难万险，打退无数妖魔，终于到达灵山雷音寺，取得真经回朝。

单纯从文学的角度看，这三大段的结构并不精密，也不流畅，甚至还有点不合理。它有以下几个缺点：第一，通常来说，主要情节展开之前，介绍一点内容稍游离的背景作为引子、序幕、铺垫都是可以的。《西游记》中第三大段显然是主体，以第二大段的四回介绍作为引子，应该成立，但怎么又冒出个第一大段的八回，形成了第二个引子？这些在结构上不是有重叠之嫌吗？！第二，第一大段八回中，介绍朱悟能、沙悟净和白龙马合计只用了一回，而介绍孙悟空却用了七回，这不是明显的不均衡吗？！第三，这七回的孙悟空和后面的第八至第十三回共六回情节毫不相干，这就不叫伏笔而叫脱节了！如何形容这些结构缺陷呢？打个比方，东南亚热带雨林中有一些本身普通的树木，树木的某一处受伤后感染某种菌会长出一个奇形怪状、丑陋无比的树瘤，这树瘤就是大名鼎鼎的沉香。虽然沉香珍贵，但它的长相却不敢恭维，《西游记》的大闹天宫故事就是这样的树瘤，情节精彩，但从全书的文学结构来看，却有点“丑”。

当然这也是无可奈何的事。这就是“世代积累”型小说经常出现的问题。前几章已经介绍，我们现在看到的猴头孙悟空，是由原本佛教的护法神猴行者和道教的妖猴齐天大圣糅合而成的，大闹天宫的故事最初属于齐天大圣，后来被加进了取经故事。说来故事虽然精彩，吴承恩也做了精加工，但要把它完全融入唐僧取经原本的线性结构就很难了，这么七回一大段文字，按照我们前面介绍的章回小说的原则，放哪儿都不合适，于是只有放在全书的开始，故事讲完了，就让孙悟空在五行山下压上五百年，然后再从观音领命寻找取经人重新开始。所以《西游记》的结构上就有了前七回这么一个沉香树瘤。观音下山寻找取经人，遇上唐太宗的水陆大会，看中了主持会议的小和尚玄奘，动员他去西天取经，这是情节的主线，但这中间遇上了两段篇幅都不短的既有故事“唐太宗入冥”“江流儿”可以穿插，故事都精彩，但都用上去，整个《西游记》的故事结构就臃肿主线不明了，最后吴承恩只得弃用了“江流儿”故事的细节而改为一段韵语简单介绍，使唐僧的身世介绍与八戒、沙僧等同样待遇了。关于有些版本《西游记》中对唐僧身世介绍得很详细，又是父亲状元母亲小姐，又是路遇贼人落水漂江什么的，前面已经说了，那是后人加的，可能原本是另一个故事扯上江流儿，吴承恩整理时弃用，但又被后人捡起塞了进去。

《西游记》的情节进入第三大段，也就是唐僧取经上路以后，确实就进入了胡适说的中国旧小说中“最精密”的结构。

从这时开始，九九八十一难已经记数了。由于前四难“金蝉遭贬”“出胎几杀”“满月抛江”“寻亲报冤”发生在少年唐僧身上，这里从第五难开始，以后的七十七难都与唐僧取经的途程有关，环环相扣，前后递进，《西游记》的线性结构就充分展示了。

这里的“难”指磨难，并不等于我们今天所说的故事；有些故事中会包含好几次磨难，因此八十一难实际上只是指四十几个故事。究竟多少，因为对故事的理解不同略有出入，郑振铎先生当年在《西游记的演化》中分为四十一个故事，但略有讹错，即将第六十难“多目遭伤”误入其他，因此少算了一个，实际上应该是四十二个故事。

这些故事有头有尾，有始有终，头尾相连，环环相扣，有的是此落彼起，有的是前因后果。

举一个例子：第五十四回在女儿国，故事是这样结束的：女儿国国王一门心思要嫁唐僧，唐僧当然不可能驻留，但为了避免伤害本无恶意的国王和女儿国一众百姓，唐僧便假意答应女王，然后说先出城送徒弟们取经上路，再回宫中与女王成亲；待到出城，来个金蝉脱壳，上马而去：

> 女王闻言，大惊失色……（八戒）发起个风来，把嘴乱扭，耳朵乱摇，闯至驾前，嚷道："我们和尚家和你这粉骷髅做甚夫妻！放我师父走路！"那女王见他那等撒泼弄丑，唬得魂飞魄散，跌入辇驾之中。沙僧却把三藏抢出人丛，伏侍上马。只见那路旁闪出一个女子，喝道："唐御弟，那里走！我和你耍风月儿去来！"……那女子弄阵旋风，呜的一声，把唐僧摄将去了，无影无踪，不知下落何处。咦！正是：脱得烟花网，又遇风月魔。毕竟不知那女子是人是怪，老师父的性命得死得生，且听下回分解。

上一个故事结束处，就是下一个故事的开始时，这就是中国早期通俗小说的基本结构。

再看一个例子。第七十二回唐僧师徒在盘丝洞遇见了七个蜘蛛精，惹上一身麻烦。齐心合力打跑了蜘蛛精之后，师徒一边总结教训，一边打扫战场：

> 八戒道："你们扶师父走着，等老猪一顿钯筑倒他这房子，教他来时没处安身。"行者笑道："筑还费力，不若寻些柴来，与他个断根罢。"好呆子，寻了些朽松、破竹、干柳、枯藤，点上一把火，烘烘的都烧得干净。师徒却才放心前来。咦！毕竟这去，不知那怪的吉凶如何，且听下回分解。

上一段情节看似已经结束得很利索，但其实"不知那怪的吉凶如何"已经留下话音。下一回开始，唐僧师徒到了一处"真如刘阮入天台，不亚神仙阆苑家"的黄花观，观主一派神仙气象，热情接待，好茶侍候，与那些险山恶水的洞主貌似不同。但他却是那七个蜘蛛精的师兄，七个蜘蛛精就躲在他身后的偏房里，于是看起来尊重待客的茶枣里被下了药，一场风波陡然而起。

三段递进是情节展开的基本范式

线性篇章结构的优点明显，除了简单清晰之外，还有就是整个故事体系有很富裕的弹性空间，只要有顾客，有市场，作者就可以很方便地把故事延续下去。比如《水浒传》中一百零八条好汉上梁山聚义的过程是故事的主干，实际被仔细描述的，有晁盖、宋江、武松、鲁智深等二三十人，但假如当初施耐庵有时间、有兴趣，把这一百零八条好汉的经历逐一写一遍，再加渲染，形成了一连串与《水浒传》若即若离、似是而非的故事，也未尝不可，这就是对《水浒传》原有线性结构的利用。又如《西游记》，现在说取经经过了八十一难，假如吴承恩愿意再写个八十一难，再弄出几十个妖魔，那在结构上有问题吗？也没有。现代电影《西游·降魔篇》《西游记之大圣归来》《西游记之孙悟空三打白骨精》同样是利用原有的线性结构弹性空间生发了故事，引出新的情节，虽然这些情节与原著已经无关，但整体上并不违和。

随之而来的则是线性结构对故事空间有所限制的问题。在《金瓶梅》《红楼梦》那样的网状结构中，一段情节可以纠合很多人物、很多矛盾，情节的伏笔可以在几十回之前就已经预设，也可以把事件推迟到几十回之后，比如宝玉、黛玉、宝钗之间的三角感情始终若隐若现，对金玉良缘、木石前盟的选择始终是贾家主子们需要面对的选择，很多情节由此而产生，这就让故事显得很宽广深厚，牵着读者、倒逼读者一起在作品设置的矛盾中沉浮。而这样的效果，《三国演义》《水浒传》《西游记》都做不到，原因就是线性结构没有这样的空间。具体而言，还是通俗小说产生的背景在起作用，当初说话人在娱乐场所的宣讲只允许一个故事占用一两次的时间——至多也就是三四次吧——占用的次数太多就有游离主线的危险，就会有听众觉得遥远生疏的危险；所以，线性结构可以在主线上挂上很多小故事，但留给每个故事的回旋余地却很小。

故事的作者当然会想方设法，在有限的空间里竭尽腾挪变化之能事，编造出动荡起伏的情节。《西游记》这方面做得相当出色。吴承恩在整理、编织百回本的取经故事时，表现出对文学感染力绝对出色的理解和对故事节奏惊人的操控能力。

我们先做一个《西游记》与《封神演义》的比较。《封神演义》的题材来自历史，这和《西游记》一致；叙述的周文王西岐起兵而周兴商灭的故事，其主题体现有关“王道”“暴政”，也算正面；人物和情节在书中也一样被神化了，商纣王、周文王身边都有神仙帮派，各位将领也都有了出神入化的武艺或者骇人听闻的法器；故事系统也是单线结构，一路说来，有因有果，有开始有煞尾，大体上能让读者明白夏商交替的过程。就这些方面而言，《封神演义》《西游记》难分高下，有些地方，比如托塔天王的家世、哪吒的学艺、二郎神的来历，《封神演义》甚至比《西游记》更精彩。但说到艺术魅力呢？说到对读者的影响力呢？《封神演义》就相差得太多。

原因在哪儿？在于文学能力有高下之分。《封神演义》有以下几点较之《西游记》相差远矣。

首先，是叙述主线不够简洁清晰。《西游记》涉及三教三界，有佛祖的西天灵山，有玉帝的南天门，还有太上老君三十三天之上的兜率宫，各有一个神仙系统，但《西游记》对他们的描写都是为取经服务，简洁而有分寸。比如诸天菩萨属于西天佛教系统受如来指示，托塔天王二十八宿来自东土属玉帝管辖，绝不会混淆；他们下凡帮助降妖，都是一招致命，干净利落，完事就走，绝不喧宾夺主，绝不干扰师徒四人的行程。《封神演义》的神仙系统则显得繁杂而混乱不清，阐教、截教、神仙、凡夫混杂一起，身份不明有时甚至敌我不清，在一定程度上形成了对故事主线的干扰。

其次，是叙述节奏不够分明有序。《西游记》师徒西出长安，历经春秋寒暑，走走停停，快慢有序；经过险山恶水，走过人间国度，有些磨难一过而已，甚至颇具喜剧效果，有的则惊心动魄，叹为观止。这些故事的交错，又张弛有度，一紧之后，必有一松，无论是读还是听，都能让读者保持兴趣。比如“路阻火焰山”三回，三难，“祭赛国九头虫”，两回，两难，都算大故事，紧接着“木仙庵谈诗”，就只占一回，且是风姿绰约的女妖杏仙，谈书论文，轻松得多。但《封神演义》显然缺乏这种节奏，一波一波故事之间，情节虽然不同，节奏却基本没有变化，这很容易造成审美疲劳。

最后，是场景描述中的细分不够。《西游记》的四十多个故事，说来都是打妖怪，有的是孙悟空打，有的是神仙菩萨打。但细看之下，各有不同，妖精不同，神仙不同，打法也不同。有的故事，就一个回合，比如“木仙庵谈诗”“女儿国”；有些故事很大，情节曲折，反复腾挪，如“朱紫国行医”，占四回，三难；“路阻狮驼国”，四回，四难。遇到妖魔，当然是孙悟空出面，或自己剿灭，或请来神仙，但每次手段都不一样，请来的神仙也都不同。即使使用了相同的手段，细节上也不一样，比如钻妖魔的肚子这种套路，也是一次男妖，一次女妖；甚至那些扛旗打伞的小妖，属于路人甲、路人乙之类的角色，吴承恩也还要为其配上“伶俐虫”“有来有去”“奔波儿灞”之类个性化的名字。这和《封神演义》那些神仙见面，法宝一亮，或者“哼”一声，或者“哈”一声，立马搞死对手的场面完全不同。

《西游记》全部的四十多个故事，从故事体量上说，有大有小，占一二回或者三四回不等；从环境地点上说，有的在山野，有的在人间，还有的发生在宫廷；从对象身份上说，有自行修炼的野路子妖魔，有受神仙指派的童子或坐骑，有时神仙本人亲自出马，还有完全的凡夫俗子；从故事风格上说，有正面打斗，有巧合相遇，有山水险恶，有搞笑幽默。这些故事被非常巧妙地组合在一起，组成了结构上紧密连接、节奏上张弛有度的故事群，《西游记》耐看，百看不厌，与此不无相干。

吴承恩明显的个人特色，是他构思的情节往往在特定的空间里形成了我们称为“三段递进”的基本模式。这就是我们说到《西游记》故事时经常会用到“三”这个词的原因，比如“三打白骨精”“三调芭蕉扇”“三斗黄风怪”。

“三段递进”模式就是：途程受困，试图解决—遭遇挫折，再次努力—更大失利，最终解决。

我们选两个故事为例，一个是比较轻松的“五庄观医活人参果树”的故事，文雅一点；另一个是“车迟国斗圣”的故事，狂野一些，都很精彩。

五庄观医活人参果树的三段递进分析

话说唐僧师徒来到一处山明水秀的庄园。山叫万寿山，庄叫五庄观，庄主名镇元子大仙，是一位神通广大的道教高层领导成员，人称“地仙之祖”或是三官中的地官。这是《西游记》道教人物中难得见到的正面人物，自认与唐僧五百年前有一盏茶的交情，因此上天开会之前交代留守的小道童清风、明月，让从后院的树上打两个人参果招待。人参果是五庄观的镇观之宝，三千年一开花，三千年一结果，再三千年才能吃，闻一闻就活三百六十岁，吃一个就活四万七千岁。拿出人参果招待，这份情意不可谓不深。这是故事的背景。这个背景的设置，暗伏了以下情节的波折。

唐僧不识珍宝，看到人参果长得如同胖胖婴儿，心惊肉跳，拒吃；两个小童无奈，自己吃了。但被八戒看到，怂恿悟空去后院偷了三个。小童发现，一阵嚷嚷，悟空不堪羞辱，心头火起，干脆到后院把人参果树连根掘了，惹了大祸。这是故事结构的第一阶段，算是一场困顿挫折。他们师徒能想到的解决办法就是两个字“逃跑”。

镇元子大仙归来，自然要追究捉拿。孙悟空看似浑身本领，但在镇元子面前却毫无还手之力，师徒四人被镇元子追上，大袖一挥，悉数拿下，然后严刑拷打。悟空虽然不怕酷刑，但考虑到师父难以忍受，于是答应各处寻找仙方，救活人参果树。这是故事结构的第二阶段：逃跑行不通，努力寻求解决方案。

悟空先后找了福禄寿三星和东华帝君、九老，都表示不能解决，最后还是寻到观音，观音以净瓶里的甘露水救活人参果树，各路神仙皆大欢喜。镇元子做了个人参果会，众仙分享，又与悟空结为兄弟。这是故事结构的第三阶段：终究圆满。

这三阶段就是我们通常说的“一波三折”。其实细看之下，每一阶段又都有波有折，且也是一波三折。

第一阶段：唐僧拒吃，两小童自己享用，被八戒看到，这是第一折；悟空去后院偷果子，被小童发现痛骂，是第二折；为报复小童，悟空掘死人参果树，师徒趁夜出逃，是第三折。

第二阶段：四人被捉回，遭受严刑拷打，悟空用四棵树作为替身，师徒再次逃跑，这是第一折；再次被捉回，镇元子捆绑悟空扔下油锅，但悟空用变化的石狮砸漏油锅，自己跳入云端，这是第二折；因怕师父难耐酷刑，悟空不得不回到大殿，与镇元子达成救活人参果树的协议，这是第三折。

第三阶段：悟空到了东海蓬莱仙境，找到福禄寿三星，三星表示无能为力，但愿意赶到五庄观担保，这是第一折。悟空又到方丈仙山、瀛洲，找到东华帝君和九老，他们一口拒绝，这是第二折。悟空再到南海，请来观音，事情得到圆满解决，这是第三折。

正是在这一波三折的三个阶段中又套着细节的波折，使得事件云谲波诡，变化多端，形成精彩丰富的故事。

车迟国斗圣的三段递进分析

话说师徒四人来到一个叫车迟国的国度，发现城外的沙滩上有很多和尚在道士的监督下做苦工。细问之下才知道，原来这个国家二十年前苦旱，国王令和尚道士一起祈雨，结果和尚输了，这个国家从此就“好道爱贤”，拜名为虎力大仙、羊力大仙、鹿力大仙的三个道士为国师，言听计从，和尚只能沦为苦力。悟空大怒，打死两个小道士，放跑了大批被拘的和尚，然后进城与三位国师理论。这是故事设定的背景，佛道之间的交锋和比试法力的情节就成了以下故事的必然。

第一阶段：唐僧师徒入城住下，恰遇三清观三个妖道国师禳星。悟空兄弟三人装神弄鬼，偷吃供果，毁坏圣像，大大戏弄了三个道士一次，然后趁乱中回到住处。

第二阶段：次日师徒上朝倒换关文，三个妖道前来问罪，国王昏乱，决疑不定。恰巧有百姓来请国师祈雨，国王便与唐僧约定：如果祈雨成功，便饶你罪名，倒换关文，放你西去；反之，追究侮辱国师的罪名。悟空使出神通，制止了道士招来的龙王，反令龙王为自己助了一场大雨。

第三阶段：妖道无奈，提出比试赌斗。悟空踊跃应战，几场赌斗下来，三个国师先后丧命，原来分别是黄毛虎、白毛鹿和一只羊。

这三个阶段非常清晰，而这三个阶段里，自然也套着一波一波的情节波折。如第三阶段赌斗，第一轮赌斗云梯坐禅；第二轮赌斗隔板猜枚，赌了三次：宫衣、鲜桃、活人；第三轮赌法术，又是三项，砍头重长、破腹剜肠、油锅洗澡。就这样，不断地消灭妖魔，也不断地创造情节。

整个《西游记》，就是这种结构模式的不断重复，当然细节上降妖伏魔的手段会有变化。

更可贵的是，《西游记》的这种结构模式与其“西天取经”的主题竟是如此和谐。前面说过，《西游记》文化传承中最核心的部分是取经，这是初心；后来取经故事神化了，自然的、人为的阻碍都变成了妖魔鬼怪，但不管故事如何变化，唐僧取经的初心不改，基本的价值未改，所有的情节都是为这个初心服务。而情节一波三折的推进，反复克服困难的进程，正是最好的映照。

原生、润色、新增故事各占其一

所谓的八十一难实际只有四十二个故事，是把这些个故事一拆为二、一拆为三而形成的——比如其中第四十回至第四十二回红孩儿的故事被分拆为四难；第七十四回至第七十七回狮驼国故事被分拆为四难。不管这拆得是否合理，到吴承恩为止，反正今后八十一难不会变了，取经故事也不会再增加了，这就是数量的定型。

经常会有读者关心，这四十多个故事中吴承恩自己写了多少？现在我们来解开这个疑团。当然精确的数字是没有的，我们也只是根据比较而猜度。

前面屡次提到晚唐五代形成的俗讲教材《大唐三藏法师取经记》，它最大的贡献，是初步构建了一个取经故事的体系，从唐太宗入地府，寻找取经人开始，直到唐僧取经成功回到长安，编成了一个有头有尾的故事。打个比喻，就像是安放了一口大锅，以后有什么故事就都可以往里装，最后炖成一锅东北菜“大丰收”。早期的原生取经故事，也就是发生在西域一带与玄奘取经直接有关的故事，前面其实已经作过介绍，大约有猴行者（也就是孙悟空）、深沙神（也就是沙和尚）、车迟国、火焰山、白骨精、金毛鼠、晒经台等等。这些故事原本都是散落的，后来有些较早的被收进了《大唐三藏法师取经记》，有的则在民间口头流传，还要晚一些才被收容进取经故事的整个体系中。

宋金时代取经故事的体系已经比较庞大，通过《礼节传簿》中队戏排场单《唐僧西天取经》和《朴通事谚解》中平话《西游记》的残文，我们能看到的有朱悟能、白马、狮驼国、黑熊精、黄风怪、宝象国、镇元仙、蜘蛛精、多目怪、红孩儿、牛魔王、铁扇小罗女、地涌夫人、乌鸡国、火焰山、九头虫、女儿国、蝎子精、玉兔精，合并起来已经占了今天《西游记》四十多个故事的一半以上。元明之际取经故事最重要的增加有：唐僧出生、齐天大圣。

显然，以上这些故事都不是吴承恩的原创，它们有的是历史悠久的原生故事，本来已经比较成熟；有的初具形态，后来经过了吴承恩的精心加工。剩下的有可能属于吴承恩的原创，但需要判断。可以确定为判断标准和理由的有以下几条：

一是在吴承恩之前的所有资料里没有出现过。这里得益于新资料的发现，对之前的唐僧取经故事增加寥寥，用排除法。

二是某些文学元素可以指证与吴承恩相关。这得益于对吴承恩的深入研究，用对应法。

三是能够解析出具备特定时代的社会或者政治、宗教元素，这也是通过吴承恩研究联系到社会、政治环境，用关联法。

下面就是我们根据这几条标准判断的结果：

比丘国——国王要用一千一百一十一个小儿的心肝做药引的那一个故事。这是影射明朝嘉靖皇帝好道求长生药的社会现实。

灭法国——国王发愿要杀一万个和尚的故事。影射明朝嘉靖十五年的灭法事件。

玉华国——三个小王子拜孙悟空哥仨为师父学艺，兵器被黄狮精偷走的故事。前面已有论证，玉华国是吴承恩曾经任职的荆王府，小王子拜师是吴承恩的亲身经历。

朱紫国——朱紫，谐音朱子，即朱家子孙；也是谐音诸子，即诸位王子，研究者一般认为这与吴承恩王府的经历有关。

木仙庵——松、柏、桧、竹四个老怪和一个风情万种的杏仙缠住唐僧对诗的地方。这个故事原型来自唐人牛僧孺的《玄怪录》，这本书是吴承恩明确声称喜爱的志怪。这个故事的文人气也很重，不是一般说书人能摆弄出来的，因此可以认为是吴承恩的创作。

解阳山——看守落胎泉的道士如意真仙，这个故事与红孩儿、牛魔王的故事有关，但原有的故事中并不见痕迹，有可能是后来派生的；道气太重，其构思也不像从民间来的。

四圣试禅心大概又可以算一个，让观音、文殊、普贤和黎山老母变化为妖娆女子试探唐僧，这种亵渎神圣的事，民间艺人大概不会有此念想，只有吴承恩敢做；以此考验唐僧色戒的观念也应该出自吴承恩这种文人之手，女儿国才是民间的考验方式。

另外，金平府、凤仙郡与铜台府也可能是吴承恩的手笔。可以注意的是，以上这几个故事都在《西游记》的后半段，而且都发生在人间国度。

需要强调的是，这里的原创，仅仅是指最初的题材和灵感，广义上说，《西游记》的四十多个故事都经过了吴承恩的妙手剪裁，都是吴承恩的创作，作为宗教宣传品的那些故事不会如此精彩动人，作为民间祭祀娱神的故事也不会如此精致。我们以火焰山的故事为例来说明吴承恩加工之精彩。

首先介绍值得注意的两点：

一、火焰山的故事出现的时间很早，在唐代的《大唐三藏法师取经记》中已经有了，我们把它定位为原生的取经故事。

二、跳进妖魔的肚子里的故事最早见于印度《罗摩衍那》，属于神猴哈奴曼的事迹，哈奴曼跳进妖魔的肚子。

据此可以断定这个故事生成得很早。但是它们和《西游记》相比效果如何？请先看早期的《大唐三藏法师取经记》原文：

> 又过火类坳，坳下下望，见坳上有一具枯骨，长四十余里。法师问猴行者曰："山头白色枯骨一具如雪？"猴行者曰："此是明皇太子换骨之处。"法师闻语，合掌顶礼而行。又忽遇一道野火连天，大生烟焰，行去不得。遂将钵盂一照，叫"天王"一声，当下火灭，七人便过此坳。
>
> 欲经一半，猴行者曰："我师曾知此岭有白虎精否？常作妖魅妖怪，以至吃人。"师曰："不知。"良久，只见岭后云愁雾惨，雨细交霏；云雾之中，有一白衣妇人，身挂白罗衣，腰系白

罗裙，手把白牡丹花一朵，面似白莲，十指如玉。睹此妖姿，遂生疑悟。猴行者曰："我师不用前去，定是妖精。待我向前问他姓字。"猴行者一见，高声便喝："汝是何方妖怪，甚处精灵？久为妖魅，何不速归洞府？若是妖精，急便隐藏形迹；若是人间闺阁，立便通姓道名。更若踌蹰不言，杵灭微尘粉碎！"白衣妇人见行者语言正恶，徐步向前，微微含笑，问："师僧一行，往之何处？"猴行者曰："不要问我行途，只为东土众生。想汝是火类坳头白虎精，必定是也！"

妇人闻语，张口大叫一声，忽然面皮裂皱，露爪张牙，摆尾摇头，身长丈五。定醒之中，满山都是白虎。被猴行者将金环杖变作一个夜叉，头点天，脚踏地，手把降魔杵，身如蓝靛青，发似硃砂，口吐百丈火光。当时，白虎精哮吼近前相敌，被猴行者战退。半时，遂问虎精："甘伏未伏！"虎精曰："未伏！"猴行者曰："汝若未伏，看你肚中有一个老猕猴！"虎精闻说，当下未伏。一叫猕猴，猕猴在白虎精肚内应。遂教虎精开口，吐出一个猕猴，顿在面前，身长丈二，两眼火光。白虎精又云："我未伏！"猴行者曰："汝肚内更有一个！"再令开口，又吐出一个，顿在面前。白虎精又曰："未伏！"猴行者曰："你肚中无千无万个老猕猴，今日吐至来日，今月吐至来月，今年吐至来年，今生吐至来生，也不尽。"白虎精闻语，心生忿怒。被猴行者化一团大石，在肚内渐渐会大。教虎精吐出，开口吐之不得；只见肚皮裂破，七孔流血。喝起夜叉，浑门大杀，虎精大小，粉骨尘碎，绝灭除踪。僧行收法，歇息一时，欲进前程，乃留诗曰：

火类坳头白虎精，浑群除灭永安宁。
此时行者神通显，保全僧行过大坑。

这火类坳虽然有野火连天，气势汹汹，但仅仅拿出天王送的钵盂，"遂将钵盂一照，叫‘天王’一声，当下火灭，七人便过此坳”，未免太容易了，完全没有任何起伏和悬念，更谈不上精彩，哪像《西游记》三调芭蕉扇一波三折，忽喜忽忧，牵肠挂肚，变化多端。

白虎精肚里生出千千万万老猕猴的事，虽然创意有点意思，但直白的表述又哪能与孙悟空在铁扇公主肚子里要的那些“鬼把戏”相比？你看一调芭蕉扇时，铁扇公主罗刹女激战一场，回到洞府，叫道：“渴了！渴了！快拿茶来！”近侍女童，即将香茶一壶，沙沙的满斟一碗，冲起茶沫漕漕。行者见了欢喜，变成个小虫儿，嘤的一声，飞在茶沫之下。那罗刹渴极，接过茶，两三气都喝了，行者已到她肚腹之内，现原身厉声高叫道：“嫂嫂，借扇子我使使！”最后罗刹女认输，答应交出扇子，孙悟空这才收了手脚。

而他从罗刹肚里出来的时候，还是十分小心地试探了一下：

> 行者道：“拿扇子我看了出来。”罗刹即叫女童拿一柄芭蕉扇，执在旁边。行者探到喉咙之上见了道：“嫂嫂，我既饶你性命，不在腰肋之下搠个窟窿出来，还自口出，你把口张三张儿。”

最后还是变成个小虫子，从罗刹的喉咙里飞出，拿了扇子开路。

而更有戏剧性的是，这个扇子是假的！你孙悟空能骗罗刹女，罗刹女也能骗你孙悟空，真个是环环相扣，令人拍案叫绝。

和吴承恩笔下的牛魔王、铁扇公主相比，早期故事的差距真是不可以道里计。粗略统计一下，原来的故事不足千字，到《西游记》中已经占了整整三回，膨胀了大约三十倍。显然，围绕芭蕉扇的一调、二调、三调，过火焰山的故事已经从一棵小苗长成了郁郁葱葱的大树，定植在读者的心中。

吴承恩的功绩赫然在目。

但似乎吴承恩也会犯一些小小的错误，弄出点穿帮的事情，有一种说法是，第三十六回至第三十九回乌鸡国作怪，把国王推到井下自己冒称国王的青毛狮子，本是文殊菩萨的坐骑，奉命下凡为菩萨报仇，在位三年间，让这国家风调雨顺，国泰民安，似乎还是一头很不错的畜生。但是不久以后，这畜生又下凡到狮驼国做了三个拜把子魔头的老大，而且这回性情大变，很喜欢吃人而且吃人无数。奇怪的是，文殊菩萨收服这头狮子时，并没有因为这畜生两次捣乱而表示歉意，而一贯刁钻古怪得理不让人的猴头似乎这时也得了健忘症绝口不提，倒让人感到好像西边出了太阳，挺纳闷的。这其实就是吴承恩的一次穿帮。

指出这些小小的问题，当然不会影响我们对吴承恩的赞美，君子之过，如日月之蚀。

第五章

类型化与三性统一：《西游记》的形象塑造艺术

在解读《西游记》的艺术形象之前，先要解释一下：一部文学作品，首先作用于读者的一定是人物的主导性格以及与性格相适应的容貌、行为、语言。依赖于性格的鲜活，作品才称得上是一件艺术品，当然也才能形成广泛的社会影响。我们前面已经介绍说整个取经故事，在吴承恩之前已经有了九百多年的流传演化过程，三四百年前的故事里就已经组成了师徒四人一马的取经队伍，二三百年前故事里就已经有了大大小小纷繁惊险的故事，但这些与一百回的通俗小说《西游记》的艺术形象并无太大关系。因为早前的取经故事中，不管是唐僧，还是孙悟空、猪八戒，都是自有故事，自有情节，但谈不上有形象，谈不上有性格。如《大唐三藏法师取经记》共十七节，算是有大约二十个故事，其大部分都是这样：

> 前行百里，猴行者曰："我师前去地名蛇子国。"且见大蛇小蛇，变杂无数，攘乱纷纷。大蛇头高丈六，小蛇头高八尺，怒眼如灯，张牙如剑，气吐火光。法师一见，退步惊惶。猴行者曰："我师不用惊惶。国名蛇子，有此众蛇，虽大小差殊，且缘皆有佛性，逢人不伤，见物不害。"法师曰："若然如此，皆赖小师威力。"进步前行。大小蛇儿见法师七人前来，其蛇尽皆避路，闭目低头，人过一无所伤。又行四十余里，尽是蛇乡。

说是“皆赖小师威力”，但其实猴行者就像导游引路一样，看不出具体起了什么作用。

百回本《西游记》属于吴承恩的创造，其艺术形象体系包括唐僧师徒和各路大神、山精水怪，都是吴承恩的文学才华充分展现的地方，是《西游记》借用佛教题材，接受道教元素而最终却代表了儒学道义的结果，是取经故事一切历史文化底蕴得以依附的培养基。

类型化特征与神、人、物性的统一

中国通俗小说那些包括《西游记》在内的名著，塑造形象的艺术手法主要有两种：类型化和典型化。这个概念来自西方的文艺理论，但用来归纳中国的古代通俗小说倒也恰当。

所谓类型化，主要指人物的个性特征灵动鲜明，主要性格从开始就已经确定并且被不断强化，单一、平面但比较稳定，容易归类，故事中几乎所有的情节都会围绕其主要性格展开。这种手法，主要见于早期的属于“集体创作，个人写定”的那些作品，与它们形成的源头来自俗讲、说话有关——我们知道，在面对面你讲我听的那种氛围里，人物个性必须非常突出，才有可能串联起一段情节并且在间隔一段时间后仍然被记住。成功使用这种手法的主要有《三国演义》《水浒传》《西游记》，其间出现了一大批借助这种手法而家喻户晓的艺术形象。如仁爱宽厚的刘备、凶残奸诈的曹操、聪明绝世的诸葛亮、老奸巨猾的司马懿；如义字当先的宋江、暴躁鲁莽的李逵、勇武稳健的武松、专打不平的鲁智深，都已经成为某一类社会人物的象征或者代表。

所谓典型化，主要指人物的个性特征比较复杂丰富，主要性格之外，还有次要方面与之相辅相成，并且会跟随社会环境的变化而改变，构成立体化的多面视角。这种手法，主要见于《金瓶梅》开始的那些完全由个人完成的作品，并由《红楼梦》作为代表，塑造了一大批典范的艺术人物。如《金瓶梅》中由地痞流氓而华丽转身成为兼具官员和富商身份的西门庆、因地位变化而性格迥异的李瓶儿、奸诈无耻毫无道德底线的帮闲帮凶应伯爵等；《红楼梦》中八面玲珑但心狠手辣的王熙凤、身份尴尬性格敏感倍感风刀霜剑但又向往真挚爱情的林黛玉、看似温柔贤惠但心机深沉始终期待“金玉良缘”的薛宝钗等；《金瓶梅》《红楼梦》复杂的情节、多元的主题和深刻的社会现实性，往往都依赖于使用典型化手法塑造的人物形象来构成和体现。

在某些特定的研究领域，类型化和典型化手法会被分出高低，有人认为无论是西方还是中国，成熟的小说作品普遍采用典型化的手法，类型化手法相比较显得低级。这样的认识并不正确。类型化确实出现于小说发展的早期，它的出现和小说诞生的方式以及社会环境有密切关系，其所塑造的人物自成一类，同样具有巨大的艺术魅力，《西游记》使用的主要也是类型化的手法，但不能否认孙悟空、猪八戒甚至白骨精、牛魔王都是成功的艺术典范。

《西游记》另一个得到盛赞的是塑造形象时神性、物性、人性的和谐统一。

《西游记》是神话，借用了很多远古的、次生的、民俗和宗教范畴内的神话元素，如佛祖、菩萨、玉帝、老君、三星以及托塔天王、哪吒、二郎神、巨灵神等，所以不可避免地会涉及神性，这就为小说带来了宽阔的想象空间。比如佛祖作为一方的最高领袖，其功力深不可测，于是就衍生出孙悟空一个筋斗十万八千里没有跳出他的手掌心，佛祖手掌一翻就压了孙悟空五百年这样让人津津乐道的情节；比如太上老君也具有无上的地位，他一出手轻而易举地帮助二郎神收服了孙悟空，他的青牛、童子偷偷溜出来下凡也都让孙悟空挠头无奈，最神奇的是他的炼丹炉，七七四十九天没有炼化猴子，却炼出了猴子的火眼金睛；还有二郎神与孙悟空的精彩斗法，如果不借助七十二变的神性大约是腾挪不了的；还有些不上台面的小神，什么当坊土地、当地山神，只要你具有管辖的权力，这些小神几乎无所不在，孙悟空把棒子在地下敲一下，这些小神就得立即出现，否则就要打脚孤拐，真可谓神气活现、神出鬼没。

《西游记》的神，在民间故事中，大神恐怕都是由人修炼而成的，在佛教里，佛祖名释迦牟尼，是一位王子；在道教里，老君名李耳，也就是李老子，春秋时期的人；那位玉皇大帝，在民俗故事里据说姓张，《西游记》说他自幼修持，苦历过一千七百五十劫，每劫历时十二万九千六百年，帮他算一下，合计已经两亿多年。其他的各路神仙的身份，很多就不好说了，比如有的菩萨竟然是老母鸡修炼而成的，她的儿子昴日星官是只大公鸡，上界二十八宿就是二十八个动物……最主要的，取经的团队中孙悟空是猴子，猪八戒是猪，白马是龙身，沙和尚是什么？不太清楚，反正“脸如蓝靛，口似血盆”。那些妖魔散仙，则基本上都是由山精水怪修炼而成的。与此相适应，《西游记》对各位的动物性描述相当成功，鱼精鳖精活在水里，蜘蛛精们善吐丝，蝎子精的武器是毒刺，月宫玉兔精的武器是捣药的杵子。不仅形象上有原物的特点，性格上也很吻合，如松树、柏树都是老人形象，且风雅，善吟诗；而杏树幻化的妖，则是女性，妖娆轻佻，摄人心魄。

神性、物性，归结到最后还是人性，无论是神、是妖、是人、是物，到最后都是要映照人间世界，就是由“幻”回到“真”。孙悟空、猪八戒这些关键人物的性格我们下面要说，玉帝、老君的性格我们也要重点剖析。这里先说说那些小人物。

还说《西游记》中经常出现的山神土地，他们也算体制内的神——小神，所以知道唐僧来了，就要设法弄点斋饭伺候，有事得听孙悟空的调遣，孙悟空的棒子一敲，立马就得出现；但他们法力微小，所以也得听那些占山为王的妖精的命令，喝一声，也要出面伺候。你看枯松涧火云洞附近的山神，因为受圣婴大王红孩儿的盘剥，“披一片，挂一片，裩无裆，裤无口”，“少香没纸，血食全无，一个个衣不充身，食不充口”，书中称他们为“穷神”。在平顶山莲花洞，妖魔干脆拘唤土地山神在他洞里，“一日一个轮流当值”。这活脱脱的就是一群明朝的基层小官或者吏员，他们要管理地方，要侍候上级官员，薪俸却很低，往往都靠办事时弄点外快糊口——相当于山神土地的香火血食，如果碰上厉害的从他们嘴里夺食的上司，也许就只剩下穷字了。吴承恩自己做过县丞，八品，还算个官，负责粮草和马政，这两件事都是很繁杂头疼的公务，整天和那些管理乡民的里长、管理驿站的驿卒打交道，里长、驿卒就是人间的山神、土地。

再看那些扛旗巡山的、持柬送信的、采买办酒的一众小妖，名字往往叫有来有去、精细鬼、伶俐虫之类，往往一边走，一边念叨，或者乐呵呵的，或者发点牢骚，总是一番萌态，有人称也算《西游记》里最生动的一类角色，挺吸人眼球，所以后来衍生出《大王叫我来巡山》的一段歌曲。这活脱脱又是古代生意店里的小伙计，现代就是快递小哥、外卖小哥一类的人。吴承恩家开了一间杂货店，他父亲原本就是店里的伙计，后来被老板看中以女婿的身份继承了小店，送货外卖这些事都干过。吴承恩自己虽然自小读书，但对这样的生活环境却是非常熟悉的，所以他能把这类角色也写得活灵活现。

唐三藏可敬可气的迂腐型性格

小伙伴们游戏扮演《西游记》，最强势的伙伴铁定是孙悟空的扮演者，唐僧的角色一定会被分派给团体里等级地位最低最孱弱的孩子。这个时候的唐僧有个别名“唐哭包”，扮演者只要双手合十，口念阿弥陀佛或者做抹泪状就可以了。

孩子们的直觉很正确。在孩子们的视野里，唐僧就是一个手无缚鸡之力，依靠他人保护的角色，还迂腐可笑令人生厌，很多麻烦都是他招惹的。

孱弱

《西游记》只说唐僧是来自“中华上国”的“白净和尚”，“相貌堂堂”，没有直接说唐僧多大年龄，从他十八岁为父母申冤报仇因而一举成名的经历看，唐僧取经时也就二十岁左右；在此之前，他在金山寺出家，从未经历过江湖风波和旅途险恶，踏上取经路途对他来说，只能用“初生牛犊不怕虎”形容。

但现实很骨感，真见了虎唐僧不仅怕，而且非常怕。第十三回，唐僧带着两个随从和一匹马上路了，但出了大唐地界，第一天就落入了白额虎精寅将军设下的陷阱，当时“唬得个三藏魂飞魄散”——难怪，从来都是人设陷阱捉虎，哪见过老虎也弄个陷阱捉人；后来寅将军和熊精熊山君、牛精特处士分食了两个随从，“只听得啯啅之声，真似虎啖羊羔，霎时食尽。把一个长老，几乎唬死”。遇见猎户刘伯钦，“三藏见他来得渐近，跪在路旁，合掌高叫道：‘大王救命！大王救命！’”再后来见了妖怪，不是“魂飞魄散”，就是“大惊失色”，或者“滴下泪来”，小伙伴们称唐僧为“唐哭包”，不为无因。

迂腐

迂腐是唐僧最不招人待见的性格。迂腐是说唐僧面对吃人不吐骨头的妖魔，却经常用一些不合时宜的人间大道理说教，且十分固执，为取经平添了许多周折。毛泽东在一首七律诗《和郭沫若同志》中引用《西游记》故事，将唐僧定性为“愚氓”，脍炙人口。

且看第二十七回的“三打白骨精”：说唐僧师徒在荒山野岭被妖魔白骨精盯上，白骨精趁悟空远行化斋，装成月貌花容女子，送来一罐子“香米饭”、一罐子“炒面筋”，且花言巧语说了个农家少妇的故事，欲寻机擒拿唐僧；关键时刻悟空赶到，一棍打死女妖——女妖当然不是真死，只是使了手段，用“解尸法”脱身而去；唐僧不识妖魔伎俩，倒是被悟空吓得战战兢兢，责骂悟空无故伤害好人；悟空敲碎罐子，明明白白地让他看到所谓的“香米饭”“炒面筋”，其实是长蛆、青蛙、癞蛤蟆，但他听了八戒的撺掇，仍是不信，愤怒道：“出家人时时常要方便，念念不离善心，扫地恐伤蝼蚁命，爱惜飞蛾纱罩灯。你怎么步步行凶，打死这个无故平人，取将经来何用？”遂念起紧箍咒以示警告。

妖魔第二次化作来寻女子的八旬老妇人，被悟空再次识破打死。“唐僧一见，惊下马来，睡在路旁，更无二话，只是把《紧箍儿咒》颠倒足足念了二十遍。可怜把个行者头，勒得似个亚腰儿葫芦”，然后责骂悟空“是个无心向善之辈，有意作恶之人”，要将其赶走。悟空连声告饶，声称“再不敢了”，这才作罢。

第三次妖魔变化成白发苍髯老公公，声称来寻女儿、老妇，再次骗取唐僧信任。这次悟空把当坊土地、本处山神招在空中做证，让他们把妖精团团围住，然后出棍打死。妖魔化作一堆粉骷髅，脊梁上现出一行“白骨夫人”字样，唐僧犹然以为是悟空做了手脚，又说出一番大道理：“出家人行善，如春园之草，不见其长，日有所增；行恶之人，如磨刀之石，不见其损，日有所亏。”念咒将悟空赶回花果山，还绝情地写了一纸贬书。其直接的后果，就是唐僧在黑松林被擒。

唐僧的话，未必无理，但得看时间，看地点，看对象，把向善的道理说给以吃人为生的凶残妖魔，比对牛弹琴还搞笑，后果可想而知。此即为迂腐。

再看第五十六回。话说唐僧一时高兴，走在前面，“正走处，忽听得一棒锣声，路两边闪出三十多人，一个个枪刀棍棒，拦住路口”，原来是一帮强盗。强盗抢了唐僧的银子白马，又把唐僧吊在树上，悟空赶来，打死两个，其余四散逃走。唐僧不忍，撮土为香，念了一通《倒头经》。这《倒头经》不知是否真有，可唐僧的话就有意思了。他告诉那死鬼强盗：

“你到森罗殿下兴词，倒树寻根，他姓孙，我姓陈，各居异姓。冤有头，债有主，切莫告我取经僧人。”这算是一个不地道的行为。所以悟空说他“为你取经，我费了多少殷勤劳苦，如今打死这两个毛贼，你倒教他去告老孙。虽是我动手打，却也只是为你”。

再往前走，竟然寄宿于一个贼人的家。那贼人又约了同伙，磨刀擦枪，准备夜间动手，“拿住这些秃驴，一个个剁成肉酱，一则得那行囊、白马，二来与我们头儿报仇”。被悟空打死一圈，唐僧又生出了那种无用的慈悲，道：“你这泼猴，凶恶太甚……况又杀死多人，坏了多少生命，伤了天地多少和气。屡次劝你，更无一毫善念，要你何为！”念起紧箍咒，行者翻筋斗，竖蜻蜓，疼痛难耐，只得说声“去也”，一筋斗翻回花果山。后面的结果就是被六耳猕猴钻了空子，引来一场大难。

此类事情《西游记》中还有，有时读者瞧不起唐僧似乎也有道理。

可敬

唐僧的种种孱弱、迂腐，虽说可气，但在客观上却映衬了他的坚韧不拔，显得更加可敬。

他为了东土众生，义无反顾地承担起取经人的责任。往哪儿去，其实他也不知道，只知道往西方；路途多少，凶险几何，他也不知道，但他面对太宗发下大愿：“我这一去，定要捐躯努力，直至西天。如不到西天，不得真经，即死也不敢回国，永堕沉沦地狱。”在法门寺，众僧人议论，有的说水远山高，有的说路多虎豹，有的说峻岭陡崖难越，有的说毒魔恶怪难降，唐僧但以手指心说：“心生，种种魔生；心灭，种种魔灭。……这一去，定要到西天，见佛求经，使我们法轮回转，愿圣王皇图永固。”事实上，作为《西游记》的基本题材，玄奘法师的可敬也被取经故事所继承，表现在唐僧身上，成为构成《西游记》基本价值和核心主题的主要成分。

难得的是唐僧不仅这样说了，而且这样做了，义无反顾，自始至终，完全出于自愿，丝毫不曾动摇。初出大唐地界，两个随从被吃掉，此时唐僧只身一人，这是初次考验其实也是最严峻的考验，但他完全没有考虑返回的问题。后来四个菩萨变化为富有而美貌的一家母女，以富有而安逸的生活对唐僧四众进行了一次不凶险但很有诱惑力的考验，八戒失误了，从此留了一个话柄，但唐僧丝毫不为所动。除了自然和恶魔的困扰之外，他还面临内部的纷扰。他有数次不能忍受悟空的所谓“凶恶”而把他赶走，赶走就意味着一场凶险的到来。他也数次面临着八戒的闹分家，分家也同样意味着取经的失败，但他丝毫不为所动。我们很肯定地说，一路上不管山高水险，饥饿难耐，哪怕身陷魔窟，生死已经到了一念之间时，唐僧也从未考虑过返回或者后悔。

这是大节。这个大节是悄悄地隐藏在故事情节中，以润物细无声的方式灌输给读者的，孱弱、迂腐正好作为反证——以孱弱之身，迂腐之心，行不可思议、坚韧不拔之事，更为可敬。

孙悟空可爱可笑的理想型性格

孙悟空是只猴。因此他的浑身上下充满猴性，这点吴承恩刻画得相当出色，猴性成了《西游记》幽默、诙谐风格的情节作料。

先看《西游记》对悟空外貌的描写：拐子脸、雷公嘴、尖嘴无腮、红眼睛美其名为火眼金睛；罗圈腿有点短，又外翻，走路一拐一拐，但腾挪跳跃且无比灵活；会七十二变，但唯有红屁股和长尾巴变不了。

第六回灌口二郎神奉命围剿花果山，孙悟空与二郎神变化斗法，不相上下，变来变去悟空最后变成一座庙宇，“牙齿变做门扇，舌头变做菩萨，眼睛变做窗棂”，“只有尾巴不好收拾，竖在后面，变做一根旗竿”，被二郎神看破，笑道：“是这猢狲了！他今又在那里哄我。我也曾见过庙宇，更不曾见一个旗竿竖在后面的。……等我掣拳先捣窗棂，后踢门扇！”这就把悟空吓得一个虎跳，又冒在空中不见了。

第三十二回，师徒来到平顶山莲花洞，八戒、唐僧、沙和尚先后被擒拿进洞，吊在大堂上，悟空先前逃脱，然后又幻化成妖魔的母亲“老奶奶”，进洞参加吃唐僧肉的宴会。妖精磕头拜见，奶奶弯腰扶起：“我儿起来。”那边那猪八戒吊在梁上，哈哈地笑了起来：

> 八戒道：“我们只怕是奶奶来了，就要蒸吃，原来不是奶奶，是旧话来了。”沙僧道：“什么旧话？”八戒笑道：“弼马温来了。”沙僧道：“你怎么认得是他？”八戒道：“弯倒腰，叫‘我儿起来’，那后面就掬起猴尾巴子。我比你吊得高，所以看得明也。”

第二次悟空再次混进洞里，变化成一个小妖，按照魔王的吩咐要打还吊在梁上的八戒：

> 八戒道：“你打轻些儿，若重了些儿，我又喊起，我认得你！”行者道：“老孙变化，也只为你们，你怎么倒走了风息？这一洞里妖精都认不得，怎的偏你认得？”八戒道：“你虽变了头脸，还不曾变得屁股。那屁股上两块红不是？我因此认得是你。”行者随往后面，演到厨中，锅底上摸了一把，将两臀擦黑，行至前边。八戒看见又笑道：“那个猴子去那里混了这一会，弄做个黑屁股来了。”

这猴屁股、猴尾巴衍出的笑料情节，平添了许多乐趣。

再看孙悟空的行为。这孙悟空虽然已经经过了须菩提祖师的调教，但猴性是改不了的，吴承恩为孙悟空设计的大胆、机敏、好动、毛躁的个性，时时刻刻都能让读者感觉到这是猴的行为。

第二回，孙悟空初出道，在菩提祖师处学艺，听到妙处，“抓耳挠腮，眉开眼笑，忍不住手之舞之，足之蹈之”，正是这种“癫狂跃舞”引起了祖师的注意，成全了祖师深夜单独传授的奇遇。

第四回，玉帝招安，授孙悟空弼马温官职。这实在是吴承恩的绝妙伏笔，因为民间早有在马群中养猴以避马瘟的习惯，其实是利用猴子吵闹一刻不得安宁的特性以防马儿躺倒睡觉窒息死亡，马和猴子，天生绝配。所以悟空在御马监是“昼夜不息”“都养得肉肥膘满”，但这弼马温却是个绝小不入流的官职，矛盾由此而来，反出天宫难以避免。

第五回，孙悟空第二次赴天宫任职，官名齐天大圣，他很满意。但职责却是看管桃园，这便是玉帝的疏忽和无知，猴子吃桃，也是天性，别说那些蟠桃九千年一熟，人吃了寿与天齐，就是天天看那“夭夭灼灼”“酡颜醉脸”的果实，猴头能把持得住吗？所以最后“熟的都是猴王吃了”的结果，也是势所必然。

即使到了取经路上，身上有了重任，孙悟空猴性仍在。第四十六回，车迟国的虎力大仙要与唐僧师徒比试，第一场比“云梯显圣”，就是用五十张桌子叠将上去，要上台坐下，约定几个时辰不动。国王传旨问唐僧这边哪个出场：

> 行者闻言，沉吟不答。八戒道：“哥哥，怎么不言语？”行者道：“兄弟，实不瞒你说，若是踢天弄井，搅海翻江，担山赶月，换斗移星，诸般巧事，我都干得；就是砍头剁脑，剖腹剜心，异样腾那，却也不怕；但说坐禅，我就输了。我那里有这坐性？你就把我锁在铁柱子上，我也要上下爬蹅，莫想坐得住。”

这段话说得实在透彻，能让孙悟空服输的，还有其他吗？其实，就是那些扯一把毫毛，吹口气，变出漫山遍野小猴的伎俩，也是猴性——猴子爱打群架，看过猪打群架吗？

其实猴相也罢，猴性也罢，说到底，最重要的还是孙悟空心高气傲、争强好胜、善恶分明、勇于担当，且坚忍不拔、积极乐观的理想型性格。

孙悟空是天生石猴，“每受天真地秀，日月精华，感之既久，遂有通灵之意”，既然通灵，就有与众不同的表现：在花果山飞瀑流泉前，众猴称赞山好水好，但只有他瞑目蹲身，跳进瀑布，寻出一个水帘洞；做了美猴王，乐享天趣，忽然想到人生无常，于是又要学长生不老，既有此意，立马找些枯枝扎了木排上路；得到菩提祖师真传，学得一身武艺，却又觉得终究要受阎王管辖，于是大闹了地府一场；赴龙宫借兵器，撒泼耍赖，把人家的定海神针弄来；太上老君为他弭祸，好歹给了个天上的官职弼马温，他不满意，一个筋斗翻出南天门；二次上天，玉帝屈尊满足了他的要求，给了他齐天大圣的名号，可是他偷吃了蟠桃、仙丹，整个搅了天庭的盛会……所有种种，看似猴子的恶作剧，但其实应该看到其中透露了他天不怕地不怕，永不放弃、永不言败的理想型性格。

就是因为这种性格，才使他能够担当辅佐唐僧取经的重任！八戒能吗？沙僧能吗？且不论武艺高低，就性格而言，已经决定了他们不可能带领唐僧把取经路走完，这点应该没有任何疑问。佛祖、菩萨为唐僧早早预选了这个助手，应该说很有眼光。

孙悟空积极乐观，信守承诺，勇于担当

承诺既是对唐僧，要保他西天取经，也是对自己，要借助取经修成正果。从唐僧揭开山顶上佛祖留下的六字真言，孙悟空获得自由踏上取经路时起，他从来就没有想到过反悔。虽说有个紧箍咒制约着他，但那东西只能拴住猴头的肉身，制约他不能随心所欲，但管不了他的主观能动性，不能保证他本性不改。孙悟空西天取经的积极性，来自他自己对理想的追求、对挑战的担当和对承诺的责任，因此在绝大多数情况下，他的积极主

动都是发自内心的，降妖伏魔从来都被他认为是分内之事。

孙悟空心高气傲，争强好胜，坚忍不拔

争强好胜本来属于有点负面的评价，但对于孙悟空，却是取经途中斗妖魔灭魔障的动力之一。妖魔都很厉害，有的有法宝，有的有绝技，有的还有后台，每次都会造成令人绝望的困境，孙悟空的金箍棒也未必能占上风。加上不明是非、迂腐固执的唐僧，猪一样的队友八戒，不能独当一面的沙和尚，有时悟空伤心得落泪，但从不放弃，决不服输——只有一次承认自己不能坐禅，前面提到了——最终总是用自己的勇与谋，找到解决的办法。

孙悟空秉性刚直，是非分明，绝无苟且

这是猴头成为普世偶像的又一个重要原因。孙悟空最初的闹地府、龙宫，虽然都是他主动挑事，但读者更喜欢用潜在的合理性为他解脱。后来闹天宫，就是事出有因了：给你养马，可以尽心尽力，但你玉帝只给了不入流的小官，不重视人才，我老孙不乐意；给你管桃园，可以辛苦操劳，偷吃固然不对，但你不请我赴会，就是蔑视鄙夷，我老孙干脆大闹一场。孙悟空的理论，拿到今天也许还是不合时宜，但却深合人心——我面对真实存在的上司不敢放肆，但却可以借这个猴子把玉帝等嘲笑一场，释放点内心的忧郁，这就是借他人杯中残酒，浇自己心中块垒。

当然，更重要的是悟空在大是大非面前的态度。

首先，面对艰难险阻从未想到逃避。

读者记得，佛祖对取经人的要求是必须亲历千山万水，一步一步走到灵山。这个题目应该说出得相当有水平，在这么远的路途上，在这么长的时间里，确实能看出对取经的诚意。唐僧如此一步步走去自然合理，但对悟空却是更加严峻的考验：因为他会筋斗云，一天可以往来西天十数趟，

在心理上更难接受步步亲历。但是悟空对此毫无怨言，从未说这路不好走，咱们散伙吧。这是他原则性正确的第一点。

其次，不近女色背后是意志的坚定。

读者记得，女色对悟空不起作用，不管是菩萨变化的俏女子，还是女儿国满城的美娇娘，抑或是美艳风雅的女妖精，他都不为所动。有的人说他是石猴，天生缺少某种功能。错！在元代的杂剧《西游记》里，孙悟空（当时叫齐天大圣）抢了金鼎国的公主做压寨夫人，后来因为紧箍咒的约束才不敢有色心——动动念头就会脑袋疼。而在小说《西游记》里，紧箍咒完全没有在这方面发挥作用，这个猴头每次面对女色时的拒绝都纯属自觉。这是吴承恩对孙悟空这个形象的提升，女色考验的其实是对取经的态度，是以又一种方式让孙悟空在这个大是大非的问题上同样表现出绝对的原则性正确。

最后，是非善恶是确定态度的标杆。

读者还应该记得，《西游记》里唐僧师徒遇见的妖魔大致有三种情况：第一种是妖魔就是冲他们师徒来的，或者是神佛布置的考验，如乌鸡国的青毛狮子，或者是想吃唐僧肉的不知死活的山精水怪如白骨夫人；第二种是无意之中撞上来发生纠葛的，如宝象国碗子山波月洞的黄袍怪，本是二十八宿奎木狼下凡与百花羞公主了一段宿缘，是唐僧自投罗网，八戒等胡乱作为惹出了麻烦；第三种则是本来与取经无关，是唐僧师徒主动为地方除害剿灭妖魔，如在比丘国，妖道要用一千一百一十一个小儿的心肝做药引，残忍至极。虽然妖道并未为难，国王也发放了通关文牒，但唐僧师徒还是挺身而出，主动揽了这个麻烦。以上三种情况，实际也是对唐僧师徒尤其是对其品质的考验，在这一点上，悟空又是交出了原则性正确的圆满答卷。

当然，孙悟空也有些缺点，有时有点矫情，如在盘丝洞，明知泉水里都是妖精，伸出棍子搅和搅和就完事了，却死要面子说男不与女斗。还好戴高帽子，有时听几句好话就忘乎所以，甚至面对妖魔也是如此，造成了一些不必要的麻烦。

猪八戒可恶可亲的世俗型性格

在吴承恩的意识里，一定是把猪八戒作为孙悟空的映衬设计的，在文学创作的人物体系设计中，形成性格对比是常用的手法，有了对比才出戏。孙悟空和猪八戒的对比是明显的。他们的目的都是要去灵山，期待通过取经修成正果，但态度想法却大不相同：孙悟空乐观、坚韧，从来没有对终极目标表示怀疑，但八戒却心态投机，遇到难处便提散伙，回高老庄是他预设的退路，甚至还暗中攒下了私房钱藏在他的大耳朵里；孙悟空积极主动，从来不畏难退却，猪八戒却处处要小聪明，打妖精专拣小的打，面对厉害角色时能躲过就躲，躲不了再打，打不赢就跑，跑的那一刻他并不介意唐僧的处境如何；孙悟空是非分明，疾恶如仇，猪八戒却见利忘义、懒惰好色并因此多次造成麻烦；孙悟空心高气傲，不屑于苦活脏活和琐屑小事，这当然又是猪八戒的长项优点……

以上种种的相反相成，吴承恩肯定都能想到，这是文人的惯技，但有一件可能他没有意识到，就是他为我们创造了一个非常生动形象的世俗人物。当然仅仅是没有概念，这样的文学人物其实已经在当时成为时髦。

这也是一个和古代通俗小说的发展相关联的话题。

通俗小说由说话艺术衍生出来。在那些下里巴人常去的勾栏瓦舍，讲故事的人面对各式各样的市井听众，选择故事题材时不可能没有现实的考虑，他必须能留住听众。当时最受欢迎的讲故事有两大门类：一种是讲日常生活故事的“小说”一家，另一种是讲历史故事的“讲史”一家。“小说”一家很早就从市井生活中取材，看后来的“三言”“二拍”，两百个短篇故事基本都是百姓的爱恨情仇，再延伸就是后来的长篇《金瓶梅》和《红楼梦》；《金瓶梅》自不待说，《红楼梦》的大家族也还是世俗社会的一部分，林黛玉也许还有几分不食人间烟火的仙气，而从王熙凤、薛宝钗之类的主子，到袭人、小红那样的下层丫鬟，哪个不是骨子里都透着俗不可耐的算计？“讲史”一家从讲述历朝历代的变更替换、叱咤风云的疆场英雄开始，如元代的《三国志平话》《大宋宣和遗事》《平话武王伐纣书》《秦并六国平话》等，开始都是粗线条的历史事件概述。但到了元末明初，它们也觉悟了，儿女情长的调调多了起来，如《三国志平话》演化为《三国志演义》时，在曹操、刘备、孙权的金戈铁马之外，增加了吕布戏貂蝉、三顾茅庐、借东风、甘露寺、群英会这样照顾市民阶层喜好的戏份。《大宋宣和遗事》演化出《水浒传》时，干脆把梁山好汉刻意写成市井人物而且仔细写他们在市井中的滚打沉浮，宋江、晁盖、武松、林冲、鲁智深、阮氏三雄，哪个不是？这在当时是需要，也是时髦，所以在当代的通俗小说研究中，有一种“为市民写心说”始终不衰。

《西游记》用的是神仙题材，但其实也非常世俗，从神仙到妖魔，好像都是不食人间烟火，但说话腔调、做事范式，与市井中人没有两样。看佛祖如来每次办事都有自己的精确算计，第九十八回唐僧师徒到了灵山，看守库房的阿傩、伽叶因为索贿不成向师徒传了白本经卷，这时如来著名的言论就是“经不可以轻传，亦不可以空取”，不收钱“教后代儿孙没钱使用”，言下之意就是传白本给唐僧也是应该的；观音菩萨立誓救苦救难，度尽天下人，但是如来交给她的三个箍儿，她只用了一个，就是套在孙悟空头上的那个，其余两个算是被她贪污了，一个套在了黑熊精头上，让他为自己看守山门，另一个套在了红孩儿身上，让他做自己的善财童子。

在《西游记》的人物群像里，猪八戒代表了典型的世俗形象、世俗性格。

丑陋但乐观

尽管他原本是天宫的天蓬元帅，算是个有名头的角色，但很不幸他酒后调戏嫦娥，因而被贬；更不幸的是他投胎走错了路，进了老母猪的肚子，这就决定了他的身上再也难免猪的特征。

首先是长得吊搭嘴、蒲扇耳，脑后一溜鬃毛，相貌甚是丑陋，这使他受了很多冷落和白眼，师徒四人走街过巷时，总要低下头，把长嘴揣在怀里，很多正经场面出风头的地方，显然就都轮不到他露脸了。这让八戒很受伤，自尊心经常受到打击。但八戒又秉承了猪的憨厚，遇事也就是发几句牢骚，且能乐和乐和地自我解嘲，被悟空拎耳朵骂一阵，也不过嘟囔几句。

其次是身形笨拙，应了俗话"笨得像猪一样"。他也会三十六变，但变不出细巧的东西，用他自己的话说，"我只会变山，变树，变石头，变癞象，变水牛，变胖大汉还可，若变小女儿，有几分难哩"。第四十七回在通天河边陈家庄，悟空要他变成个小女孩，顶替送去祭河的童女，八戒道："似这般小巧俊秀，怎变？"差点弄成"丫头的头，和尚的身子"，好一番折腾。不过八戒偶尔也有聪明的时候，在乌鸡国，魔王变化成一个假唐僧，与真唐僧扯在一起，悟空分辨不清不敢下手，无计可施。倒是八戒在一边冷笑道："哥啊，说我呆，你比我又呆哩！师父既不认得，何劳费力？你且忍些头疼，叫我师父念念那话儿，……若不会念的，必是妖怪，有何难也？"别说，这还真是个办法。

最后是贪吃贪睡，没心没肺，这是《西游记》最常出现的笑点。凡要动手打架，八戒首先考虑的是要把肚子填饱，挂在嘴边的一句话就是"斋僧不饱，不如活埋"。第四十七回在陈家庄，因为吃饭太快，饭碗递过来没见动弹就空了，被伙计怀疑拢在了袖子里。第二十七回，白骨精变化成美女来送饭，唐僧仔细问询，"旁边子恼坏了八戒。那呆子努着嘴，口里埋怨道：'天下和尚也无数，不曾像我这个老和尚罢软！现成的饭，三分儿倒不吃，只等那猴子来，做四分才吃！'他不容分说，一嘴把个罐子拱倒，就要动口"。第六十九回在朱紫国国王的答谢宴席上，见国王只在那边苦劝悟空冷落自己，便大叫起来要捅出悟空用药的秘密；悟空打圆场，让国王敬了个三宝钟儿，才作罢。这些还无伤大雅，但有些时候，这个秉性会产生很恶劣的后果。第二十八回，悟空三打白骨精后，八戒进谗言导致唐僧赶走悟空，轮到八戒前去探路化斋，但这呆子"他又走得瞌睡上来，思道：'我若就回去，对老和尚说没处化斋，他也不信我走了这许多路。须是再多幌个时辰，才好去回话'"。就把头拱在草丛里睡了，直接导致唐僧被妖怪捉走。

好色与钟情

好色是八戒最大的毛病——这个毛病有来由，公猪母猪的繁殖力都强，所以民间说猪好色——《西游记》有几段情节都是按照这个路数去设计的。第二十三回，观音等四位菩萨试探师徒四人的意志。菩萨的考验很残酷，富饶的庄院、风韵犹存的女庄主和三个妖娆艳丽女儿构成的财富美色诱惑。唐僧的表现令人放心，悟空不会上这个当，沙僧木讷无所求，都算过关，但八戒就不行了，羞羞答答、遮遮掩掩，还是表明了态度：愿意留在这里，而且母女通吃，四个都要。结果被菩萨们吊捆了一夜。还很丢丑的是在第七十二回，唐僧误闯盘丝洞，被女妖精扣留；悟空见妖精在濯垢泉戏水，觉得打死这几个女妖精容易，但恐污了棍子，低了名头，只把妖精的衣服抓了回来。八戒听说，抖擞精神，欢天喜地，举着钉耙，径直跑去，见那妖精"忍不住笑道：'女菩萨，在这里洗澡哩，也携带我和尚洗洗，何如？'……呆子不容说，丢了钉钯，脱了皂锦直裰，扑的跳下水来"，到水里摇身一变，变作一个鲇鱼精，"滑扢虀的，只在那腿裆里乱钻"，结果又被妖精捆了。

但八戒近些年在当代青年中又很受追捧，有“八戒是个好老公”“老公要像猪八戒”之说流传，据说是因为八戒能低下身段，体贴关心，且对原配老婆高翠兰钟情不忘。这也确实是，八戒屡屡闹散伙，要分行李回家，他心目中的家就是高老庄，媳妇就是高翠兰，这就让八戒有了几分可爱。找八戒做老公也许只是玩笑，即使有人当真也是他自己的事，我们这里不作道德评判，只是说家有主妇外有妾，声称两头一般大，但实际上以原配为核心的家庭结构，在古代世俗生活中也算常见，八戒正是写照。

懈怠与憨厚

因为是猪身，所以他也秉承了猪的憨厚、粗鲁，娶媳妇也要扯上山庄的农户高太公。据高太公介绍，“一进门时，倒也勤谨：耕田耙地，不用牛具；收割田禾，不用刀杖”，普天神怪，除了八戒，哪有自己耕田种地的？就这独一份。

社会底层的人有些性格是要作两面看的：一面是优点，憨厚朴实，吃苦耐劳，安贫乐道，不越雷池；另一面就是缺点，格局小，贪小便宜，玩小算计。八戒的很多毛病，如说他取经路上处处要小聪明，存私房钱，动辄要散伙；说他打妖精专拣小的打，面对厉害角色时能躲过就躲，躲不了再打，打不赢就跑等，总之一句话，就是经常看到他的懈怠。下面主要说说他的优点：其实他确实是很能吃苦的，一路上苦活脏活累活都是他干，前提是要让他愿意。

第三十六回，在乌鸡国。国王因为得罪菩萨，被菩萨派去的狮子精假国王推入井中浸泡了三年。唐僧、悟空有心救这位国王，但到井下捞国王尸体的活被派给了八戒；八戒虽有一肚子牢骚，但毕竟把国王的尸体从井下背了出来。这是他在无奈的情况下干的活。

第六十四回，来到荆棘岭。只见一条长岭，岭上荆棘丫杈，薜萝环绕，一望无尽，似有千里之遥。八戒道声“要得度，还依我”，念个咒语，把腰一弓，就长了有二十丈高下的身躯，双手把荆棘左右搂开，“请师父跟我来也！”活干得漂亮，话也说得豪气，加了一个“也”，就有很自豪转文的意思。“这一日未曾住手，行有百十里”，又打妖精，直到脱出荆棘围绕之地。这是八戒主动干的活。

第六十七回，又到稀柿衕。在荆棘岭八戒干的是累活，这里的活不仅累，而且脏。当地老者说，此地又叫稀屎衕，八百里满山尽是柿果，因为地阔人稀，每年无人采摘，烂熟的柿子落在路上，将一条山中道路尽皆填满；又被雨露雪霜，经霉过夏，化作一路污秽，就是掏厕所，也没有这么恶臭。打了妖精之后，八戒被悟空做一番思想工作，满心欢喜，脱了皂锦直裰，丢了九齿钯，“果然变做一个大猪”一路拱去。这件事虽然费了点口舌，但毕竟是八戒的一功。

第六章

儒道释都戳上一枪：《西游记》的幽默讽刺艺术

《西游记》把原来严肃的宗教题材，弄得风生水起、家喻户晓；把原来只有主干的故事，弄得枝繁叶茂、云谲波诡；把仅有四个人的团队，弄得各有个性、有捧有逗，妙趣横生，这就是吴承恩的绝世才华。前辈学者郑振铎先生在《〈西游记〉的演化》里说：

> 吴承恩之为罗贯中、冯梦龙一流的人物，殆无可疑。吴氏的《西游记》，其非《红楼梦》《金瓶梅》，而只不过是《三国志演义》和《新列国志》，也是无可疑的事实。惟那么古拙的《西游记》，被吴承恩改造得那么神骏丰腴，逸趣横生，几乎另成了一部新作，其功力的壮健，文采的秀丽，言谈的幽默，却确远在罗氏改作《三国志演义》，冯氏改作《列国志传》以上。只要把《永乐大典》本的那条残文和吴氏改本第九回一对读，我们便知道吴氏的润饰的功力是如何的艰巨。

现在我们借用这段话想表达的意思是：《西游记》真正可圈可点、打动人心的艺术精华，是幽默，是通过幽默表达的讽刺，它的“神骏丰腴”也罢，“逸趣横生”也罢，那些神也罢、魔也罢，能够永久地留在读者的口碑里，和《西游记》的幽默表述难脱关系，白骨精、牛魔王、玉皇大帝、铁扇公主不都是吗？花果山、通天河、高老庄不都是吗？

把《西游记》掰开，细细地介绍给读者，其实并不容易。幽默和讽刺在艺术上是双生子，幽默的目的是讽刺，是讽刺最好的形式；讽刺是内涵，是道义被幽默转化的结果，在幽默的背后都有被讽刺的某种社会问题。所谓的解读，其实就是寻找幽默的表述与讽刺的对象之间的联系。从理想化的角度去看，只有抛开“色”相——佛家语言，这里指带有功利性的刻意所为——而进入所谓“空”的境界，回到童真的时代，也就是悠闲地泡壶茶，不急不躁地展卷把玩《西游记》时，才会有悄然而至的“会心一笑”、猝然到来的“愕然大笑”之类的真正的艺术享受。这种种的笑，是对吴老夫子人生道义的理解，是对他老人家高超技艺的接受，当然就是阅读《西游记》的最高境界。

社会讽刺：天界就是吴承恩心目中的朝廷

前面我们已经说了这个话题：无论是仕宦官员还是平头百姓，甚至神仙系统中的人，中国人心目中“天”的概念，大都来自《西游记》。为了论证这个问题，我们曾经仔细分析过佛教、道教和儒家原本关于“天”“天道”的论述，以证明这个说法至今也是确实成立的——确实，至今没有人有异议。这里我们再从文学的角度、从社会意识的角度看其中的讽刺意味。

前面我们提到吴承恩对天宫的描绘，说吴承恩在《西游记》里说的天界，分西天和东土，西天是佛教的辖地，极乐世界的所在地叫灵山雷音寺；东土属于玉帝的辖地，包括东胜神洲、南赡部洲，大唐的土地归他管，所以我们的读者也就很自然地认为玉帝就是天下的主宰。玉帝的住所称天宫，天宫什么样子？看《西游记》第四回的描写：天宫坐落在高天之上，前有威风凛凛那许多元帅把守的南天门，后有金碧辉煌三十三座天宫中间的灵霄殿；有千年不谢之名花，万载常青的瑞草；有琉璃盘中的金丹，有玛瑙瓶中的珊瑚。玉皇大帝是天宫的最高主宰，面南而坐；王母娘娘住在瑶池，别有洞天。殿内有文曲星君、武曲星君、镇殿将军、降魔元帅，算是朝臣；殿外还有九曜星、五方将、二十八宿、四大天王、五方五老，算是各路诸侯；最外层的还有五湖四海的散仙。这个天宫人物包括玉帝、王母，很多来自道教；但这个天宫在精神上肯定已不属道教所有，它实行的是世俗的统治规则。真正的道教教主即炼丹的太上老君住哪儿？三十三天之上的兜率宫。

是否觉得玉皇大帝领导的天宫这块地盘，看起来有点像京城的皇宫和道教的神仙之家？不错！这个天宫就是借用道教的外壳和文化元素，和儒教骨子里的精髓一起构成的——儒教的天和道教的天本来就有点重合含糊，现在为了构建威严的儒家天界，难免就要挤占道教的地盘了，谁让吴承恩是儒生哪！具体而言之。

《西游记》里天宫是一个符合儒家尊卑标准的天宫

道教之所以为了谁尊谁卑、谁大谁小争论不休，原因在于道派的不同。最初道教为了抬高自己的地位，称老子为道德天尊，排第一；后来有了元始天尊、灵宝天尊，排名就变成了元始天尊第一、灵宝天尊第二、道德天尊第三。玉皇大帝身份原本不高，在道教中也就排在十几位，宋代以后才有所上升，也就在第四位左右，如果让道教中人来排位，无论如何是不会将他排在第一位的，只有像吴承恩这样的儒生，才会将他推上至高无上的地位，为何？因为据说他修行之前是一个王子，且名号中有“皇”有“帝”，这符合儒家的至尊标准。

《西游记》里天宫的规则其实就是人间皇权的复制

玉皇大帝坐在中央，称万岁；左右有文武大臣，各路诸侯；处理政事都是按照人间朝廷的程式，那些神仙应有的掐指一算、心血来潮、未卜先知什么的，都不见了，这一点，与《封神演义》对照一下就非常清楚。那位本应至尊的道教真正的领导人太上老君，被安排在三十三天之上专管炼丹，看似高贵无比，实际有名无实，大不了像个顾问，也算是照顾了道教的面子。最有意思的是王母娘娘的处理，在道教中，她与玉皇大帝本没有什么关系，而另有个丈夫叫东王公，身份有点像玉帝但又并非同一人。在《西游记》中没说她与玉帝的关系，含含糊糊地处理，权势像皇后，住的瑶池也像后宫，这也露出了吴承恩儒生的马脚。

《西游记》里玉皇大帝形象风格以明代嘉靖皇帝为模板

《西游记》中的玉帝实在不敢恭维，似乎他只关心金丹御酒，臣下一有奏本，就只会说“依卿所奏”，处理事务一无所谋，出现危机也只会派兵剿杀，与百姓心目中英明的天下主宰太不相符合。台湾前辈学者萨孟武先生在《〈西游记〉与中国古代政治》一书中说到了这个问题，他认为这是皇上的御权之术。萨先生说，玉帝历尽大劫不灭，定非等闲之辈，定有无上法力，但为何有智慧不施展，有法力而不用？乃是因为封建时代，人主之维系地位者，在于其威严；威严生于神秘，有了神秘感，臣民就犹如敬神，犹如百姓小民对菩萨烧香。而保持威严、神秘的办法，就是不开口、不表态。凡有事由臣下先行主张，对了是皇上万岁的英明；错了自有臣下顶缸。萨先生举了张天师的例子，说谁都知道龙虎山的张天师是活神仙，烧香磕头唯恐不及。但最不相信张天师的就是龙虎山的人，因为他们看见张天师出生，看见张天师读书，看见张天师结婚，也看见张天师与太太吵架，一切神秘感都没有了，敬畏心也就消失了。

在《西游记》这个环境里，玉帝的形象也与吴承恩心目中的模板有关，一无所谋与依卿所奏，正是吴承恩生活的嘉靖、万历两代的朝风；还有那个无事不管、处处当家的太白金星，像极了嘉靖、万历朝的首辅。史学家们都认为，中国近代的衰弱落后并非一朝一夕之事，并非一人一事之祸，究其根源是制度的问题，而制度出现问题开始制约社会的发展，是在明代。明代是中国封建社会由最成熟而走向没落的转折期，标志之一就是它的封建官僚制度已经极为完善，完善到不要皇帝官僚机器照常运转的程度，嘉靖、万历两朝皇帝几十年不理朝政而朝政并不紊乱，就是明证。很有点像现代科幻小说里的机器人世界，人创造了机器人，机器人最后却摆脱了人的控制自行其是。最早察觉到这种成熟的官僚机构厉害的便是皇帝本人。美籍华人史学家黄仁宇在《万历十五年》中，由万历十五年发生的几件事入手，深刻地分析了万历帝为什么由一个早期还算勤勉的皇帝，演变到后来几十年深居后宫而不理朝政。他认为万历帝早期也想有所作为，但朝廷这部自行运作的大机器实际上已经不需要他了，表面看来仍然至高无上的皇上其实已是傀儡，实际当家的是首辅大臣。在与朝臣们的冲突中，皇上屡战屡败，在稍大些的事情上根本无法以自己的意见左右朝政，而站在对立面的又不是哪一个朝臣而是全体，杀一批换一批都无济于事，唯一的出路只有依顺大臣们的意见，就像玉帝处处听从太白金星一样。

秩序谨严而毫无生气的天宫，表象至尊而毫无决断的玉帝，正应脱胎于吴承恩看到的现世朝廷。尽管他对其中更深刻的东西未必了解，但他有艺术家的眼睛——会看，就足够了。吴承恩依据现世创造了一个天上世界，由于他选用的模板很典型而文笔又很生动，所以大家接受了，相信天宫就是这样。

宗教讽刺：西天灵山充满心机也并非净土

中国的文化史相当重要的一个部分是儒、佛、道教的争斗史。儒教就像仕宦大家，根基深厚且人才辈出，因而始终占据主流，世代传承，坚如磐石，但也不断面临挑战；佛教自进入中国以来，基本上处于扩张的态势中，就如爆发的新贵，张扬跋扈，四处出击；而道教就像不思进取的世家子弟，虽有祖上荣耀但自己拿不出像样的真功夫，总是被动地对付日子。我们的许多艺术、许多社会思潮都与这三教的思想碰撞有关。

在整个《西游记》的文化氛围里，吴承恩对道教的态度非常严厉，已经不能用幽默的讽刺来涵括，这和明代的政治有关，所以我们把他对道教的指斥与批判放在下一讲。按说《西游记》的题材来自佛教，师徒四人都是正面人物，吴承恩对佛教应该很客气，此说可以成立，但也毕竟是仅有一点而已，吴承恩对于佛教甚至是佛祖也还是经常有尖刻的讽刺。前面说过，明代社会有“三教合一”的社会思潮流行，吴承恩在《西游记》里也表现出这样的观点。但说到底，对于一个基本立场属于儒教的人来说，所谓的“合一”不过是刻意表现出来的宽容。

下面看《西游记》对佛教的讽刺。

佛教强势的形成，有它自身的内在原因：佛教教义比较贴近小民，对上层和普通民众都有吸引力；佛教比较强调思辨，教理比较严谨，宣传也比较得力；佛教有一股进取精神和长远目标，总是有计划地主动扩张；佛教工于心计，强调缘分诚意而不讲当场验证，因此很少像道教的法术那样穿帮……对佛教的强势，吴承恩看得很清楚。

《西游记》中写了难以计数的神仙妖魔，他们都有吴承恩式的狡猾阴险，但谁最狡猾最阴险？

妖魔够狡猾，白骨精想吃唐僧肉，三番两次变化，却还是逃不过孙悟空的火眼金睛；车迟国三圣、狮驼国三怪与孙悟空斗静斗动，也没能赢得半分，最后都被灭了。妖魔的狡猾，是小伎俩。

悟空够狡猾，撒泼耍赖，什么招数都使得出来，弄得玉皇大帝难受、太上老君头痛，再狠的妖魔听到孙悟空的名头，头皮都有点发麻。但他斗不过如来、观音，不论情愿不情愿，他得乖乖地一路到西天。孙悟空的狡猾，是小把戏。

玉皇大帝、太白金星都狡猾，对孙悟空先是欺其未见过世面，以未入流的弼马温哄其养马；继而又欺其不识事，以有职无俸的空头齐天大圣骗他，图个安宁，但终于导致孙悟空大闹天宫。玉皇大帝的狡猾，小家子气。

真正狡猾的，是如来。别看他坐在西天静养，可眼观六路，耳听八方，指掐过去，心算未来，自从玉帝请他降猴开始，一切都已在他预算之中。请看：

孙悟空闹天宫，玉帝派人请如来相助。如来听说，立即起身。试想如来何等尊贵身份，又何况灵山上猛将如云，一个小猴精值得如来以贵为佛祖的身份亲往？非为此也。本来玉帝在东土，如来在西天，各占一方，互不相扰。而其实东西方明里和平友好，暗地里如来还想着在东方弘扬我佛，现在不正是机会来了？到了东方，立即拿出绝招，让孙悟空稀里糊涂地便败下阵来，根本没有另生枝节的机会。这一手，已经压倒了玉帝，玉帝欠了如来一个极大的人情，将来如来是随时可以追回的。

果然，五百年后如来想到了利用压在五行山下的猴头。如来想要在东土扩张佛教，但又怕被人看轻，要拿点架势，搞点做派。他想出了让东土人苦历千山万水来西天取经的办法，既要让人来取，让他觉得难，感到这真经来之不易，但又要让他能逢凶化吉，来到灵山。不难，显不出真经的价值；太难，吓倒取经人，也是白忙一场，所以要为取经人准备几个能干的徒弟。

至于取经人，也是如来安排好的。唐僧也许不知道，他的前生是如来的弟子金蝉子，只因无心听佛讲经被贬凡尘，已经十世修行。这个金蝉子本是西方修行人，在如来阶下听讲，既使犯错该贬，也应贬在西方，如来悄悄地贬他在东土又是为什么？安排观音到东土来找旧年的弟子当取经人，又安排一个被自己收服的猴头做取经人的徒弟，如此简直是在导演一场戏，一场不宣而战的文化侵略战。

精彩的戏还在后头。

唐僧师徒去西天的艰难，原本不应达到现在这样的程度，但事实上他们的难易程度也在如来的掌握之中。为了不让他们走得太容易，如来组织了一批又一批的妖魔阻挠取经。如来灵山脚下有个得道老鼠，因偷了琉璃盏而逃走；如来已经照见这个老鼠躲在唐僧师徒必经的黄风岭，却不急于追回，而是让灵吉菩萨照看着。干什么？让老鼠与唐僧师徒干上一场，为难为难他们。

再看平顶山的金角大王、银角大王，凭着几件宝贝，给孙悟空着实添了不少麻烦，可到后来才弄明白，这两个魔头都是太上老君看炉子的童儿，宝贝都是太上老君的用物。这可把悟空气得七窍生烟，太上老君却说："不干我事，不可错怪了人，此乃海上菩萨问我借了三次，送他在此处托化妖魔，看你师徒可有真心往西去也。"

再看乌鸡国遇到的妖怪，原是文殊菩萨座下的狮猁王，悟空等费了多少周折才占上风，刚要动手结束其性命，文殊出面了，说这青毛狮王原是奉佛旨降临，也是故意在这儿添麻烦的。

除了直接派遣的以外，还有不少麻烦大概也是如来弄出来的。比如唐僧原是如来弟子金蝉子，十世修行，吃他一块肉即可长生不老，一路上许多真正的妖魔都是冲唐僧肉而来的。但这个信息是谁告诉他们的呢？恐怕只有如来，是他有意无意放出风来的。假如没有如来的"照顾"，一路上唐僧师徒四人恐怕要顺利得多。当然，如来的照顾也很精确，每到关键时刻，就会有救星出现。观音很能领会领导的意图，一路上安排了一难又一难，即使到了西天，发现唐僧已经历了八十难，不合佛门的九九归真之数，还抓紧在其回程中安排了一难。

整个取经的过程，岂不都是如来操纵的！以道教为支撑的东土那位貌似至高无上的玉帝，其实不过是一个提线傀儡。取经还是为东土的大众服务吗？

再看一个更直接的例子。话说唐僧师徒历经千山万水终于到了西天，看到灵山，老远便整理行装，唐僧特意换上一路舍不得穿的锦襴袈裟，内心的激动可想而知。又听如来作了一番东土众生如何愚昧、孔氏之说如何不周的训示后，终于得到了"将我那三藏经中，三十五部之内，各检几卷与他，教他传留东土，永注洪恩"的准许。然而，就是在藏经阁里，师徒四人的信念受到了一次沉重的打击。

看守藏经宝阁的是阿傩和伽叶两位尊者，这两位在佛经中都大有名头，是释迦牟尼“十大弟子”中的两个，但在《西游记》里，事做得却不太漂亮。他们公开向唐僧索贿，在书中说得较为婉转点，叫“要人事”。唐僧可能以为他们在开玩笑，只是不断解释：路途遥远，不曾备得。孙悟空心直口快，嚷了起来：我们告如来去。

经是取到了，但却都是无字经。唐僧师徒全然不知，捆起一堆白纸便放马还家。取经人历经一十四年，行程十万八千里，从东土赶来，肩负着在东土传播佛法的重任，即便对如来而言，对灵山而言，也是何等庄重的事，灵山也未必天天有取经人来。但阿傩、伽叶竟敢当作儿戏。如果不是还有点良心和正义感的燃灯古佛派人追回，岂不是让唐僧四人白跑一趟！

而这一切，如来都是知道的，那些菩萨、罗汉也都心知肚明。唐僧回头换经时，大家拱手相迎，笑道：“圣僧是换经来的？”如来不但不斥责阿傩、伽叶二人，反而一脸怂恿，讲了一通不能轻卖的道理。唐僧无法，只得把一只从东土捧来，当作饭碗的紫金钵盂交了出去，这东西一路上没被妖精抢去，倒是葬送在西天。《西游记》写道：

> 佛祖笑道：“你且休嚷，他两个问你要人事之情，我已知矣。但只是经不可以轻传，亦不可以空取。向时众比丘圣僧下山，曾将此经在舍卫国赵长者家与他诵了一遍，保他家生者安全，亡者超脱，只讨得他三斗三升麦粒黄金回来，我还说他们忒卖贱了，教后代儿孙没钱使用……”（第九十八回）

这一段让一路陪同唐僧走来，沉浸在取经的庄严神圣中的读者实在有点不可思议。取经也要收钱？这话可是出自佛祖之口也，千真万确！

《西游记》还写道：当唐僧师徒发现取了无字经卷，在如来处告了状，听了一番“经不可以轻传”的教导后，再次来到藏经阁：

> 二尊者复领四众，到珍楼宝阁之下，仍问唐僧要些人事。三藏无物奉承，即命沙僧取出紫金钵盂，双手奉上道："弟子委是穷寒路遥，不曾备得人事。这钵盂乃唐王亲手所赐，教弟子持此，沿路化斋。今特奉上，聊表寸心……"那阿傩接了，但微微而笑。被那些管珍楼的力士，管香积的庖丁，看阁的尊者，你抹他脸，我扑他背，弹指的，扭唇的，一个个笑道："不羞，不羞！需索取经的人事！"须臾，把脸皮都羞皱了，只是拿着钵盂不放。（第九十八回）

西天灵山，佛祖眼皮底下，居然有这等大胆贪墨；万里取经，何等庄重，竟容如此亵渎，像这样犀利地指斥佛祖贪财，真是少见。

其实，从广义上说，天下没有免费的午餐，宗教也从来没有不要钱，只是为敛财找出了种种冠冕堂皇的理由，把各种手段演绎得更具有隐蔽性，东西方都是如此——西方，中世纪的基督教可以花钱买一种叫作"赎罪券"的东西，以换取未来的幸福；东方，无论佛教、道教，做道场诵经，都是要"自愿"地捐一笔香火钱，价钱没谈好是不出场的，天上的神仙可以吃自产的仙桃金丹，地上的和尚道士可得每日花钱。中国历史上，佛教从东汉传入中国，迅速扩大，所以有诗"南朝四百八十寺，多少楼台烟雨中"，这遍地的楼台，都是社会财富。大大小小的寺院，聚敛了大量的土地、大量的劳力，有时这种过度的敛财，甚至对皇室的统治、对社会的安定构成威胁，所以中国古代既有崇佛的时代，也有不少毁佛的时代。毁佛，某种意义上也是一次社会财富的重新分配。鲁迅曾说过，写《西游记》的人并不懂佛，更不敬佛，无非是借取经的故事，骂骂人而已。的确如此，吴承恩一路骂过皇帝，骂过道士，方便的时候如刀之笔忽然向如来也戳了一下。

这就是吴承恩笔下的佛教。

文学讽刺：人物的幽默带活情节营造风趣

《西游记》里有一种显性的幽默，就是摆在明面上的幽默元素，很多风趣情节都来自这种幽默元素。比如唐僧师徒手里拿的家伙什：唐僧是高僧，是菩萨选出来的取经人，可适度调侃但不能糟践，所以形象上一本正经，手里拿的是九环锡杖，正经的佛门法器。悟空是故事的主角，降妖伏怪的任务将主要由他担当，必须有一件体现威力的兵器，因此他拿到了大禹治水留下的定海神针。猪八戒是个配角，是捧哏的，他的身份是猪，是会种地向往庄园生活的猪，兵器就是它耕田耙地的钉耙。这件兵器的威力并不小，但就是没有妖怪害怕，与一亮出来就让妖魔心惊胆战的金箍棒完全不是一回事，很搞笑。再看他们兄弟的神通。他们都能腾云驾雾，悟空“呼的一声”，不见了踪影，而八戒是云里来雾里去，殆因悟空是猴，轻盈，八戒是猪，蠢笨。反差一形成，故事就来了，为了衬托悟空的高大上，猪八戒倒拖钉耙逃命就成了经典笑料；跑不了，往草棵里钻，成了他非常务实的最后活路。

显性幽默，往往是“意料之中”，但却有“出乎意料”的效果。举例：

话说师徒四人要花招好不容易才走出西梁女国，忽然路边闪出一个女子，喝道：“唐御弟，那里走！我和你耍风月儿去来。”弄阵旋风，呜的一声，把唐僧摄走。悟空八戒追上去：

> 三个斗罢多时，不分胜负。那女怪将身一纵，使出个倒马毒桩，不觉的把大圣头皮上扎了一下。行者叫声：“苦啊！”忍耐不得，负痛败阵而走。……行者抱头，皱眉苦面，叫声：“利害！利害！”八戒到跟前问道：“哥哥，你怎么正战到好处，却就叫苦连天的走了？”……行者哼哼的道：“……我与他正然打处，他见我破了他的叉势，他就把身子一纵，不知是件什么兵器，着我头上

扎了一下，就这般头疼难禁，故此败了阵来。”（第五十五回）

什么兵器？这山叫毒敌山，洞叫琵琶洞，女妖就是蝎子精，她的武器三股钢叉就是蝎子的钳子变成的，她的特别法宝，就是蝎子尾巴上的毒针，叫“倒马毒桩”。蝎子当然毒，悟空可吃了苦头！你会心一笑，那边八戒可是坏坏地一笑：

> 八戒道：“我去西梁国讨个膏药你贴贴。”行者道：“又不瘇不破，怎么贴得膏药？”八戒笑道：“哥啊，我的胎前产后病倒不曾有，你倒弄了个脑门痈了。”（第五十五回）

此前八戒在西梁女国喝了子母河水，肚里有了胎儿，痛苦不堪，悟空取笑他，说不要落下个“胎前产后病”才好！现在八戒乘机笑话悟空的“脑门痈”，算是报了一箭之仇。他笨吗？一点也不。后来八戒的嘴上被蜇了一下，叫疼，悟空又笑话他“弄做个肿嘴瘟”。

如何降伏女妖？经过观音菩萨的指点，悟空请来昴日星官，昴日星官降伏妖精的手段很简单，就在附近的山坡上现出法身，变成一只大公鸡，向妖精高叫几声，她就死了，原来是一个琵琶大小的蝎子。过程出乎意料，但又合情合理，公鸡就是蝎子的天敌。

在一个小村庄，单独出来化缘的唐僧遇到了一群女妖精，长得标致动人，仿佛就是嫦娥落凡间。但这几个妖精甚是粗野，为唐僧安排饭食，用“人油炒炼，人肉煎熬，熬得黑糊充作面筋样子，剜的人脑煎作豆腐块片”。那长老哪敢开口，那妖精就骂他“放了屁儿，却使手掩”，意为别装模作样。然后“把长老扯住，顺手牵羊，扑的掼倒在地。众人按住，将绳子捆了，悬梁高吊”。这是什么货色？看她们：

> 那长老虽然苦恼，却还留心看着那些女子。那些女子把他吊

得停当，便去脱剥衣服。长老心惊，暗自忖道："这一脱了衣服，是要打我的情了，或者夹生儿吃我的情也有哩。"原来那女子们只解了上身罗衫，露出肚腹，各显神通：一个个腰眼中冒出丝绳，有鸭蛋粗细，骨都都的，迸玉飞银，时下把庄门瞒了不题。（第七十二回）

原来这是一群蜘蛛精，肚脐眼能喷出丝线来，这是蜘蛛的特点，以下情节就都围绕蜘蛛精的特点展开了。八戒与妖精斗时：

（那怪）作出法来：脐孔中骨都都冒出丝绳，瞒天搭了个大丝篷，把八戒罩在当中。那呆子忽抬头，不见天日，即抽身往外便走，那里举得脚步！原来放了绊脚索，满地都是丝绳，动动脚，跌个跢踵：左边去，一个面磕地；右边去，一个倒栽葱；急转身，又跌了个嘴揾地；忙爬起，又跌了个竖蜻蜓。也不知跌了多少跟头，把个呆子跌得身麻脚软，头晕眼花，爬也爬不动，只睡在地下呻吟。（第七十二回）

后来孙悟空也几乎着了这群女妖的道道：

只见那七个敞开怀，腆着雪白肚子，脐孔中作出法来：骨都都丝绳乱冒，搭起一个天篷，把行者盖在底下。

行者见事不谐，即翻身念声咒语，打个筋斗，扑的撞破天篷走了。忍着性，气淤淤的立在空中看处，见那怪丝绳幌亮，穿穿道道，却是穿梭的经纬，顷刻间，把黄花观的楼台殿阁都遮得无影无形。（第七十三回）

剿灭这群妖精，当然也要从她们的特性入手，孙悟空知道女妖的出身后，不禁大喜，也就有了办法：

> 行者却到黄花观外，将尾巴上毛捋下七十根，吹口仙气，叫："变！"即变做七十个小行者；又将金箍棒幌一幌，叫："变！"即变做七十一条双角叉儿棒。每一个小行者，与他一根。他自家使一根，站在外边，将叉儿搅那丝绳，一齐着力，打个号子，把那丝绳都搅断，各搅了有十余斤。里面拖出七个蜘蛛，足有巴斗大的身躯，一个个攒着手脚，缩着头，只叫："饶命，饶命！"（第七十三回）

类似的情节设计还有：蜘蛛精的师兄多目怪，逼急了就掀起衣服，露出两肋下的一千只眼，射出金光，原来是一个千足蜈蚣精。他的克星是谁？昴日星官的母亲——昴日星官的法身是个巨大的雄鸡，他的母亲，当然就是母鸡了。不管公鸡母鸡，都是蜈蚣的克星。

还有陷空山无底洞的女妖，是个鼠精，所以她的洞府是在地下；地下洞洞相连，延绵数百里，孙悟空进去以后，不仅师父找不到，连妖精也不见踪影。后来又怎么找到的？吴承恩设计了一个非常合理的情节，那就是祭奠的香烟，就很顺畅地把李天王和哪吒扯了进来。

这样情理之中，却又构思巧妙的情节，就是剧本的显性幽默因素。这样的幽默因素确定之后，奇特的情节和诙谐的风格就是题中应有之义了。

《西游记》中经常有信手拈来、随手一枪的幽默，作者的尖刻讽刺，不管是对社会制度还是对社会风俗，不管是对故事之中的事还是对故事之外的人，往往都隐藏在这样的借题发挥中。我们把这种幽默称为隐性幽默，相对于情节既定设计上的显性幽默，这种看似自由发挥的隐性幽默其实更深刻，更能凸显作品中人物的性格，也更能体现作者的精神道义。

看两个刻画人物性格的例子：

说师徒们在隐雾山遇见豹子精时，八戒听说前面村庄大笼蒸馒头斋僧，主动要求打草喂马，其实是想抢在前面到村里饱了肚腹，结果遇见妖精，眼看不济：

> 行者忍不住，按落云头，厉声高叫道："八戒不要忙，老孙来了！"那呆子听得是行者声音，仗着势，愈长威风，一顿钯，向前乱筑。那妖精抵敌不住，道："这和尚先前不济，这会子怎么又发起狠来？"八戒道："我的儿，不可欺负我！我家里人来也！"（第八十五回）

这把猪八戒的仗势人来疯的小市民性格写得很生动。猪八戒向来欺软怕硬，好讨小便宜怕吃亏，凡是他主动上前的，必有讨小便宜的算计；打妖精时，凡有胜算的，他才肯出力；打落败的妖精或者小妖精，他就比孙悟空更卖力，不管死活都要筑上几耙。而他的这个特点往往被悟空利用，机关算尽太聪明，到头来却屡屡吃亏。这次又中了悟空套路，这不，贪图大白面馒头，结果被骗了，累得"粘涎鼻涕"抹一脸，气呼呼找师父告状。

再说师徒到了乌鸡国，国王三年前被一个假扮自己的妖精推下井，浸泡了三年，国王的鬼魂求得唐僧同情，让悟空、八戒把他的尸体从井下捞了出来。为了救活这个国王，悟空一个筋斗到了三十三天之上的离恨天兜率宫，向太上老君讨要金丹。太上老君见他来，忙吩咐看丹的童子："各要仔细，偷丹的贼又来也。"悟空道了原委，半真半假地说：

> "万望道祖垂怜，把'九转还魂丹'借得一千丸儿，与我老孙，搭救他也。"老君道："这猴子胡说！什么一千丸，二千丸！当饭吃哩！是那里土块捘的，这等容易？——咄！快去！没有！"行者笑道："百十丸儿也罢。"老君道："也没有。"行者道："十来丸也罢。"老君怒道："这泼猴却也缠帐！没有，没有！出去，出去！"行者笑道："真个没有，我问别处去救罢。"老君喝

道："去！去！去！"这大圣拽转步，往前就走。（第三十九回）

但是老君马上改变主意，给了猴头一颗仙丹。原来他突然想通了，这猴头拽步走了绝非好事，如果一颗不给，他葫芦里的仙丹等会就可能一颗不剩。这里孙悟空说话非常幽默，先是一千丸、百十丸，漫天开价，然后慢慢就地还钱，其实他只要一颗；老君不给，他就暗示威胁，你不给，可就别怪我不客气。这段对话和老君的顿悟，把孙悟空的顽劣本性给活生生地描画了出来。

还有很著名的一段。猪八戒的吃相难看，不管啥捞起来就风卷残云噇进肚里，沙僧劝他"斯文"些，八戒说："斯文，斯文！肚里空空！"沙僧笑着说："二哥，你不晓的，天下多少斯文，若论起肚子里来，正替你我一般哩。"作者借这样的情节顺手讽刺当时社会上文人的不学无术。

第七章

下意识与社会风貌：《西游记》的现实主义解读（上）

古人评价《西游记》使用最多的概念是“寓庄于谐”“幻笔写真”，称赞其意想文笔“奇绝”，这是《三国演义》《水浒传》《金瓶梅》等无法享受的待遇；用现代语言表述就是说《西游记》以浪漫主义手法，用游戏笔墨刺世泄恨，在神话故事中寄寓了对现实社会的敏锐洞察和深刻理解。这里重复一下陈元之《刊西游记序》的一段话，以其为代表，看这位首先评价《西游记》的古人，其眼光有多么独到辣毒，评价有多么入木三分。他说：

> 彼以为浊世不可以庄语也，故委蛇以浮世；委蛇不可以为教也，故微言以中道理；道之言不可以入俗也，故浪谑笑，虐以恣肆；笑谑不可以见世也，故流连比类以明意。

大意是：

> 彼（此书的作者）认为面对这污浊世界，无法严肃讲述道理，所以只能曲折地借用神话题材；神话不可能成为社会生活的教本，那就在故事中寄寓道理以求达到教化的目的；严肃的道理不太容易为社会所理解，那就采用调侃搞笑的形式；搞笑讽刺不太容易

让读者明白，那就不妨反复比喻寄托，以展示自己的初衷。

陈元之的序写于万历二十年（1592）或稍前，此时吴承恩早已经过世；陈元之不一定知道此书的确切作者，因此他未必对吴承恩有多少了解。但他堪称吴老夫子的知音，他对《西游记》，几乎就是按照吴承恩《禹鼎志序》中的“（吾书）虽为志怪，盖不专明鬼，时纪人间变异，亦微有鉴戒寓焉”“国史非余敢议，野史氏其何让焉”的理念理解的，非常之贴切，对后世解读《西游记》起了很好的引导作用。后来鲁迅先生说“虽述变幻恍惚之事，亦每杂解颐之言，使神魔皆有人情，精魅亦通世故，而玩世不恭之意寓焉”（《中国小说史略》）；郑振铎先生说“我们于孙行者、猪八戒乃至群魔的言谈、行动里，可找出多少的明代士大夫的见解与风度来”（《〈西游记〉的演化》），都很到位。当然，也都很中肯。

当今的文学史家、小说史家对《西游记》作了更多细致具体的阐述，大体都认为《西游记》出现于资本主义萌芽开始出现的明代中晚期，其所处的社会背景是明武宗的正德和世宗的嘉靖两朝，帝王昏庸无道，社会政治黑暗，朝内宦官专权，国中特务横行；《西游记》中妖魔遍地的世界，其实就是吴承恩用神话形式，用象征手法折射的社会现状。还有认为《西游记》构建的神佛世界，具有现实社会统治者的特点，千方百计地镇压、欺骗下层百姓，妖魔具有封建社会土豪劣绅鱼肉百姓的特点。所举的例证大体上有这么几条：

第一，西天的灵山、东土的金殿，是统治阶层的象征；齐天大圣大闹天宫地府，是一种积极的社会反抗，他所追求的是不服管辖、不受压迫的自由，体现的是下层社会要求掌握自己命运的强烈愿望。

第二，故事中出现的人间国度，明显针对时事尤其是道士横行的社会现象，乌鸡国、车迟国、比丘国都在一定程度上反映了当时的实际状况。但作者的态度，对道士对妖魔是锋芒直指，但对帝王，乃是一种士大夫式的规劝。

第三，唐太宗李世民赴地府，带了魏徵的一封信给判官希望能讲交情行方便，果然崔判官不仅帮李世民解脱了危机，还私改生死簿，悄悄为唐太宗延寿二十年。这是社会上下勾结，目无法纪，特权横行的具体写照。

第四，车迟国国王迫害和尚，各州府县张榜告示：凡拿住和尚就有奖赏。一时国中“且莫说是和尚，就是剪鬃、秃子、毛稀的，也都难逃。四下里快手又多，缉事的又广，凭你怎么也是难脱”。这是对明代厂卫横行的描写。

第五，大部分妖魔都是人间恶势力的象征，有的占山为王、画地称霸；有的仗势欺人、气焰熏天；有的附庸风雅、勾结权贵；其中又有很多与神佛有弟子、门生、亲眷、部下之类的关系，受害者则概无例外都是百姓。

第六，神佛菩萨貌似救世主，但品德并不高尚。如佛祖多次纵容部下下界为妖残害生灵，甚至自己做了妖精的外甥；面对索贿的弟子，不但不加管教反而为之开脱，说“经不可以轻传，亦不可以空取”；观音菩萨说“你便一毛也不拔，教我这善财也难舍”；文殊菩萨为乌鸡国冒充国王的狮子精开脱，说“自他到后，这三年间，风调雨顺，国泰民安，何害人之有？”。

还有可以用省略号表示的。上述种种，虽然解读的方向不错，但仍然比较粗放简单，而且琐碎相互不关联，其实就是一地鸡毛，从某种意义上说，仍然没有读出吴承恩的苦心。我们需要新的视角，需要对《西游记》文化底蕴的精细解读。

当然也有值得心仪的解读。前面提到有位台湾的前辈学者萨孟武，他是数十年前著名的社会政治学家，中国社会学、法理学研究的先驱之一，晚年功成名就后回来找中国古代小说阅读，他说自己从小就喜欢。他根据自己的理解写了一本《〈西游记〉与中国古代政治》，由社会学、法理学跨界到文学，再用历史社会学的方式解读《西游记》。这本书风趣、幽默，类似于作者的个人感悟，因此萨先生称其为“姨太太式”的“小书”，大抵是说该书不成体系，比较随意，有点像姨太太的“巧笑倩兮”，与“太太式”的板着面孔的学问有点区别。但是，“小书”是萨先生的自称，《〈西游记〉与中国古代政治》虽然篇幅确实不大，但我不敢以小书视之；所谓“巧笑倩兮”，也只是形式上表现得比较轻松，其实所有的言谈都建立在对中国社会、中国文化深刻的理解之上。其中对《西游记》基于社会、历史、文化的解读方法，值得推荐，如其书讲“菩萨与妖精”映照的中国历史观中的成王败寇，讲“太白金星的姑息政策”导致大闹天宫的后果；讲佛祖纵容“阿傩、伽叶向唐僧讨取贿赂”与用人的权术……古今中外，纵横捭阖，说他人所未及之事，发他人所未说之言，真个是口吐莲花，别见洞天，把一本篇幅确实不大的小书写得风生水起，有声有色，不仅在台湾一版再版，在大陆也不止出过一个版本。我觉得这种阅读方式，才不至于辜负作者的一片苦心和那份天才的价值——尽管可能是无意的苦心、潜在的价值。

我们比较倾心于这种读法。我们把这种解读方法称为“历史文化解读”，在实际操作中还会再细分出文字、文学、文化三个解读层面；如此解读出来的《西游记》，被我们称为“中国社会的大百科全书”——这一讲主要讨论吴承恩在《西游记》中下意识展现的古代社会风貌。

在展开对于《西游记》现实主义精神的精细解读之前，需要强调一下阅读背景的历史定位问题。精细的阅读是需要对历史背景事先定位的，也就是需要在一定的历史背景下对作者文学描述的意义予以解析。历史背景的定位可以是广义的，这通常用来解析作者下意识展示的具有广泛意义的社会面貌；但更需要精确的定位，这样才可能真正地走进《西游记》的世界，找到作者刻意揭示的现象，这才是我们崇尚的文学作品的现实意义。以往少见对《西游记》的精细解读，很大程度上是出于对作者问题的忌讳，也就是对《西游记》是否出自吴承恩之手尚存疑虑，因而不能确定精确定位的原点，也就是不敢放手把《西游记》的阅读背景确定在明代的嘉靖年间，所谓的论述也只能留几分余地，泛泛说那么几句。现在这个顾虑不应当再有，《西游记》的故事体系定型于明代嘉靖年间，这是定位，也是前提。

天宫地府的腐败：判官擅改生死簿

前面已经介绍过，在元末明初出现的杂剧《西游记》中妖猴齐天大圣登场了，他有一个五兄妹组成的家族，都称大圣，且有过一段很不光彩的前科。

> 小圣弟兄姊妹五人：大姊骊山老母，二妹巫枝祇圣母，大兄齐天大圣，小圣通天大圣，三弟耍耍三郎。喜时攀藤揽葛，怒时搅海翻江。金鼎国女子我为妻，玉皇殿琼浆咱得饮。我盗了太上老君炼就金丹，九转炼得铜筋铁骨，火眼金睛，鍮石屁眼，摆锡鸡巴。我偷得王母仙桃百颗，仙衣一套，与夫人穿着，今日作庆仙衣会也。

这段家族的自我介绍原本没有引起太多注意，后来通过福建顺昌的齐天大圣、通天大圣祭祀碑，我们发现这和另外的也非常有名的杂剧《二郎神醉射锁魔镜》《二郎神锁齐天大圣》中的那个妖猴齐天大圣的家世是一样的，且和唐人传奇中《补江总白猿传》、宋人话本《陈巡检梅岭失妻》、明代志怪《剪灯新话》中的那些猴子都是一脉传承的。原来这是一个古老的故事。这些妖猴的故事在吴承恩《西游记》里，演化成著名的“大闹天宫”桥段。

怪事就来了——或者说区别就来了，古老的猴子都是恶猴，偷盗抢劫，拐骗妇女，坑害百姓，无恶不作；但在《西游记》里，这天宫却闹得精彩，闹得畅快，闹得讨喜——怎么同源的故事差距就这么大呢？

原因就在于虽然都是“闹”，但“闹”的起因、对象、目的都不一样了，吴承恩把这“大闹天宫”弄得理直气壮：

你看，天宫看起来巍峨耸立，金碧辉煌，但等级森严，死气沉沉，祥云之下缭绕的其实是腐朽之气；坐在灵霄殿上的玉皇大帝，除了“如何是好”“依卿所奏”之外，没有建设性意见，有这样的顶层，绝非国家之幸。于是，“每受天真地秀，日月精华”的石猴，有了最初的鄙视。

你看，孙悟空从出生的那天起，就被归类为“妖猴”，天生的“下方之物”——社会底层。凭天资和机遇学得一身武艺，算是有资格上天任职了。担任弼马温，“昼夜不息，滋养马匹”，虽勤劳，但这弼马温却是不入流的官衔。于是，这猴子怒了。

你看，以强烈的个人奋斗，得了称手的兵器，注销了生死簿，终于在一片鄙视的目光中出任齐天大圣。虽然也有了府邸，但还是没有资格出席神仙的聚会，桃虽然吃了，却非法。面对这种根深蒂固的等级歧视，这猴子闹了。

吴承恩笔下的猴子虽然闹事，但不扰民，不伤人，乃是为了维护本人的正当权益，事出有因，与原来山野里的那群猴子，已经有了本质的区别。而其中之“因”，正是讽刺了天宫的种种弊政，在道德层面上，猴子已经占领了高地。这就是“大闹天宫”数百年来盛行不衰的原因之一。

再看一个具体的例子：

《西游记》第九回开始，讲述了一个传统的“唐太宗游地府”故事，其中说唐太宗李世民被泾河老龙王扯着要去地府对证，日夜不得安息，身体渐重，于是召来包括魏徵在内的文武官员交代后事。魏徵安慰说，这事无须担忧，我有个朋友叫崔珏，生前有八拜之交，死后去了地府任掌管生死簿的判官，我写封信给你带去，他必然会放陛下回来。

到了地府，处理对证事宜。这事本身不麻烦，老龙王已经注定是要死于魏徵刀下，李世民没有责任。这时李世民也应该就要回阳间了：

> （十王）命掌生死簿判官："急取簿子来，看陛下阳寿天禄该有几何？"崔判官急转司房，将天下万国国王天禄总簿，先逐一检阅。只见南赡部洲大唐太宗皇帝注定贞观一十三年。崔判官吃了一惊，急取浓墨大笔，将"一"字上添了两画，却将簿子呈上。

原来注定活"一十三年"，添了两画，就变成了三十三年，本来，魏徵的安慰还有点道理，李世民不承担杀死龙王的责任，当然应该还阳，还是会活过来的。但是，崔判官擅改生死簿，已经触碰了社会的道德底线。假如这地府真有掌管生死的权力，那么注定生死就是地府的核心权力；假如人的阳寿真是天生注定，那么，这生死簿就一定是地府的绝对秘密，可是，面对阎罗殿的十王，一个小小的判官居然就擅自给改了。这天地之间还有规矩可言吗，还有公平可言吗？

二郎神的话题之一：内戚与王府制度

孙悟空大闹天宫，从齐天大圣任上返回花果山；玉帝派托塔天王和哪吒父子征剿，却又落败，弄得玉帝脸上还是"笑"，但话里却透着底气儿不足："却将那路神兵助之？"玉帝属下的天兵天将虽然不少，但能与孙悟空抗衡的并不多，主要依靠的还是李天王与哪吒这一对父子，现在李天王父子一败再败，还能调哪路兵马呢？来做客的观音在一旁插嘴，推荐调灌口二郎神前来擒拿猴头。请注意，当时观音特意点明他推荐的"乃陛下令甥显圣二郎真君”。玉帝虽说内心不太愿意，但却不得不接受推荐，派人调二郎神的人马去花果山参战，圣旨中说“成功之后，高升重赏”。

二郎真君有点能耐，虽说费了点劲，但到底把孙悟空捉了。胜利归来，李天王与四大天王诸神，都近前来向二郎神贺喜：“此小圣之功也。”二郎神倒也挺懂事地说：“此乃天尊洪福，众神威权，我何功之有？”一时大家都是喜气洋洋的。但在无兵可调时脸上尚有笑容的玉帝此时却连一点笑意都没有，当初许诺的“成功之后，高升重赏”，只兑现了一半——有重赏，无高升。或许当时玉帝心中就已发狠：从此再也不用二郎神。

凭什么说玉帝对二郎神不满意？有证据：其一，天宫无兵可派，可玉帝硬是没有想起二郎神，按理说，二郎神是他的外甥，最了解的就应该是他，何必要等观音提醒？其二，孙悟空再闹天宫，玉帝一反往日犹豫无断的样子，也不与谁商量，立即派人往西天请佛祖相助，哪怕自贬身份惹人耻笑。二郎神不是还在灌口吗，何必舍近求远？

先说二郎神为何住在灌口，这里隐藏着玉帝和二郎神的神秘关系，以及他们之间牵扯到的宫廷政治法则。关于二郎神的神话故事，版本很多，《西游记》是取其中两个组成的。家住灌口，取的是四川灌口的治水李二郎的故事；玉帝外甥，取的是西汉桃山杨二郎的故事。相传书生杨天佑在桃山读书，被思凡的玉帝之妹张仙姑看中，结为夫妻，生子二郎。玉帝知道后惩罚张仙姑，将其压在桃山下，是二郎学成武艺，劈开桃山，救出母亲。玉帝无奈，赦免仙姑，认二郎为外甥。所以孙悟空与二郎神见面就说：“我记得当年玉帝妹子思凡下界，配合杨君，生一男子，曾使斧劈开桃山的，是你么？”原来玉帝和这位外甥虽然最终相认了，但毕竟在心底有点疙瘩。

但这点过节并不是主要问题。主要问题在于二郎是玉帝的外甥。中国古代的皇帝，虽然都把自己说成是天生该做皇位的真命天子，但心里随时都在提防着别人。曹操、赵匡胤那样欺负皇家孤儿寡母的大臣固然要防，但像那样的大奸大恶毕竟不多，真正要防的还是宦官和内、外戚——没有他们起内乱，大臣翻不了天。吴三桂的实力可谓强矣，康熙一下决心就把他灭了；年羹尧的权力可谓大矣，雍正的一纸诏书就把他废了。只有宦官、内戚才日日夜夜、时时刻刻构成对皇权的威胁，不见痕迹而又防不胜防，有关记载真是不胜枚举。一部《三国演义》之所起，汉廷内乱不正是由宦官十常侍、内戚何进引起的吗？

明初，出于对历史教训的记取，朱元璋对宦官干政的防范非常严格，有许多条款都规定“杀无赦”，只是后来到明中后期，皇帝已经不如他们的祖先那么精明强干了，血的教训也渐渐忘了，宦官势力有所抬头，于是有了刘瑾、江彬那样权力过大而对皇权产生影响的太监，也才有了天启年间权倾一时几乎颠覆江山的魏忠贤阉党。至于对内外戚的管理，明朝的防范制度也执行得非常严格。我们前面说过永乐帝夺取侄儿皇位的“靖难之役”，不就是自家的内讧吗？！因此从永乐帝朱棣开始，就规定了一套全新的封国制度，皇帝的长子为太子继承王位，其各兄弟自幼封王，在十七八岁结婚后便去自己的封地生活，只可享乐但不得与闻政事。很多王因为政治上没有了出路，就花天酒地，胡作非为，闹出很多今天称为绯闻的事情来。但对这些事，只要不是太过出格，朝廷实际上是不问的，甚至是怂恿的，因为朝廷正希望借此消磨那些王的意气，免得他们在政治上惹是生非。

这个制度有效地防止了宫廷内部祸患的出现。明武宗与世宗之间的平安过渡，就是一个最好的例证。正德皇帝在位十六年后一命呜呼时没有子嗣，给朝廷出了个大大的难题。如果在其他各朝，这就是一个大大的危机，各路勋侯贵戚必然以拥立为名乘机图谋皇位，若稍有不慎就是一场血光之灾。但由于这是发生在明代，各路的王都不在京城，他们与朝中大臣既无往来，心中也从来就没有图谋登基的妄想，没有任何准备。所以武宗死后，竟然没有一位王爷插手，而是由大臣们按部就班地商议确定由武宗的一个侄儿、封在湖北安陆的兴王——后来的嘉靖皇帝即位。武宗一朝政治混乱，但在重大的事件面前能够平安过渡，这不能不归结于制度之力。

这些都是吴承恩亲眼看到、亲身感受到的，所以也反映到玉帝和二郎神的关系上。他笔下二郎神的地位其实正是明代皇室封国制度的写照，因此玉帝对二郎神这位至戚并不亲热，采取的也是不接触、不调用，更不重用的政策，只让他住在灌口，无事不得上天，“听调不听宣”。这“听调不听宣”是个很有意味的话头，宣，是皇帝召见臣子，是日常政务，二郎神不得（或不必）参与，所以不听；调，是调兵，应该出现于紧急情况时，是二郎神应该承担的责任，所以要听。这个约定不知是玉帝为了制约二郎神提出的，还是二郎神为了自避嫌疑提出的，书上没说，但估计是二郎神为让玉帝放心提出的约定。你看二郎神听调后遂带各位兄弟到达花果山，见到李天王时说：“……若我输与他，不必列公相助，我自有兄弟扶持；若赢了他，也不必列公绑缚，我自有兄弟动手。”说这话干吗？怕人家抢功？不像。倒好像是刻意要与各天兵划清界限以避嫌疑。吴承恩不愧做过王府官员，对王府与朝廷微妙关系的了解竟是如此细致。

二郎神的话题之二：功劳与宫廷法则

清人入关之后，总结明代亡国的原因，将明代的这一宗法制度视为亡国的原因之一，据说康熙曾说过一段话，大意是：明朝宗法，使皇家骨肉分离，众王尸位素餐，毫无作为，以至于国事紧要时竟无人能援手相帮，远不如大清制度能使皇家兄弟齐心协力。或许基于这一认识，清初不设太子，大有让诸皇子中原逐鹿，使捷足者先登的意思。清人的这一制度，让他们避开了明代宗室王软弱无能的结果，但也给他们带来了无穷的麻烦：康熙朝参与党争的皇子有十多人，时间长达二十多年，祸害延至雍正朝，直弄得非死即伤。有清一代，皇位的传承远不如明代稳定，两相比较，两代制度各有千秋，正暗合了“存在的就是合理的”这一哲学命题。只是可怜朱家子孙，在自己一小片宫殿里，虽说不缺吃穿，但无调不得进京，甚至不得离开封地，大多数就从此没有见过自己的父母兄弟；不管有无才干，都终身不能从政，养肥终老完事。而《西游记》里那位浑身本事的二郎神，也因为是玉帝的外甥，就只能住在乡下灌口，无事与一班草莽兄弟打猎为乐，看起来超脱，其实挺可悲的。

回到《西游记》。话说孙悟空从太上老君的炼丹炉里跳出来，已经是概天神将皆莫能敌。玉帝此时倒显得干脆决断，立即派人赴西天请佛祖降伏。二郎神不是还在吗？灌口不是近了许多吗？关于玉帝为何不重新起用二郎神的问题，有读者认为这是《西游记》的重大疏漏之一。其实这仍与朝廷的政治法则有关。以玉帝的身份向西方佛祖求助，无论如何是件丢面子的事，但如果考虑一下政治中的一些因素，玉皇大帝这样做恐怕倒更妥当些。

中国的每个王朝，都要在内部闹出点乱子来。闹乱子的原因无非是争权、争宠、争位，闹乱子的为首者往往都是皇亲国戚，但参加者却又往往有屡建奇功的勋臣，所以历代帝王对这一类人都防范甚严，处理的办法无非是两种：杀和防。

杀的例子，从远说有汉高祖刘邦处理韩信一事。当年韩信得高祖的信任拜为将军后，未免有些得意忘形，最严重的错误是在高祖急等他回师救驾时，竟然以此要挟高祖封他为齐王。但这事虽然有点过分，也是一时糊涂利令智昏，并没有到叛国造反的程度，然而高祖从此对他不再信任，先是将韩信降为淮阴侯，最后还是在并没有确切证据的情况下杀掉了事。从近处说，明太祖做得更绝。他以株连为手段，通过几个惊天大案，几乎将开国功臣一网打尽，包括功劳最大但已经意识到危机的刘基。刘基在洪武四年告老回乡，主动要求退休，之后隐居山林，每日只是饮酒弈棋，绝口不谈当年的功劳，但即便用心韬晦如此，还是没有洗刷掉太祖的疑心，终于在太祖的默许下被牵连到案件中遭到审查，最后忧愤而死。

防的方面，以宋太祖赵匡胤为例。赵匡胤于后周世宗柴荣死后，以殿前都指挥使的身份统摄军事。在一帮军中弟兄的帮助下，搞了个黄袍加身的政变，抢了人家孤儿寡母的皇位。他以政变起家，对这种事情的重演就特别关注、特别敏感。所以一旦局势稳定，他就以“杯酒释兵权”的方式解除了当年拥戴他登上皇位的各位弟兄的武装。但他防了军中将领，却没有防到兄弟，终于还是在不明不白中被弟弟夺了权。宋太宗出于同样的心结，对军人防范甚严，整个大宋一朝，军人都处于严格的监督之中，前线军中不仅有文人监军，凡事没有监军的同意就不得自行其是，甚至每打一仗的作战部署都要送交朝廷批准。为此，大宋朝付出了前线屡败的代价，但赵家子孙好像从未考虑过改变政策。

说到明朝，朱元璋虽然按照礼法将皇位传给了长孙，但却没有为长孙朱允炆的执掌政权扫清障碍，以致朱棣依仗武力从侄儿手中夺了皇位。而朱棣到了考虑接班人的时候便接受了教训，开始他还在朱高炽、朱高煦两兄弟之间犹豫，但当他想定以朱高炽为太子时，就将朱高煦封到云南为汉王，让他远远离开。朱高煦赖在南京不走，朱棣稍作了一点让步，改封山东青州；但当朱高煦仍然不肯就藩时，朱棣便决不答应；此后朱高煦在青州不法行凶，朱棣甚至将他召至南京准备废为庶人。由于对朱高煦防范有效，因此心有预谋的朱高煦虽然遇到了朱棣和朱高炽先后去世的事件，但始终没有找到夺取皇位的机会。最后强行起兵谋反，也很快被镇压下去。

了解了中国皇宫里少不了的这些曲折内幕，我们就能理解二郎神在建功之后为什么不再被调用。二郎神是玉帝的至亲，如果图谋不轨有最便利的条件，因此玉帝不会再给他建功的机会，便也不会把朝廷安定的宝押在他身上。请西天佛祖帮个忙，无非是丢点面子以后备礼致谢的事；但如果让二郎神居功自傲，尾大不掉，以为功高可以震主，赖在天宫不走，就麻烦了。

唐僧的话题之一：神仙们为何不吃唐僧肉？

“唐僧肉”如今已经成为社会熟语。按照《西游记》的说法，唐僧是如来弟子金蝉子转世，已经十世修行，只要吃他一块肉，就可以长生不老。对于女妖精们来说，消息更加振奋——吸其元阳，就能修成太乙真仙。于是大大小小的妖魔，都做了精心准备。

神仙为什么不吃唐僧肉？——问。神仙有金丹仙桃，吃唐僧肉干吗！——答。

一问一答，虽然简单，但和吴承恩的思路很合拍。吴承恩就是用这个十分简单的比喻，为我们讲解了中国古代财富分配的原则。财富积累是所有的人共同追求的目标，但求得的方法却有所不同。

就如长生不老是《西游记》中所有神与魔共同追求的目标——玉皇大帝苦历过一千七百五十劫，每劫是十二万九千六百年，即使坐上了天宫第一把交椅，还要太上老君为他炼丹；五庄观观主与天同寿，神通大到孙悟空根本不是对手，可对延年益寿的人参果还斤斤计较；天上地下的小毛神、小毛精当然更要求长生——但求得的方法也不同是同样的道理。

细细看，天上的神仙分为几类：玉皇大帝、西王母、太上老君、观音、三星，还有那个镇元子大仙等，是天上世界的主宰者；太白金星、托塔天王、哪吒、巨灵神及文武百官，是天上的食禄者；各路散仙、十万天兵等是天上的百姓；妖魔则是神仙中的不安分守己者、落草为寇者、败则为贼者。不用说，世上人也分几类：真命天子、皇亲国戚是天下的主宰者；公侯将相、大小官吏是人间的食禄者；绿林好汉、地痞恶霸、鸡鸣狗盗之辈，则和妖魔相等。

求长生，各有各的办法。太上老君有金丹、西王母有仙桃、三星有交梨火枣、赤脚大仙有交梨火枣、南极寿星有紫芝瑶草、镇元子有人参果，这些又随时可供玉帝享用——就像人间的帝王拥有天下，何处何物不为我所有？至少享用赋税是天经地义的；天上的食禄者，虽然自己没有仙桃、金丹，但在效劳的过程中，也有机会参加“仙桃会”“御酒会”“金丹会”等活动，所以长生不老也是不成问题的——就像人间的官吏，也会从社会财富中分得一份，有自己的一份俸禄一样；天上的各路散仙，为了长生不老，则要自己修炼，打坐、炼气，等等不一，各炼所宜，若干年修出一个变化，再若干年修出一项神通，积少成多，慢慢走完漫漫长生路，这条路也能走通，但是太慢、太长、太费力，而且总要勤勉，就像人间的百姓须自己劳作一样；至于魔，天上和人间的一样，都是想取不义之财者，想走捷径。走捷径就是想歪点子，像比丘国的鹿精国丈，要用一千一百一十一个小儿心肝不知炼什么东西。而走捷径最好的办法，就是吃唐僧肉，效果既好又省事——这就难怪那些神通不太大的小妖魔对吃唐僧肉趋之若鹜了。就像平顶山银角大王所说：“若是吃了他肉就可以延寿长生，我们打什么坐，立什么功，炼什么龙与虎，配什么雌与雄？只该吃他去了。”比照人间，总有人不甘心于务农经商，不甘心于俸禄，于是就有了偷盗行窃、坑蒙拐骗、敲诈勒索、卖官鬻爵的行为。这都属于想吃唐僧肉一类。

岂不知，唐僧肉哪有那么好吃，近处有孙悟空师兄弟护着，远一点有六丁六甲、五方揭谛看着，再远一点有观音、如来掐指算着，妖魔吃个把凡夫俗子就算了，唐僧岂能让你动得！——禁不起诱惑，贪得不义之财，就已堕入魔道；堕入魔道者岂会有好结果！所以神仙不吃唐僧肉，只有堕入魔道者，才会心心念念满脑子都是唐僧肉。

这就是《西游记》理解的社会秩序。

唐僧的话题之二：他的头上为何没有紧箍儿？

唐僧头上为什么没有“紧箍儿”？

如果没有“紧箍咒”约束，把孙悟空这样的徒弟，放在唐僧这样的师父身边，的确让人有点不放心：一个神通广大，一个无力缚鸡；一个刁钻凶顽，一个绵弱偏执；一个徒弟当得实在有点勉强，一个师父来得也太容易……所以观音菩萨在孙悟空还没有闹出大乱子之前，在他头上加了个“紧箍儿”。这在情理上说得通。从此以后，孙悟空算是捣不了蛋了。

但唐僧怎么念“紧箍咒”却又让人不放心。从他后来屡次使用这法宝的情况看，还是错的多，孙悟空着实被他冤枉了几回——唐僧让人讨厌，也正在于此，斩妖除魔，本是孙悟空所长，但唐僧肉眼凡胎却偏要瞎掺和，惹出多少麻烦。然而，麻烦还不是最坏的结果，如果——我们假设——唐僧哪天改变了主意，说不去西天了，让孙悟空为他抢一个民女、霸一处寺院、占一份国土，由于这“紧箍咒”的威力，孙悟空也要乖乖地去吗？这里虽然是假设，但应当承认可能却是存在的。

唐僧头上为什么没有“紧箍儿”约束他的权力和欲望？就因为唐僧是观音信任的好人？吴承恩在这里已经触到了中国封建制度的一个弊病：权力缺乏制约和人治因素。

首先，使用权力的规则不明确。古代的中国，皇上对下的权力是无限的、绝对的，就像拥有“紧箍咒”一样，想要治治那些不听话的小人物，真是太容易了，非得使你“痛得竖蜻蜓，翻筋斗，耳红面赤，眼胀身麻”。而使用权力的规则是什么？仅“随心所欲”而已。一切忠言逆耳、刚愎自用、自以为是情况的发生，都不意外；甚至滥用权力、为非作歹，也不用承担任何责任。就像唐僧使用“紧箍咒”一样。就在吴承恩生活的时代，屡有官员因上疏劝告嘉靖帝不要听信道士之言——话，都是忠言；人，也是尽职——却被下狱拷打致死或当廷杖死，这不是很好的注脚吗？

其次，对权力的制约不健全。观音把“紧箍咒”教给唐僧，但并没有交代哪些事不可以让悟空去做，显然观音信任唐僧的道德水准，因此省略了一个交代注意事项的环节。中国古代的权力体系中，恰恰也是如此。对官员的道德教育，即教导他们如何做一个好官，从来都没有忘记，孔孟学说中都是这方面的内容。但如何制约官员滥用权力，却从来没有好好研究，以至于官员的道德一旦发生变化，做起坏事来毫无拘束。就像唐僧，假如某一天不想取经了而想做一些坏事，就凭“紧箍咒”指使孙悟空，有什么做不到哩。而要想做个好官，就得像唐僧一样，凭自己的真修养功夫，经受住九九八十一难的考验——也真是不容易哩。

妖魔们的结局不同体现出社会的不公平

天上各路神仙的来龙去脉和大小尊卑，已经说了很多，现在来比较全面地了解一下妖魔世界。据不完全统计，《西游记》中有名字、有称号，扬名立万的妖魔有五十多个，其中：

来自崇山峻岭、江湖河海，由动物修炼而成的大约占三分之二，如黑风山的熊罴精、毒敌山的蝎子精、盘丝洞的蜘蛛精、七绝山的红鳞大蟒精、车迟国的虎精鹿精羊精等等，由尸魔化成的白骨精也应归于这一类；来自天上由神仙堕落而成，或者承担了神秘任务下凡的约占三分之一，如为太上老君看丹炉的童子下凡后称金角、银角大王，弥勒佛座下司罄的童子下凡称黄眉怪，文殊菩萨座下的青毛狮子下凡后是全真道士打扮冒充国王，二十八宿中奎木狼下凡后称黄袍怪，观音莲花池中养大的金鱼下凡后称灵感大王。

这些妖怪都盘踞在西天路上，有的开山立寨，占山为王；有的夺人皇位，冒充国王；有的打家劫舍，为非作歹；有的占据道观寺院，假装神圣。其中：

横道挡路，主动向唐僧师徒发难，以吃唐僧肉或者吸唐僧元阳为目的的妖魔，大约占三分之二，如白骨精、蜘蛛精、玉兔精、蝎子精、老鼠精、金银角大王等。

本身并没有直接危害唐僧取经，但因为宗教信仰、私人恩怨等原因发展到生死相搏的，大约占三分之一，如因红孩儿而反目成仇的牛魔王、罗刹女，因此而卷入的如意真仙、玉面公主，车迟国的道教国师虎力大仙、鹿力大仙、羊力大仙，偷了祭赛国金光寺佛宝的万圣龙王、九头驸马等。

还有少数是唐僧师徒路见不平挺身而出，主动惹出的麻烦，最典型的是在比丘国，救了一千一百一十一个小儿；在宝象国救出百花羞公主大概也算这一类。

妖魔最后当然都被降伏了，从结局上看，也可以分为三类：

第一类，恶贯满盈被悟空兄弟或者神佛打死，如白骨精、蜘蛛精、狐狸精、蝎子精、黄狮精、多目怪、犀牛怪、黄毛虎、白花蛇等，占了一半稍多，显然可以看出，基本上都是地上动物修炼成精的妖怪。

第二类，凡由天上下来的，不管什么原因，大多数都在关键时刻由老主人收服或者出面求情，免于一死，重回天界。有些回到天界后受到惩罚，如鼍龙被押至西海龙宫责罚，金鼻白毛老鼠精被押至天庭问罪，黄毛貂鼠精则被交如来处理。有些凡间的妖魔被收服后也改邪归正成为天兵天将，如红孩儿做了善财童子、黑熊精做了观音的侍卫。这大约占了三分之一。

第三类，本来与取经冲突不大，没有太多危害百姓劣迹的，也就饶过罢了，如如意真仙、罗刹女；有少数逃跑的也没有过多追究，如九头虫、野牛精、老虎精等。

从这些关于妖精的统计中，我们通过吴承恩的情节设置可以看出社会的不公平。可以看出，凡原出生在下界，自行修炼成精的，因为凶残成性也罢，因为一时糊涂也罢，绝大多数涉及吃唐僧肉的问题，实际上涉及社会财富的分配方式。这些凡间社会下层的妖魔，没有机会获得更多的财富资源，而又不能以勤苦劳作获得财富，于是就想攫取不义之财。他们就像贫民窟里长大的孩子，在他们原来生活的圈子里，即使有些恶行也会被看成生活的一部分，但如果他们试图侵入社会特权阶层的利益圈，便不会被接受。这些想吃唐僧肉的下界妖魔，绝大多数受到极刑惩罚，他们的下场，属罪有应得，并无多少争议。问题是那些天上下来的妖魔，其作恶与他们一样，但结局大不相同，严重违反了“王子犯法，与庶民同罪”的社会公平法则。

天上下来的妖魔，有些带有任务到凡间也没有殃及百姓，如在乌鸡国做了三年国王的文殊坐骑狮猁王，将真国王推入井中浸了三年，乃是为了报当年菩萨之仇，这个狮猁王在位时，国中风调雨顺，国泰民安。还有如二十八宿的奎木狼，下凡纯属个人原因。这样的妖精似乎可以放过。但更多的天上神仙下凡时已经堕落为需要拯救的灵魂，耐不住天上的清贫与寂寞，而下到凡间来满足物欲和权力欲，危害甚至比地上的妖魔更大，但他们都由于与地位比较高的神仙有这样那样的关系而被免除惩罚，这是很说不过去的。比如金角大王、银角大王，原是太上老君看炉的童子，因为受委派而下凡为唐僧取经增加点困难。但这二人下凡后完全泯灭了本性，不仅残害百姓，而且带头叫嚷要吃唐僧肉。如天竺国玉兔精，原是天上月宫的玉兔，下凡后抢走公主，借抛绣球招驸马为名劫走唐僧，要“采取元阳真气，以成太乙上仙”。还有比丘国的国师原是月老的白鹿，下凡后弄了个白面狐狸，以美人计迷惑比丘国王，然后要取一千一百一十一个小儿心肝配药。这些神仙变成的妖怪，心肠不可谓不毒，手段不可谓不黑，作恶不可谓不多，但在被擒获后都由于他们的原主出面而逃脱了惩罚。

更有甚者，那个红孩儿是孙悟空遇到的最阴险、最恶毒、危害也最大的妖魔之一，虽然年龄很小，长相也还可爱，但其一言一行却险恶得让人感到胆战。就是这么一个临到被擒还要花招的恶毒小人，却被观音收服做了善财童子。

更有甚者，狮驼国的大鹏鸟，作恶多端，害苦了一国百姓，如来亲自出动才将他擒下，但因为与我佛如来有亲，如来不仅没有惩罚，反而许愿“我管四大部洲，无数众生瞻仰，凡做好事，我教他先祭汝口”。

已经不需要再作什么评论。吴承恩不是革命者，他不能超越时代用今日的法治观点、公平原则来评判社会，但他写下了这些，也就是向我们介绍了几百年前的真实社会。

第八章

有意识与社会痼疾：《西游记》的现实主义解读（下）

吴承恩为什么要写讽刺社会针砭现实的《西游记》，这需要从吴承恩的文学情怀和人生道义上寻找答案，我们前面已经说了。

吴承恩对具有“野史”性质的通俗小说的社会功能有着深刻理解，他认为志怪传奇在描摹情态方面独具感染力，能够最广泛地影响社会各阶层尤其是警告统治者，让他们真实地感知到社会底层的要求和呼声，起到“鉴戒”作用，他认为这比科举仕途更有其意义，是他作为儒生践行“修身、齐家、治国、平天下”的又一条途径。证据就是吴承恩中年时完成的一篇文章《禹鼎志序》，他把自己的意见表示得很直白，“国史非余敢议，野史氏其何让焉”，说这个责任我担定了——这是他天才的真正体现，把画画得比别的孩子更像，把诗歌作得比别人更顺，能要出一些令人惊叹的独门技艺，这些其实都不能称为天才，而只是稍微聪明一些，真正的天才与聪明有本质的区别——《西游记》就是吴承恩人生道义和文学情怀的最好践行。

下面我们看在《西游记》中吴承恩对现实社会的直面抨击，看《西游记》的故事在哪些方面带有针对性和目的性，他想借此告诉读者一些什么事、什么想法。

捎带说一个问题。曾经有过“《西游记》不宜求之过深”的观点，意在批评对《西游记》的现实主义求解，否定取经故事与社会现实的直接联系。这在《西游记》初问世时和作者尚不能确认之前，也许可以立为一说，但当现在吴承恩的身份已经没有疑问，百回本的社会背景也相应可以确认时，取经故事中许多文学意象与社会现实的对应就无须怀疑了。

大闹天宫与“玉帝不会用人”的牢骚

《西游记》第四回，孙悟空了解到“弼马温”的官职其实就是一不入流的马夫之后，一怒之下反出天庭回到花果山。小猴们周围欢呼，询问在天庭得了什么官职，孙悟空摇手道：“活活的羞杀人！那玉帝不会用人！”

仔细揣摩一下，这话说得很悲愤。悲愤背后，则意味深长。

自从小说、戏剧出现以后，就不断有作品被禁，我们现在还可以看到不少元、明、清三代禁毁小说、戏曲的公告资料，《水浒传》《金瓶梅》《红楼梦》《西厢记》等都被禁过。被禁的原因，无非是诲淫诲盗：像《水浒传》是诲盗的，《金瓶梅》是诲淫的。的确，由于小说、戏曲是商品化大众娱乐，所以难免弄点媚俗的噱头，添枝加叶，《金瓶梅》且不待说，即使是我们前面提到的杂剧《西游记》也是如此。但《西游记》很少被禁。是其中没有违碍语言吗？不是。孙悟空在大闹天宫时，竟然要做“齐天大圣”，喊出“皇帝轮流做，明年到我家”，这完全可以上升到大逆不道的高度来问罪，问个灭九族的罪名也不冤枉。但不仅书中的玉帝不予计较了，连后代读《西游记》的皇帝也没当回事。

这倒是怪事呢！是因为悟空是只猴子，大家都没有当真？其实把整个悟空大闹天宫联系起来看，就不奇怪了。孙悟空闹得虽然有点过分，但就其目的来说，还是恶作剧的范围；而就作者的目的来说，那就只能算对政治的一种温柔批评。“那玉帝不会用人！”说的是每个帝王都会遇到、也都会温柔处理的老问题。

人才的出现大致上有点规律可循，有“世家”“名门”“寒门”“市井”一说，或者分为三教九流，一般来说自行传承，不相干扰；但也总有例外，也会有从寒门出来的人才，向世家名门发起冲击，这些人才的冒头，打破现有的平衡是必然的。作为一个朝廷，建立起一个容纳人才使之被纳入管理范畴的机制，是必不可少的，如果哪天朝廷的人才体制僵化了，没有活力了，这个朝廷离动乱的日子也就不远了，历代的农民起义领袖——朝廷称为“乱党”，无不是一时豪杰，也无不是因为不能通过朝廷认可的渠道施展抱负而走造反一途。所以，历来朝廷对于人才使用问题的公开讨论都是不忌讳的。

孙悟空是天产石猴，石头缝里蹦出来的，因为受日月之精华、天地之灵气，所以有点慧根，能在猴群中表现得不同凡响；由于有慧根，所以能想到每日无忧无虑之外，最终要面临生死轮回的哲学问题，就有了下山学艺的一系列故事；由于机缘巧合，参仙访道中又在辈分极高的须菩提祖师那儿学得了翻江倒海的本事；既然有了翻江倒海的本领，相应地就有了新的生活要求，于是闹龙宫，闹地府；小试牛刀，居然得逞，结果都进一步验证了他就是一个人才。于是豪气顿生。你看书中写道：“悟空拿过簿子，把猴属之类但有名者，一概勾之。摔下簿子道：‘了账！了账！今番不伏你管了！’”回到洞中，有小猴报有上天差来的天使前来传旨，这猴头没有想到东窗事发的后果，反而大喜道：“我这两日，正思量要上天走走，却就有天使来请。”这句话仔细思量，实在托大至极。似乎意识到自己已经有了去天上走走的资格，天使来请不过是顺理成章的事，全然想不到是惹祸的结果。

玉帝接到龙王和地府冥王的告状，先是要派兵剿灭，然后听从太白金星的谏言，改为招安，准备在天上安排个职司。玉帝的两种处理都不能算错，安抚人才无非也就是这几招。但玉帝错在没有仔细考察孙悟空的才能并预测可能的后果，安排个适当的位置，而是非常随意地安排了个弼马温。

这是个不入流的小官，品级小不说，而且是个下等的差事，用那些监马官的话说，若喂得马肥，只落得个好字；若稍有些尪羸，还要见责。当孙悟空不了解天庭规则时，还可糊弄，然而一旦明白真相，岂能不怒，直言“那玉帝不会用人”，我老孙不为你卖命，于是乎反出天宫去了。在这个事件上，确实是玉帝有错。第二次招安，玉帝接受了教训，很委屈地同意给了猴头“齐天大圣”的称号。这应该认为玉帝已经降低了身段，同意其“齐天”，也就是承认他的地位与自己相等，这在过去的帝王那儿，实在也是一件很不易的事，古代小戏里类似的“一字并肩王”只授给那些建了不世之功的功臣。但玉帝的具体处理还是很随意，不知为何又让他去管理蟠桃园，说严重些这简直就是唆使犯罪——你难道不知道他是一只猴子吗？你难道不知道猴子天生爱吃桃吗？于是事情一发不可收拾。

猴头大闹一番，最后失败了。失败得很惨，自以为浑身本领一个筋斗十万八千里，竟没有跳出如来佛祖的手心；然而结局并不很惨，如来只是教训了他一下，让他知道天有多高地有多厚，暂时压在五行山下，还是给他留一条出路，让他有机会通过修行证成正果。这就代表了历代君王对于批评朝廷人才政策者的宽松处理。

有意味的是，把这段故事与杂剧《西游记》的对应情节比较一下，就会发现这段情节完全都是吴承恩加上的，所谓“正想上天走走”“玉帝不会用人”之类，原来都是吴承恩的心思，与其说出自孙悟空之口，还不如说吴承恩自己在愤愤不平。

中国的用人制度，秦汉之前是分封世袭制，贵族爵位代代相传。从寒门中或从下层冒出来的人才称“士”，士的使用由贵族的需要和喜欢决定，没有一定之规。像孔子这样的人才不可谓不大，但孔子一生讲学，周游各国，有信奉他的给个职位，待遇也好点；反之，遇到不听这一套的，孔夫子也只有重新流浪，据说曾经被困在陈国、蔡国之间，断炊数日。然而高喊“长铗归来乎”，出门要车，吃饭要鱼，动不动就甩袖子的寒士冯谖，倒因为自己的本事得到了孟尝君的重用。

秦代改分封制为郡县制，职位不再世袭。用人的原则有所变化，取士的方法与过去也有不同，大致上有三种——选举、考绩、考试，相对比较民主一些，因此汉代出自寒门的人才比较多，比如淮阴侯韩信，就是由一个市井的小混混而凭才能做到齐王、大将军。

东汉以后，选官开始重视门第。魏晋时期，门阀观念更为严重，实行了九品中正制。九品，指将社会的各式人才分为九品，由中正官进行选拔；而中正官选拔的原则和标准，就是调查清楚门阀，然后依据门阀的等级程度推荐职务，如果不是出身于高贵门第，不太可能进入上品，同样也是不可能得到任用的。从用人效果上说，这是一种非常落后的制度。

隋唐以后，科举开始逐步推行，到宋代已经比较完善，下层寒士有了一条正常开放也还算畅通的进身途径。科举做到了基本公平，但却并非完全合理。它能够消除贵族与平民之间的差距，农耕商贾子弟做官甚至成为望族，也不是不可能；但通用性太强且太过呆板，使用统一的教材，只用一种方式考试，缺乏对同类型人才的鉴别，也会导致对人才的压制。尤其是明代以后，文学在科举中的地位逐步下降，类似吴承恩、吴敬梓、蒲松龄这样充满激情的创作型文学人才就往往被埋没。就以吴承恩为例，他的诗文现在还有部分存世，可以认为极具文学素养，与同期“白下风流”的文彭、何良俊等、与“后七子”的徐中行、与“唐宋派”的归有光、与号称“青词宰相”的李春芳等交往都不逊色，可就是二三十年间连一个举人都没有考上，这如何能让他心里服气？

但是他又无处发泄，即使有人承认科举制度不合理，但对于吴承恩也只能表示个人的同情而已，结果是无法改变的，在这种体制下的牺牲，只能由个人承受。吴承恩无可奈何之下，借孙悟空之口喊出“玉帝不会用人”。大家明白他的心思，知道他的过激语言，也不过是秀才造反，别说三年造不成，就是给他三十年也未必敢真动造反的心思，所以就不去计较了。

取经收钱与卖官鬻爵的明代财政政策

唐僧师徒四人到达灵山后，如来暗中支持阿傩、伽叶索取人事，我们曾说这是吴承恩讽刺佛教，说佛教远没那么光明正大，取经布道也是骗钱家数的例证。现在我们换一个角度看这件事。

我们还可以说这个问题是在讽刺明代尤其是明中期开始的五花八门、匪夷所思的财政政策。

国家的财政收入，主要来源于税收，收入和支出应当基本平衡，这是一个基本常识。但是明代的收支平衡不了，因为除了皇室、官员、军费等传统的开支外，它还有一项特别的分散税源、增加支出的制度，就是皇室的分封。

前面提到过，明代的王室分封制度十分健全，也十分严格。太子确立，皇帝其他的子孙就要封王；新皇登基，这些王就要就藩，也就是各就各位到自己的封地去。明永乐之后的这些王，完全没有了权力和财政能力，都要朝廷以税收供养。年代越久，王就越来越多，因为每一代新皇都要增加一些新王，而那些陈年的老王也在不断繁衍，也还是要继续加封级别低一些的王。又因为朝廷的分封待遇是按人头落实的，那些王就拼命生育，很容易理解，生一个朝廷就要拨一份皇粮啊！因此有的王甚至有上百个王子公主，全家见面时可能互相都认不清。

当朝廷的收支严重不平衡时，一些非传统的财政政策就出现了：

第一，明代中期，朝廷开始对僧人、道士出卖身份权——《西游记》中说到的度牒。朝廷对僧道的数量本来有严格控制，对于发放僧道的身份证度牒有严格的审查手续，因为认真治理国家的人都明白，僧道两家尽管有时有点用，但本质上都只消耗而不能产生社会财富。明朝初期对僧道的发展控制很严，但到了中期的景泰、成化年间，朝廷缺钱，于是开始打歪主意，卖度牒弄钱了，结果就是后期僧道泛滥，据估计，明末的僧道人数应该有超过五十万之多，这又加重了社会的病态，形成了一种隐性的恶性循环。

第二，也是在中期的成化年间，朝廷开始向读书人卖学历、卖功名，这就是大家都知道的纳捐。换句话说，就是由国家组织的卖官鬻爵——交钱，就可以得到相当于秀才、举人的功名待遇，称例贡，经过简单培训就可以入选做官。吴承恩的祖父、曾祖父都是通过这一渠道担任了学官。纳捐不是明代的首创，更不是成化朝独有，但它是一种严重的社会腐败，是对社会公平的根基动力，却是不争的事实。在明朝刚开始实行的纳捐制度还是一次性的临时措施，后来越来越频繁，到了清朝就成了制度。

第三，也在成化年间，朝廷开始向商人出卖盐业的经营权，就是把原本属于国家专营的盐业提价八倍后对外开放，这个政策，应该有一定的合理性，但也是朝廷弄钱的一次机会。吴承恩夫人叶氏的曾祖父时任户部尚书，就是这件事的首倡者和执行者。

第四，嘉靖年间，朝廷司法严重腐败，开始卖豁免权、特赦权。嘉靖、万历年间朝廷三次修订弘治年颁布的《问刑条例》，减轻对贪赃受贿罪的处罚，扩大了赎刑范围，规定所有的贪赃罪均可花钱豁免。当年朱元璋创建明王朝时，对官员的腐败惩治最为严厉，顶级的刑法是把犯人的皮整张剥下，然后在肚子里塞上草，恢复人形以示众。但仅仅过了一百多年，他的子孙就开始出售司法豁免权，这个口子一开，官员的腐败就如燎原之势，不可阻挡——怕啥，逃不过被查出，把钱交出去不就行了吗？！大家都这么想。

第五，嘉靖之后，最大的政策争议便是朝廷开征矿税。说直白点，就是向私人出卖国有资源。应该说，万历年间大规模征收矿税，是明朝后期最大的腐败之一，也是其灭亡的重要原因之一。

上述这些非传统的财政政策，都有一个正式的名义，就是为了增加朝廷收入，就像如来说的，免得“教后代儿孙没钱使用”。但其实都是社会的祸害，既然纳捐可以取得功名，那科举作弊能阻止得了吗？既然贪官可以购买豁免权，那腐败能阻止得了吗？万历中有人谈及矿监税使时，说他们挟官剥民，欺公肥己，交给朝廷的仅十之一二，暗入私囊者十之八九。

取经收钱其实是对社会贪腐制度的一次辛辣讽刺。

阿傩索贿与上下分肥的明代官场规则

阿傩、伽叶的索贿，特别有意义。

我们看明代官场制度。明代实行“品官薪俸制”，官员的俸禄随着官秩由高到低递减。明代官秩分为九品正、从十八级，俸禄也据此分为十八等，最高的正一品也就是内阁首辅、封疆大吏，每年禄米一千石，俸钞三百贯；最低的官位从九品禄米六十石，俸钞三十贯；不入流的吏员不过三石（大致参考数字，各时期有所不同）。最常见的七品知县，每年的名义工资是九十石，相当于五六十两白银。说实话，按照明代的消费水平看，这样的工资实在不高，而且，这些钱还是名义上的，兑现的时候还要折算成“钞”，钞在市面上使用时还要打很大的折扣。因此官员们从朝廷领到的工资远远不足以养家，更不要谈奢侈消费，明代嘉靖年间最著名的清官海瑞，就是穷得浑身上下叮当作响；曾经和吴承恩搭档的著名文学家归有光也是好官，他在一篇文章中说道，在官衙每天的开支都是公开的，这开支里包括了所有下人的费用，家人到任上探望他，也就是增加一点米而已。

为什么要把官员弄得这么穷？有研究者认为，除了财政的实际困难外，还有一个很重要的因素即“帝王之术”在作怪。因为自古以来臣贪则君安，臣贤则君疑，也就是说君王或者上级并不喜欢正直贤良的大臣或者下级。如果不能迫使官员们暗悖法条，上级领导又如何能够时时刻刻揪住下属的小辫子，令其战战兢兢、如履薄冰？说白了，低俸禄制度就是让你不能糊口，逼你去贪污，逼你想办法利用自己的那份权力弄钱，只要你贪了，小辫子就留下了。朝廷有一个海瑞可以，装装门面，但如果各个都是海瑞，那皇上还能有特权吗？

皇帝身边的京官（朝廷官员），更“穷”一些，正规收入无法维持开支，而弄外快又无路可入，只有向外官（地方官员）伸手。外官虽然正规的收入也不高，但捞钱的方法多，不必说敲诈勒索的黑钱，就比如所谓的“火耗银子”，就是不菲的收入。“火耗银子”是税收制度中的一种措施，即地方官从百姓那儿征税征费，会收到大量的散碎银子，这些银子经熔化后铸成大锭上交国库时，会产生一些损耗，叫火耗。火耗是要加到百姓头上的。开始时加收火耗不被允许，这似乎也有点不合理，但地方官员实际上都是加的，只不过还有点遮遮掩掩，后来也就是在明中叶——吴承恩生活的那个时代，朝廷明文规定在赋税之外另收火耗，使之合法化。但规定从来没有被认真执行，官员们总是要在标准之上再加一些，几乎是公开的；加多少，凭官员的良心，多出来的都是他自己的，有的黑心官员要加到30%，少的也要加到10%以上。所谓的“三年清知府，十万雪花银”，就是指这一类并不十分违规的进项。

既然外官有这么多的好处，那京官为何不能分一杯羹？所以，京官利用手中的权力向外官伸手，外官为办事方便向京官贿赂，就形成了潜规则。冬天送的叫炭敬、夏天送的叫冰敬——意即冬天送些烤火费，夏天送些冷饮费，也就成了常例。严重时下级官员想见上司，不备足送给看门人的“红包”，怕是连领导的面都见不到。和吴承恩同时期的文人宗臣，在著名的

《报刘一丈书》中，就描绘过朝中一些佞臣，为了要见一见权相严嵩，不得不低声下气地向门人送钱；钱不够，不管你是几品，让门人通报也是做不到的。朝廷对此种风气了如指掌，但官员的俸禄和他们的开支、和他们的消费实在不成比例，风气已成，朝廷又支不出或不愿支出高薪，就只好睁一只眼闭一只眼。这样看来，阿傩、伽叶向唐僧索要“人事”，还奇怪吗？难怪如来不加责备。这是一个制度性的问题。

吴承恩为何对道士不敬不恭？

有些人坚持说《西游记》出自道教，其中故事尤其是那些韵语，都暗藏玄机，乃是修炼金丹的秘诀。对这种糊涂意见最好的答复，是让他们先查看一下道士在《西游记》中扮演的角色，再巡查一下道士的恶行和下场。

很清楚的事实是，《西游记》中，除了少数道教的高层领导外，基层的道士几乎都是坏人、恶人，不仅行为凶残霸道，猥琐不堪，其下场也都符合一句俗话“恶有恶报”。最典型的是车迟国的三名妖道虎力大仙、鹿力大仙、羊力大仙和比丘国鹿精变的老道士，国家已经完全被其控制，国王不过是傀儡而已。还有灭法国的国王，忽然发愿要杀一万个和尚，说是前世结下的冤仇，这也有佛道相争的背景。更奇怪的是文殊菩萨当年在乌鸡国准备度化国王，国王有眼无珠将化装成凡僧的菩萨捆起来，丢在御水三天三夜，菩萨为了报仇派遣座下狮猁王将国王推入井中浸了三年，这个狮猁王下凡时的身份竟然也是一个道士。再举一个具体的例子，比丘国国王要用一千一百一十一个小儿的心肝做药引，悟空假扮唐僧与国丈白鹿斗法，他把自己的胸膛挖开，里面滚出一堆红心、白心、黄心、利名心、嫉妒心、计较心、狠毒心、恐怖心等种种不善之心：

> 那昏君唬得呆呆挣挣，口不能言，战兢兢的教：“收了去，收了去！”那假唐僧忍耐不住，收了法，现出本相，对昏君道：“陛下全无眼力！我和尚家都是一片好心，惟你这国丈是个黑心，好做药引。你不信，等我替你取他的出来看看。”

为什么《西游记》这么厌恶道士？这得问吴承恩。我们需要提醒读者注意一个重要事实：百回本之前的《西游记》，唐僧面对的妖魔都不是道士，或者只是偶尔有道士，这就是说，对道士的矮化出于吴承恩之手，这是确定的事实。是吴承恩出于宗教信仰天生就痛恨道士吗？其实并不。吴承恩的学术宗于儒学，以孔孟为圣贤，仅旁骛其他，这很清楚；根据《射阳先生存稿》的诗文看，他对道教并无歧见，倒还是常常引用道教典故，得心应手，比较起来，甚至说得上有所偏爱，《西游记》中孙悟空的师父须菩提祖师、老友镇元子大师，也都是道士。吴承恩还曾借题发挥，劝那些国王“望你把三教归一：也敬僧，也敬道，也养育人才。我保你江山永固”。这是明朝知识分子中流行的典型的社会思潮，应该也是吴承恩的认识。

吴承恩对道术的不恭，显然并不是一种宗教行为，而与他所处时代的政治背景有关。

吴承恩主要生活在明代嘉靖年间。嘉靖皇帝正是历史上著名的佞道昏君。这位在位四十五年的皇帝自即位不久，便无节制地宠信道士。最受宠信的一个道士是来自江西的邵元节，因为邵元节求降雪灵验，嘉靖皇帝封他为“真人”，给二品薪俸；后来嘉靖生了个儿子，也把功劳记在邵元节身上，说邵元节祈祷有功，加封一品。嘉靖十八年（1539）邵元节死去，嘉靖改而宠信另一个道士陶仲文，而且在听了陶仲文一番话后，便想退居后宫修行，让太子去忙国家大事，而此时的太子大约六岁。有大臣冒死直谏，直言皇帝所谓退回后宫休息调养，不过是要专心致志，全神贯注地吃什么金丹壮阳，纵情声色而已。皇帝恼羞成怒，下令把这位大臣关入狱中，囚禁至死。那个道士陶仲文向皇帝进献的秘方名为养生，实则就是房中春药（下一节详说），因为献药有功，得到的待遇也是非同小可：可以与皇上一起坐着谈话，如果分别告退，皇上必要送到门口握手告别。可别小看了这握手告别，这在现代司空见惯，但在古代，却表示了非常的、特别的宠信和亲热。还是这位嘉靖皇帝，听信了道士的话，广纳嫔妃，据传其数量在明朝各帝中数第一。而据野史载，他的嫔妃实际还不只这些，有这样的皇帝，政事必然昏庸。政事昏庸的直接影响就是大权旁落，产生权臣，著名的权奸严嵩正是在这个背景下登位的。这当然成了士大夫知识分子关心的问题，相信儒学是治国之本的读书人，岂能容忍道士如此张狂，当时许多正直的以儒学为根本的大臣不仅公开表示对皇上佞道的不满，甚至出现若干犯颜直谏的事件。

所以，吴承恩对道士不恭不敬，是可以理解的，《西游记》也可以算是他对当时政治现实不满的又一个发泄渠道。

比丘国延年益寿的小儿心肝

唐僧师徒一路西行，除了穷山恶水以外，还经过了好几个人间国度。不过这些人间国度并不美妙，大多“文也不贤，武也不良”，颠颠倒倒，奇奇怪怪，国君总有点昏，而且昏君身边总有道士——恶道士，如比丘国的道士国丈、车迟国的道士国师、乌鸡国的道士假王，这些道士为非作歹，残害百姓，弄得国中乌烟瘴气，民不聊生。以比丘国的国丈为例：

说唐僧师徒经过比丘国，这是个人间国度，满大街看去，民众也算人物清秀，衣冠整齐，不像是有妖怪的地方。但进了城之后，怪事就来了——

这个国家的人家，家家门口都有只笼子，还用五彩绸缎罩着。这引起了唐僧师徒四人的好奇：这是干什么用的？八戒打趣说，今天想必是个好日子，办喜事的多，家家都要出礼随份子啦！现在的随份子把人民币直接递上就行了，过去则往往是自家抓只鸡，抓只鹅，所以猪八戒看到笼子就想到了出礼随份子。而孙悟空童心大发，变个蜜蜂儿，钻进鹅笼去看，原来这鹅笼里坐的都是小孩，这小孩坐在笼子里干什么？太奇怪。问了，但是没人肯说。到了驿馆，也就是现在的国宾馆，大家住下来，唐僧与负责接待的官员——相当于今天的大堂经理套了半天近乎，才知道：原来这个国家三年前来了一位老道士，带一个十六岁的绝色美女，献给国王。从此美女就叫美后——后妃，老头就叫国丈——国王的老丈人。现在国王病了，国丈有个益寿延年的秘方献给国王，但要用一千一百一十一个小儿的心肝做药引，街上各家门口的这些小孩就是选出来备用的药引，只等第二天午时开刀，取他们的心肝制药。

这个故事在《西游记》里并不引人注意，古往今来，讲《西游》说《西游》的各种各样，就是很少拿这件事举例。因为这事太残酷，将这一千一百一十一个小儿活活地挖出心肝来，太残忍，太过分，所以我们一般都不相信会有这样的事发生，历史上昏庸的皇帝有，好色的皇帝有，残酷的皇帝也有，甚至杀人如麻的皇帝也有，但拿小孩开刀的皇帝好像还没有，所以大家宁愿相信它是一个纯粹吓唬人，或者纯粹商业操作吸引眼球的神话故事。

请注意老国丈的身份——道士！一个骄横跋扈的道士。看《西游记》的描写：

> 只听得当驾官奏道：“国丈爷爷来矣。”那国王即扶着近侍小宦，挣下龙床，躬身迎接……那国丈到宝殿前，更不行礼，昂昂烈烈径到殿上。国王欠身道：“国丈仙踪，今早喜降。”就请

左手绣墩上坐。

这就是所谓的“一字并肩王”了！这种情况只会出现在小说故事、戏曲唱本里，任何一个真正的朝廷都不会有，但在嘉靖朝有，这点我们前面已经说过。

嘉靖皇帝佞道已经到了登峰造极的程度。在位四十五年，其中有超过一半时间不上朝。不上朝干什么？也没闲着，他要炼丹、制药、修不老之术。我们知道佛教追求的是来世幸福，为了来世幸福，因此今世要苦修，以消除罪孽；而道教追求的是现世也就是今生今世的幸福，终极目标是长生不老，羽化登仙，而且最好还是一人得道，鸡犬升天。怎么才能长生不老？办法当然是有的，这些办法就称为法术，修炼法术就可以做到长生不老了。

各种各样的法术中，最受欢迎的有这么几种：

一是灵药，就是《西游记》里说的蟠桃、人参果、交梨、火枣等。这些东西效果最好，吃一口甚至闻一闻就是几千几万岁，但可惜这些东西是找不到的，只存在于神仙的传说中，而且只有最高等的神仙才有资格享用。

二是丹药，就是《西游记》中太上老君八卦炉里炼的仙丹。在神仙传说中，这些也是珍稀之物，只有太上老君的炼丹炉才出产。人间有些道士说也会炼丹，也能弄出一些红红绿绿的丹丸。这些丹药说起来好听，但其实很多都是重金属的化合物。而当时的人不知道什么是化学反应，因此尽管这东西吃了是要死人的，但也还是要吃的。嘉靖的儿子隆庆皇帝就是吃多了丹药死的，他的重孙子光宗也是吃丹药死的。

三是房中术。房中术用现在的话就是古代原始的性科学。这东西鱼龙混杂，原始的科学成分有没有？有，其意义是最早的性保健和计划生育措施等。但更多的是伪科学，它本质上是迎合了中国这种制度下上层社会纵欲淫乐的需要。比如房中术的核心内容叫采补——采阴补阳，要采女子的阴气补自己的阳气。如何采？当然是从女人身上采，不仅采是必要的，而且数量上没有限制，多多益善，这显然就是将人性中、人的本能中那些本来难以启齿的阴暗心理合法化，而且包装得那么崇高，所以它很受某些人的欢迎。哪些人？嘉靖皇上就是。在儒家的理论框架里，皇上为了子嗣后代，多几个嫔妃是可以的，但也得有节制，超出了限度也是要受批评的。而在道教的理论里，纵欲不仅合法而且多多益善，可以无限制地奸淫宫女，而且可以得道成仙，长生不老，一箭双雕，鱼和熊掌兼得，哪能不受欢迎？嘉靖皇帝不理朝政，躲在后宫，就是干这三件事：服药、炼丹、采补（也就是修炼房中术）。

为了身体能顶得住，房中术又发展出一个重要的分支，就是壮阳药。我们来看比丘国的国王，据说为了治病才要用一千一百一十一个小儿的心肝。国王生的什么病？纵欲过度。从医学上说，对类似国王的这种症候有两种治疗方案：一是温补，滋肾养阳，禁欲，做到了，身体自然会慢慢恢复；二是恶补，图一时痛快，用壮阳药，立竿见影，但进入恶性循环。在这两种医疗方案面前，那些行为已经变态，心智已经失衡的所谓修炼者，比如嘉靖皇帝等，则必然会走后一条道。

也许有人会怀疑，滥用壮阳药当然不好，但未必就很残酷吧？那是你没有弄清楚宫廷里的壮阳药是什么货色。嘉靖皇帝喜欢的壮阳药有三种：一种叫含真饼，就是婴儿出生时嘴里的那一团血块；另一种叫秋石，就是用童男早晨的第一次小便提炼出来的结晶体；再一种叫红铅，也就红丸，就是用小女孩第一次月经合成的所谓仙丹。这三种东西，不管你现在如何嫌弃，但你得承认很难找，所以道士们就拼命地夸张它的神奇效果，弄得云山雾罩。然而这几件东西对一般人来说很难办到，但对皇上来说，却正是显示特殊身份、特殊优越条件的地方，因为他能办到，所以嘉靖对这几件东西比较钟情。

嘉靖最喜爱的还是红铅，因为这种东西在宫中可以形成一个往复循环源源不断的流程链条：

首先，女孩的月经尤其是第一次月经这种原材料皇上可以找到，皇宫里有大量的宫女，都是小女孩；其次，用月经炼成丹药后，需要用清晨的露水冲服，这也不是难事，让那些宫女去收集即可；最后，丹药服了之后，当然会上火，那就在小宫女身上尽情发泄，用道士的话说，她们是皇上炼内丹的天然“鼎炉”，用现代语言说，她们天生就是皇上的性奴。你看，在这个流程链条中，皇上的每一种欲望都得到了满足，这就难怪嘉靖喜欢了。

请注意，这个流程链条，是以大量十几岁的小宫女为环节构成的，皇上的所谓长生不老，是以她们遭受的非人道折磨为代价的。她们几岁时就要离开父母家人进宫，具体说最小的年龄是八岁，最大的也只有十四岁；进宫之后为了取她们的月经，会有人给她们服药，什么药？活血的药。这是非常不人道的，其生命会因为大量失血而虚弱。为了皇上服用丹药，她们又得凌晨去收集甘露，也就是顶个盘子在寒风中静静地等，等所谓的甘露从天而降，为了几滴甘露，她们得饱受风寒，宫中曾发生过成百的宫女一起病倒的事件。最后，皇上服了丹药，火气上来了，她们幼小孱弱的身躯又随时可能成为泄欲的工具。

在皇宫修炼的整个流程中，嘉靖只需要做一件事：找到足够的宫女。这对他当然不是一件难事。究竟找了多少？确切的记载是从嘉靖二十六年（1547）至嘉靖四十三年（1564）这十七年间，宫中分四次从民间选进一千零八十名年龄在八岁至十四岁的少女。其中仅仅在嘉靖三十一年至三十四年这三年之间，选进宫的女孩就有四百六十名。老百姓根本不可能想象到，这几百名女孩被选进宫，就是由于皇帝要用她们的月经炼药，这些孩子将来会因为皇上的需要被抽干鲜血，会因在风霜中为皇上收集甘露而憔悴，还会成为皇上随心所欲发泄兽性的工具，这和比丘国国王用小儿心肝做药引还有什么区别?

吴承恩写比丘国王的这件事,看似荒唐,但本质上却是非常真实的——它实际上就是直接影射了嘉靖这段荒唐的时代。吴承恩以一个读书人的本能良知,让我们记起还有那段残酷的历史。

了解了吴承恩生活的年代的社会状况,我们对《西游记》中的情节也许会有更深一点的理解。

附　录

附录一：

“九九八十一难”与四十二个故事拆分对照

第一个故事：在第十三回，说唐僧出城不久，随从二人便落入深坑，被熊山君和特处士吃掉的事，在九九八十一难中被分拆为第五、六难“出城逢虎”“折从落坑”——八十一难的前四难属于第二大段的“取经缘起”，真正的故事从第五难开始。

第二个故事：在第十三回，属于第七难“双叉岭上”，说唐僧逃出虎口，被猎户刘伯钦收留。

第三个故事：在第十四回，属于第八难“两界山头”，说唐僧在刘伯钦的帮助下降伏孙悟空。

第四个故事：在第十五回，属于第九难“陡涧换马”，说唐僧、悟空在鹰愁涧收服白龙马。

第五个故事：在第十六、十七回，属于第十难“失却袈裟”、第十一难“夜被火烧”，说观音禅院金池长老为谋取袈裟，企图放火烧死唐僧；黑风山黑熊精乘机夺走袈裟；在观音菩萨的干预下，悟空终于夺回袈裟。

第六个故事：在第十八、十九回，属于第十二难“收降八戒”，说悟空在高老庄收服八戒，玄奘于浮屠山受《心经》。

第七个故事：在第二十、二十一回，属于第十三难“黄风怪阻”、第十四难“请求灵吉”，说悟空等在黄风岭遇见黄毛貂鼠变化的黄风怪，屡战不胜，请求灵吉菩萨降伏。

第八个故事：在第二十二回，属于第十五难“流沙难渡”、第十六难“收得沙僧”，说观音指派木叉在流沙河帮助唐僧降伏沙和尚。

第九个故事：在第二十三回，属于第十七难“四圣显化”，说观音等四位菩萨化作孤儿寡母愿意招赘以试四人诚意，八戒色心不退被戏弄捆缚。

第十个故事：在第二十四、二十五、二十六回，属于第十八难“不识人参”、第十九难“五庄观中”，说师徒四人在镇元子大仙五庄观受到款待，但悟空在后院推倒人参果树，后又遍邀天下神仙设法救活。

第十一个故事：在第二十七回，属于第二十难“贬退心猿”，也就是通常说的三打白骨精故事，说孙悟空因三打白骨精而被贬回花果山。

第十二个故事：在第二十八、二十九、三十、三十一回，属于第二十一难“松林失散”、第二十二难“宝象国捎书”、第二十三难“金銮殿变虎”，说唐僧、八戒、沙僧师徒三人在宝象国碗子山波月洞遇见黄袍怪被擒，八戒以激将法请回悟空，悟空从天界搬兵二十八宿降伏黄袍怪。

第十三个故事：在第三十二、三十三、三十四、三十五回，属于第二十四难“平顶山逢魔”、第二十五难“山压大圣”、第二十六难“洞中高悬”、第二十七难“盗宝更名”，说悟空勇斗金角大王、银角大王，这两个神通广大的妖魔原来是太上老君看炉子的两个童子。

第十四个故事：在第三十六、三十七、三十八、三十九回，属于第二十八难“乌鸡国救主”、第二十九难“被魔化身”，说悟空请来文殊菩萨降伏青毛狮，救活被沉入井下三年的乌鸡国王。

第十五个故事：在第四十、四十一、四十二回，属于第三十难“号山逢怪”、第三十一难“风摄圣僧”、第三十二难“心猿遭害”、第三十三难“请圣降妖”，说悟空等在号山遭逢红孩儿，要观音出面降伏，红孩儿被观音收为善财童子。

第十六个故事：在第四十三回，被列为第七十二难“黑河沉没”，说经过黑水河时唐僧被鼍精沉下水底，悟空请来龙宫太子救出。

第十七个故事：在第四十四、四十五、四十六回，属于第三十四难“搬运车迟”、第三十五难“大赌输赢”、第三十六难“祛道兴僧”，这个故事通常称为“车迟国斗圣”，说悟空在车迟国与虎力大仙、羊力大仙、鹿力大仙斗法的事。

第十八个故事：在第四十七、四十八、四十九回，属于第三十七难“路逢大水”、第三十八难“身落天河”、第三十九难“鱼篮现身”，说唐僧等在通天河边陈家庄救了准备祭河的童男女，并请来观音现身收服作怪金鱼。

第十九个故事：在第五十、五十一、五十二回，属于第四十难“金峨山遇怪”、第四十一难“天神难伏”、第四十二难“问佛根源”，说悟空难伏这座山上的独角兕大王，请来普天神将亦均无效，原来妖怪是太上老君坐骑青牛。

第二十个故事：在第五十三、五十四回，属于第四十三难“吃水遭毒”、第四十四难“女留婚”。西梁国就是女儿国。

第二十一个故事：在第五十五回，属于第四十五难“琵琶洞受苦”，说在毒敌山遇见女妖蝎子精，悟空请来昴日星官降伏之事。

第二十二个故事：在第五十六、五十七、五十八回，属于第四十六难“再贬心猿”、第四十七难“识得猕猴”。这个故事通常称为“真假美猴王”，说孙悟空因为打死拦路抢劫的草寇，被唐僧再次贬回花果山，六耳猕猴乘机扮作取经人要去灵山取经，真假难辨。后悟空与六耳猕猴打斗至如来面前，方才辨出真假，师徒重新上路。

第二十三个故事：在第五十九、六十、六十一回，属于第四十八难“火焰山高”、第四十九难“求取芭蕉扇”、第五十难“收缚魔王”。这个故事通常称为“火焰山”或者“三调芭蕉扇”，最为读者所熟知。

第二十四个故事：在第六十二、六十三回，属于第五十一难“赛城扫塔”、第五十二难“取宝救僧”，说唐僧等在祭赛国发现镇塔之宝被妖魔九头虫偷去，于是大闹碧水潭龙宫，在二郎神的帮助下剿灭妖魔九头虫等。

第二十五个故事：在第六十四回，被列为第七十一难“棘林吟咏”。这个故事又称“木仙庵谈诗”，说唐僧在此地遇上四位外貌雅致的树妖和一位风姿绰约的女妖杏仙，谈书论文，几为其所绑架，幸得悟空及时赶到。

第二十六个故事：在第六十五、六十六回，属于第五十三难“小雷音遇难”、第五十四难“大困天神”，说师徒四人遭遇妖魔黄眉童子假设西天雷音寺，唐僧被擒，悟空请来诸天神佛，最后找来妖魔的主子弥勒佛，终于解救。

第二十七个故事：在第六十七回，属于第六十九难“稀柿拜秽”，八戒变化出巨大法身，拱开稀柿衕的道路。

第二十八个故事：在第六十八、六十九、七十、七十一回，属于第五十五难“朱紫国行医”、第五十六难“拯救疲癃”、第五十七难“降妖取后”，说悟空等在朱紫国不仅医好国王的病，而且降伏抢夺王后的金毛犼。

第二十九个故事：在第七十二回，属于第五十八难“七情迷没”，通常称为“盘丝洞”，说的是七个蜘蛛精的故事。

第三十个故事：在第七十三回，属于第五十九难，讲剿灭蜘蛛精师兄多目怪的故事。

第三十一个故事：在第七十四、七十五、七十六、七十七回，属于第六十难“路阻狮驼”、第六十一难“怪分三色”、第六十二难“城里遭灾”、第六十三难“请佛收魔”。这个故事又称“狮驼国”，说师徒四人遇见神通广大、性情凶残的狮、象、鹰三个妖魔，几经周折，请来佛祖才收服妖魔。

第三十二个故事：在第七十八、七十九回，属于第六十四难“比丘救子”、第六十五难“辨认真邪”，讲的是比丘国国王听信妖道国丈的胡言，要取一千一百一十一个小儿的心肝做药引为自己壮阳，悟空识破妖道面目，原是寿星的坐骑白鹿，所谓“美后”原是一只狐狸。

第三十三个故事：在第八十、八十一、八十二、八十三回，属于第六十六难“凤仙国求雨”、第六十七难“救女怪卧僧房”、第六十八难“无底洞遭困”，故事又称“无底洞”“金毛鼠”，说的是托塔天王义女、哪吒义妹白鼻鼠精企图攫取唐僧元阳之事。

第三十四个故事：在第八十四回，属于第七十三难“灭法国难行”，说灭法国国王发誓要杀一万个和尚，还差四人即可完数。悟空使手段一夜之间把国王、王后及宫中大臣的头发全部剃掉，迫使国王收回成命。

第三十五个故事：在第八十五、八十六回，属于第七十难“花豹迷人”，说的是剿灭豹子精的故事。

第三十六个故事：在第八十七回，通称“凤仙郡求雨”。

第三十七个故事：在第八十八、八十九、九十回，属于第七十六难“失落兵器”、第七十七难“会庆钉钯”，又称“玉华国”。说的是师徒四人到了一个国王贤明的玉华国，三个王子分别拜悟空、悟能、悟净为师学习武艺。因为照样打造，兵器没有收回，被山中一窝狮子精盗取。

第三十八个故事：在第九十一、九十二回，属于第七十四难“元夜观灯”、第七十五难“赶捉犀牛”，又称“金平府”。说唐僧师徒上元节在金平府观灯，发现灯油被犀牛精盗取，故请来天兵降伏犀牛精。

第三十九个故事：在第九十三、九十四、九十五回，属于第七十八难“天竺招婚”，说的是在天竺国降伏玉兔精的事。

第四十个故事：在第九十六、九十七回，属于第七十九难“夺帛酬恩”，说的是铜台府寇员外家盛情斋僧，引来盗贼杀人，唐僧师徒被诬下狱；悟空使出手段，终于辨明冤屈。

第四十一个故事：在第九十八回，属于第八十难“脱胎凌云”，说唐僧师徒到达西方凌云渡，脱掉凡胎，取到真经。

第四十二个故事：在第九十九回，属于第八十一难“通天河失经”，说观音发现唐僧师徒经历八十难，还没满佛家“九九八十一”圆满之数，于是指令安排通天河老鼋又生一难，使师徒四人失去了部分经卷。

附录二：吴承恩研究主要资料

关于《射阳先生存稿》

吴承恩著有《射阳先生存稿》四卷。这部诗文集于万历十八年（1590）由其表外孙丘度整理刻印行世，据说只是“存十一于千百”，也就是只收集到很少一部分。前有曾任淮安知府的五岳山人陈文烛万历十八年的序，后有参与整理自称“通家晚生”的吴国荣万历十七年（1589）的跋，是为初刻本；在万历四十年（1612）左右，丘度再次增补重刻，又约请当时文坛名家李维桢题序，是为重订本。

从现存文献来看，明末至清初的一段时间内《射阳先生存稿》的流播还算广泛，因为曹溶的《明人小传》、陈田的《明诗纪事》、朱彝尊的《明诗综》中均有介绍或收录；但进入清中叶之后我们就已经是只闻其名而难见其书了，比较确切的线索也只是《山阳艺文志》收录的吴进的一段话中提到乾隆四十二年（1777）曾经见到过一个残本；再以后所有的消息大约就都是转录了；直至1929年，北平故宫博物院才重新发现了一部。如前所述，1949年北平故宫博物院图书馆迁往台北，《射阳先生存稿》的原本随迁，也就从此被深锁库房了，直到2009年秋天，才由蔡铁鹰在台北找到了尘封已久的原本，抄录回来整理出版了《吴承恩集（笺校）》。

现藏台北的传本四卷分为两册，两册的封面上分别注有“卷一至二”“卷三至四”字样，纸张虽已发脆，但品相还不错。除补版的少数外，绝大部分刻工精细，字迹清晰。第一卷目录前有陈文烛落款万历庚寅的《吴射阳先生存稿序》，三叶六页；李维桢无年月款的《吴射阳先生集选序》，四叶八页，页均六行十二字；第四卷末有吴国荣落款万历己丑的《射阳先生存稿跋》，草书，页六行。

关于《花草新编》

吴承恩曾经以《花间集》和《草堂诗余》为底本，编纂过一本唐宋金元词选集《花草新编》，由于《射阳先生存稿》卷二收有《花草新编序》，陈文烛《二酉园续集》卷一也有一篇《花草新编序》，对读互证，《花草新编》的存在已经没有疑问。从陈序看，丘度似乎曾经准备刻印此书，但我们后来却没有见过任何刻本的消息。

现在证实钞本仍存世。清末民初，淮安学者段朝端查询到一个钞本，但已经凋零不堪，“霉烂几不可读”，这个钞本后来辗转被上海图书馆收购。进入二十一世纪之后，这部残钞本经过整修已经可以借阅了。钞本分为五卷，但仅剩三、四、五卷：第三卷中调一册，第四卷长调两册，第五卷长调一册。透过装裱可以看出原书当初漫漶不堪的状态，所幸除少量边角略有缺失外，主要内容尚完整。半叶九行，行十八字，楷书，算得上精审。三卷共收唐、宋、金、元代的词三百九十四阕：第三卷一百三十五阕，第四卷一百六十一阕，第五卷九十八阕。以宋代为主，略为点缀唐代及金元词作；使用了二百一十一个词牌，全部是中调、长调；其中取自《花间集》的六阕，取自《草堂诗余》的约一百六十阕。

对于《花草新编》，学界一贯不太重视，大抵认为这就是一部含金量平平，明代常见的词选集，选来选去都是他人的作品，对吴承恩的研究价值有限。但我们在得到残钞本并作初步研读之后，却认为如果从词学、词史、选词史的角度看，这部《花草新编》自有非同小可的意义。

首先，以《花草新编》与目前被认为是明人选词代表作的陈耀文编《花草粹编》相对照，则可以肯定现在大有名声的《花草粹编》，其实是在《花草新编》的基础上形成的，陈耀文大量占用了吴承恩的成果。

其次，《花草新编》采用了分调选词的方法，即使用小令、中调、长调的概念设类，再按词牌将词作归类。这个方法过去被认为始于嘉靖二十九年顾从敬刻出的《类编草堂诗余》，但现在看来《花草新编》才是真正的首倡者，因为其大约在嘉靖二十年之前已经完成，至少早于《类编草堂诗余》十年。

《先府宾墓志铭》：孤哀子吴承恩泣血撰次并书篆（《射阳先生存稿》卷三）

乌乎！孤小子承恩不惠于天，天降严罚，乃夺予父。然又游荡不学问，不自奋庸，使予父奄然没于布衣，天乎？痛何言哉！天乎？痛何言哉！乌乎！有父生不能养，今没矣！孤小子又何忍怀世俗之情嫌，不执笔，俾先美旷队，不昭于世焉。乌乎！孤小子又何敢陵驾润色，不模放事实，使后世览予文辞者，闷然不信予父。于是顿首系述曰：

先君讳锐，字廷器。先世涟水人，然不知何时徙山阳。遭家穷孤，失谱牒，故三世以上，莫能详也。曾祖讳鼎；祖讳铭，余姚训导；皇考讳贞，仁和教谕。两世相继为学官，皆不显。方仁和君教谕仁和时，先君四岁矣。仁和君梁夫人则挈之如仁和。数月，仁和君丧，则又挈之归山阳。家世儒者，无资，且颠沛宦游，归益贫。是时先公已有性资，不妄啼哭笑言，但时时向梁夫人索书读。以贫故，逾数岁，始遣就社学先生。社中诸学生率岁时节朔持钱物献社学先生，吴氏不能也，社学先生则勤勤教诸学生书，不教先君书。先君辄从旁听窥，尽得诸学生所业者，于是通《小学》《论语》《孝经》矣。社学先生反以为奇，欲遣就乡学。梁夫人闻之叹曰："嗟乎！吴氏修文二世矣，若此耳，斯孤弱奈何？"于是泣，先公亦泣。

弱冠昏于徐氏。徐氏世卖采缕文縠，先君遂袭徐氏业，坐肆中。时卖采缕文縠者，肆相比，率酒食邀熙，先公则不酒食邀熙。时众率尚便利机械善俯仰者，先公则木讷迟钝循循然。人尝以诈，不之解，反大以为诚；侮之不应亦不怒。其贯也，辄不屑屑然，且不贰价。又日日读古人书。于是一市中哄然以为痴也。里中有赋役当出钱，公率先贯钱待胥。胥至曰："汝钱当倍"，则倍，"当再倍"，则再倍。曰："汝当倍人之庸"，则倍人之庸。人或劝之讼理，曰："吾室中孰非官者？然又胥怒，吾岂敢怒胥又犯官哉？"于是众人益痴之。承恩记忆，少小时入市中，市中人指曰："是痴人家儿。"承恩归，恚啼不食饮。公知之，笑曰："儿翁诚痴，儿免为痴翁儿乎？"及承恩冠矣，先君且年老，见旧时易侮先君者，尽改节为敬恭。里中有争斗较量，竞趋先公求平，面折之，亦欣欣去。或胸怀有隐匿难人知者，即不难公知，且诉以臆。乡里无赖儿相聚为不善，卒遇公，一时散去，皇皇赤发面也。承恩于是喜，从容言曰："此殆痴效与？"先君方食，投箸起曰："儿以我为夷外钩中攫人情乎？"愀然不悦也。承恩益惭愧，恐惧失言焉。先公尝自言："百不及人，但未尝有机心。故形神不劳，衣食稍温饱，止矣。"不顾虑有无，唯日饮酒，然不取醉，三爵后便颓然啸歌。遇好风日，即徐徐负手去，遍历近郊古寺中或大林下，俯仰徘徊焉。盖终其身未尝入州府。郡太守卮山公，闻之以为贤，乡饮召为宾；不至，三命然后赴，然频频自谓不敢当也。

性一无所好，独爱玩群籍，不问寒暑雨旸，日把一编坐户内，大官过亦不知，前驺呵之，乃徐起。自《六经》诸子百家，莫不流览，独《尚书》、左丘明《春秋》，未尝一日置也。于诸书训诂声切，不甚通悉，然独得大旨要归焉。居尝逡逡，口不能道辞，及与人谭说史传，上下数千载，能竟日不休。每读书至屈平见放，伍大夫鸱夷，诸葛孔明出师不竟，周子隐战没，檀公被收，岳鄂武穆死诏狱，未尝不双双流泪也。又好谭时政，意有所不平，辄抚几愤惋，意气郁郁云。

晚年特爱菊，自号菊翁，然又不种菊。生来鲜疾病，一日买船泛城西太泽中，意欣欣出门去矣，归即不起，盖嘉靖十一年三月十九日也。天乎！痛何言哉！距生时为天顺五年七月二十一日，寿盖七十二云。以是岁十二月二十九日，葬灌沟先茔。公壮岁时，置侧室张，实生承恩，娶叶氏。徐夫人生一女承嘉，适同郡沈山。乌乎！德音容仪，昭昭在也，然则吾先君何往矣乎？

铭曰：乌乎！苍者天乎！黄者泉乎！吾父于此潜乎！

《禹鼎志序》（《射阳先生存稿》卷二）

余幼年即好奇闻。在童子社学时，每偷市野言稗史，惧为父师诃夺，私求隐处读之。比长，好益甚，闻益奇。迨于既壮，旁求曲致，几贮满胸中矣。尝爱唐人如牛奇章、段柯古辈所著传记，善模写物情，每欲作一书对之，懒未暇也。转懒转忘，胸中之贮者消尽，独此十数事，磊块尚存。日与懒战，幸而胜焉，于是吾书始成。因窃自笑，斯盖怪求余，非余求怪也。彼老洪竭泽而渔，积为工课，亦奚取奇情哉？虽然吾书名为志怪，盖不专明鬼，时纪人间变异，亦微有鉴戒寓焉。昔禹受贡金，写形魑魅，欲使民违弗若。读兹编者，傥悚然易虑，庶几哉有夏氏之遗乎？国史非余敢议，野史氏其何让焉。作禹鼎志。

附录三：《射阳先生存稿》诗文选

（一）

以下选取的一组吴承恩诗词文作品，侧重于在传统意义上展示吴承恩高超的文学成就，其风格、遣词、用典等均可与《西游记》对读。

吴承恩少年时有神童盛名，中年后与当时文学名流多有交往。其作品虽然由于身份地位等原因，没有得到充分评价，但仍有盛誉。后来在淮安任知府，与吴承恩结为忘年之交的五岳山人陈文烛，在《吴射阳先生存稿序》中说："今观汝忠之作，缘情而绮丽，体物而浏亮，其词微而显，其旨情而深。《明堂》一赋，铿然金石，至于书记碑叙之文，虽不拟古何人，班孟坚、柳子厚之遗也；诗词虽不拟古何人，李太白、辛幼安之遗也。"另一位当时文坛领袖李维桢在《吴射阳先生集选序》中也说："盖诗在唐与钱，刘，元，白相上下，而文在宋与庐陵，南丰相出入。至于扭织四六若苏端明，小令新声若《花间》《草堂》，调宫徵而理经纬，可讽可歌，是偏至之长技也。大要汝忠师心匠意，不傍人门户篱落，以钓一时声誉，故所就如此。"给予很高评价。

金陵客窗对雪戏柬朱祠曹　七古

我梦倒骑银甲龙，夜半乘云上天阙。星河下瞰冻成石，卷起随风散为屑。划然长啸斗柄摇，两岸缤纷堕榆叶。仙娥并驾白鸾凤，顾我殷勤赠环玦。觉来开户仰视天，拊掌惊呼太奇绝。乾坤表里总一色，但见梅花扑香月。狂铺鹿革坐翳花，长笛横吹古时铁。飞来老鹤鸣向我，顾影蹁跹弄明灭。是时身在水精域，肝胆森森共澄澈。呼童问此何物邪？童子无知强名雪。祠曹老郎隔桥住，鼻气吹珠挂寒鬣。披书缩颈映窗读，声与饥鸦和呜咽。茶香酒美君傥来，火蔟铜瓶水方热。

解读：朱祠曹即吴承恩的终身挚友朱曰藩，年龄略长于吴承恩，嘉靖二十三年（1544）进士。写作本篇时吴承恩在南京国子监读书，其时朱曰藩在南京刑部、礼部任职，故称祠曹。本篇是表现吴承恩高超艺术手法和体现其独特浪漫风格的代表作之一。写冬夜雪景神奇瑰丽，想象奇特且神采飞扬、诙谐幽默。窗内灯下，隔桥而居的老友雪夜苦读，而隔桥相望，吴承恩推窗惊呼，于是一边“披书缩颈映窗读，声与饥鸦和呜咽”，刺骨寒风中“鼻气吹珠挂寒鬣”，读的是辛苦，是期待，犹如悬梁刺股；另一边，香茶美酒、火蔟铜瓶，长笛横吹，顾影蹁跹，读书读的是情趣，是兴致，一派名士风度，两相对照，风趣自生。从格调上看，确有李白七古诗的风范。

对雪忽生诗情戏用苏韵　七律两首

回风飘拂爱轻纤，独立禁当气候严。窗映乍疑云母粉，盘看惊荐水晶盐。瑶华共讶生寒树，银竹还愁注暖檐。瞥眼遥山融霁日，半痕依约露眉尖。

平明绕屋号饥鸦，檐外相风喧小车。开帘疑有月挂树，仰面正见天飞花。客窗映烛忆棋会，江店妆梅宜酒家。蹇驴高笠欲乘兴，溪边古路迷三叉。

解读：用苏韵，指用苏轼《雪后书北台壁》二首韵，苏诗用“尖”“叉”为韵脚，是险韵诗的名作。吴承恩的这两首诗也是写雪景，心情同样很愉快，但风格与上一首有明显不同。上一首因为是写夜雪，所以写了很多想象中的神奇，注重感受。这两首着力于描摹实景，同样美妙奇特。

平河桥　七律

短篷倦向河桥泊，独对青旗枕臂眠。日落牛蓑归牧笛，潮来鱼米集商船。绕篱野菜平临水，隔岸村炊互起烟。会向此中谋二顷，闲揞藜杖听鸣蝉。

解读：平河桥，地名，近运河，属里下河水地区。吴承恩家族墓地所在。诗歌表现出水网地区农村集镇的风情和自己闲适的心情。

杨柳青　七律

村旗夸酒莲花白，津鼓开帆杨柳青。壮岁惊心频客路，故乡回首几长亭。春深水涨嘉鱼味，海近风多健鹤翎。谁向高楼横玉笛？落梅愁绝醉中听。

解读：本篇为嘉靖二十九年春上吴承恩入贡赴京途经时所作。杨柳青，地名，在天津。客中感受非常明显。

舟行　七绝

白鹭群翻隔浦风，斜阳遥映树重重。前村一片云将雨，闲倚船窗看挂龙。

解读：吴承恩家乡紧靠运河，南来北往均以舟行。这首诗明显有运河行舟的景观与情趣。有水，有鸟，还有沿岸村落的斜阳遥树，更有舟行的闲逸。

送人游洞庭　七绝

横天玉露鹤翛翛，夜半龙吟月上潮。净洗银波三万顷，满船星斗卧吹箫。

解读：写洞庭湖面，月上，潮涨，银波，星斗，虽有箫声如吟，却更映出天高人静。

宿田家　五古

客子湖阴归，田翁柳边谒。殷勤戒一饭，要我留双楫。呼儿扫茅堂，盘飧旋陈设。徘徊竟日夕，酬劝礼数拙。拂席安我眠，地迥众喧绝。柴门闭流水，犬吠花上月。天明即前路，眷眷意转切。临歧伫野话，执手不能别："君子倘重来，春山有薇蕨！"

解读：这首诗歌写恬淡真诚的农家生活和自己的留恋，风格类唐诗中的王维、孟浩然。

风入松　词

洞箫一曲倚声歌，狂杀老东坡。画船占断湖心月，杯中绿，先酌嫦娥。试问沧州宝镜，何如鸡鹊金波。笔端万象困搜罗，无奈此翁何。玉堂回首惊残梦，无心记、往日南柯。想见年来江上，桃花乱点渔蓑。右和文衡山石湖夜汎。

解读：文衡山即明代著名书画家文徵明。吴承恩年轻时曾去拜访视为长辈的文徵明，文以夜游石湖相招待，率先填词一阕，吴承恩随之作和。词中暗将文徵明比苏轼，将石湖夜游比当年的赤壁泛舟，以“狂”作为对文徵明的品评，深得文徵明首肯。

范宽溪山霁雪图跋　文

雪一也，而其景有三：故天同水玄，群木僵立，飘瞥林岫，归渔罢樵，索然如闷者为初雪；林际深黯，山形模糊，桥彴藩篱，遮盖灭没，浑然如睡者为密雪；山挥豁以呈露，水通融而怒流，楼观洞明，原野映带，欣然而如笑者为霁雪。若但见其皓然一白，即以雪景概之，失真趣矣。故余观于是卷，舒未盈尺，即指之曰：此范宽《溪山霁雪图》也。图穷，视其题识，果然。

解读：范宽，宋初著名山水画家，名列北宋三大家之一。所画往往用全景式构图，表现出崇山峻岭势状雄强、浑厚壮观的气势，时称“得山之骨”；又善画雪景，被誉为“画山画骨更画魂”。吴承恩评范宽雪景图，特别区分“初雪”“密雪”“霁雪”的不同景致和不同情趣，各有精彩生动的形容，显示了吴承恩深厚的绘画功底与鉴赏能力。

本篇最后两行字应注意。吴承恩说自己观赏时，卷轴展开尚不足一尺，已经知道这是范宽的《溪山霁雪图》。这种底气，非有深厚造诣者不能得。

（二）

以下选取的一组吴承恩诗词文作品，侧重于展示吴承恩的学中生涯和伴随科举经历的心情起伏。从中可以了解一些吴承恩生活的细节，对于走进他的内心世界应该有所帮助。

柬未斋陶师　七绝

床头社瓮鹅儿熟，江口春船石首来。欲就吾师谋一醉，讲坛何日杏花开？

解读：未斋陶师，指淮安府学教授陶师文。这首诗记录了学中生活，轻松愉快：老师从家乡回来，尚未开讲，学生们已经瞄上了老师带来的家乡土产。

赠赵学师归田障词　满江红　词

问讯渊明，折腰吏、尔能为否？独不见、轮云顷刻，白衣苍狗。三径犹存篱下菊，五株不改门前柳。漫淮南、桃李照东风，空回首。

名与利，慵开口。荣与辱，真翻手。算书生几见，印悬金斗。百计不如归去好，一生但愿樽中有。尽平生，豪气向谁消，无过酒。

解读：为府学中一位赵姓的学师即教授之类的学官辞职回乡而作。这位老师在官场上似乎受到了不公平的待遇，吴承恩把他的离去与陶渊明的耻为五斗米折腰相比，为之愤愤。词中清晰可见吴承恩对社会风气的不满。

风入松　词

东华尘土扑朝衫，车马闹长安。先生个里元无分，黄绸暖，稳睡茅庵。书几庄生秋水，画屏米老春山。

侬家官府寄林间，居士系头衔。经常自有闲功课，煎茶具、药笼花篮。旧管园蔬数亩，新收野竹千杆。

解读：这首词写的是中年退出科举以后的悠闲生活，虽然不能明确指认，但可以认为是吴承恩的自我写照。值得注意的是，这种生活貌似恬淡，但大概是以放弃科举为代价的，字面超然的背后其实隐藏着内心的不甘。

慰友人　七古

嗟君爱名如爱儿，经营举业心孜孜。秋灯破簏啮饥鼠，仰屋背书吟且思。上天茫茫无曲私，不为一夫行四时。功名富贵自有命，必欲得之无乃痴。君不见冻马凌竞饮流澌，忽然红花堆青枝。碧空瞥见雁排字，绿树已无莺费词。岁华推移如弈棋，今我不乐将何为？眉间未解掣双锁，鬓上安能无一丝。赠君奇方君听之，问取君家金屈卮。

解读：这是为安慰一位勤奋苦学但始终无所成就的同学而作。“秋灯破簏啮饥鼠，仰屋背书吟且思”是他的窘状，“功名富贵自有命，必欲得之无乃痴”是吴承恩的劝解，而最后吴承恩幽默地送上奇方，就是“问取君家金屈卮”，即回家把酒杯找出来。这首诗中的苦读场景，其实也可以看作吴承恩自己的经历。

忆昔行赠汪云岚分教巴陵　七古

忆昔龙溪鸣鼓钟，后有王公前葛公。君方弱冠游其中，玉树青葱明曙风。当场小战号佳手，乌府柏榜连作首。挥毫四顾气腾虹，擢第登科亦何有？风飞雨送三十年，襕衫犹在灯窗前。后尘衮衮总新样，万事纷纭休问天。昨来始得随宾贡，共道文章小成用。骏骨谁知马首龙，卑飞不免鸦嘲凤。潞河冰尽春帆开，隔年重上黄金台。舒颜就教恍疑梦，执笔佥凭犹自猜。丈夫功名未可必，时运到时终俯拾。处世还须算晚来，逢人且莫夸畴昔。洞庭湖波摇绿烟，辰陵矶柳吹香绵。樯竿一带密如比，到日多逢乡里船。奉亲传道两不恶，高揖公卿未为薄。岁登功绩月支钱，未仕何如此行乐？送君动我昔年心，付与长安曲米春。莫笑狂奴仍故态，龙溪我亦法筵人。

解读：汪云岚，即吴承恩学友汪自安。此时汪自安以贡生身份选任湖南巴陵县教谕，吴承恩为其送行写了这首诗。诗中对当年学中生活和科举生涯多有追忆，看得出吴承恩对科举仕途已经叹兴，对自己的入贡出路也有所考虑。“龙溪”，是他和汪云岚共同学习的书院；“王公”“葛公”，即办书院的前后两任知府；“当场小战号佳手，乌府柏榜连作首”，乃是对当年风采的回忆；“骏骨谁知马首龙，卑飞不免鸦嘲凤”，表达因一事无成而内心充满悲哀。

（三）

以下选取的一组吴承恩诗词文作品，与吴承恩文学活动过程有关，反映了他在完成《西游记》《花草新编》等重要作品时的内心活动、社会意识。

赠子价　七律

我爱朱郎龙凤种，即今诗思逼刘曹。玉鞭紫气瞻风骨，金殿春云照羽毛。绝世飞扬人未识，致身儒雅道何高。投君海上三山赋，报我花间五色袍。

解读：子价，朱曰藩字，前已介绍。学者苏兴等认为这是吴承恩在与朱曰藩讨论《西游记》或同类作品如《禹鼎志》的写作。当时朱曰藩先有一首赠诗《赠吴汝忠》：“眼前时态日纷纷，物外心期独有君。最喜相思无远道，即从欣赏得奇文。春归学圃经芳草，雪压淮涛滚莫云。珍重大才行瑞世，少年人漫比终军。”大意是：我对你期待很高，但从你这里看到的却是不靠谱的“奇文”；你已经老大不小，希望你自我珍惜，勉力去做济世经国的大业。诗中略有指责的意思。然后吴承恩以本诗回赠，反唇相讥，“海上三山赋”系用典，指传奇志怪之类；“花间五色袍”也是用典，指仕途的锦绣前程。大意是：你的身份高贵，家学深厚，而你本人也是才思敏捷。你想投身儒业，这是何等高雅的志向，难怪我和你交流自许甚高的奇文，却换来你一番迂腐的教训。

这首诗可考作于吴承恩青壮年，其时他已数次乡试不中，承受着巨大的社会压力。

对酒　五古

客心似空山，闲愁象云集。前云乍飞去，后已连翩入。回环杳无端，周旋巧乘隙。劳劳百年内，未省何时毕。闻古有杜康，偏工扫愁术。问愁何以扫？杯斝能驱除。年时不能饮，对酒成长吁。剥琢闻叩门，良友时过余。延之入密室，共展千年书。顾愁忽已失，花鸟同欣如。

解读：这首诗诗歌艺术本身已很高超，将客中愁情比作空山飞云，回环周旋，连绵不绝。更重要的是，有研究者认为“剥琢闻叩门，良友时过余”“延之入密室，共展千年书”，指与来访的好友共赏《西游记》或《禹鼎志》。但此说未必成立，反之，指《花草新编》的可能性倒是更大。

送入我门来　词

玄鬓垂云，忽然而雪，不知何处潜来？吟啸临风，未许壮心灰。严霜积雪俱经过，试探取梅花开未开？安排事付与、天公管领，我肯安排！狗有三升糠分，马有三分龙性，况丈夫哉！富贵无心，只恐转相催。虽贫杜甫还诗伯，纵老廉颇是将才。漫说些痴话，赚他儿女辈，乱惊猜。

解读：一般认为这首词是吴承恩动手写作《西游记》时的宣誓词和定心文。该词大意是说自己年岁虽老，但经历岁月风霜，雄心犹在，壮心不灰；富贵已不可得也不追求，只希望能像杜甫、廉颇那样，在晚年实现当初的丈夫大业。这壮志的具体所指是什么？他没有挑明，却卖关子说这是可以让儿女辈们惊讶的“痴话”。我们认为这“痴话”就是《西游记》。

答西玄公　启

恭惟台下，海岳奇标，烟霞逸韵；羽仪天路，鼓吹儒宗。书传圯上，谷城黄石之精；经授关中，函谷紫云之气。鹏摇凤苑，鹭振鸾坡。玉杯繁露，翻甲观之虫编；天禄蛤蟆，剔羽陵之蠹简。才专八斗，笔挽千钧。警鹤和其清音，飞龟洞乎玄识。情寄五言，畅仙襟于牛渚；心通七契，写梵响于鱼山。犹复奖饰下才，收罗末品，高谈刘勰，下问虞翻。诵佳句于廷中，假深情于格外。自惭剪浅，遇辱揄扬。

承恩淮海竖儒，蓬茅浪士，倚门肮脏，挟策支离。上不能鸣钟佩玉，纪竹素于麟台；下不能带索披刍，激薪歌于豹谷。月旦虽工，翻淹马枥；春秋已壮，尚泣牛衣。徒夸罗鸟之符，误忝屠龙之伎。囊底《新编》，踈芜自叹，怀中短刺，漫灭谁投。真怀下里之羞，讵意当涂之赏。……

……更冀鸿裁，不胜鹤望。谨启。

解读：启，书信。西玄公，马汝骥别号，其时马汝骥任南京国子祭酒。这位马祭酒了解吴承恩才名，有意聘为幕僚，吴承恩写信婉拒。写作时间大约在嘉靖十七年，吴承恩约三十二岁。

本篇的第一段是对马祭酒的恭维，表示客气。第二段是吴承恩自述，算是辞聘的理由。这是我们展读的重点，从中可以看到，吴承恩由于科举不利，生存环境已经非常不好，他用了“蓬茅浪士”“倚门肮脏”“春秋已壮，尚泣牛衣”之类的语词；而造成这种状况的原因，则是“徒夸罗鸟之符，误忝屠龙之伎”，也就是走入歧途，在科举上没有业绩，倒是学了一身另类才艺。而才艺的代表，就是“囊底《新编》”——《花草新编》。这就必然会辜负马祭酒的赏识，而在内心他还是希望通过科举寻出一条出路。可以看出，尽管吴承恩内心对于《花草新编》非常珍惜，但他不得不承认自己面临的困境。

祭卮山先生　文

昔人有言，感恩易尔，知己实难。承恩，淮海之竖儒也。迂疏漫浪，不比数于时人，而公顾辱知之。泥涂困穷，笑骂沓至，而公之信仆，甚于仆之自信也。公今逝矣，谁当念予虚浮无实之文；海内固亦有奖之者，而玄黄之外，孰能了仆之心也哉！……

嗟哉卮山！今与公辞矣。碌碌人中，尘土如旧，我实负公，其又何言？自今以往，亦愿努力自饬，以求无忝于我公知人之明，庶他日少有所树立，亦卮山公门下士也，持此以报公而已。

解读：卮山，葛木的别号。葛木曾任淮安知府，对青年吴承恩非常赏识。后改任山西，病死于任上，灵柩回乡经过淮安时，吴承恩写了这篇祭文，其时为嘉靖十四年，吴承恩约二十九岁。文章中有一大段描写了葛木的关注信任，也可以看出吴承恩当时的生活状态，即“泥涂困穷，笑骂沓至”。而原因，还是“虚浮无实之文”。通过“自今以往，亦愿努力自饬”，期待“有所树立，亦卮山公门下士也，持此以报公”，也可以看出这时吴承恩对科举还抱有期望。

（四）

以下选取的一组吴承恩诗词文作品，侧重于展现吴承恩对现实社会腐败风气的严厉批判。其中《禹鼎志序》所说“吾书名为志怪，盖不专明鬼，时纪人间变异，亦微有鉴戒寓焉。昔禹受贡金，写形魑魅，欲使民违弗若。读兹编者，傥悚然易虑，庶几哉有夏氏之遗乎？国史非余敢议，野史氏其何让焉”一段壮语，鲜明地展现了吴承恩对文学精神的深刻理解和敢于直面社会的担当精神。《二郎搜山图歌》向来被认为是吴承恩批判社会现实的战斗檄文。

杂言赠冯南淮比部谪茂名　七古

君不见骅骝騄駬烟霄姿，舞辔出门遭一蹶。龙沙顾影志千里，一喷生风汗成血。夫容玉花之宝刀，流落丰城比凡铁。忽然一日长光价，照胆吹毛动烟雪。男儿通塞宁有常，层冰之后生春阳。布衣唾手可公相，况君旧是尚书郎。昨日尚书郎，今日投炎蒸，黄金铄众口，白玉生苍蝇。掇糜投杼古所叹，至今谁复卑颜曾。行矣冯南淮，毋卑茂名尉。岭南虽云远，中有佳山水。一命仍沾旷荡恩，殊方实是回翔地。且闻之韩子来潮阳，儋耳苏长公，文章狎鱼鸟，君子为沙虫。金莲归院未为晚，京华玉佩依旧摇玲珑。夜郎几许醉太白，沉香又见嘲春风。我有翡翠卮，满酌金华春。狂歌送游子，醉语惊行人。北望长安动长啸，凤城楼阁横秋旻。长安楼阁五云齐，斗转觚稜抱紫霓。应见一封裁五色，为君明日下金鸡。

解读：冯南淮，吴承恩同窗学友，名冯焕。本篇为嘉靖二十三年（1544）为安慰冯焕贬谪茂名县尉而作。冯焕中进士后，任刑部主事，参与处理嘉靖二十年的郭勋案。郭勋系明初武定侯郭英六世孙，嘉靖初在“大礼议”纷争中揣测帝意，首助张璁，大得世宗宠幸，嘉靖十八年（1539）晋封翊国公。但他挟恩宠，揽朝权，擅作威福，网利虐民，引起众怒，世宗也怒其无人臣礼，于嘉靖二十年九月有诏下郭勋锦衣卫狱，一时大快人心。但以严嵩为首的势力极力维护，世宗的态度也较暧昧，其他包括冯焕在内主张严办的官员则使用了一些“技术手段”，郭勋死在狱中，由此这批官员多因忤触上意而得罪皇帝，冯焕被贬谪为茂名县尉。吴承恩于篇中一则为好友鸣不平并予以安慰，二则对朝政的黑暗表示了愤慨。其中大量用典，指斥朝政向来黑暗，“黄金铄众口，白玉生苍蝇”“文章狎鱼鸟，君子为沙虫”，同时希望好友能忍辱负重，像韩愈、苏轼那样在岭南的恶劣环境中淡然处之。

二郎搜山图歌　并序　七古

二郎搜山卷，吾乡豸史吴公家物。失去五十年，今其裔孙醴泉子，复于参知李公家得之。青毡再还，宝剑重合，真奇事也，为之作歌：

李在唯闻画山水，不谓兼能貌神鬼。笔端变幻真骇人，意态如生状奇诡。少年都美清源公，指挥部从扬灵风。星飞电掣各奉命，蒐罗要使山林空。名鹰搏挐犬腾啮，大剑长刀莹霜雪。猴老难延欲断魂，狐娘空洒娇啼血。江翻海搅走六丁，纷纷水怪无留纵。青锋一下断狂虺，金锁交缠擒毒龙。神兵猎妖犹猎兽，探穴捣巢无逸寇。平生气焰安在哉，牙爪虽存敢驰骤。我闻古圣开鸿蒙，命官绝地天之通。轩辕铸镜禹铸鼎，四方民物俱昭融。后来群魔出孔窍，白昼搏人繁聚啸。终南进士老钟馗，空向宫闱啖虚耗。民灾翻出衣冠中，不为猿鹤为沙虫。坐观宋室用五鬼，不见虞廷诛四凶。野夫有怀多感激，抚事临风三叹息。胸中磨损斩邪刀，欲起平之恨无力。救月有矢救日弓，世间岂谓无英雄？谁能为我致麟凤，长令万年保合清宁功。

解读：李在，明宣德时著名画家，工山水，有作品《二郎搜山图歌》。本篇因与《西游记》有密切的题材关系且酣畅淋漓地表达了作者的社会道义而被认为是吴承恩最重要的作品之一，其中“民灾翻出衣冠中，不为猿鹤为沙虫。坐观宋室用五鬼，不见虞廷诛四凶”直面社会黑暗，有浓郁的批判精神；“野夫有怀多感激，抚事临风三叹息。胸中磨损斩邪刀，欲起平之恨无力。救月有矢救日弓，世间岂谓无英雄？”表示了自己对这个社会早已恨之入骨，只期盼有二郎这样的英雄能拯救这个社会。

二郎故事在民间有多种形态，较为原始的当是李冰二郎，但在宋元道教的影响下，赵二郎、杨二郎与梅山七圣的故事则更为发达。元明民间戏曲小说搬演的基本上都是清源妙道真君赵二郎故事，如元杂剧《二郎神醉射锁魔镜》《二郎神锁齐天大圣》等，二郎已经由治水英雄而演变成为降魔伏怪的象征。《西游记》中也写到二郎，使用的原型来自杨二郎与梅山七圣。

满江红　词

穷眼摩挲，知见过、几多兴灭。红尘内、翻翻覆覆，孰为豪杰！傀儡排场才一出，要知关目须听彻。纵饶君、局面十分赢，须防劫。身渐重，头颅别。手可炙，门庭热。旋安排娇面孔，冷如冰铁。尽着机关连夜使，一锹一个黄金穴。被天公、赚得鬼般忙，头先雪。

解读：这阕词的写作情况不明。但词义明确，直指官场黑暗和社会风气，遣词犀利尖锐，绝无留情。如果不声明来自吴承恩的《射阳先生存稿》，几乎可以怀疑灵感抄袭了《红楼梦》。

注：以上阅读参考资料（二）、（三）均选自中国社会科学出版社2014年出版《吴承恩集》，蔡铁鹰笺校。

参考文献

（常用工具书、大型工具书恕未列入）

［1］黄肃秋注释：《西游记》，人民文学出版社 1980 年版。

［2］李洪甫整理校注：《西游记》，人民出版社 2013 年版。

［3］李天飞校注：《西游记》，中华书局 2014 年版。

［4］书香文雅批注：《西游记》，高等教育出版社 2022 年版。

［5］于植元校点：《后西游记》，春风文艺出版社 1982 年版。

［6］陈新整理：《唐三藏西游释厄传　西游记传》，人民文学出版社 1984 年版。

［7］王继权校勘：《四游记》，北方文艺出版社 1985 年版。

［8］张颖、陈速校点：《续西游记》，春风文艺出版社 1986 年版。

［9］《明清神话小说选》，浙江古籍出版社 1988 年版。

［10］苏兴：《吴承恩年谱》，人民文学出版社 1980 年版。

［11］苏兴：《吴承恩小传》，百花文艺出版社 1981 年版。

［12］刘修业、刘怀玉：《吴承恩诗文集笺校》，上海古籍出版社 1991 年版。

［13］刘怀玉：《吴承恩论稿》，南京大学出版社 1991 年版。

［14］蔡铁鹰：《吴承恩年谱》，中国社会科学出版社 2014 年版。

［15］蔡铁鹰笺校：《吴承恩集》，中国社会科学出版社 2014 年版。

［16］蔡铁鹰：《吴承恩传》，作家出版社 2016 年版。

［17］隋树森编：《元曲选外编·西游记》（二），中华书局 1959 年版。

［18］中国戏曲研究院编：《中国古典戏曲论著集成》，中国戏剧出版社 1959 年版。

［19］山西师大戏曲文物所：《中华戏曲》（第三辑），山西人民出版社 1987 年版。

［20］黄霖、韩同文选注：《中国历代小说论著选》，江西人民出版社 1982 年版。

［21］江苏省社科院文学所编：《中国通俗小说总目提要》，文联出版公司 1990 年版。

［22］朱一玄、刘毓忱：《西游记资料汇编》，中州书画社 1983 年版。

［23］刘荫柏：《西游记研究资料汇编》，上海古籍出版社 1990 年版。

［24］蔡铁鹰：《西游记资料汇编》，中华书局 2010 年版。

［25］江苏社会科学院编：《西游记研究》，江苏古籍出版社 1984 年版。

［26］萨孟武：《〈西游记〉与中国古代政治》，岳麓书社 1988 年版。

［27］李时人、蔡镜浩校注：《大唐三藏取经诗话》，中华书局 1997 年版。

［28］蔡铁鹰：《西游记成书研究》，中国文联出版社 2001 年版。

［29］张锦池：《西游记考论》，黑龙江教育出版社 2003 年版。

［30］竺洪波：《西游记四百年学术史》，复旦大学出版社 2006 年版。

［31］蔡铁鹰：《〈西游记〉的诞生》，中华书局 2007 年版。

［32］刘怀玉：《吴承恩与〈西游记〉》，东方出版中心 2008 年版。

［33］梅新林、崔小敬：《20 世纪〈西游记〉研究》，文化艺术出版社 2008 年版。

［34］曹炳建：《〈西游记〉版本源流考》，人民出版社 2012 年版。

［35］王毅：《西游记词汇研究》，上海三联书店 2012 年版。

［36］竺洪波：《西游释考录》，上海文艺出版社 2017 年版。

［37］蔡铁鹰：《吴承恩与西游记》，中州古籍出版社 2017 年版。

［38］蔡铁鹰：《西游记导读》，高等教育出版社 2019 年版。

［39］王益民：《大圣祖地遗产实录》，海峡世纪文化有限公司 2013 年版。

［40］赵毓龙：《西游故事跨文本研究》，中国社会科学出版社 2016 年版。

［41］胡胜：《〈西游记〉与西游故事的传播、演化》，中华书局 2023 年版。

［42］孙毓棠、谢方校点：《大慈恩寺三藏法师传》，中华书局 1983 年版。

［43］季羡林等校注：《大唐西域记校注》（上、下），中华书局 2004 年版。

［44］葛兆光：《道教与中国文化》，上海人民出版社 1987 年版。

［45］任继愈主编：《中国道教史》，上海人民出版社 1990 年版。

［46］任继愈主编：《中国佛教史》，中国社会科学出版社 1985 年版。

［47］［荷］许里安：《佛教征服中国》，江苏人民出版社 1998 年版。

［48］［日］羽溪了谛：《西域之佛教》，商务印书馆 1999 年版。

［49］季羡林译：《罗摩衍那》（1—6 篇），人民文学出版社 1980

年版。

［50］王重民等编：《敦煌变文集》（上、下），人民文学出版社1984年版。

［51］周绍良、白化文编：《敦煌变文论文集》（上、下），上海古籍出版社1982年版。

［52］纪流注释：《成吉思汗封赏长春真人之谜》，中国旅游出版社1988年版。

［53］［德］恩斯特·卡西尔：《人论》，上海译文出版社1984年版。

［54］郁龙余编：《中印文学关系源流》，湖南文艺出版社1987年版。

［55］［澳］A.L. 巴沙姆主编：《印度文化史》，商务印书馆1997年版。

［56］马祖毅：《中国翻译简史》（五四运动之前），中国对外出版公司1984年版。

［57］《淮安文献丛刻》：方志出版社陆续整理出版，包括：正德《淮安府志》、天启《淮安府志》，乾隆《淮安府志》、光绪《淮安府志》，同治《重修山阳县志》《山阳河下园亭记》《山阳志遗》《续纂清河县志》等。

［58］《黄州府志》（嘉靖），蕲春县图书馆藏。

［59］《蕲州志》（嘉靖），蕲春县图书馆藏。

［60］《长兴县志》（同治），长兴县图书馆藏。